Tobias Frey

Nimael Band 1

Steine ewiger Macht

Besuchen Sie uns im Internet:

www.talawah-verlag.de
www.facebook.com/talawahverlag

TALAWAH
VERLAG

erschienen im Talawah Verlag

1. Auflage 2019

Text: Tobias Frey
Umschlaggestaltung: Alexander Kopainski
https://kopainski.com/
Lektorat: Jessie Weber
Satz: Grittany Design
www.grittany-design.de

Printed by Booksfactory

ISBN: 978-3-947550-29-6

TOBIAS FREY

NIMAEL

STEINE EWIGER MACHT

TALAWAH
VERLAG

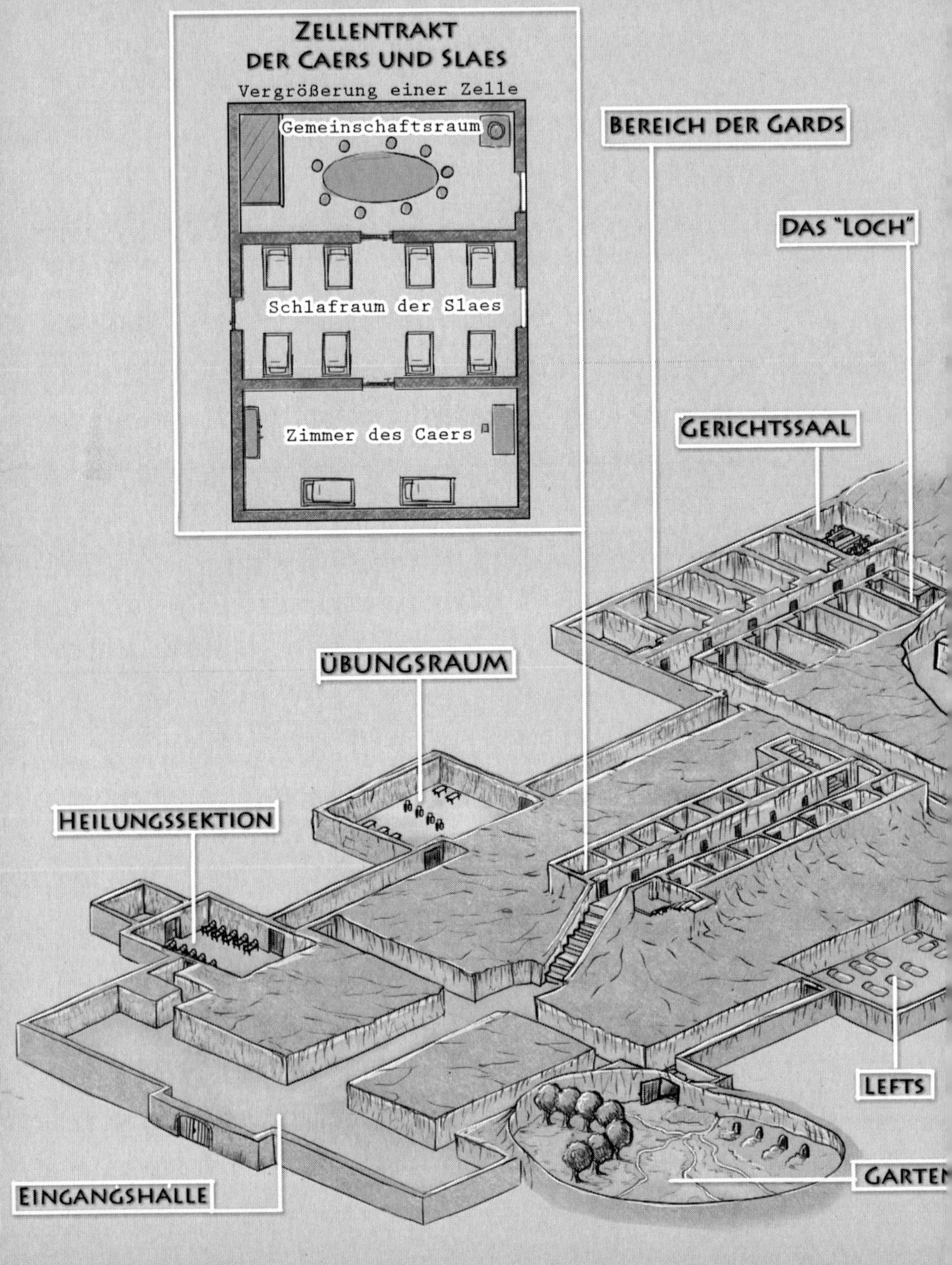
Zellentrakt
der Caers und Slaes
Vergrößerung einer Zelle
Gemeinschaftsraum
Schlafraum der Slaes
Zimmer des Caers
Bereich der Gards
Das "Loch"
Gerichtssaal
Übungsraum
Heilungssektion
Lefts
Garten
Eingangshalle

Der Blutfelsen

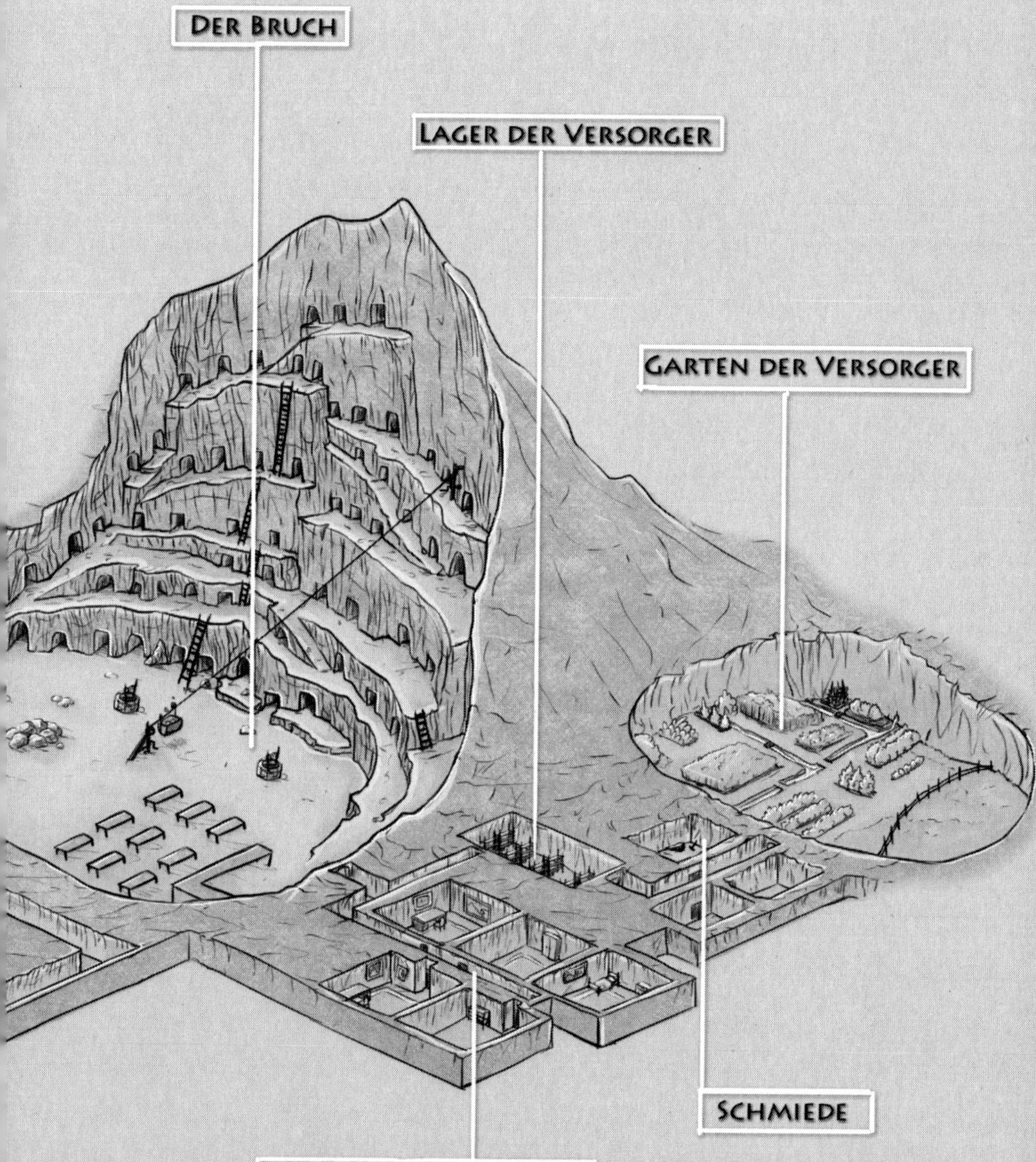

Klingt meine Musik
wie eine zweibögige Geige
fremd und wunderschön?
Wie ein Stück Freiheit,
nein – ein Stück Sonne
in tiefster Nacht?

Ein erstrebenswertes Ideal,
das die Seelen erhellt
und die Schlinge löst?

Oder lässt sie all jene
Unerreichbaren
vor Neid erblassen
oder erschaudern
wie das Kratzen
an einer Tafel?

Kein erstrebenswertes Ideal,
nur ein kurzes Flackern,
bevor die Flamme erlischt?

Nimael, Tag 516

1

VERFOLGUNGSWAHN

Nimael spürte die brennende Hitze der Sommersonne auf seinem Haar. Er hatte die Mittagspause am Fluss verbracht, eine Kleinigkeit gegessen und seine Angelrute im Blick behalten, doch leider hatte kein einziger Fisch angebissen.

Es war der Fünfte des Siebten. Der Himmel war wolkenlos, die Vögel zwitscherten und das Grün der Bäume und Gräser spiegelte sich leuchtend im Wasser. Eigentlich ein hervorragender Tag, um ihn im Freien zu verbringen, aber die Vorlesungen hatten selbstverständlich Vorrang. Nimael gab feuchtes Papier und etwas Eichenlaub in die kleine Holzkiste, in der er seine Würmer aufbewahrte, packte seine Angelausrüstung zusammen und kämpfte gegen die Müdigkeit an, die ihn nach einer ausgedehnten Mittagspause besonders an heißen Tagen gern überfiel. Die beiden Lehreinheiten am Nachmittag würden ihm heute jede Menge Konzentration und Durchhaltevermögen abverlangen. Zum Glück stand morgen der alljährliche externe Fortbildungstag bevor. Sicher, es gab freudigere Ereignisse als den Exfobita, wie die Studenten ihn liebevoll nannten. Da der Siebte sonst jedoch keine Feiertage zu bieten hatte und es sich um den wärmsten Monat des Jahres handelte, freute sich Nimael schon seit Wochen auf dieses Ereignis, das ihn aus den grauen Mauern der Universität Moenchtals hinausführen würde. Zumal diese nicht unbedingt das attraktivste Gebäude darstellte. Sie war alt, heruntergekommen und hatte dringend ein paar Renovierungsarbeiten nötig. Im Sommer waren die dicken Wände zwar kühl wie ein Kellergewölbe, doch im Herbst und Winter pfiff trotz geschlossener Fenster so manch eisiger Wind durch die Vorlesungssäle. Angeblich kamen im Obergeschoss sogar schon die ersten Tropfen durch die Decke.

Nimaels Wissen zufolge handelte es sich bei der Universität um das älteste Gebäude des Städtchens und hatte ihm sogar seinen Namen gegeben. Bevor es vor ein paar Jahrzehnten zur Universität umfunktioniert wurde, war es das Kloster, in dem die Mönche des Ortes lebten und arbeiteten. Es lag direkt am Fluss und war an seinem großen Mühlrad leicht zu erkennen.

Inzwischen zog die Universität mit ihren Studiengängen der Freien Künste viele Studenten aus dem gesamten Umfeld an. Seitdem war Moenchtal stetig gewachsen und stellte nun eine der wichtigsten Städte ihres Territoriums dar.

Darüber hinaus war es auch dem Einfluss der Universität zu verdanken, dass die Bevölkerung als äußerst fortschrittlich galt. Nimael war sich durchaus bewusst, dass ein Studiengang wie sein eigener, der größtenteils aus weiblichen Teilnehmern bestand, andernorts undenkbar gewesen wäre.

Für den Exfobita war ein Ausflug nach Pagura geplant, das am Rande des Tals gelegen war. Dort war es einem der ehemaligen Studenten gelungen, einen erfolgreichen Verlag zu gründen, und – ob nun aus Dankbarkeit oder Stolz – er hatte der Universität eine umfangreiche Besichtigung versprochen.

Allerdings musste Nimael eingestehen, dass es weder die Abwechslung noch der Ausflug waren, weswegen er den Exfobita herbeisehnte, sondern vielmehr die Gelegenheit, seine Zeit mit einer gewissen Teilnehmerin seines Kurses zu verbringen. Thera. Ihr Name ließ sein Herz auf einmal höherschlagen.

Zunächst war sie ihm unter den zahlreichen Studenten gar nicht aufgefallen. Sie war unglaublich klug, gebildet und auch hübsch, gar keine Frage, aber verzaubert hatte sie ihn erst mit ihrer unbeschreiblichen Art. Sie war immer gut gelaunt und ihrem Lächeln konnte man sich kaum entziehen. Es kam von Herzen und traf auch genau dorthin.

Theras Familie stammte aus einem nordischen Territorium, aber ihre Herzlichkeit stand im krassen Gegensatz zu den – wie man sagte – kalten Nordmännern. Sie ließ anderen gern den Vortritt und sah in ihnen nur das Beste. Ob das auch für ihn galt? Auf jeden Fall fand man diese Eigenschaften immer seltener in Moenchtal und Umgebung. Viele Leute hätten sie dafür vermutlich als naiv bezeichnet, aber Nimael beeindruckte dieser Charakterzug besonders. Er wusste, dass die Welt eine bessere wäre, wenn es mehr Menschen wie Thera gäbe.

Als Nimael seine Angelausrüstung im Gebüsch versteckte, hörte er ein leises Rascheln hinter sich. Er fuhr herum, doch die Parkanlage der Universität präsentierte sich so ruhig und friedlich wie eh und je.

„Hallo?"

Keine Antwort. Wahrscheinlich hatte sich nur ein Vogel in einen Strauch geflüchtet, um der schrecklichen Mittagshitze zu entgehen. Außerdem verstieß Nimael mit seinem Fischfang ja noch nicht einmal gegen die Vorschriften der Universität, die so eine Möglichkeit wohl niemals in Betracht gezogen hatte. Er wandte sich wieder seiner Angelausrüstung zu und schob sie tief ins Unterholz. Ein lautes Knacken ließ ihn erneut hochfahren. Diesmal konnte es kein Vogel gewesen sein. Um ein solches Geräusch zu verursachen, musste schon jemand auf einen größeren Ast getreten sein. Nimael pirschte sich langsam an den nächstgelegenen Busch heran und zog mit einem Ruck die Zweige weg. Ein graubrauner Flussotter, der gerade einen Fisch zerlegte, quiekte erschrocken auf und sprang davon, um so schnell wie möglich im Fluss zu verschwinden.

Nachdem er den ersten Schrecken abgeschüttelt hatte, lachte Nimael erleichtert auf und trat den Rückweg zum Universitätsgelände an. Dieser freche, kleine Otter war auf seinem Beutezug doch tatsächlich erfolgreicher gewesen als er selbst. Wenn es ihm gelungen wäre, am Abend einen frischen Fisch gewinnbringend an eines der Wirtshäuser am Hafen zu verkaufen, hätte er sich zusätzlichen Proviant für den Exfobita leisten können. Nun musste er wieder einmal improvisieren. Seine beiden Feldflaschen konnte er am Brunnen kostenfrei auffüllen. Bei der anhaltenden Hitze war Wasser ohnehin das wichtigste Gut, dennoch wollte er die Reise nicht mit knurrendem Magen antreten. Dummerweise hatte sich sein Geldbeutel schon lange nicht mehr so leer angefühlt. Doch für einen Zuverdienst fehlte ihm im Moment die Zeit. Das zweite Semester bildete den Abschluss des Grundstudiums und Nimael wollte unbedingt mit einer der besten Noten aus den Zwischenprüfungen hervorgehen. Er musste sich dringend etwas einfallen lassen.

Das alte Universitätsgebäude, das vor ihm in Sicht kam, riss Nimael aus seinen Gedanken. Zu dieser Tageszeit war auf dem Campus nur wenig Betrieb. Zwei Studentinnen aus höheren Semestern unterhielten sich auf dem Vorplatz, während sich drei weitere auf den Stufen zum Eingang niedergelassen hatten. Im Schatten einer mächtigen Eiche saß ein junger Mann und schmökerte in einem Buch. *Lexikon der Märchen- und Fabelwesen* konnte Nimael auf dem Buchrücken entziffern. Welches Fach wohl eine solche Lektüre voraussetzte? Nimael musterte den Unbekannten, der ihm besonders wegen seiner Größe und seines – für einen Studenten ungewöhnlich muskulösen – Körperbaus auffiel. Zudem war er ein paar Jahre älter als er selbst und hatte mokkafarbene Haut. Vermutlich stammte er aus einem der südlichen Territorien. Kaum zu glauben, dass der Bekanntheitsgrad der Universität mittlerweile Studenten aus einer solchen Entfernung anzog. Als Nimael ihn musterte, blickte der Mann kurz auf, schenkte ihm aber keine weitere Beachtung, sondern widmete sich sofort wieder seiner Lektüre.

Nimael überquerte den Platz und lief die Stufen zum Gebäude empor. Im Gang vor seinem Vorlesungssaal unterhielten sich Kaeti und Eskabatt. Sie würdigten Nimael keines Blickes, als er an ihnen vorbeilief. Er tat es ihnen gleich und betrat den Raum. Das Geschwätz der beiden Adelstöchter interessierte ihn ohnehin nicht im Geringsten.

Die meisten der knapp dreißig Teilnehmer waren bereits eingetroffen und in Gespräche vertieft. Unmotiviert ließ Nimael seinen Blick durch den Saal schweifen, bis er Thera entdeckte, die zwei Tische weiter ihre Notizen aus der Tasche zog und die langen Ärmel ihres Kleides richtete.

Nimael spielte schon lange mit dem Gedanken, sie in eines der besseren Wirtshäuser der Stadt auszuführen. Wenn er ihr schon den Hof machte, so wollte er ihr unbedingt etwas Besonderes bieten, denn aus seiner Sicht hatte sie nur das Allerbeste verdient. Einerseits fehlte ihm dafür aber gerade das nötige Kleingeld, andererseits wollte er auch nicht zu plump vorgehen und sie damit eventuell vor den Kopf stoßen. Stattdessen hatte er in diesem Semester begonnen, eine sehr schöne, zarte Beziehung zu ihr aufzubauen, und langsam glaubte er zu erkennen, dass auch sie an mehr als nur einer Freundschaft interessiert sein könnte.

Gerade als Nimael überlegte, ob er sie ansprechen sollte, hob Thera den Kopf und sah ihn mit ihren grün schimmernden Augen an. Ihr goldblondes Haar fiel wie ein Wasserfall über ihre Schultern, ihr Lächeln zeigte sich so schön wie der Sonnenaufgang und ihre Stimme war Nimael so vertraut wie der Klang seiner Lieblingsmelodie.

„Hallo“, begrüßte ihn Thera überrascht. „Bist du schon lange hier? Ich habe dich gar nicht gesehen.“

Nimael war plötzlich überfordert. Ihr Anblick und die unerwartete Frage verschlugen ihm die Sprache.

„Nein, ich … ich kam gerade erst vom Gang“, brachte er schließlich heraus. Die einfallslose, einsilbige und gestotterte Antwort brachte seine Wangen unweigerlich zum Glühen. Wenn es Thera aufgefallen war, so ließ sie sich glücklicherweise nichts anmerken.

„Ich freue mich schon auf morgen", fuhr sie fort. „Das Wetter ist hervorragend und von dort oben soll man eine fantastische Aussicht haben, die ich unheimlich gern festhalten würde." Thera zeichnete in ihrer Freizeit leidenschaftlich gern und war außerordentlich talentiert. Auf den Bildern, die Nimael gesehen hatte, spielte sie mit Licht und Schatten und fing sowohl Proportionen als auch räumliche Verhältnisse naturgetreu ein. „Leider wird uns dazu ganz sicher die Zeit fehlen", fügte sie mit enttäuschter Miene hinzu.

Inzwischen hatte Nimael nicht nur den ersten Schrecken, sondern auch seine Müdigkeit überwunden. Er erkannte eine Gelegenheit und hätte er einen Moment zuvor nicht bereits darüber nachgedacht, hätte er sie wohl ungenutzt verstreichen lassen.

„Was hältst du davon, wenn wir dir morgen einen geeigneten Aussichtspunkt suchen?", bot er an. „Und wenn das Wetter mitspielt, begleite ich dich am Wochenende noch einmal nach Pagura und du kannst in aller Ruhe das gesamte Panorama auf die Leinwand bannen. Vielleicht trage ich dir sogar die Staffelei nach oben." Er grinste sie spitzbübisch an und erhielt die schönste Antwort, die er sich vorstellen konnte. Sie lachte verlegen und strahlte über das ganze Gesicht. Sie musste auf diesen Moment bereits gewartet haben.

„Sehr gern", erwiderte Thera und machte Nimael damit überglücklich.

Die Doppelstunde des Fachs *Praktische Philosophie* verlief wie erwartet. Professor Holmweiler behandelte seit Kurzem die Unterschiede und Auswirkungen von Rhetorik, Grammatik und Logik auf Reden zum gemeinen Volke.

„Basierend auf diesen Erkenntnissen müssen alle Instrumente gleichermaßen und mit Bedacht eingesetzt werden." Holmweiler machte eine Pause und kratzte sich am Kinn. „Kommen wir nun zum morgigen Fortbildungstag."

Nimael wurde plötzlich bewusst, dass sich auch die zweite Stunde der Vorlesung bereits ihrem Ende entgegen neigte. Er hatte gar nicht wahrgenommen, wie schnell sie verflogen war und dass er vermutlich die meiste Zeit davon mit einem breiten Grinsen auf dem Gesicht zugebracht hatte. Wäre es dem Professor hinter seinen dicken Brillengläsern aufgefallen, so hätte es ihn wohl unweigerlich an Nimaels geistiger Gesundheit zweifeln lassen.

„Unser Kurs wird den letzten Termin für eine Führung im Medina Verlag wahrnehmen“, erklärte Holmweiler. „Sie wird erst am Nachmittag beginnen. Ihr könnt also ausschlafen, dafür wird es aber später Abend werden, bis wir zurückkehren. Für den Aufstieg nach Pagura werden wir voraussichtlich gute drei Stunden benötigen.“ Sein Blick wanderte zu den Adelstöchtern. „Ich schlage vor, dass ihr eure feinen Gewänder morgen zu Hause lasst und lieber einfache Kleider tragt. Außerdem sollten wir spätestens zur Mittagsstunde aufbrechen und uns schon etwas früher an der alten Brücke beim Turm treffen. Gibt es noch Fragen?“

„Nimmt jeder seinen eigenen Proviant mit oder kehren wir in Pagura gemeinsam ein?“, meldete sich Ting zu Wort.

Diese Möglichkeit hatte Nimael überhaupt nicht in Betracht gezogen. Mit einem mulmigen Gefühl im Magen erwartete er die Antwort.

„Nun, für das Gemeinschaftsgefühl des Kurses wäre ein gemeinsames Abendessen sicher besser“, überlegte Holmweiler. „Wie seht ihr das?“

Das zustimmende Nicken seiner Kommilitonen bestätigte Nimael in seiner Annahme, dass für die meisten Studenten die Geldmittel keine große Rolle spielte. Für ihn bedeutete die Entscheidung allerdings, dass er am nächsten Morgen nicht ausschlafen konnte, sondern am Fluss auf Beutefang gehen musste. Den Rest des Tages würde sich Nimael davon jedoch nicht verderben lassen, schließlich stand sein wöchentlicher Stechabend mit seinen Schulfreunden Torren und Gondriel bevor.

Wenig später betrat Nimael den *Hungrigen Löwen*. Saeff, der Besitzer der Gaststube, erwartete ihn bereits. Obwohl Nimael und seine beiden Kameraden dem Wirt nur selten große Einnahmen bescherten, waren sie hier gern gesehene Gäste.

Saeff empfing Nimael mit einem geheimnisvollen Blick und winkte ihn zu sich an die Bar.

„Hallo Saeff, was macht die Runde?“, grüßte ihn Nimael freundlich.

Saeff sah sich einen Augenblick lang verschwörerisch um und winkte ihn noch näher heran, um ihm etwas zuzuflüstern.

„Es geht nicht darum, was die Runde macht, sondern um Informationen aus allererster Hand.“ Die ausbleibende Begrüßung und die ernste Miene des Wirtes ließen nichts Gutes erahnen. „Vor zwei Tagen hatte ich hier einen merkwürdigen Gast, der sich nach dir erkundigt hat“, erklärte Saeff. „Steckst du vielleicht in Schwierigkeiten?“

„Nach mir?“, fragte Nimael überrascht.

„Er hat sich als Angestellter der Universität ausgegeben, aber ich habe ihm kein Wort davon geglaubt“, fuhr Saeff fort. „Er war viel zu jung und sein dunkler Teint deutete eher auf eine Herkunft aus fernen Landen. Das machte mich sofort stutzig.“

„Was wollte er denn wissen?“

„Es ging vor allem um deinen Besitz und wie ich dich einschätzen würde. Ob du beispielsweise verschwenderisch damit umgehst. Er meinte, es gäbe einen Preis für besondere Leistungen, aber nur Studenten mit eingeschränkten Mitteln seien nominiert. So eine Art Stipendium. Ich solle nichts verraten, weil du nichts davon wissen dürftest, aber da kennt er mich schlecht.“ Er blinzelte Nimael zu und grinste.

„Danke, Saeff.“ Nimael wusste die Offenheit des Wirtes zu schätzen. „Was hast du ihm denn erzählt?“

„Nun ja …“ Saeff zuckte mit den Achseln. „Im Grunde genommen nur, dass ich dazu nicht viel Auskunft geben kann. Dass du bei mir immer sehr zurückhaltend bestellst. Was aber auch vollkommen in Ordnung ist“, fügte er schnell hinzu. „Ich dachte nur, falls seine Geschichte wahr ist, bleibst du so weiterhin im Rennen um diesen ominösen Studentenpreis. Sollte er dagegen vorhaben, dich auszurauben, bist du ebenfalls besser dran, wenn er glaubt, dass es bei dir nichts zu holen gibt.“

„Gut überlegt, vielen Dank“, antwortete Nimael. Er wusste nicht, was er davon halten sollte. Von so einem Preis hatte er jedenfalls noch nie etwas gehört. Wollte er überhaupt damit ausgezeichnet werden? Ein Preis für besondere Leistungen wäre ja noch in Ordnung gewesen, aber für *Studenten mit eingeschränkten Mitteln*? Auf keinen Fall wollte Nimael irgendwelche Almosen entgegennehmen. Schließlich bestellte er sich einen Becher Wasser, gab Saeff mit einem Grinsen zu verstehen, dass er auch heute kein Vermögen an ihm verdienen würde, und ging zu dem Tisch, an dem er sich meistens mit Torren und Gondriel traf.

Kaum hatte er sich gesetzt, kamen die beiden auch schon zur Tür herein. Nachdem sie Saeff begrüßt hatten, brachte Torren den Wirt mit einem Spruch zum Lachen und entdeckte Nimael schließlich an ihrem Tisch.

„Hallo, Nim!“

Nimael erwiderte den Gruß und deutete zu Saeff. „Was gab es denn so Witziges?“

„Ach, nichts Besonderes“, antwortete Torren und setzte sich. „Ich fragte ihn nur, ob er das Sprichwort *Pech im Spiel, Glück in der Liebe* kennt, weil er sich gleich überzeugen kann, dass unser Gondi hier mühelos in beiden Disziplinen durchfällt.“ Nachdem er Gondriel zugezwinkert hatte, rollte dieser genervt die Augen.

„Es war schon beim ersten Mal nicht witzig“, sagte er und setzte sich zu den beiden an den Tisch.

„Apropos Glück in der Liebe …“ Nimael grinste sie bedeutsam an.

Sofort hatte er ihre volle Aufmerksamkeit und erzählte ihnen von seinem Nachmittag und der Verabredung mit Thera.

„Glückwunsch, das klingt fantastisch!", rief Torren und klopfte ihm auf die Schulter. „Wurde aber auch Zeit, dass du dir mal ein Herz fasst!"

Gondriel nickte ihm anerkennend zu, zeigte sich aber weit weniger begeistert. „Du musst aufpassen, dass du die Sache nicht gleich in den Sand setzt", sagte er. „Zu Beginn ist eine Beziehung noch am zerbrechlichsten."

So weit hatte Nimael in seinem Glücksgefühl noch gar nicht gedacht. Der Gedanke weckte eine leichte Nervosität in ihm.

„Ach Quatsch, Gondi, du machst ihm ja Angst!", warf Torren verärgert ein. „Die beiden sind schwer verliebt. Was soll da schiefgehen?"

Plötzlich krachte es hinter Nimaels Rücken und er zuckte so hastig zusammen, dass er seinen Becher umstieß. Er drehte sich um und erkannte, dass die Schankmagd eine ganze Ladung Krüge zertrümmert hatte. Inzwischen hatte Torren das Kartenblatt gerade noch vor dem verschütteten Wasser gerettet.

„Meine Güte, Nim", sagte er. „Was bist du denn so schreckhaft? Ist doch nicht das erste Mal, dass irgend so ein Trunkenbold der armen Brid an den Hintern fasst."

Nachdem sich Nimael beruhigt hatte, nickte er Torren dankend zu, nahm das Blatt entgegen und begann, die Karten zu mischen. Beim Stechen lief es an diesem Abend nicht besonders gut. Torren und Gondriel feixten, dass ihn seine Verliebtheit den Verstand kosten würde. Nimael beschäftigten jedoch nicht nur die Gedanken an Thera, sondern auch die neusten Informationen von Saeff, welche er nicht einmal mit seinen Freunden teilte. Auf dem Nachhauseweg dachte Nimael noch einmal über Saeffs Worte nach. Angeblich war dieser Angestellte der Universität recht jung und stammte aus dem Süden. Ob es sich dabei um denselben Mann handelte, den er am Mittag im Schatten unter dem Baum gesehen hatte? Vermutlich war der Fremde auch kein Student, sondern hatte sich nur das nächstbeste Buch aus der Bibliothek geliehen, um sich dahinter verstecken und Nimael beobachten zu können. Hatte das laute Knacken im Gebüsch vielleicht gar nicht der Flussotter verursacht? Nimaels Nackenhaare stellten sich auf. War er schon beim Angeln beobachtet worden? Aber wozu? Wer war der Mann? Und was wollte er von ihm? Wichtige Fragen, die aber erst einmal zurückstehen mussten. Am nächsten Morgen galt es, noch vor dem Exfobita genug Geld aufzutreiben.

Als sich die ersten Sonnenstrahlen zeigten, verließ Nimael sein kleines Zimmer im Studentenheim und machte sich auf den Weg zum Fluss. Das gute Wetter der letzten Tage hielt weiterhin an. Nimael zog seine Ausrüstung aus dem Gebüsch und warf die Angelrute aus. Für ein Frühstück war keine Zeit mehr geblieben, aber die Nervosität darüber, wie sich der Tag in Bezug auf den Fischfang und den gemeinsamen Exfobita mit Thera entwickeln würde, ließ Nimael ohnehin jegliches Hungergefühl vergessen.

Glücklicherweise konnte seine Sorge, was den ersten Punkt betraf, sehr schnell ausgeräumt werden. Schon nach kürzester Zeit biss etwas an. Als Nimael den Fisch aus dem Wasser zog, traute er seinen Augen nicht. Die dickste Flussforelle, die er jemals gesehen hatte, zappelte an seinem Haken. Zuversichtlich machte sich Nimael auf den Weg in die Stadt und betrat bald darauf den Marktplatz. Es war noch immer früher Morgen und die Händler hatten die meiste Kundschaft noch vor sich. Beste Voraussetzungen, um ein Prachtexemplar wie dieses zu einem hohen Preis zu verkaufen. Der Fisch hatte eine solche Größe, dass er nicht ganz in Nimaels Tasche passte. Seine Schwanzflosse hing tropfend heraus und zog das Interesse einiger Passanten auf sich. Noch bevor er den ersten Händler erreicht hatte, sprach ihn ein älterer, gut betuchter Herr darauf an und machte ein dermaßen großzügiges Angebot, dass Nimael ohne zu zögern einwilligte.

Als er den Markt in bester Laune verlassen wollte, sah er an einer Hauswand einen Bettler sitzen. Er trug angesengte Lumpen und hatte eine kleine Kupferschale und ein Holzbrett vor sich aufgestellt.

Haus und Eigentum bei Feuer verloren –
Dankbar für jede Gabe

stand darauf geschrieben.

Nimael hatte von dem Brand gehört. Während des großen Unwetters Ende des Sechsten war im östlichen Stadtteil Moenchtals ein Haus in Flammen aufgegangen, nachdem der Blitz dort eingeschlagen hatte. Noch ehe das Feuer gelöscht werden konnte, hatte es auf zwei weitere Gebäude übergegriffen. Wahrscheinlich handelte es sich bei dem Bettler um einen der Unglücksraben.

Nimael musterte den Mann und sah dessen Verzweiflung. Sofort begann er zu rechnen. Was hatte er sich ursprünglich für einen Gewinn versprochen und wie viel würde er für den Exfobita benötigen? Schließlich teilte er sein Geld brüderlich auf. Die Hälfte behielt er selbst, die andere gab er dem Bettler, der daraufhin große Augen machte und aussah, als wolle er ihm vor Dankbarkeit um den Hals fallen.

Ironischerweise hatte derselbe Sturm, der das Haus des Bettlers vernichtet hatte, den Wurm aus dem Erdreich an die Oberfläche gebracht, der letztendlich für den Fang des Fisches verantwortlich gewesen war. Als Nimael darüber nachdachte, wurden ihm zwei Dinge klar. Zum einen waren offenbar viele Entwicklungen miteinander verknüpft, die auf den ersten Blick gar nicht zusammenhingen, zum anderen schien jedes Ereignis immer positive und negative Konsequenzen nach sich zu ziehen – wie die zwei Seiten einer Medaille. Obwohl in diesem Fall die negative so sehr überwog, dass man die andere Seite kaum sehen konnte, so war diese selbstverständlich dennoch vorhanden.

„Gott segne dich!“, rief ihm der Bettler zum Abschied nach.

Als sich Nimael noch einmal umdrehte, sah er aus den Augenwinkeln eine Gestalt, die sich von ihm abwendete, um schnell im Marktgetümmel zu verschwinden. Handelte es sich etwa um den dunkelhäutigen Mann von der Universität, der weitere Informationen über ihn einholen wollte? Nimael wechselte sofort die Richtung, lief auf die Stände zu, zwischen denen der Mann verschwunden war, und wühlte sich durch die Menge. Für ein rücksichtsvolles Vorgehen war keine Zeit. Ein paar wahllose Entschuldigungsfloskeln mussten ausreichen, um sich möglichst schnell den Weg durch die Passanten zu bahnen.

Plötzlich lichtete sich der schmale Gang und er fand sich an einer Kreuzung inmitten des Marktes wieder. Von hier führten drei weitere Korridore zwischen den Ständen hindurch. Nimael musste sich schnell entscheiden. Geradeaus. Auf einer Flucht wäre dies wohl die instinktive Entscheidung gewesen, um Abstand zu gewinnen.

Als er die Kreuzung überquerte, überkam ihn auf einmal ein eiskalter Schauer, der ihn erzittern ließ und bis ins innerste Mark durchströmte. Nimael blieb wie erstarrt stehen und sah sich um. Es war zwar noch früh, aber die Luft hatte sich bereits so weit erwärmt, dass es inmitten des Marktes unmöglich eine dermaßen kalte Luftströmung geben konnte.

Er riss sich zusammen, setzte sich wieder in Bewegung und ließ die Kreuzung hinter sich. Die verärgerten Blicke und Kommentare der Passanten ignorierte er. Plötzlich erkannte er vor einem Obststand einen großen, schlanken, dunkelhäutigen Mann, der ihm den Rücken zugekehrt hatte.

Da war er also. Vermutlich dachte sein mysteriöser Verfolger, er wäre ihm nicht aufgefallen oder inzwischen längst entkommen. Nimael ging auf ihn zu und packte ihn energisch an der Schulter. Doch als sich der Mann umdrehte, zeigte sich das perplexe, bärtige Gesicht eines Obsthändlers, der gerade seine Früchte neu arrangiert hatte. Als er ihn in einer fremden Sprache zu beschimpfen begann, wäre Nimael am liebsten vor Scham im Erdboden versunken. Er entschuldigte sich mehrmals und entfernte sich mit beschwichtigender Geste von dem Händler.

Deutlich rücksichtsvoller als zuvor schob er sich wieder zurück durch das Gedränge. Nimael begann an sich zu zweifeln. War er nun tatsächlich beschattet worden oder hatte er sich das alles bloß eingebildet? Im schlimmsten Fall wäre wohl seine großzügige Spende an einen Obdachlosen beobachtet worden. Deswegen würde ihm jedoch kein Nachteil entstehen. Diesen mysteriösen Verfolger – wenn es ihn denn wirklich gab – hätte er dennoch gern zur Rede gestellt.

Schließlich gelangte Nimael wieder zu der Kreuzung zurück, auf der ihn die eisige Kälte überkommen hatte. Obwohl er bis zu diesem Tag noch nie Zeuge eines solchen Phänomens geworden war, hatte er davon gehört. Man nannte diese mysteriösen Erscheinungen *Blips* und bislang waren sie nicht erklärbar. Sie waren äußerst selten, weshalb viele Menschen bezweifelten, dass es sie überhaupt gab. Nimael stellte sich in die Mitte der Kreuzung, wo der Blip aufgetreten war. Als nichts geschah, sah er sich um. Die Wege führten weder zum Fluss noch zu irgendwelchen Gassen, aus denen eine dermaßen kalte Brise hätte aufziehen können. Dafür war das Gefühl auch viel zu intensiv gewesen. Am Boden gab es keine Öffnungen oder andere Auffälligkeiten und über ihm war nur der wolkenlose, blaue Himmel zu sehen. Nimael musterte die umliegenden Marktstände, aber keiner verwendete kaltes Wasser, um seine Waren zu kühlen. Nimael versetzte sich noch einmal in die Situation zurück. Er war gerannt und die Kälte war nicht einfach über ihn gekommen, sondern hatte vielmehr eine Wand gebildet, in die er hineingelaufen war. Er kehrte in den Gang zurück, aus dem er das erste Mal gekommen war, rannte noch einmal auf die Kreuzung und über dieselbe Stelle hinweg. Wieder geschah nichts. Ein sehr merkwürdiges Phänomen. Vielleicht eine Körperreaktion auf die andauernde Hitze oder eine kurze Luftströmung, die sofort wieder von der umliegenden Heißluft aufgezehrt worden war. Da er es nicht nachstellen konnte, musste sich Nimael wohl mit dem Unerklärlichen abfinden.

Nun stand allerdings erst einmal der Exfobita bevor. Am Brunnen füllte Nimael seine Feldflaschen mit klarem, kaltem Wasser und leistete sich einen frischen Brotlaib und etwas Wurst. Anschließend ließ er den Markt hinter sich und machte sich auf den Weg zur Brücke am Turm.

2

EXFOBITA

Als Nimael die Brücke erreichte, hatte er noch etwas Zeit, um sich ein ruhiges Plätzchen am Fluss zu suchen und vor der bevorstehenden Wanderung ein wenig auszuruhen. Er breitete seinen Umhang im Gras aus, lehnte sich entspannt zurück und schloss die Augen. Nach dem aufregenden Vormittag und der kurzen Nacht tat die Ruhe unglaublich gut. Die Hitze trug schließlich ihr Übriges dazu bei, um Nimael vollends einzulullen. Er dachte an Thera und stellte sich ihr Gesicht vor. Ihr Lächeln und ihre wunderschönen Augen. So glänzend. So groß. So tief. So unendlich …

„Wie ich sehe, hat da jemand meine Erlaubnis zum Ausschlafen restlos ausgeschöpft!“, rief Holmweiler mit gespielt strenger Stimme.

Noch bevor er den Satz beendet hatte, wusste Nimael, was passiert war. Er war so fest eingeschlafen, dass er nicht mitbekommen hatte, wie die ersten Teilnehmer eingetroffen waren. Mit Sicherheit hatten sie ihn schon eine ganze Weile bei seinem Mittagsschlaf beobachtet. Von der Brücke schallte lautes Gelächter zu ihm herüber und Nimael sah nur eine Möglichkeit, sich aus dieser peinlichen Situation zu retten – er musste mitspielen. Also streckte er sich genüsslich, gähnte herzhaft und rieb sich die Augen. Dann sah er mit verschlafenem Blick zur Brücke.

„Was gibt's zum Frühstück?", fragte er und grinste.

Damit brachte er selbst Holmweiler zum Lachen und die Stimmung drehte sich. Die Gruppe schien nicht länger über ihn, sondern mit ihm zu lachen, womit Nimael sehr gut leben konnte.

Schnell lief er zurück zur Brücke und sah sich um.

An ihren schwarzen Haaren, die sie zu einem eleganten Zopf geflochten hatte, erkannte er Melina, die man nicht nur als schüchtern, sondern geradezu als scheu bezeichnen konnte. Sie hatte sich abseits der Gruppe aufgestellt, um jeglichem Kontakt mit den anderen Kursteilnehmern zu entgehen. Diese hatten kleine Grüppchen gebildet, die nicht sonderlich überraschend ausgefallen waren. Ein Stück entfernt unterhielten sich Molluk und Elias. Neben Nimael waren sie die einzigen beiden männlichen Studenten des Kurses. Sie gaben ihm aber vom ersten Tag an deutlich zu verstehen, dass eine Freundschaft mit einem Jungen aus seinen Verhältnissen unter ihrem Niveau wäre. In ihren Adern floss blaues Blut und genau wie Kaeti und Eskabatt ließ ihre Haltung gegenüber anderen nicht den geringsten Zweifel daran aufkommen.

Stattdessen suchte Nimael die Brücke lieber nach Thera ab und fand sie schließlich bei ihrer besten Freundin Hallbora und Landria, die als Streberin des Kurses galt. Obwohl Thera nur mittelgroß war, überragte sie ihre beiden Kameradinnen um einen ganzen Kopf. Für einen kurzen Augenblick, der nur ihnen gehörte, wandte sie sich zu Nimael, warf ihm ein warmes Lächeln zu und schenkte Hallbora sogleich wieder ihre volle Aufmerksamkeit. Eine knappe, aber bedeutsame Geste, da sie eindeutig als Einladung interpretiert werden durfte.

„Das war ja ein bühnenreifer Auftritt", begrüßte ihn Landria mit einem breiten Grinsen. Nimael verneigte sich leicht, doch bevor er antworten konnte, ergriff Holmweiler das Wort.

„Wenn wir dann vollzählig sind, können wir uns ja auf den Weg machen." Er zählte die Gruppe durch und kam zu dem Ergebnis, dass tatsächlich alle anwesend waren. Die Studenten marschierten von der Brücke und ließen die Stadt hinter sich. Nachdem sie zwei Bauernhöfe und einige Felder passiert hatten, erreichten sie die Ostseite des Tals und damit den Waldrand. Zur Freude sämtlicher Teilnehmer führte der Weg von nun an im kühlen Schatten weiter, dafür begann jedoch der mühsame Aufstieg nach Pagura. Nachdem sie sich einige Zeit ungezwungen unterhalten hatten, musterte Hallbora ihre Begleiter und zögerte einen Moment. Sie spielte nervös an ihren langen, braunen Haaren herum, bevor sie ein ernsteres Thema anschnitt.

„Ihr werdet mich sicher für verrückt halten, aber in letzter Zeit habe ich irgendwie das Gefühl, beobachtet zu werden."

Ihr Geständnis ließ Nimael aufhorchen.

„Möglicherweise löst der andauernde Prüfungsdruck dieses Gefühl bei dir aus", sagte Landria.

Nimael überlegte kurz. Seines Wissens stammte auch Hallbora aus ärmlichen Verhältnissen und passte somit ins Bild der angeblich Nominierten. Er wollte bereits von seinem Gespräch mit Saeff erzählen, hielt sich aber gerade noch rechtzeitig zurück. Die Erwähnung der *eingeschränkten Mittel* hätte sowohl ihn als auch Hallbora in Verlegenheit gebracht. Er beschloss, in diesem Fall besser so vage wie möglich zu bleiben.

„Ist dir vielleicht ein großer, schlanker Mann aufgefallen, der eventuell aus den südlichen Territorien stammen könnte?", fragte Nimael.

„Nein, aber das wäre er bestimmt", scherzte Hallbora, bevor ihr Grinsen einer sorgenvolleren Miene wich. „Wieso? Wie kommst du darauf?"

„Es soll sich jemand, auf den diese Beschreibung passt, nach mir erkundigt haben. Angeblich ein Angestellter der Universität." Nimael ließ den möglichen Studentenpreis bewusst unerwähnt. Landria hätte mit Sicherheit unangenehme Fragen darüber gestellt. Immerhin lernte sie nicht nur aus reiner Wissbegier Tag und Nacht, sondern genoss auch die Anerkennung, die damit einherging.

„Klingt ja unheimlich", sagte Thera. „Warum sollte die Universität so etwas tun?"

„Bisher hielt ich das für einen Vorwand und war mir sicher, dass die Universität gar nichts damit zu tun hat", antwortete Nimael. „Aber wenn man tatsächlich auch Hallbora beschattet, stimmt es vielleicht doch."

„Möglicherweise geht es ja um Fehlstunden", vermutete Landria, die im Gegensatz zu Hallbora und Nimael nie eine Vorlesung verpasste.

„Na ja, es besteht ja immer noch die Möglichkeit, dass ich mir das alles nur eingebildet habe", versuchte Hallbora die Situation zu entschärfen und das Thema abzuschließen.

Obwohl Nimael nicht so recht an einen Zufall glauben wollte, nickte er und ließ die Angelegenheit auf sich beruhen.

Schon bald benötigten die Teilnehmer ihre Luft, um den anstrengenden Aufstieg zu meistern, und die Gespräche verstummten. Nach einiger Zeit hatten sie die erste Anhöhe und somit den Gipfel des Schattenhügels erreicht.

Sie legten eine kurze Pause ein und erklommen schließlich den oberen Teil des Osthangs. Kurz darauf kamen vor ihnen die ersten Gebäude von Pagura zum Vorschein.

„Schön, wir haben noch etwas Zeit, bevor unsere Führung beginnt", stellte Holmweiler fest. „Wenn ihr möchtet, könnt ihr euch solange die Stadt ansehen. Wir treffen uns in einer halben Stunde am Platz vor dem Verlag."

Nimael ergriff die Gelegenheit beim Schopfe. „Wollen wir uns auf die Suche nach einem geeigneten Panorama für dein Gemälde machen?", schlug er Thera mit einladender Geste vor.

„Natürlich", antwortete diese voller Elan und schloss sich ihm an, während sich Hallbora mit einem breiten Grinsen von ihnen verabschiedete.

Nach kurzer Suche stießen sie auf eine Seitengasse, die sie an einen großzügig angelegten Platz führte. Von hier hatte man eine fantastische Aussicht ins Tal. Weit unten erkannte man Moenchtal und die Felder, die sich wie ein Flickenteppich an der Talsohle entlang zogen. Gerahmt wurden sie von den dunklen Wäldern, die sich über die gegenüberliegende Talseite erstreckten und am Horizont bis in weite Ferne reichten. Nimael und Thera gingen zu der Mauer, die den Platz säumte, verharrten einen Moment und schwiegen. Aus dem Tal wehte ein erfrischender Wind empor. Beide schlossen die Augen, als er ihnen über das Gesicht streichelte und durch die Haare fuhr.

„Das tut gut." Thera atmete die Luft tief ein und wirkte dabei ruhig und ausgeglichen. Ein Zustand, um den Nimael sie beneidete. Er war nervös und versuchte den Gedanken abzuschütteln, dass es sich bereits um den ersten Teil ihrer Verabredung handelte. Als Thera ihre Augen wieder öffnete, folgte er ihrem träumerischen Blick ins Tal.

„Wunderschön."

„Ja, überwältigend", pflichtete Nimael ihr bei und begann sich langsam zu entspannen, indem er jeden Gedanken aus seinem Kopf verbannte. Zurück blieb nur die Stimme seines Herzens – ein Gefühl, dem er nun freien Lauf lassen konnte. Ohne den Blick von der Landschaft abzuwenden, griff er nach Theras Hand und umschloss sie genauso zärtlich, wie die Brise aus dem Tal zuvor ihre Gesichter gestreichelt hatte. Zu seiner Erleichterung ließ Thera die Berührung zu und drehte sich langsam zu ihm, um ihn anzulächeln. Es war dieses Lächeln, dem auch die eindrucksvollste Kulisse nicht gewachsen war. Nimael sah ihr in die Augen und erinnerte sich an die letzten Momente, bevor er eingeschlafen war, aber auch seine schönste Fantasie konnte diesem Anblick nicht ansatzweise gerecht werden.

„Ziemlich romantisch hier." Ein zartes Rosa legte sich auf Theras Wangen und sie wandte ihren Blick zurück ins Tal.

„Der perfekte Ort für unseren gemeinsamen Wochenendausflug." Nimael lächelte, richtete seinen Blick ebenfalls wieder auf das

Panorama und fühlte, wie ihn Thera überrascht musterte. Er wusste, dass er mit dieser Andeutung keinen Platz für Spekulationen über seine Absichten gelassen hatte.

Vielleicht lag es nur an Nimaels guter Laune, aber die Führung im Medina Verlag präsentierte sich interessant und kurzweilig. Anschließend verließen sie den Verlag und marschierten in Richtung des Ortseingangs, wo sie wie verabredet in einem Wirtshaus einkehrten. Als sie es wieder verließen, war die Sonne bereits hinter dem Westhang verschwunden und der Himmel hatte sich rötlich gefärbt. Holmweiler hatte es eilig. Mit seiner eingeschränkten Sehkraft wollte er so schnell wie möglich vorankommen, um noch eine möglichst weite Strecke im restlichen Tageslicht zurückzulegen. Nach einer halben Stunde hatte sich der Himmel graublau gefärbt und ließ durch das dichte Geäst nur noch wenig Licht zu Boden fallen. Nimael lief im hinteren Drittel der Gruppe, als diese auf der Spitze des Schattenhügels plötzlich stehen blieb und Holmweiler seine Stimme erhob. Nimael schob sich langsam voran, bis er sehen konnte, dass Holmweiler auf einer Lichtung mit drei Männern diskutierte. Sie alle trugen dieselbe hellgraue Kleidung, die wie eine Uniform anmutete. Sie bestand aus festen Stiefeln, einer schlichten Hose und einer hüftlangen Jacke mit Knöpfen. Trotzdem präsentierte sie sich aufgrund ihres einheitlichen Farbtons von Kopf bis Fuß nicht besonders elegant. Ein Eindruck, den das ungepflegte Aussehen der Fremden noch unterstrich. Die langen Messer, die sie an ihren Gürteln führten, ließen außerdem den Schluss zu, dass es sich um Soldaten handelte.

„Was ist hier los?", fragte Nimael.

„Diese drei Herren haben den Weg abgesperrt und wollen uns nicht nach unten lassen", beschwerte sich Holmweiler. „Aber eine Begründung konnten sie mir dafür nicht liefern." Er wandte sich wieder den Uniformierten zu. „Was soll das? Führen Sie eine geheime Kampfübung durch? Und was sind das für Uniformen? Solche habe ich im Leben noch nicht gesehen. Welches Territorium vertreten Sie?"

„Alles klar, das waren die Letzten!", ertönte von hinten eine laute Stimme.

Nimael drehte sich um und erkannte, dass am Ende der Lichtung zwei weitere Männer den Weg von Pagura heruntergekommen waren und diesen nun bewachten. Der eine hatte kurzes, blondes Haar, der andere war hager, wodurch seine Gesichtszüge kantig wirkten. Im selben Moment traten fünf Uniformierte aus dem Gebüsch, wodurch die Gruppe komplett umstellt war. Es handelte sich nicht um eine Straßensperre, sondern um einen Hinterhalt. Der hagere Mann am Ende der Lichtung schien das Kommando zu führen.

„Bleibt ruhig, dann wird euch auch nichts geschehen!", forderte er die Gruppe auf.

„Ich verstehe nicht", murmelte Holmweiler.

Ohne darauf einzugehen, fuhr der Unbekannte fort: „Ihr legt jetzt eure Taschen vor euch auf den Boden."

Ein Überfall. Einen Augenblick lang ärgerte sich Nimael, dass er sein Messer bei der Angelausrüstung am Fluss gelassen hatte. Andererseits hätte es ohnehin keinen Sinn gehabt, sich der Anweisung zu widersetzen. Schließlich waren ein wenig Geld und Proviant ein solches Risiko kaum wert. Es musste sich um mindestens zehn bewaffnete Männer handeln, die sie umstellt hatten – eine Übermacht, gegen die sie nicht die geringste Chance hatten.

Elias sah das offenbar anders. Während alle anderen ihre Taschen ablegten, griff er unvermittelt unter sein Hemd und zog ein Messer hervor. Erst hielt er es in abwehrender Haltung vor sich, dann wurde ihm offenbar bewusst, dass sie umstellt waren, und er begann, nervös damit herumzufuchteln. Die Mädchen in seiner Nähe bekamen Angst und wichen vor ihm zurück.

„Ihr bleibt von mir weg! Keiner kommt auch nur einen Schritt näher!“ Elias’ Stimme zitterte vor Anspannung. Als reicher Adelssohn war er wohl nicht das erste Mal in einen Raubüberfall verwickelt und hatte entsprechende Vorbereitungen getroffen.

Der Anführer drehte den Kopf zu seinem blonden Nebenmann und nickte ihm kommentarlos zu. Bei genauerem Hinsehen erkannte Nimael, dass dieser einen Bogen an seiner Schulter trug. Er holte ihn hervor, griff mit der anderen Hand hinter seinen Rücken, spannte einen Pfeil ein, zielte und schoss, ohne mit der Wimper zu zucken. Der Pfeil raste quer durch die Menge und traf Elias mitten in die Brust. Dieser schrie auf und ging durch die Wucht des Pfeils rückwärts zu Boden.

Für einen Moment war es totenstill auf der Lichtung. Wie allen anderen war auch Nimael der Schrecken in die Glieder gefahren. Er starrte auf Elias, der regungslos am Boden lag, und wusste weder ein noch aus. Holmweiler riss sich als Erster aus der Starre.

„Seid ihr wahnsinnig geworden?“, rief er fassungslos und lief zu Elias. Sofort löste sich einer der Männer, die aus den Büschen gekommen waren, aus der Formation, schnitt dem Professor den Weg ab und schlug ihm ohne Vorwarnung brutal ins Gesicht. Der Schlag traf Holmweiler auf die Nase. Er taumelte und fiel ebenfalls zu Boden, wodurch seine Brille zersplitterte. Der Uniformierte griff an den Gürtel und zog sein Messer. Genau wie der Bogenschütze wollte er dem Anführer anscheinend seine bedingungslose Loyalität beweisen. Im Gegensatz zu Elias war Holmweiler unbewaffnet und hatte sich nichts zuschulden kommen lassen. Wenn sie ihn als Bezugsperson des gesamten Kurses töteten, würde die Situation womöglich eskalieren und in einem Blutbad enden. Nimael riss sich zusammen und schüttelte die Schockstarre ab. Blitzschnell löste er sich aus dem Stand, machte einen Schritt hinter den Uniformierten und trat ihm in die Kniekehle. Dieser hatte offensichtlich nicht mit einer Einmischung gerechnet und ging ohne jeglichen Widerstand in die Knie, während er die Hand, die das Messer führte, seitlich von sich streckte. Sofort griff Nimael nach dessen

Handgelenk und rammte sein Knie dagegen, wodurch das Messer weggeschleudert wurde.

Ein Geräusch aus Richtung des Anführers ließ Nimael aufhorchen. Dort hatte sich der Bogenschütze bereitgemacht, einen weiteren Pfeil abzuschießen, der diesmal eindeutig für ihn bestimmt war. Nimael rollte sich nach vorn ab, griff nach dem Messer und hörte im selben Moment das Zischen des Pfeils, der ihn so knapp verfehlte, dass er dessen Luftzug noch an seinen Haarspitzen fühlen konnte. Ohne weiter darüber nachzudenken, sprang er auf und erwartete den Angriff des Uniformierten, den er gerade entwaffnet hatte. Dieser hielt sich jedoch mit schmerzverzerrter Miene die Hand, die durch den Stoß mit dem Knie anscheinend gebrochen war. Sofort nutzte Nimael die Gelegenheit, packte den Mann am Arm, riss ihn herum und hielt ihm das Messer an die Kehle. Dann richtete er den Blick auf den Bogenschützen, der bereits den nächsten Pfeil in seinem Köcher suchte.

„Waffen weg!“, forderte Nimael scharf.

Der Anführer zeigte sich unbeeindruckt und grinste ihn siegessicher an. Trotzdem gab er dem Bogenschützen mit einem Wink den Befehl innezuhalten und breitete herausfordernd seine Arme aus.

„Sieh dich um, Junge! Wir haben dreißig Geiseln, du nur eine.“ Er zögerte kurz, um in düsterem Tonfall fortzufahren. „Und glaubst du wirklich, dass mir nach seinem blamablen Auftritt gerade noch besonders viel an ihm liegt?“

Nimael dachte schnell darüber nach und sah sich um. Objektiv betrachtet hatte er gegen diese Übermacht nicht die geringste Chance, aber zumindest hatte er mit seinem Einschreiten Schlimmeres verhindert und eine Kampfpause erwirkt. Vielleicht konnte er diesen Umstand nutzen, um die Situation weiter zu entschärfen.

„Ich möchte nur, dass niemand mehr verletzt wird.“

„Also gut“, sagte der Anführer nach kurzer Überlegung. „Wenn du das Messer fallen lässt und keinen weiteren Widerstand leistest, bleibst du unversehrt. Und deine Freunde ebenso.“

„Ihr nehmt unsere Taschen und lasst uns unserer Wege ziehen?", fragte Nimael verblüfft. Auf keinen Fall hatte er damit gerechnet, die Angreifer so leicht von einer friedlichen Lösung zu überzeugen.

Der Anführer ließ seinen Zeigefinger nachdenklich an sein stoppeliges Kinn und über die Mundwinkel wandern. „Da handelt es sich wohl um ein Missverständnis", antwortete er schließlich. „Ehrlich gesagt interessieren uns eure Taschen nicht besonders. Ich kann dir nur versichern, dass heute Abend niemand mehr verletzt wird. Vorausgesetzt, ihr begeht keine weiteren Dummheiten."

Nimael wusste nicht, wie er darauf reagieren sollte. Was hatten sie vor? Suchten sie etwa einen bestimmten Gegenstand? Das wilde Pochen seines Herzens ließ ihn keinen klaren Gedanken fassen oder auch nur die geringste Vermutung darüber anstellen, was diese rätselhafte Aussage zu bedeuten hatte.

„Ich würde dir aber dringend raten, mein Zugeständnis anzunehmen", ergänzte der Anführer, um mit einer Kopfbewegung in Richtung des Bogenschützens seinen Worten Nachdruck zu verleihen.

„In Ordnung." Unter diesen Umständen gab es für Nimael nichts weiter auszuhandeln und die Sicherheit seiner Kameraden stand schließlich an erster Stelle. Er ließ das Messer langsam sinken, während er seinen Blick auf den Bogenschützen gerichtet hielt. Als sich dieser ein wenig entspannte und an die Absprache zu halten schien, warf Nimael das Messer zu Boden, trat hinter seiner Geisel hervor und streckte die Hände weit von sich.

„Ich bin unbewaffnet", sagte er. „Ich gebe auf."

„Gute Entscheidung", antwortete der Anführer zufrieden. „Nachdem das geklärt wäre, können wir endlich zur Tat schreiten." Er ging zu Saekatla, die die Lichtung als Letzte betreten hatte. „Von hier beginnend stellt ihr euch jetzt in einer Reihe auf und legt die Hände hinter den Kopf."

Die Studenten gehorchten seinem Befehl und bildeten eine Reihe. Nimael sah zu Holmweiler, der sich die blutige Nase hielt, aber aus eigenen Kräften aufstehen konnte und sich ebenfalls einreihte. Elias blieb dagegen regungslos liegen.

„Sieh mal nach ihm", befahl der Anführer einem seiner Männer. Dieser kniete neben Elias nieder, fühlte dessen Atem und Puls und wandte sich wieder an seinen Vorgesetzten.

„Der hat's hinter sich", stellte er so gefühllos fest, als hätten sie gerade eine Mücke erledigt. Auf den Gesichtern der Studentinnen spiegelten sich Trauer und ungläubiges Entsetzen wider. Nimael suchte die Reihe nach Molluk ab. Der sonst so großmäulige Freund von Elias gab keinen Mucks von sich. Er war zwar ebenfalls bleich, stand aber ohne sichtbare Gefühlsregung zwischen den anderen.

„Wir werden euch jetzt die Hände fesseln", erklärte der Anführer. „Wir erwarten dabei keinen Widerstand, ist das klar?"

Seine Männer warteten keine Antwort ab, sondern machten sich sofort ans Werk. Während sie Stricke hervorholten und sich Person für Person nach vorn arbeiteten, hielt sich der Uniformierte, den Nimael entwaffnet hatte, noch immer die Hand.

„Komm her!" Der Zorn des Anführers klang durch jede seiner Silben hindurch. Sein Untergebener gehorchte und schlich mit gesenktem Haupt zu ihm. Nach kurzem Zögern streckte er ihm die verletzte Hand entgegen. „Sauber hingekriegt, du Versager!" Der Anführer versetzte ihm eine schallende Ohrfeige. „Geh zurück und lass dich behandeln. Und sag den vier Sackgesichtern, dass sie endlich ihre Auswahl treffen sollen."

„Ja, Herr." Der Mann verschwand in demselben Gebüsch, aus dem er hervorgekrochen war. Kurze Zeit später raschelte es erneut im Unterholz und vier weitere Gestalten erschienen auf der Bildfläche. Im Gegensatz zu dem uniformierten Trupp waren sie in einfache weite Hemden und Hosen gekleidet, trugen aber Säcke über ihren Köpfen, aus denen Gucklöcher herausgeschnitten waren. Einer von ihnen war deutlich größer und überragte die anderen um mehr als einen Kopf.

Nimael verstand nun gar nichts mehr. Eine gewöhnliche Diebesbande bestand im Höchstfall aus fünf bis acht Personen. Inzwischen kamen hier mindestens vierzehn Mann zum Einsatz, dazu noch von offenbar unterschiedlichen Gruppierungen. Und dass sein Gegner die Möglichkeit hatte, seine verletzte Hand behandeln zu lassen, ließ darauf schließen, dass noch weitere warteten. Ein solches Aufgebot für einen einzigen Überfall? Noch dazu auf harmlose Studenten der Freien Künste, bei denen es mit Sicherheit ohnehin kaum etwas zu holen gab. Der große, maskierte Mann ergriff das Wort und riss Nimael aus seinen Überlegungen.

„Wir waren uns doch einig, dass es möglichst wenig Verletzte oder gar Tote geben sollte!", rief er verärgert.

„Er hatte ein Messer und stellte somit eine Bedrohung dar", antwortete der Anführer.

„Ein Einzelner? Eine Bedrohung?", fragte der Maskierte und fuhr in sarkastischem Tonfall fort. „Ja, richtig. Ich hatte vergessen, dass ihr euch normalerweise nur mit vollkommen Wehrlosen anlegt."

„Vergiss nicht, mit wem du sprichst!", ermahnte ihn der Anführer scharf.

„Habt ihr wenigstens versucht, mit ihm zu reden?", fragte der Maskierte vorsichtiger nach.

„Er machte keinen verhandlungswilligen Eindruck", mischte sich der Bogenschütze ein.

„Und was ist mit ihm?" Der Große zeigte auf Holmweiler. „War er auch eine Bedrohung?"

„Manchmal ist es am wirkungsvollsten, wenn man gleich zu Beginn ein Exempel statuiert", sagte der Anführer und zuckte mit den Achseln.

„Ihr hättet meine Auswahl töten können!", beschwerte sich der Maskierte.

„Ihr trefft vielleicht die Auswahl, aber die Umsetzung ist allein unsere Angelegenheit und hat euch nicht zu interessieren!", brüllte ihn der Anführer an. „Ist das klar?" Als der Maskierte nicht reagierte, fuhr er fort: „Jetzt fangt endlich an oder wollt ihr hier Wurzeln schlagen?"

Während des Streits war ein Uniformierter hinter Nimael aufgetaucht und hatte ihm ebenfalls die Hände auf den Rücken gebunden. Nun waren sie ihren Angreifern schutzlos ausgeliefert und konnten sich nur auf das Versprechen des Anführers verlassen. Nimael begann, an seiner Entscheidung zu zweifeln, und sah hilflos mit an, wie der Maskierte und seine drei Begleiter die Reihe entlangschritten.

„Wir werden jetzt vor euch treten und jeder, den wir auswählen, tritt einen Schritt vor und kniet zu Boden", befahl er. Daraufhin zeigte einer seiner Begleiter auf jemanden in der Reihe und seine erste Entscheidung folgte. „Du!"

Ting trat zitternd vor und kniete sich wie befohlen hin. Es folgten Eskabatt, Kaeti, Landria, Melina, Hallbora, Veila und zu Nimaels Entsetzen auch Thera. Die vier verhüllten Gestalten setzten ihren Weg fort und bauten sich schließlich vor ihm auf.

„Und du!" Diesmal traf der Große selbst die Entscheidung.

Obwohl Nimael nicht wusste, welches Schicksal ihn erwarten würde, konnte er seine Erleichterung nicht verbergen, in dieselbe Gruppe wie Thera gewählt worden zu sein. Bereitwillig trat er vor und kniete sich zu den anderen.

„Nein, der nicht", widersprach der Anführer vehement. „Das ist ein Unruhestifter."

„Ich habe meine Wahl getroffen", konterte der Maskierte.

„Du hast nicht mitbekommen, was da vorher abgelaufen ist. Triff eine andere Entscheidung!" Der Anführer sah sich um. „Dieses schweißgebadete Würstchen da zum Beispiel." Er deutete auf Molluk, der noch immer wie gelähmt in der Reihe stand.

Der Maskierte ließ sich nicht aus der Ruhe bringen und ging zielstrebig auf den Anführer zu. „Genau wie die Umsetzung eure Angelegenheit ist, so ist die Auswahl die meine", stellte er selbstsicher fest. „Ihr habt keinen Einfluss darauf und ich werde sie keinesfalls ändern."

Der Anführer erwiderte nichts darauf, aber trotz des Dämmerlichts war deutlich zu erkennen, wie es vor Zorn in seinen Augen blitzte. Als der Maskierte seinem Blick standhielt, gab er schließlich nach.

„In Ordnung. Aber wenn etwas schiefgeht, trägst du die Verantwortung.“ Damit übernahm er wieder die Befehlsgewalt. „Ihr Sackgesichter verschwindet jetzt von hier!“ Die maskierten Gestalten gehorchten und verließen die Lichtung. „Wir nehmen jetzt alle Ausgewählten mit“, fuhr der Anführer fort. „Die anderen verbringen die Nacht hier. Morgen früh werden euch sicher ein paar Wanderer finden und befreien.“ Sein Blick richtete sich wieder auf Nimael. „Und was dich betrifft …“ Er kam auf ihn zu, winkelte ein Bein an und kniete sich vor ihm zu Boden. „Du hast echt Schwein, weißt du das? Wenn ich es dir vorher nicht versprochen hätte, hättest du jetzt einen bedauernswerten Unfall. Aber ich bin ein Mann meines Wortes und deshalb nehmen wir dich mit.“ Er zögerte kurz, sah zu dem Uniformierten, der hinter Nimael stand, und grinste. „Wie du allerdings mitkommst, ist Teil der Umsetzung, und die ist wiederum unsere Angelegenheit.“ Er zog ein Tuch hervor, grinste noch breiter und gab es dem Uniformierten. „Verbinde ihm die Augen.“

Dann wurde es dunkel.

3

ÄNGSTE

Los, auf die Beine!", forderte der Anführer. „Folgt uns! Jeder Fluchtversuch wird mit dem Tode bestraft." Seine Anweisungen waren unmissverständlich, aber Nimael fragte sich, wie er sie mit verbundenen Augen befolgen sollte.

„Du, Blondchen!" Offensichtlich war dieser Umstand auch dem Befehlshaber gerade bewusst geworden. „Du wirst unseren Unruhestifter führen. Ich binde jetzt deine Hände los, und wehe, du machst Unsinn!"

Nimael richtete sich vorsichtig auf und wartete. Kurz darauf nahm jemand seinen rechten Arm.

„Ich bin's", hörte er Theras verängstigte Stimme.

„Alles in Ordnung?", fragte er.

„Ja, ich …" Theras Antwort wurde von einem Uniformierten jäh unterbrochen.

„Wer hat euch erlaubt, zu reden?", brüllte er sie an. „Los jetzt, weiter!"

Nimael war froh, dass Thera ihn gut abstützte. Die verbundenen Augen brachten ihn aus dem Gleichgewicht. Unbeholfen wankte er voran und stolperte mehrmals. An seinen Beinen spürte er, dass sie die

Lichtung verlassen hatten und sich nun durchs Unterholz schoben, das ihm bis zur Hüfte reichte. Plötzlich traf ihn ein Zweig ins Gesicht und kratzte über seine linke Wange. Mehr vor Schreck als vor Schmerz stöhnte er auf.

„Tut mir leid, den habe ich nicht kommen sehen", flüsterte Thera.

„Nichts passiert", antwortete Nimael, obwohl seine Wange noch brannte. Querfeldein im Wald unterwegs mussten Thera und die anderen inzwischen beinahe so blind sein wie er.

Nach einiger Zeit hörte er von vorn vereinzelte Wortfetzen und ein wieherndes Pferd. Bald erkannte Nimael die Stimme des Anführers, der ganz in seinem Element weitere Befehle brüllte.

„Werft ihr Gepäck in die Kutschen." Selbst ihre Taschen hatten sie also mitgehen lassen.

Thera verringerte ihre Geschwindigkeit und signalisierte Nimael mit einem sanften Ruck, dass er stehen bleiben solle.

„Das sind die Letzten", sagte einer der Entführer.

„Gut." Der Anführer klang zufrieden. „Bring sie zu den anderen."

Thera änderte die Richtung und führte Nimael einige Schritte weiter.

„Ihr seid neun Personen, aber es sind nur noch zwei Kutschen übrig", erklärte der Anführer. „Also wird sich eine Partei zu fünft in einen Wagen quetschen müssen. Und nun ratet mal, wer sich einen Platz darin verdient hat?" Trotz Augenbinde fühlte Nimael zahlreiche Blicke, die sich auf ihn richteten. „Ihr dürft euch während der Fahrt unterhalten, aber wenn ihr uns stört oder irgendwelche Probleme verursacht, gibt's Ärger! Und die Nacht solltet ihr lieber zum Schlafen nutzen, damit ihr morgen bei Kräften seid. Ihr werdet sie brauchen."

Eine Hand, die weit weniger sanft mit ihm umsprang als Thera, packte Nimael und schob ihn vorwärts, bis er mit dem Schienbein gegen die Unterkante einer Kutsche stieß.

„Rein da!", befahl sein ungehobelter Begleiter.

Nimael machte einen hohen Schritt und stieg vorsichtig zwei weitere Treppenstufen empor. Als er oben angelangt war, blieb er planlos stehen.

„Setz dich nach links", riet ihm Hallbora, die offensichtlich bereits in der Kutsche saß. „Thera wird gleich wieder bei dir sein."

Nimael war erstaunt, wie gefasst sie klang. Er schob seinen Fuß vorsichtig über den glatten Boden und stieß auf Holz. Dann drehte er sich und setzte sich langsam hin, bis er einen Sitz unter sich fühlte. Nachdem er sich bedankt hatte, hörte er bereits die nächste Person an der Treppe. Sie setzte sich neben ihn und er spürte ihr Zittern.

„Thera?", fragte er vorsichtig.

„Ja, ich bin es", antwortete sie.

„Mach dir keine Sorgen, es wird alles gut." Nimael versuchte, sie zu beruhigen, doch die Tür, die hinter ihnen mit einem lauten Schlag zugeknallt wurde, machte seine Bemühungen zunichte und ließ ihn selbst nicht mehr an seine Worte glauben.

Während von außen einige Geräusche zu ihnen drangen, herrschte im Innenraum noch lange betretenes Schweigen. Irgendwann knallte eine Peitsche und die Kutsche setzte sich in Bewegung, doch die Stille hielt weiterhin an. Innerhalb kürzester Zeit hatte sich einer der schönsten Tage des Jahres in den erdenklich schlimmsten Albtraum verwandelt. Wohin brachte man sie? Welches Schicksal erwartete sie? Und warum ausgerechnet sie?

„Danke", durchbrach Hallbora das Schweigen. Nachdem Nimael nicht darauf reagierte, stupste ihn Thera an.

„Sie meint dich."

„Mich?", fragte er überrascht. „Wofür bedankst du dich?"

„Ich mag Holmweiler", antwortete Hallbora. „Wer weiß, was sie mit ihm gemacht hätten, wenn du nicht eingegriffen hättest."

„Das hätte aber auch genauso gut ins Auge gehen können", sagte Landria, die Nimael als die vierte Person in der Kutsche identifizierte. „Wenn dich der Pfeil erwischt hätte, wärt ihr jetzt beide ebenfalls tot."

„Der arme Elias", brachte Thera hervor und hielt kurz inne. „Ich hoffe, die anderen schaffen es unbeschadet nach Moenchtal zurück." Dass ihre Sorge sogar jetzt noch der anderen Gruppe galt, während sie selbst vermutlich einer viel schlimmeren Gefahr ausgesetzt war, ließ Nimael wieder einmal über ihr Mitgefühl staunen. „Holmweiler sah nicht gut aus", fuhr sie fort. „Am Ende hat er kein Wort mehr herausgebracht."

„Er hat wahrscheinlich nur erkannt, dass unsere Entführer nicht mit sich reden lassen und auch keine andere Autorität neben sich akzeptieren", versuchte Nimael erneut, sie zu beruhigen.

„Das solltest du dir merken!", ermahnte ihn Landria scharf.

„Keine Sorge", erwiderte Nimael mit ruhiger Stimme. „Im Moment droht uns keine unmittelbare Gefahr. Solange es so bleibt, werde ich sie ganz sicher nicht provozieren." Trotz seiner beschwichtigenden Worte fühlte er Thera noch immer ein wenig zittern. Vielleicht konnte er sie auf andere Gedanken als den Überfall bringen. „Wer ist überhaupt hier? Wir sind doch zu fünft, nicht wahr?"

„Ja", antwortete Melina von der gegenüberliegenden Seite. „Ich bin auch hier." Sie klang verängstigt. Wahrscheinlich war sie mit dieser Situation hoffnungslos überfordert.

„Wie viele Kutschen habt ihr gezählt?", fragte Nimael weiter.

„Insgesamt waren es vier", sagte Hallbora.

„Du steckst das erstaunlich gut weg, Hall." Nimael wollte sie loben, aber es klang mehr nach einer Frage.

„Seit sie uns nicht mehr mit Waffen bedrohen und versprochen haben, dass sie uns nichts antun werden, geht es mir besser", erklärte sie. „Außerdem ist mir klar geworden, dass wir schon längst tot wären, wenn sie das gewollt hätten."

Nimael hoffte, dass ihr Argument auch die anderen etwas beruhigen würde, doch Landria widersprach sofort.

„Nein. Das heißt nur, dass sie dich erst töten werden, wenn sie ihr Lösegeld bekommen haben."

Ihre unsensible Antwort ließ Nimael mit den Augen rollen. Eine Reaktion, die unter seiner Augenbinde zum Glück unerkannt blieb.

„Irgendwie glaube ich nicht, dass es so einfach ist", widersprach er. „Warum wurden ausgerechnet wir ausgewählt? Für mich sollten sie jedenfalls kein allzu hohes Lösegeld erwarten. Wäre es nicht logischer gewesen, einen Adelssohn wie Molluk zu entführen, der noch dazu keinen Widerstand leistete?"

„Ja, das ist merkwürdig", überlegte Thera laut.

„Und warum solch ein Aufgebot?", fragte Nimael. „Habt ihr gesehen, mit wie vielen Gegnern wir es zu tun haben?"

„Schätzungsweise doppelt so viele wie wir", antwortete Hallbora.

„Nein, das ist einfache Mathematik", widersprach Landria, deren Stärke nun zum Vorschein kam. „Es sind vier Kutschen. In jede Kutsche passen vier Personen und jeweils zwei Mann sitzen oben, um die Kutsche zu steuern. Wenn wir den Innenraum abziehen, den wir einnehmen, verbleiben genau 16 von denen." Offenbar erzielte eine simple Rechenaufgabe bei ihr eine beruhigendere Wirkung, als Hallboras vernünftigste Argumente es vermocht hatten.

Die darauffolgende Stille hatte einen deutlich positiveren Unterton als noch zu Beginn der Fahrt. Thera zitterte nicht mehr und vermutlich ging es auch Melina schon besser. Es handelte sich nicht mehr um eine angespannte Stille, sondern eine erschöpfte Ruhe. Alle schienen sich einig, den Rat des Anführers zu befolgen und ein wenig zu schlafen, um am folgenden Tag bei Kräften zu sein. Doch die zahlreichen Ereignisse und offenen Fragen ließen Nimael nicht los. Er saß noch eine ganze Weile da und ließ seine Gedanken kreisen. Auch die direkte Nähe zu Thera hatte nicht unbedingt eine beruhigende Wirkung auf ihn, aber zumindest eine positive. Er konzentrierte sich auf sie. Auf das Geräusch ihres Atems. Auf ihren Geruch. Auf die Stellen, an denen sich ihre Körper berührten und gegenseitig wärmten. Auf jede ihrer Bewegungen, selbst wenn es nur ihr Brustkorb war, der sich hob und senkte. Gleichmäßig. Regelmäßig. Immer und immer wieder …

Am nächsten Morgen wurden die Spekulationen vom Vortag fortgeführt. Melina war aufgefallen, dass ihre Entführer allesamt ein *G* mit einem Stern auf der linken Seite ihrer Uniform trugen. Nur die Brust des Anführers war mit zwei Sternen versehen, also handelte es sich dabei wohl um ein Rangabzeichen. Aber was hatte das *G* zu bedeuten? Obwohl sie die Namen sämtlicher Territorien durchgegangen waren, fiel ihnen kein Staat ein, der seine Soldaten ohne Wappen und nur mit einem einfachen Buchstaben dekorierte. Dafür führte die Diskussion über die Territorien aber zu einem weiteren interessanten Punkt.

„Wir sind die ganze Nacht gefahren. Ob wir uns überhaupt noch in Kabundaea befinden?", rätselte Hallbora. Moenchtal und Pagura lagen am Ostrand ihres Territoriums. Nach so langer Reise hatten sie Kabundaea wahrscheinlich bereits verlassen, was eine Rettung noch aussichtsloser machen würde.

Bald darauf befahl der Anführer endlich eine erste Rast. Nachdem sie die Kutsche verlassen hatten, beschrieb Thera die unspektakuläre Umgebung. Sie befanden sich so tief im Wald, dass man allen bis auf Nimael die Fesseln löste und ihnen erlaubte, sich die Beine zu vertreten.

„Ihr habt eine halbe Stunde Zeit, aber bleibt in Sichtweite! Wenn jemand versucht zu verschwinden, wird das entsprechende Konsequenzen haben", drohte der Anführer.

Thera ließ sich das nicht zweimal sagen. Sie nahm Nimael am Arm und führte ihn fort. Nach der langen Reise tat jede Bewegung gut, aber nicht nur deshalb hatte ihn Thera außer Hörweite gebracht.

„Nimael, mir ist noch etwas aufgefallen", berichtete sie ernst. „Als wir die Kutsche verlassen haben, habe ich den Uniformierten im Blick behalten, mit dem du gestern gekämpft hast. Er hat einem anderen seine verbundene Hand gezeigt, ihm etwas erzählt und dabei immer wieder zu dir gesehen."

„So eine Verletzung kann ganz schön schmerzhaft sein", antwortete Nimael.

„Ja, aber du hättest seine Blicke sehen sollen! Er scheint ziemlich nachtragend zu sein."

„Danke, gut zu wissen." Nimael dachte kurz darüber nach. „Im Moment bin ich ihm zwar schutzlos ausgeliefert, aber den Maskierten scheint einiges daran zu liegen, dass wir die Reise unverletzt überstehen. Ich glaube nicht, dass er mich angreifen darf."

„Ich verstehe das sowieso nicht", fuhr Thera fort. „Wie kann es sein, dass unsere Entführer unterschiedliche Interessen haben? Diese vier maskierten Gestalten sitzen noch immer in ihrer Kutsche, die ringsherum von Vorhängen verdeckt wird. Also warum zeigen sich zwölf Leute offen und vier nicht? Das ergibt doch keinen Sinn! Haben sie vielleicht eine Krankheit oder sind irgendwie entstellt? Jedenfalls scheinen sie nicht zu den anderen zu gehören."

„Solange es sich nicht um Butze handelt …" Nimael lächelte verlegen, weil ihm keine schlüssige Antwort darauf einfiel.

„Holen die nicht nur Kinder?", fragte Thera mit einem nicht allzu ernsten Unterton. „Aus dem Alter dürften wir wohl raus sein."

Kurz darauf ertönte das Signal zum Aufbruch und sie kehrten zur Kutsche zurück. Wie sich herausstellte, hatte es auch sonst niemand auf einen Fluchtversuch ankommen lassen. Anscheinend war allen bewusst, dass dies in einem unbekannten Waldstück und dazu noch gegen Verfolger mit Pferden aussichtslos gewesen wäre. Auch die Entführer wähnten sich inzwischen so sicher, dass für die Mädchen die Fahrt ohne Fesseln weiterging.

Der Tag verstrich. Irgendwann machten die Räder erneut halt.

„Wir sind an einem Haus angelangt", sagte Thera. Sie klang neugierig. Offenbar hatte sie sich schnell an die Situation gewöhnt und informierte Nimael mittlerweile genauso selbstverständlich, wie ein

Deuter den Stand der Sterne erklärte. „Vorsicht, Stufen." Eine kurze Pause. „Schwelle."

Ihrer liebevollen Stimme folgte der harte Kontrapunkt. „Bringt sie auf die Zimmer!", brüllte der Anführer. Wieder ging es einige Stufen hinauf. Von oben waren die Befehle eines Uniformierten zu hören.

„Ihr beide, da rein! Na los, wird's bald?" Ungeduldig teilte er die Gefangenen auf und beschloss kurzerhand, dass das letzte Grüppchen zu dritt Platz finden musste.

„Wollt ihr mir nicht die Augenbinde abnehmen?", fragte Nimael und blieb stehen.

„Schnauze, die bleibt dran! Wenn wir dich ohne sie erwischen, bist du fällig. Jetzt mach, dass du reinkommst!" Ein plötzlicher Stoß beförderte Nimael kopfüber ins Zimmer und zurück auf den Boden der Tatsachen. Die besorgten Ausrufe von Thera und Melina verrieten ihm, um wen es sich bei seinen Mitbewohnerinnen handelte. Noch bevor sie ihm wieder auf die Beine geholfen hatten, schlug der Wachmann die Tür hinter ihnen zu und verriegelte sie.

„Das wird ganz schön eng hier", sagte Thera. „Es gibt nur ein einziges Bett."

„Ich schlafe auf dem Boden, das stört mich nicht", bot Nimael ohne zu zögern an. Mit einem solchen Luxus hatte er sowieso nicht gerechnet. „Wer hätte gedacht, dass man uns eigene Zimmer zur Verfügung stellt? Bei so vielen Personen muss das ganz schön kostspielig sein."

„Ich weiß nicht", überlegte Thera laut. „Ich habe kein Personal gesehen. Vielleicht gehört das Haus ihnen."

„Was, wenn sie die Eigentümer getötet haben, um das Haus für sich zu haben?", fragte Melina.

„Nein, das glaube ich nicht", antwortete Nimael. „Sie wollen bestimmt keine Spuren hinterlassen. Dafür ist alles viel zu glatt organisiert."

Kurze Zeit später brachte man ihnen trockenes Brot und Wasser. Da sie seit dem späten Vormittag nichts mehr zu essen bekommen hatten, war das Abendessen schnell verspeist. Anschließend erkundigte sich Nimael nach Fluchtmöglichkeiten, aber die Fenster waren vergittert. Was von außen wie ein Schutz vor Einbrechern wirkte, war von innen ein ausbruchsicheres Gefängnis.

Am nächsten Morgen setzten sie ihre Reise fort und die Tage verliefen nach demselben Muster. Eines Nachmittags hörte Nimael, dass ihr Kutscher den Fuhrmann eines entgegenkommenden Gespanns grüßte, und witterte eine Chance. Aber was sollte er tun? Selbst wenn er die Fremden auf sich aufmerksam machen konnte, was sollten diese gegen die Überzahl Uniformierter ausrichten? Der Anführer hatte unmissverständlich klargemacht, dass jeder Zwischenfall entsprechende Konsequenzen nach sich ziehen würde. Vermutlich würden die unliebsamen Zeugen innerhalb kürzester Zeit im Wald beseitigt werden. Unbeteiligte Dritte einer solchen Gefahr auszusetzen, wäre verantwortungslos gewesen. Da er sein Gewissen nicht damit belasten wollte, ließ Nimael den Gegenverkehr stillschweigend passieren.

Ein paar Tage später wurde Nimael in der Entscheidung, die er getroffen hatte, bestätigt. Der Tross kam zum Stehen, weil die Kutsche von Eskabatt, Veila, Kaeti und Ting deutlich zurückgefallen war. Die Ursache war schnell gefunden – eines der Pferde war der Belastung nicht gewachsen und lahmte. Aus der Ferne beobachteten Nimaels Begleiterinnen, wie einer der Männer das Tier beim Geschirr packte, den Kopf nach oben riss und ihm ohne zu zögern die Kehle durchschnitt. Nachdem die Entführer in der nächsten Stadt für Ersatz gesorgt hatten, ging die Fahrt wie gewohnt weiter. Wieder hatten sie ihre Entschlossenheit und Brutalität unter Beweis gestellt.

Jeden zweiten Tag erreichten die Reisenden weitere Gasthäuser, die allesamt gut gesichert waren. Immerhin verfügten die Zimmer über Waschgelegenheiten, die eine halbwegs brauchbare Kleidungs- und

Körperpflege ermöglichten. Landria hatte beobachtet, dass der Anführer immer denselben Schlüssel verwendete, um die Häuser zu öffnen. Wenn sie tatsächlich alle ihren Entführern gehörten, mussten diesen erstaunliche Mittel zur Verfügung stehen.

Mit der Zeit stellte sich außerdem heraus, dass sie ihre Gefangenen gut behandelten, solange man sich an ihre Anweisungen hielt. Jedenfalls drohte offenbar keine unmittelbare Gefahr. Nach einer Woche hatte sich die Lage so weit entspannt, dass die Stimmung unter den Gefangenen etwas lockerer wurde.

Am Vormittag des neunten Tages befahl der Anführer einen kurzen Halt. Thera konnte erkennen, dass sich vor ihnen eine merkwürdige Steinformation erstreckte. Es schien sich um eine Art Grabstätte zu handeln. Thera beschrieb sie als eine Ansammlung von insgesamt 18 Monolithen, die zu sechs torförmigen Steingebilden zusammengesetzt waren. Diese bestanden wiederum aus jeweils drei Steinen, nämlich zwei Pfeilern und einem Deckstein. Einer der Torbögen stand in der Mitte der Formation, die anderen fünf umgaben ihn in gleichmäßigem Abstand. Der Anführer verließ die Kutsche und verschwand kurz aus ihrem Sichtfeld, kam aber gleich darauf zurück und die Fahrt wurde fortgesetzt.

Als sie am Nachmittag Halt machten, führte Thera Nimael wieder in den Wald, bis sie genug Abstand hatten, um ungestört reden zu können.

„Was er dort wohl gemacht hat?“, fragte sie sich gedankenverloren.

„Vielleicht nur eine kleine Pause, um sich zu erleichtern.“

„Nein, dafür war er viel zu kurz weg.“

„Vielleicht kam nichts.“ Nimael grinste unter seiner Augenbinde hervor.

„Idiot!“ Obwohl Thera nicht lachte, war Nimael der amüsierte Unterton in ihrer Stimme nicht entgangen. „Nein, ich glaube nicht, dass er gerade an einer solchen Steinformation zufällig aussteigen wollte. Er hat dort bestimmt nach etwas gesucht.“

Plötzlich hörte Nimael einen dumpfen Schlag. Er fühlte, wie sich Thera von seinem Arm löste und sie neben ihm zu Boden fiel. Entsetzt blieb er stehen und drehte sich zu ihr.

„Thera? Thera!", rief er mit sich überschlagender Stimme und versuchte, nicht in Panik zu geraten. „Was ist mit dir?"

„Du solltest dir lieber Sorgen um dich selbst machen", drohte ihm die tiefe Stimme eines unbekannten Mannes.

„Was soll das? Wer ist da?"

„Du kennst mich nicht?", fragte der Unbekannte. „Wir hatten schon das Vergnügen, als du mir vor ein paar Tagen die Hand gebrochen hast." An seiner Stimme erkannte Nimael, dass er die Position wechselte. Offenbar bewegte er sich in Kreisen um ihn herum wie ein Raubtier, bevor es seine Beute riss.

„Ihr habt *uns* angegriffen!", verteidigte sich Nimael und drehte sich in die Richtung, aus der die Stimme zuletzt erklungen war. Der Uniformierte stand jedoch schon wieder hinter ihm und das Argument schien nicht zu ihm durchzudringen.

„Du hast mir die Hand gebrochen", stellte er fest. „Jetzt wirst du dafür bezahlen."

Nimael begriff auf einmal, dass ihm der Mann nicht in den Wald gefolgt war, um über die Schuldfrage zu diskutieren. Ein Angriff war unausweichlich und stand unmittelbar bevor. Blind und gefesselt stellte er für den Uniformierten jedoch keinen ernstzunehmenden Gegner, sondern lediglich ein einfaches Opfer dar. Schnell drehte sich Nimael dorthin, wo er den Mann vermutete, wich instinktiv einen Schritt zurück und zog im selben Moment sein rechtes Bein nach oben. Plötzlich schnitt ihm ein scharfer Gegenstand ins Schienbein und kalter Schmerz durchfuhr ihn. Sofort machte er zwei weitere Schritte nach hinten, um Abstand zwischen sich und seinen Angreifer zu bringen. Als er stehen blieb, fühlte er Blut an seinem Bein herablaufen.

Aus weiter Ferne erklang auf einmal ein Schrei. Einer der Männer musste auf sie aufmerksam geworden sein, aber das schien den Uniformierten nicht zu kümmern. Seine schweren, zielstrebigen Schritte knackten auf dem Waldboden. Er näherte sich, um nachzusetzen. In der Hoffnung, dass ihn kein Baumstamm oder Stein erwartete, ließ sich Nimael blindlings nach hinten fallen. Der weiche Waldboden fing seinen Sturz auf und gab ihm Gelegenheit, statt seiner gefesselten Hände die Beine einzusetzen. So stark er konnte, trat Nimael nach oben. Doch der Tritt verfehlte sein Ziel und landete im Leeren, wodurch sich seine Position nur noch verschlechtert hatte. Er lag nun wehrlos am Boden und hatte keine Ahnung, aus welcher Richtung ihn der nächste Angriff des Uniformierten erwartete.

„Daneben!" Nur ein einziges schadenfrohes Wort verriet dessen Position.

Nimael zögerte keinen Augenblick und fuhr mit seinem Fuß am Boden entlang, bis er gegen die Beine des Mannes stieß. Mit Schwung zog er sie unter dessen Leib weg, worauf der Angreifer mit einem zornigen Schrei zu Boden ging. Doch die Freude währte nicht lange. Im Gegensatz zu Nimael bereitete es dem Uniformierten keinerlei Schwierigkeiten, sich sofort wieder aufzuraffen, um erneut nachzusetzen. Nimael versuchte vorauszusehen, welche Position der Mann als Nächstes einnehmen würde, und erinnerte sich an dessen verletzte rechte Hand. In der Hoffnung, dass er seine Klinge nun mit der Linken führte, rollte sich Nimael in die Gegenrichtung und hörte ein Messer, das nur knapp neben ihm in den Erdboden gerammt wurde. Doch auch dieser Erfolg war nur von kurzer Dauer. Nimael lag nun auf dem Bauch und konnte unmöglich so schnell wie sein Angreifer reagieren, der ihn mit seinem Knie in dieser Position festklemmte und damit vollkommen wehrlos unter sich hatte.

„Jetzt bist du dran!" Die Stimme des Uniformierten klang hocherfreut. Obwohl ihm klar war, dass er diesmal keine Chance hatte, zappelte Nimael wie ein Fisch an der Angel. Gleich würde ihn der kalte Stahl an einer unvorhersehbaren Stelle durchbohren. Durch einen Stich ins Herz musste er die Schmerzen mit Sicherheit sehr viel kürzer ertragen als durch die Verletzung anderer Organe. Als er überlegte, ob er aufhören sollte zu zappeln, um sich seinem Schicksal zu ergeben, schossen auf einmal blitzschnelle Schritte über den Waldboden heran und rissen den Uniformierten von ihm herunter. Dieser landete offenbar unsanft auf dem Waldboden und stöhnte überrascht auf. Einen Moment lang raschelte und knackte es neben Nimael.

„Weg damit!“, rief eine vertraute männliche Stimme.

„Was zum …“ Bevor der Uniformierte ausreden konnte, hörte Nimael einen Schlag. „Bist du verrückt geworden? Wie kannst du es wagen, dich hier einzumischen?“, fauchte sein Gegner außer sich vor Empörung. Währenddessen hatte sich Nimael wieder auf die Knie und schließlich taumelnd in den Stand zurückgebracht.

„Ihr lasst den Jungen in Ruhe!“, forderte der andere, den Nimael jetzt als den großen, maskierten Mann identifizierte. Seine Stimme klang deutlich kraftvoller als die seines Angreifers. Anscheinend hatte er sich eingemischt und den Uniformierten unter sich begraben.

„Willst du dich wirklich mit mir anlegen?“, fragte dieser ungläubig.

Plötzlich näherten sich weitere Schritte. „Runter von ihm!“, befahl der Anführer.

„Er wollte den Jungen töten!“, rechtfertigte sich der Maskierte.

„Und da bist du einfach so in den Wald gestürmt und auf ihn losgegangen, noch dazu ohne Maske?“, fragte der Anführer verärgert. „Runter von ihm! Sofort! Und zieh den Sack wieder über deine hässliche Fratze!“

„Was ist mit Thera?“, unterbrach Nimael energisch den Streit, während weitere Männer bei ihnen eintrafen.

„Seit wann hast du hier etwas zu melden?“ Der harte Schlag des Anführers traf Nimael am Hinterkopf. „Seid ihr alle größenwahnsinnig geworden?“

Obwohl ihn die Sorge um Thera beinahe verrückt werden ließ, schwieg Nimael artig. Nach kurzer Pause rang sich der Anführer endlich dazu durch und ließ nach ihr sehen.

„Was ist mit der Kleinen?", erkundigte er sich schließlich. Für einen kurzen Moment fühlte sich Nimael in die Situation mit Elias zurückversetzt, die ihm einen eiskalten Schauer über den Rücken jagte.

„Sie kommt langsam wieder zu Bewusstsein", erklärte einer der Uniformierten.

„Bringt sie zurück zur Kutsche und verarztet sie", befahl der Anführer.

„Seid vorsichtig mit ihr", bat Nimael und erntete sogleich einen weiteren Schlag an den Hinterkopf. Dann packte man ihn unsanft an den Armen und führte ihn fort.

Erst an der Kutsche verstand Nimael, dass sich der Befehl des Anführers nicht nur auf Thera, sondern auch auf ihn selbst bezogen hatte. Die Schnittwunde am Bein hatte er in all der Aufregung vollkommen vergessen. Nachdem sie ihm den Saum und ein Stück des Hosenbeins abgerissen hatten, wurde die Wunde gereinigt und verbunden. Anschließend brachte man ihn zurück zu seinen Kameradinnen, die ihn bereits besorgt erwarteten.

„Alles in Ordnung?", fragte Hallbora.

„Ja, mit mir schon, aber der Mistkerl hat Thera verletzt." Nimael schwankte zwischen tiefer Sorge und kochender Wut, als er weit entfernt plötzlich die Stimmen des Anführers und seines Erzfeindes hörte. Er konzentrierte sich auf das Gespräch und lauschte. Obwohl er nicht alles verstand, schloss Nimael aus den einzelnen Wortfetzen, dass dem Uniformierten nicht nur eine Rüge erteilt, sondern sogar mit ernsten Konsequenzen gedroht wurde.

Der Uniformierte murmelte eine leise Antwort, die einsichtig klang, aber unmöglich zu verstehen war.

„Man hört doch gar nichts", unterbrach Landria die Stille im Kutscheninneren.

„Meinst du das ernst?", fragte Nimael ungläubig.

Plötzlich öffnete sich die Tür und jemand setzte sich neben ihn.

„Thera! Was ist los?", fragte Nimael besorgt. „Wie geht es dir?"

„Mir dreht sich alles“, antwortete sie benommen. „Und die Kopfschmerzen sind unerträglich, aber sonst ist alles gut.“

„Es tut mir leid“, sagte Nimael. „Das ist meine Schuld. Ich habe diesen Typen verletzt und damit gegen mich aufgebracht. Nun setze ich dich auch noch einem zusätzlichen Risiko aus, weil du auf mich aufpasst. Das wollte ich wirklich nicht!“

„Sie schon“, sagte Hallbora leise.

„Was meinst du?“, fragte Nimael.

„Als sie dir bei unserer Entführung auf dem Schattenhügel die Augen verbunden hatten, waren alle anderen bereits aufgestanden und zum Abmarsch bereit“, verriet Hallbora. „Nur Thera saß noch da und sah zu euch rüber. Sie hätte nur noch eindeutiger handeln können, wenn sie sich freiwillig gemeldet hätte, dich zu führen.“

„Das stimmt doch gar nicht“, erwiderte Thera und klang verlegen.

„Das muss dir doch nicht peinlich sein“, beruhigte sie Hallbora. „Nimael hätte für dich bestimmt dasselbe getan.“

„Auf jeden Fall!“, platzte es aus Nimael heraus. „Ich könnte nicht dankbarer und glücklicher sein, dass du meine Begleiterin bist“, fügte er hinzu. „Wenn Kaeti oder Eskabatt auf mich aufpassen würden, hätte mich inzwischen bestimmt schon eine Kutsche überrollt.“

„Was ist denn überhaupt passiert?“, fragte Thera. Nimael erzählte von dem Angriff und der Verwarnung, die der Uniformierte dafür kassiert hatte.

„Man konnte doch gar nichts hören“, behauptete Landria noch immer.

„Zugegeben, ich habe nicht alles verstanden, aber bei dem Teil bin ich mir ziemlich sicher. Konntet ihr wirklich nichts hören?“

Alle drei verneinten und sogar Thera, die sich zu der Zeit noch im Freien befunden hatte, hatte nichts von dem Gespräch mitbekommen. Anscheinend hatte die lange Blindheit Nimaels Gehör geschärft, was sich zu einem späteren Zeitpunkt vielleicht noch zu einem Vorteil entwickeln konnte.

Als sich die Kutsche wieder in Bewegung setzte, bat Thera um ein wenig Ruhe und schlief wenig später ein, wodurch sie ihre Kopfschmerzen nicht länger ertragen musste. An diesem Abend freute sich Nimael besonders, dass zur Übernachtung ein weiteres Gasthaus zur Verfügung stand und Thera somit die verdiente Ruhe finden konnte. Er entschuldigte sich noch einmal bei ihr und wünschte eine gute Nacht.

„Mach dir keine Sorgen, Nimael. Es war nicht deine Schuld“, murmelte sie, bevor sie in den Schlaf sank.

Obwohl ihre Worte wie Balsam auf seiner Seele klangen, wusste er, dass es ihre Nähe zu ihm war, die sie in Gefahr gebracht hatte. Eine Gefahr, die er unterschätzt hatte. Er war unaufmerksam geworden, und das, obwohl er nun nicht mehr allein für sich selbst verantwortlich war. Ihre Sicherheit stand an oberster Stelle und so etwas wie an diesem Tag durfte nicht noch einmal geschehen.

Am nächsten Morgen ging die Fahrt wie gewohnt weiter. Das bedeutete Richtung Süden, wie Landria mittlerweile festgestellt hatte. Außerdem hielten sie sich auf schmalen Pfaden fernab von größeren Städten oder Siedlungen auf, wodurch sie nur selten anderen Reitern oder Passanten begegneten. Eine Woche verging, dann wurde die Vegetation spärlicher und Nimael fühlte, dass immer mehr Sonnenlicht auf sein Gesicht fiel. Nach der langen Reise taten ihm nicht nur der Hintern und der Rücken weh, auch seine Handgelenke waren von den Fesseln längst wund gescheuert. Wie lange sollte diese Tortur noch weitergehen?

Irgendwann ließen sie den kühlenden Schatten des Waldes hinter sich und fuhren durch eine Steppe, die nur noch vereinzelt von Büschen und Sträuchern durchzogen war. Die Hitze war inzwischen unerträglich geworden – besonders für Thera. Als Kind einer nordischen Familie war sie solche Verhältnisse nicht gewohnt. Zudem mussten sie von nun an auf Gasthäuser gänzlich verzichten. Am siebzehnten Tag ihrer Reise stießen sie erneut auf eine Steinformation und machten Halt. Thera beschrieb sie als weitgehend identisch mit der letzten und wieder stieg der Anführer ab und bewegte sich darauf zu. Er hatte etwas bei sich, das nur schwer zu erkennen war, das er aber noch immer bei sich trug, als er zurückkam. Inzwischen war auch Nimael überzeugt, dass es sich dabei nicht um einen Zufall handeln konnte. Nach zwei weiteren Tagen erreichten sie ein kleines Nadelwäldchen, das sich mitten in der Einöde befand. Nachdem sie am Waldrand eine Rast eingelegt hatten, stieß unerwartet der Anführer zu ihnen.

„Glückwunsch", verkündete er in überschwänglichem Tonfall. „Die erste Etappe haben wir hinter uns. Jetzt kommt der schwierige Teil!"

4

WÜSTE

Am Abend erreichten sie ein weiteres Gebäude. Im Unterschied zu den bisherigen Anwesen war es deutlich größer, bestand aus mehreren Flügeln, deren Erdgeschoss zahlreiche Stallungen umfasste, und war von Männern bewohnt, die Landria als Zugehörige eines Wüstenvolks beschrieb. Nachdem die Kutsche angehalten hatte, stieg der Anführer ab und grüßte jemanden, der in fremdartigem Tonfall antwortete.

„Ich grüße euch, Amir. Fandet ihr, wonach ihr suchtet?"

„Ja, der Auftrag wurde erfolgreich ausgeführt", sagte der Anführer und ein wenig Stolz schwang in seiner Stimme mit, als er hinzufügte: „Und bisher sind noch alle am Leben."

„Dann wünsche ich euch, dass es auch so bleibt." Der Fremde klang aufrichtig. „Die Anlagen stehen euch wie immer zur freien Verfügung, Amir."

Nimael dachte kurz darüber nach und kam zu dem Schluss, dass Amir nicht der Name des Anführers war, sondern ein Rang, mit dem ihn der Fremde titulierte. Ihre Entführer hatten wochenlang jeden

Namen gemieden. Es war unwahrscheinlich, dass sie ihn nun so offen nannten.

„Keine Fesseln?“, fragte der Mann mit dem Akzent.

„Ja, die waren alle brav wie die Mönche. Haben ihrer Heimatstadt alle Ehre gemacht.“ Der Anführer lachte. „Außer dem da, versteht sich!“ Nimael bekam von hinten einen heftigen Stoß versetzt, konnte sich mittlerweile aber problemlos auf den Beinen halten. „Die Fesseln lassen wir noch dran, aber was sagst du, Junge? Muss ich mir Sorgen machen, wenn ich dir die Augenbinde abnehme?“

Nimael schüttelte den Kopf. „Ich denke nicht.“

„Du *denkst* nicht? Das lässt ja hoffen!“ Der Anführer erhob die Stimme. „Ich erkläre euch jetzt mal was: Falls ihr noch immer über eine Flucht nachdenkt, glaubt nicht, dass unsere Kameraden hier so freundlich und geduldig sind wie wir. Außerdem gibt es weit und breit keine Siedlungen oder Vegetation. Ohne unsere großzügige Versorgung werdet ihr nicht weit kommen.“ Er zögerte kurz und sprach offenbar wieder zu seinem fremdartigen Begleiter. „Glaubt man das? Sie haben sich in drei Wochen nicht ein einziges Mal für Kost und Unterkunft bedankt. Es stimmt also, was man sagt: Kein Benehmen, diese jungen Leute!“ Er lachte dreckig. Obwohl sein Humor nur schwer zu ertragen war, versetzte es ihn immerhin in gute Laune, die den langersehnten Befehl nach sich zog, Nimaels Augenbinde zu lösen. Kaum hatte man sie abgenommen, öffnete Nimael ungeduldig die Augen. Noch bevor er etwas erkennen konnte, kniff er sie schmerzerfüllt zusammen. Die ersten Lichtstrahlen brannten wie Feuer. Nach der langen Dunkelheit musste er Geduld haben, um seine Augen wieder langsam an ihre Aufgabe zu gewöhnen.

„Ihr bekommt nun eure Taschen zurück“, fuhr der Anführer fort. „Ab morgen ist es vorbei mit dem Prunk, von hier bringt uns keine Kutsche mehr voran. Also geht und ruht euch aus.“

Am nächsten Tag wurde die Gruppe in aller Frühe zu den Stallungen gebracht, wo man sie bereits erwartete. Der Morgen dämmerte und Nimael nutzte das schwache Licht, um vorsichtig zu blinzeln und sich langsam an die Helligkeit zu gewöhnen. In den Ställen erkannte er die Umrisse mehrerer großer Tiere, aber sofort begannen seine Augen wieder zu brennen. Widerwillig kniff er sie zusammen und fühlte, wie Tränen über seine Wangen liefen. Sofort war Thera zur Stelle, die ihn wohl noch immer aufmerksam beobachtete. Wie selbstverständlich nahm sie ihn wieder beim Arm und begann ihn zu führen.

„Wie ihr seht, ist unsere Gruppe ein wenig geschrumpft", begrüßte sie der Anführer. „Ein Teil ist bereits aufgebrochen, weil sie so schreckliches Heimweh hatten." Sein Kommentar brachte ihm falsches, unterwürfiges Gelächter seiner Untergebenen ein. „Dafür haben wir drei neue Begleiter. Sie werden uns führen und kümmern sich um die Altweltkamele und deren Gepäck. Eines der Tiere ist mit einem Wasservorrat für euch beladen. Wenn wir wie geplant vorankommen, hat jeder von euch zwei große Flaschen pro Tag. Das ist nicht viel bei dieser Hitze, aber es wird ausreichen müssen. Großmütig, wie ich bin, erlaube ich euch außerdem, eure eigenen Flaschen als eiserne Reserve abzufüllen, die ihr jedoch selbst tragen werdet. Dort drüben könnt ihr euch bedienen."

Thera führte ihn zu einem Brunnen und Nimael nutzte die Gelegenheit, um weitere Informationen einzuholen.

„Wie viele sind wir noch? Und wer?"

„Insgesamt fehlen acht Leute", erklärte Thera. „Vier Uniformierte und die vier Maskierten. Dein Freund mit der Hand ist übrigens auch weg. Vermutlich hat ihn der Anführer bewusst von unserer Gruppe getrennt. Dafür sind jetzt drei Begleiter von diesem Wüstenvolk dazugekommen. Sie haben insgesamt fünf Altweltkamele. Zwei davon tragen das Gepäck, die anderen den Wasservorrat."

Nimael bedankte sich für die schnelle und präzise Zusammenfassung.

„Ihr seid dran!" An ihrer Stimme erkannte er Veila, die vor ihnen gerade ihre Feldflasche gefüllt hatte. Sie schien unverletzt zu sein, klang jedoch niedergeschlagen. Wenn der anstrengendste Teil der Reise tatsächlich noch vor ihnen lag, so spielte nun auch der Gemütszustand eine wichtige Rolle.

„Veila, könntest du mir einen Gefallen tun?", bat Nimael. „Könntest du Alba und Balba für mich befüllen?" Er zuckte wild mit den Schultern hin und her, um an seine Fesseln zu erinnern und seine Tasche nach vorne zu rücken.

„Du hast deinen Feldflaschen Namen gegeben?", fragte Veila überrascht und zog sie aus seiner Tasche hervor.

„Nun, ich hänge eben an meinen Habseligkeiten", antwortete er. „Sie mögen vielleicht schon etwas abgenutzt erscheinen, aber sie leisten mir noch immer treue Dienste. Darf ich vorstellen?" Nimael nickte in Richtung der ersten Trinkflasche. Sie war hoch, dünn und mit einem *A* beschriftet. „Das ist Alba …" Mit dem Kinn deutete er zur zweiten Flasche, die etwas kleiner, deutlich breiter und mit einem *B* gekennzeichnet war. „… und das ihr etwas dicklicher Bruder Balba."

Veila ließ den Eimer in den Brunnen hinab, zog ihn gefüllt wieder heraus und tauchte die Flaschen hinein.

„Wie du siehst, brauchen wir uns überhaupt keine Sorgen zu machen", fuhr Nimael in ruhigem Tonfall fort. „Balba kann mit seinem fetten Wanst so viel schlucken, dass wir tagelang unseren Durst stillen können. Ich denke, seinetwegen sollten die Kamele unser Wasser nicht tragen."

„Quatschkopf!" Als Veila ihm die gefüllten Flaschen in die Tasche packte, glaubte Nimael, ein Lächeln auf ihrem Gesicht zu erkennen. Dann wandte sie sich ab und kehrte zu den Ställen zurück.

„Ich weiß, was du tust", sagte Thera und befüllte ihre Flasche.

Nimael sah sie fragend an.

„Tu bloß nicht so unschuldig!" Sie lächelte. „Ich habe dich durchschaut. Aber du machst das gut, uns bei Laune zu halten, wirklich."

„Du hast den Anführer gehört", entgegnete Nimael. „Noch sind wir alle am Leben. Ich will nur, dass es auch so bleibt. Und die Moral sollte man dabei nicht unterschätzen."

„Den Wasserbedarf auch nicht", sagte Thera. „Wir sollten die Gelegenheit nutzen, um noch mal so viel wie möglich zu trinken."

Nacheinander tranken sie aus dem Eimer und kehrten ebenfalls zu den Ställen zurück. Bevor sie aufbrachen, erhielten sie lange, leichte Umhänge und Kopftücher, die sie gegen die gleißende Sonne schützen sollten. Als sie den Außenposten und das kleine, dürre Wäldchen in Richtung Wüste verließen, wurde ihnen bald klar, dass ihre neue Bekleidung unverzichtbar war. Die Luft erwärmte sich schnell und es lag auf der Hand, warum sie so früh aufgebrochen waren. Zudem machte der sandige Boden jeden Schritt zu einer zermürbenden Qual. Obwohl sich zunächst keine Gelegenheit für eine Unterhaltung ergab, hatten neben Veila offenbar auch Eskabatt, Ting und Kaeti die Strapazen der letzten Wochen gut überstanden.

Als die Karawane eine erste Rast einlegte, händigten die Wüstenbewohner den Gefangenen eine große Stoffdecke aus, die an vier Stöcken befestigt war und wohltuenden Schatten spendete. Kurz darauf erhielten sie von den Entführern ihre erste Wasserration und Nimael widerstand nur knapp der Versuchung, seine Feldflasche in einem Zug auszutrinken.

„Was ist denn das?", fragte Ting plötzlich.

„Was meinst du?", fragte Nimael zurück.

„Einer der Wüstenbewohner hat gerade zwei merkwürdige Gegenstände hervorgeholt und eines davon dem Anführer überreicht", erklärte sie.

„Nun spielt er mit einem kleinen, glänzenden Instrument herum", ergänzte Hallbora. „Was ist das?"

„Ein Oktant", vermutete Eskabatt.

„Ein was?", fragte Ting nach.

„Mein Onkel hat mir vor einiger Zeit mal einen gezeigt", antwortete Eskabatt. „Er meinte, es sei eine ganz neue, unbezahlbare Erfindung."

Wenn Eskabatts Onkel das Gerät bereits für unerschwinglich hielt, wollte sich Nimael den Preis gar nicht erst vorstellen. „Er ist viel auf Reisen, daher kennt er sich mit solchen Gerätschaften aus. Angeblich kann man damit recht genau seine Position bestimmen. Aber auch er hatte sich das Instrument nur geliehen." Sie überlegte kurz, was sie noch darüber wusste. „Anscheinend wird das Gerät mit dem Fernrohr Oktant genannt. Man richtet es auf den Horizont, der dann als Alhidade oder so ähnlich dient. Anschließend misst man den Winkel zu einem Himmelskörper wie zum Beispiel der Sonne und kann so die Richtung bestimmen, in die man sich bewegt."

„Wofür ist dann das andere?", fragte Ting neugierig.

„Das ist vermutlich ein Astrolabium", fuhr Eskabatt fort. „Ein Sternhöhenmesser, der zur Zeitbestimmung eingesetzt wird. Der Winkel des Oktanten hilft dem Reisenden nur weiter, wenn man die genaue Uhrzeit kennt. Je genauer, desto besser."

Um seine Kameradinnen nicht zu beunruhigen, schwieg Nimael lieber zu dem Thema. Dennoch stellte sich spätestens jetzt eine bedeutende Frage: Was waren das bloß für Leute?

Nach einem endlosen Nachmittag in gnadenlos sengender Hitze wurde schnell klar, dass das Wasser für die Entführten äußerst knapp bemessen war. Die meisten hatten bereits ihre gesamte Tagesration aufgebraucht und sehnten nun bitterlich den Abend herbei. Als kurz darauf die Nacht hereinbrach und die Karawane endlich zum Stehen kam, breitete Thera Nimaels Umhang am Boden aus, um ihm eine bequeme Schlafunterlage zu bereiten. Doch schon bald wurde es kalt. Obwohl sich Nimael sofort in seinen Umhang einwickelte, begann er vor Kälte zu zittern. Unter solchen Bedingungen konnte er unmöglich schlafen. Stattdessen nutzte er die Dunkelheit, um seine Augen wieder an das Sehen zu gewöhnen. Die Sonne war den ganzen Tag über viel zu hell gewesen, aber jetzt gaben der Mond und der klare Sternenhimmel genug Licht ab, um etwas erkennen zu können, ohne die Augen dabei zu blenden.

Zuerst nahm Nimael nur dunkle, grobe Umrisse wahr. Mit der Zeit wurden sie deutlicher und irgendwann erkannte er Thera an ihren langen, blonden Haaren. Diese machten nach der anstrengenden Reise einen ungepflegten Eindruck, den er von ihr überhaupt nicht gewohnt war. Aber natürlich waren die Strapazen der letzten Wochen an Thera genauso wenig spurlos vorübergegangen wie an allen anderen. Vor Erschöpfung schien ihr sogar die Kälte nichts mehr auszumachen. Sie hatte sich neben ihm gut zugedeckt und lag ganz still da.

Nimael drehte sich auf die andere Seite, wo er eine kleinere Person mit langen, dunklen Haaren erkannte, die sich unter ihrem Umhang zusammengekauert hatte. Das musste Hallbora sein.

Plötzlich unterbrach ein Geräusch, das sogar für Nimael kaum hörbar war, seine Überlegungen. Es klang wie ein Kratzen. Er stand vorsichtig auf und sah sich um. Nichts. Schließlich blieb er stehen und vertraute seinem scharfen Gehör. Da war es wieder. Irgendetwas durchwühlte den Sand. Er starrte auf den Boden, der sich wie von selbst zu verändern schien. Irgendetwas bewegte sich dicht unter der Oberfläche fort – und es hielt direkt auf Hallbora zu.

„Hall!", rief Nimael aufgeregt. „Hall, da ist was im Sand!" Er wollte darauf zeigen, doch die Fesseln hinderten ihn daran. Vielleicht konnte Hallbora wenigstens seinem trüben Blick folgen.

Sie stieß einen entsetzten Schrei aus, sprang auf und ließ ihren Umhang zu Boden fallen. Nachdem sie etwas Abstand zwischen sich und das unbekannte Wesen gebracht hatte, blieb sie stehen und tastete sich panisch ab. Erst als ihre Prüfung ergebnislos blieb, beruhigte sie sich ein wenig. Der Vorfall hatte sämtliche Personen im näheren Umkreis erschrocken hochfahren lassen und inzwischen die gesamte Karawane aufgeweckt.

„Was ist hier los?" Einer der Wachleute näherte sich aus dem Dunkeln.

„Da krabbelt was am Boden!“, rief Hallbora. Ihre Stimme zitterte. „Es ist auf mich losgegangen!“

Der Wachmann ging zu Hallboras Umhang und stieß einige Male vorsichtig mit dem Stiefel dagegen, bis sich das Etwas erneut bewegte. Noch bevor es unter dem Gewand hervorkriechen konnte, trat er kräftig zu und zerquetschte das Wesen unter seiner Sohle.

„Ein Skorpion“, stellte der Mann unaufgeregt fest, nachdem er Hallboras Umhang umgedreht und die Überreste inspiziert hatte. „Die gibt's hier haufenweise. Die Jungtiere suchen sich in der Nacht warme Schlafgelegenheiten. Kann man ihm nicht verübeln, dass er zu dir unter die Decke schlüpfen wollte.“ Er grinste sie hämisch an und wandte sich schließlich ab, nachdem Hallboras Reaktion weit weniger freundlich ausfiel, als der Retter angenommen hatte.

„Dann schlaft mal noch gut!“, rief er und lachte, während er sich von ihnen entfernte.

Da Nimael sowieso nicht einschlafen konnte, erklärte er sich bereit, auf die anderen aufzupassen.

„Du bist wahrscheinlich der erste gefesselte Wachposten, den die Welt je gesehen hat.“ Hallbora grinste ihn an. „Trotzdem fühle ich mich jetzt sicherer als bei jedem anderen.“

So kehrte wieder Ruhe im Lager ein. Da es in der Nacht keine weiteren Zwischenfälle gab, döste Nimael vor sich hin, bis der Morgen graute. Als die ersten Sonnenstrahlen den Horizont erleuchteten, konnten sich seine Augen langsam an die Helligkeit gewöhnen. Nach und nach erlangte er immer mehr seiner Sehkraft zurück.

Kurze Zeit später ging die Reise weiter. Nimael fühlte sich erstaunlich ausgeruht, aber das Gefühl täuschte. Die schnell ansteigende Hitze und die eintönige Landschaft ließen ihn schon bald lustlos durch die Wüste torkeln. Erst als der Anführer wieder eine Pause befahl, um seinen Oktanten zu Rate zu ziehen, fiel die Benommenheit von ihm ab. Das kleine Gerät schimmerte golden in der hellen Mittagssonne. Während der Anführer es auf den Horizont richtete und Winkeldaten nannte, las ein anderer vom Astrolabium die genaue Uhrzeit ab. Ein Dritter notierte beide Zahlen und beschäftigte sich konzentriert damit. Nimael pirschte sich langsam an ihn heran, um dessen Berechnungen nachvollziehen zu können. Doch eine unauffällige Annährung war ohne Vegetation ein Ding der Unmöglichkeit. Sofort wurde ein Wachposten auf ihn aufmerksam und trieb Nimael zurück zu seiner Gruppe.

Am Abend wurde erstmals deutlich, wie knapp die Wasservorräte bemessen waren. Bereits am zweiten Tag mussten die ersten auf ihre eigenen Flaschen zurückgreifen – darunter auch Thera, der die Hitze weiter schlimm zusetzte.

In der Nacht hatten Hallbora und Veila die Wache übernommen, während Nimael vor Erschöpfung wie ein Bär geschlafen hatte. Jetzt brannte ihm vor Trockenheit die Kehle. Er ließ sich einen kleinen Schluck aus Alba geben – gerade genug, um den Schmerz zu lindern – und sah zu den Altweltkamelen. Ungefähr ein Drittel ihrer Vorräte war verbraucht. Selbst wenn sie im Zeitplan lagen, mussten sie noch einige Tage durchhalten, bevor sie ihr Ziel erreichten. Außerdem hatten ihre Entführer für sich selbst offenbar die doppelte Menge an Reserven auf zwei Lastentiere verteilt und machten daher einen deutlich kräftigeren Eindruck als die Gefangenen.

Zwei weitere Tage verstrichen und Theras Zustand verschlechterte sich zusehends. Unter ihren blonden Haaren wirkte die starke Rötung ihrer Haut unnatürlich. Am Vormittag des fünften Tages klagte sie erstmalig über Kopfschmerzen und ein leichtes Schwindelgefühl. Dass sie es überhaupt erwähnte, ließ Nimael erahnen, wie schlimm es bereits um sie stehen musste. Besorgt ließ er sie aus seiner Flasche trinken, die er seitdem nicht mehr angerührt hatte. Inzwischen waren bereits die meisten Reserven aufgebraucht und die Gruppe musste größtenteils mit dem spärlichen Rest auskommen, den die Entführer für sie vorgesehen hatten.

Es war an der Zeit, etwas zu unternehmen. Nimael schob sich nach vorn, bis er einen der Wachposten erreichte.

„Ich muss mit ihm sprechen." Er nickte in Richtung des Anführers.

„Verzieh dich!", knurrte der Mann.

Ohne zu überlegen, lief Nimael an ihm vorbei und näherte sich dem Anführer. Plötzlich traf ihn ein harter Schlag, der ihn kopfüber in den heißen Wüstensand schleuderte.

„Du spinnst wohl!", brüllte der Wachposten so laut, dass die gesamte Karawane zum Stehen kam. Der Anführer fuhr herum und musterte die Lage.

„Was ist hier los?", fragte er mit einem drohenden Unterton.

„Er stieß mich zur Seite, um euch anzugreifen!", behauptete der Mann.

„Ja, genau so war es", spottete Nimael. „Ich habe über vier Tage gewartet, um dann inmitten einer Wüste und mit gefesselten Händen blindlings auf ihn loszugehen. Ein genialer Plan."

Der Anführer musste noch nicht einmal darüber nachdenken, ob diese Version auch nur annährend glaubhaft sein konnte. Er schenkte der Wache keine weitere Beachtung, sondern wandte sich direkt an Nimael.

„Was willst du?"

„Wir brauchen Hilfe. Thera geht es nicht gut. Sie ist vollkommen erschöpft und wird nicht mehr lange durchhalten."

„Und was soll ich deiner Meinung nach jetzt unternehmen?", fragte der Anführer abfällig.

Nimael nickte in Richtung der Altweltkamele, die mit den Wüstenbewohnern an der Spitze der Karawane liefen.

„Wenn ich es richtig sehe, tragen sie nur noch ungefähr ein Drittel der ursprünglichen Ladung", stellte Nimael fest. „Sie könnten sie tragen."

„Die Sonne hat dir wohl den Verstand verbrutzelt!" Der Anführer lachte. „Hältst du das hier für eine Vergnügungsreise? Am Ende reiten die Gefangenen wie Könige auf Kamelen, während ihre Aufpasser im Sand kriechen wie Gesindel. Außerdem glaubst du doch nicht, dass diese Tiere solchen Belastungen ewig standhalten! Ihr Leben ist mir wesentlich mehr wert als das einer dummen Göre, die man an jeder zweiten Straßenecke findet."

Nimael riss sich zusammen. Trotz der zahlreichen Beleidigungen, die diese Aussage enthielt, galt es jetzt, einen kühlen Kopf zu bewahren, sonst würde er gar nichts erreichen.

„Also gut, dann gebt uns zumindest die Stoffdecke, die uns in den Pausen zur Verfügung steht", bat Nimael. „Uns wird sie während der Reise Schatten spenden und die Tiere müssen weniger tragen."

„Darüber ließe sich reden." Der Anführer kratzte sich am Kinn und warf einen Blick zu den Kamelen. „Meinetwegen." Er sah zu dem Wachposten, der Nimael niedergeschlagen hatte, und nickte ihm zu. „Hol sie ihnen."

Der Mann knurrte widerwillig sein Einverständnis und gehorchte dem Befehl.

Von nun an trugen vier Personen die Stoffdecke wie einen Baldachin, unter dem die fünf anderen Schutz fanden. Zunächst schien Nimaels Plan aufzugehen. Theras Zustand besserte sich und ihre Rötung ging zurück. Am Nachmittag stieg die Hitze jedoch weiter an. Bald schon litt sie unter Übelkeit und ihre Haut wurde blass und feucht. Nimael ließ sie den restlichen Inhalt von Alba trinken und kühlte ihr mit etwas Wasser aus Balba das Gesicht. Die Wirkung hielt lange genug an, um sich über den Nachmittag in die Nacht zu retten.

Theras Zustand verbesserte sich jedoch nicht. Auch am nächsten Morgen war sie noch kreidebleich und konnte sich trotz Schatten und zusätzlicher Wasserreserven von Balba kaum noch auf den Beinen halten. Hinzu kam, dass inzwischen auch Melina und Ting über Kopfschmerzen und Schwindel klagten.

Am Mittag geschah schließlich das Unvermeidliche. Thera brach zusammen. Der Anblick ihres erschöpften Körpers, der leblos zu Boden sank, ging Nimael durch Mark und Bein. So durfte es nicht enden. Ihre Anstrengungen durften nicht umsonst gewesen sein. Panisch rief

Nimael um Hilfe, bis einer der Wüstenbewohner kam, um nach ihr zu sehen.

„Hitzeerschöpfung“, stellte der Mann fest. „Aber sie atmet noch.“

„Liegen lassen und weiter!“, befahl der Anführer ungerührt.

„Nein, auf keinen Fall!“, rief Nimael.

„Hat sich das etwa nach einer Bitte angehört?“

„Wir nehmen sie mit!“

„Das werden wir nicht tun!“ Die Stimme des Anführers bebte vor Wut. „Ich habe dir bereits erklärt, dass mir die Tiere zu kostbar dafür sind.“

„Dann bindet mich los und ich werde sie tragen!“, forderte Nimael wild entschlossen.

„Hör zu, Junge …“ Vielleicht war es kein Mitgefühl, aber zumindest Vernunft, die sich unvermittelt in die Stimme des Anführers mischte. „Du hast es versucht. Die Idee mit dem Schatten war gut, aber es hat eben nicht sollen sein.“

„Sie lebt noch! Ich kann sie bis ans Ziel tragen!“

„Das schaffst du nicht. Außerdem habe ich den Befehl, die Verluste so gering wie möglich zu halten. Es steht also vollkommen außer Frage, dass ich dir so einen sinnlosen Rettungsversuch zugestehe.“ Damit hielt er die Diskussion für beendet und wandte sich ab.

„Nein!“ Nimael kämpfte gegen den Kloß in seinem Hals an. „Wenn ich sie nicht tragen darf, werde ich hier bei ihr bleiben, um an ihrer Seite zu sterben. Wenn ihr die Verluste so gering wie möglich halten wollt, bleibt euch also gar nichts anderes übrig, als es mich versuchen zu lassen!“

Der Anführer wirbelte zu ihm herum und warf ihm einen hasserfüllten Blick zu.

„Ich lasse mich nicht gern erpressen!“, schrie er ihn an. „Schon gar nicht von so einem Einfaltspinsel wie dir!“ Er zückte sein Messer und näherte sich strammen Schrittes. Obwohl Nimael fest damit rechnete, erstochen zu werden, schloss er seine Augen nicht. Wenn das Messer nicht für ihn, sondern für Thera bestimmt war, musste es ihm möglich sein, rechtzeitig einzuschreiten. Der Anführer baute sich vor ihm auf, doch anstatt zuzustechen, packte er ihn an der Schulter, riss ihn herum und schnitt ihm die Fesseln durch.

„Ich freue mich schon, mit anzusehen, wie du bei diesem sinnlosen Unterfangen kläglich scheiterst und verreckst." Er verpasste Nimael einen Stoß, ließ ihn neben Thera zurück und befahl brüllend den Weitermarsch.

Nimael sammelte sich kurz, dann öffnete er Balba und goss Thera etwas Wasser übers Gesicht. Hallbora kniete sich zu ihm und half dabei, ihr einige Schluck einzuflößen. Schließlich hob er sie aus dem Sand und machte die ersten Schritte. Ihr Gewicht ließ ihn tiefer einsinken, und von seinen Armen, die so lange auf den Rücken gefesselt gewesen waren, hatte er auch schon einmal bessere Unterstützung erfahren, aber zumindest gab es nun eine Chance.

Der Karawanenführer, der nach Thera gesehen hatte, sah Nimael achtungsvoll an.

„Wir sind bald am Ziel", verriet er. „Du kannst es schaffen. Ich wünsche dir Glück." Der Mann ließ die Gruppe hinter sich, um sich wieder den Entführern anzuschließen, und Nimael trat den Weg mit etwas mehr Hoffnung als noch zuvor an.

Die frisch geschöpfte Zuversicht hielt jedoch nicht lange an. Wenige Stunden später türmte sich eine gewaltige Sanddüne vor ihnen auf. Nimael konnte kaum noch Schritt halten und die Hitze hatte ihren Höchststand erreicht. Sein einziger Antrieb war Thera. Wenn er seinen Blick zu ihr herabsenkte, wusste er, wofür er kämpfte – was auf dem Spiel stand. Ihre Atmung war flacher geworden und sie glühte förmlich. Die Zeit lief ihm davon.

„Du musst durchhalten", flüsterte er in ihr Ohr. „Bitte bleib bei mir!"

Er ignorierte den eigenen unerträglichen Durst und hoffte, dass Balbas letzter Rest ausreichte, um sie die entscheidenden Minuten zu kühlen. Dann nahm er seine letzten Kraftreserven zusammen und kämpfte sich nach oben. Auch Ting und Melina schienen an ihre Grenzen gekommen zu sein, als sie die Spitze der Düne erreichten und sich ihnen ein atemberaubender Anblick bot. Mitten in der Wüste ragte ein gewaltiger, spitz zulaufender Felsen empor, der fast bis zum Himmel reichte und den Eindruck machte, als sei er soeben aus dem Inneren der Erde durch die Kruste gestoßen. Der Sand, der ihn umgab, war blutrot gefärbt und ließ Nimael instinktiv erschaudern.

„Wir haben es geschafft." Der Anführer nickte Nimael anerkennend zu und zeigte auf ein riesiges Tor, das in den Stein gehauen war. „Man erwartet uns bestimmt schon."

Sie liefen die Düne hinunter, überquerten die Grenze zu dem blutroten Sand und erreichten schließlich das vergitterte Tor, das ihnen sofort geöffnet wurde. Nachdem sie es durchschritten hatten, betraten sie eine hohe, kühle, steinerne Halle, in der weitere uniformierte Männer sie in Empfang nahmen.

Sie hatten es geschafft. Was sie hier erwartete – ob sich der Kampf gelohnt hatte oder nicht –, musste sich noch herausstellen, aber sie hatten es geschafft. Nur das zählte.

Nimael beugte sich nach vorn, um Thera vorsichtig auf den kühlen Steinboden zu legen. Aus den Augenwinkeln erkannte er noch, dass sich weitere Uniformierte aus den Gängen näherten. Dann überkam ihn ein taubes, dumpfes Gefühl. Er verlor das Bewusstsein.

5

ANKUNFT

Nimael erwachte in einem kühlen Raum. Seine Arme und Beine waren mit kalten, nassen Tüchern umwickelt. Als er den Kopf hob, pochte dumpfer Schmerz durch seine Schläfen, jedoch bei Weitem nicht genug, um ihn davon abzuhalten, sich umzusehen. Zehn weitere Betten, die in zwei Reihen angeordnet waren, standen neben seinem eigenen – alle leer. Von Thera fehlte genauso jede Spur wie vom Rest der Gruppe.

Auch das helle Tageslicht war verschwunden. Stattdessen war der gesamte Raum von Fackeln und Kerzen erleuchtet, die an den Wänden hingen und auf den Beistelltischen der Betten verteilt waren. Am anderen Ende des Raumes kümmerte sich eine Frau um einen Mann. Sie schien eine Wunde zu versorgen und trug dabei eine weiße Uniform, die sich nur in ihrer Farbe von der der Entführer unterschied. Eine Frau in einer Hose. So etwas hatte Nimael noch nie gesehen. Aber warum war Thera nicht hier? Waren sie etwa nicht schnell genug gewesen? Panik überkam ihn und ließ ihn am ganzen Körper zittern.

„Der hier ist aufgewacht", rief plötzlich eine laute Stimme hinter ihm. Als er sich umdrehte, erkannte Nimael, dass er nicht weit vom

Ausgang des Raumes entfernt lag, welcher von zwei Uniformierten bewacht wurde. Beide musterten ihn grimmig, während die junge Frau herbeigeeilt kam und ihn besorgt in Augenschein nahm. Auf der linken Brusthälfte erkannte Nimael ein *C* statt eines *G*s, während auf der rechten *Iora* stand.

„Wo …?“ Nimael räusperte sich. Sein Mund war vollkommen ausgetrocknet. „Wo ist Thera? Geht es ihr gut?“, krächzte er.

Die Frau griff nach einem Becher, hob seinen Kopf ein wenig an und ließ ihn trinken. Nimael fühlte, wie das kalte Wasser durch seine Kehle bis in den Magen rann. Als der Becher leer war, griff die Frau zu einem Krug, schenkte nach und setzte erneut an. Obwohl sein Körper danach lechzte, hob Nimael die Hand, um den Becher abzuwehren.

„Wo ist Thera?“, fragte er noch einmal.

„Slaes haben in der Heilungssektion keinen Zutritt“, antwortete die Frau, als sei damit jede Frage geklärt.

„Slaes?“ Nimael sah sie verwirrt an.

Die Frau besann sich und lächelte freundlich zurück.

„Sie ist in einem anderen Zimmer, aber es geht ihr gut. Sie ist noch etwas fiebrig, aber bei Bewusstsein.“

Ein gewaltiger Stein fiel von Nimaels Seele. Er ließ seine Hand wieder sinken und die Frau fuhr fort: „Ich habe nur kurz nach ihr gesehen, mehr kann ich nicht für sie tun. Stattdessen habe ich deinen Freundinnen entsprechende Anweisungen gegeben. Wenn sie diese befolgen, dürfte keine Gefahr mehr für sie bestehen.“

Beruhigt trank Nimael den zweiten Becher in einem Zug aus, dann fragte er weiter.

„Slaes?“

„Das ist ein Rang“, erklärte die Frau nach kurzem Zögern. „Ich bin eine Caer.“ Sie zeigte auf das *C* an ihrer Brust. „Das ist ein höherer Rang. Und das dort drüben sind Gards.“ Sie deutete auf die Wachleute. „Sie … passen auf uns auf.“

„Das reicht jetzt!“, unterbrach einer der grau uniformierten Männer das Gespräch. Er schien mit ihrer vorsichtigen Wortwahl einverstanden zu sein, wollte aber offenbar verdeutlichen, wer hier den Ton angab.

„Und was bedeutet *Iora*?“, fragte Nimael neugierig.

„Nichts.“ Die Frau grinste. „Das ist mein Name.“ Sie schenkte ein weiteres Mal nach. Nimael versuchte sich aufzurichten, doch Schwindel überkam ihn und er sank sofort wieder zusammen.

„Ihr hattet Glück“, fuhr Iora fort. „Flüssigkeitsmangel ist hier keine Seltenheit und lässt sich genau wie Prellungen, Schnittwunden und Brüche recht gut behandeln.“

„Verstehe“, antwortete Nimael knapp.

„Nein, ich glaube nicht, dass du das tust“, erwiderte Iora. „Ich wollte damit sagen, dass ihr in Zukunft besser auf euch aufpassen solltet. Wenn ihr Lähmungen oder andere bleibende Schäden davontragt, habt ihr euren einzigen Wert hier verwirkt. Dann bin ich nicht länger für eure Behandlung zuständig, sondern die da.“ Sie deutete erneut auf die Wachleute, die ihre Unterhaltung mit strenger Miene verfolgten. „Und die kennen nur eine Behandlungsmethode.“ Sie hielt sich die Daumenspitze an die Kehle und verdeutlichte damit einen schnellen, geraden Schnitt. Einer der Männer grinste Nimael hämisch an, als könne er es kaum erwarten, ihm den angedeuteten Gnadenstoß zu versetzen. Nimaels Gedanken kehrten unwillkürlich zu ihrer Reise zurück.

„Wie ein lahmendes Pferd“, sagte er mehr zu sich als zu Iora.

„*Jetzt* hast du es verstanden“, antwortete sie und wandte sich mit einem bedauernden Nicken von ihm ab. Offenbar wollte sie die Gards nicht weiter provozieren.

Als Nimael etwas später wieder so weit zu Kräften gekommen war, dass er aufrecht sitzen konnte, brachte ihm Iora feste Nahrung. Nach einiger Zeit erschien ein dritter Mann in der Heilungssektion und befahl ihm, aufzustehen. Nimael richtete sich vorsichtig auf, indem er sich am Bett abstützte. Er war noch wackelig auf den Beinen, aber er stand.

„Sehr gut", lobte ihn der Gard und deutete auf eine kleine Kabine in der Ecke des Raumes. „Dort kannst du dich waschen. Du hast es nötig", fügte er abfällig hinzu. „In fünf Minuten bist du wieder hier!"

Nimael folgte der Anweisung und betrat die Kabine. Neben einer Waschgelegenheit, die aus zwei großen Krügen und einer Tonschüssel bestand, war ein Stuhl aufgestellt, über dessen Lehne eine Uniform hing. Sie war deutlich dunkler als die der Wachen, schon beinahe schwarz. Er breitete sie vor sich aus und sah sich die Beschriftung an. Die linke Seite war mit einem großen *C* versehen, die rechte mit seinem Namen – *Nimael*.

Kurz darauf führten ihn die Männer durch mehrere Korridore, bis sie eine schwere Tür erreichten, die einer der Gards unter sichtlicher Anstrengung öffnete. Dahinter kam die große Eingangshalle zum Vorschein, in der Nimael das Bewusstsein verloren hatte. Voller Erleichterung stellte er fest, dass seine Gefährtinnen vollzählig in der Mitte des Raumes angetreten waren. Sie hatten sich in einer Reihe aneinandergestellt und einem mittelgroßen, übergewichtigen Mann zugewandt. Obwohl Thera noch sehr erschöpft aussah, schien es ihr gut zu gehen. Hallbora und Landria stützten sie von beiden Seiten leicht ab, während sie Nimael mit demselben sorgenvollen Blick musterte wie er sie. Mit einem kurzen Lächeln gab er ihr zu verstehen, dass alles in Ordnung war. Auch der Rest der Gruppe machte einen einigermaßen gefestigten Eindruck und war seit ihrer Wüstendurchquerung offenbar wieder etwas zu Kräften gekommen. Sowohl die Mädchen als auch der Mann trugen Uniformen, die dasselbe Dunkelgrau wie seine eigene aufwiesen. Als Nimael näher an sie herantrat, erkannte er, dass der Mann ein *G* mit drei Sternen auf der Brust trug, während seine Kameradinnen mit einem *S* gekennzeichnet waren. Außerdem trugen sie noch immer ihre Taschen bei sich. Die Gards führten Nimael bis ans Ende der Reihe, wo er neben Ting stehen blieb und sich ebenfalls dem einzelnen wartenden Gard zuwandte.

„Nun, da wir endlich vollzählig sind …“ Der Mann seufzte und machte eine einladende Geste. „Mein Name ist Kerber und ich heiße euch herzlich willkommen im Wüstenbruch. Es kommt nicht allzu häufig vor, dass es eine Gruppe ohne Verluste hierherschafft“, beglückwünschte er sie. „Die Belohnung für euer Durchhalten sind Antworten auf Fragen, die ihr euch bestimmt schon die ganze Zeit über gestellt habt. Wo seid ihr und warum seid ihr hier?“ Er machte eine bedeutsame Pause. „Kurz gesagt: Ihr befindet euch in einem Steinbruch. Und genau darum seid ihr auch hier. Ihr seid billige Arbeitskräfte. Eure einzige Funktion ist der Abbau von Eisenerz.“

Das war es also? Das war das große Geheimnis? Darum hatte man sie entführt und beinahe einen Monat lang unter schlimmsten Strapazen verschleppt? Nimael konnte nicht glauben, was er da hörte.

„Jetzt zu den Regeln.“ Kerber überlegte kurz. „Euch dürfte nicht entgangen sein, dass es hier eine Hierarchie mit verschiedenen Rängen gibt. Ganz oben stehen die Meister. Im Bruch nennt man sie auch gern die Dunkelmeister, weil sie ein *D* auf ihrer Brust tragen und sich nur äußerst selten außerhalb ihrer Gemächer aufhalten. Für gewöhnlich geben sie sich nicht mit so niedrigem Gesindel wie euch ab. Ein Umstand, für den ihr meines Erachtens verflucht dankbar sein solltet!“ Kerbers scharfer Tonfall ließ die Warnung umso bedrohlicher klingen. „Solltet ihr wider Erwarten doch einmal das Vergnügen haben, gebe ich euch einen wohlgemeinten Ratschlag. Seid höflich und unterwürfig, dann werden sie euch vielleicht ignorieren.“

Kerber setzte sich in Bewegung und gesellte sich zu den Wachleuten, die neben Nimael stehen geblieben waren.

„Diese Herren sind Gards – genau wie ich. Allerdings seht ihr an den Sternen, dass es innerhalb dieses Rangs weitere Klassen gibt. Mit drei Sternen bin ich der höchstdekorierte Gard im Bruch und unterstehe somit ausschließlich den Meistern.“ Seine Augen funkelten stolz.

„Die Gards haben die Aufgabe, für Ruhe und Ordnung zu sorgen. Und natürlich dafür, dass ihr fleißig eure Arbeit verrichtet. Sollte dies nicht der Fall sein, haben sie Mittel und Wege, euch entsprechend zu motivieren."

Er klopfte einem der Männer auf die Schulter, worauf dieser dasselbe hämische Grinsen wie zuvor aufsetzte. Mundgeruch und krumme Zähne – so präsentierte sich Unmenschlichkeit also von seiner schönsten Seite. Nimael wandte den Blick ab, da Kerber seine Vorstellungsrunde fortsetzte und ihm seine volle Aufmerksamkeit widmete.

„Eine Gruppe besteht immer aus einem männlichen Caer und acht weiblichen Slaes. Das macht dich zum Caer. Du wirst in erster Linie Steine klopfen, aber du trägst zusätzlich die Verantwortung für deine Slaes." Er deutete auf die Mädchen. „Ihr arbeitet von morgens bis abends im Steinbruch. Wenn ihr dies zu unserer Zufriedenheit tut, erhaltet ihr einen kleinen Lohn und genug zu essen und zu trinken, um zu überleben."

Damit beendete er seinen Exkurs und konzentrierte sich wieder auf Nimael.

„Wo waren wir stehen geblieben? Ach ja, deine Verantwortung. Du bist nun Kopf deiner Gruppe. Was darfst du dir darunter vorstellen? Zum einen, dass du vollkommene Gewalt über deine Slaes hast. Sie müssen jedem deiner Befehle blind gehorchen. Wenn sie sich weigern, kannst du sie jederzeit bestrafen lassen. Zum anderen unterstehen sie deinem Schutz. Kein anderer Caer wird sich an ihnen vergehen, solange sie deiner Gruppe angehören. Es gilt hier das ungeschriebene Gesetz, sich nicht in die Belange anderer Gruppen einzumischen. Und schließlich musst du dafür Sorge tragen, dass deine Slaes jeden Morgen in arbeitstauglicher Verfassung sind. Ist dies nicht der Fall, wird festgestellt, wessen Schuld das ist. Wenn es sich um höhere Gewalt wie eine schwere Krankheit handelt, lassen wir meist Gnade vor Recht ergehen. Ist die Slae selbst schuld, wird sie bestraft. Ist es deine Schuld, so wirst du dafür bestraft. Ich rate dir also, dich etwas zurückzunehmen, wenn du sie züchtigst!"

„Ich würde niemals …", begann Nimael empört, aber Kerber schnitt ihm das Wort ab.

„Letztendlich ist mir vollkommen egal, was du mit ihnen anstellst. Mich interessiert nur, dass sie pünktlich zur Arbeit erscheinen und bei Kräften sind, um ihre Schichten zu meistern." Er ging einen Schritt weiter und baute sich vor Ting auf. „Ihr werdet sehen, dass die harte Arbeit zu Beginn sehr anstrengend sein wird, deshalb gewähre ich euch eine kleine Eingewöhnungszeit."

Offenbar wollte sich Landria nach Einzelheiten erkundigen und hob die Hand. Kerber lachte falsch auf.

„Wie süß, du hast eine Frage. Du hast wohl gerade nicht zugehört! Ihr steht so weit unter mir, dass ich nicht den geringsten Fliegenschiss darauf gebe, was euch interessiert. Ich erkläre euch die wichtigsten Regeln, den Rest werdet ihr im Bruch schnell genug selbst herausfinden. Verstanden?"

Landria senkte den Arm und nickte betreten.

„Kopf hoch", fuhr Kerber ungerührt fort. „Es hätte euch weitaus schlimmer treffen können. Wenn ihr Scheiße baut, bei eurem Caer in Ungnade fallt oder dieser unerwartet das Zeitliche segnet, werdet ihr zu Lefts degradiert", erklärte er. „Lefts bilden die unterste Stufe in unserer Hierarchie und werden daher für die niedrigsten Arbeiten herangezogen. Irgendjemand muss ja schließlich auch Fäkalien und Erbrochenes aufwischen, nicht wahr?"

Er richtete das Wort wieder an Nimael. „Ich habe von deiner kleinen Rettungstat gehört. Sehr tapfer, aber auch sehr dumm. In Zukunft solltest du lieber an das Schicksal deiner anderen Slaes denken, bevor du dein Leben für eine Einzelne riskierst. Wie ich gehört habe, bist du außerdem ein Störenfried und hättest diesen Rang eigentlich gar nicht verdient. Aber du hattest Glück. Was auf der Reise vorgefallen ist, kümmert mich nicht. Von jetzt an solltest du dir aber besser nichts mehr zuschulden kommen lassen, sonst darfst du mit einer entsprechenden Bestrafung rechnen. Wenn du dich mit einem Ranghöheren anlegst, erwartet dich auf jeden Fall eine Degradierung. Genauso bei einem Fluchtversuch. In der Folge bedeutet das natürlich, dass deine Slaes dadurch ihren Caer verlieren und ebenfalls degradiert werden. Überleg dir das also besser zweimal! Anderweitige Auseinandersetzungen, Befehlsverweigerung und alles andere wird im Zweifelsfall vor einem Gericht entschieden. Es besteht aus Meistern, wenn ein Gard involviert ist, und aus Gards, wenn Niederrangige betroffen sind. Das Urteil fällt für gewöhnlich etwas gnädiger aus, wenn man geständig ist – das solltest du dir auf jeden Fall merken! Die Strafe kann in verschiedenen Formen verhängt werden: Überstunden im Bruch, Bußgeld, Einzelhaft unter Einschränkungen, öffentliches Auspeitschen, Degradierung oder in besonders ernsten Fällen auch als Hinrichtung. Klingt doch ziemlich vielversprechend, findest du nicht?"

Er zwinkerte Nimael zufrieden zu, aber wandte sich ab, bevor dieser reagieren konnte.

„Zu guter Letzt noch etwas zu den Uniformen. Euch ist bestimmt schon aufgefallen, dass sie sich im Farbton unterscheiden. Alle Arbeiter erkennt ihr an der dunkelgrauen Uniform. Die Kämpfer", er wies auf die Gards, „an der hellgrauen, die Heiler an der weißen und die Versorger an ihrer dunkelblauen Uniform. Versorger und Heiler bilden die kleinsten Einheiten im Bruch, wir Arbeiter selbstverständlich die größte. Da ich nach meinem Meister den höchsten Rang unserer Einheit einnehme, werde ich mich um eure Unterbringung, Eingewöhnung und Betreuung kümmern. Macht mir keine Schande, dann kommen wir gut miteinander aus." Er atmete tief durch und nahm seine ursprüngliche Position ein. „Das war's für heute. Ruht euch etwas aus, ab morgen geht's in den Bruch!" Damit gab er den Gards einen Wink, worauf diese die Gruppe aus der Halle führten.

Während das Gittertor noch genug Sonne hereingelassen hatte, um die große Empfangshalle mit Tageslicht zu fluten, sah es in den

Gängen ganz anders aus. Fackeln, die an den Wänden befestigt waren, erleuchteten den Weg. Nimael war erstaunt, wie weit sich die felsigen Tunnelwände vor ihnen erstreckten. Wenn er sich hier nicht verlaufen wollte, musste er in Zukunft genau darauf achten, welchen Weg die Gards einschlugen. Schließlich erreichten sie eine Treppe, die in einen riesigen Zellenblock hinaufführte. In regelmäßigen Abständen waren auf beiden Seiten der Gänge schwere Holztüren in den Stein eingelassen, die wiederum mit Ziffern gekennzeichnet waren. Vor einer Tür mit der Nummer *78* machten sie Halt.

„Überlasst das mir", bot einer der Gards seinen Kameraden an. Er ließ diese vor der Zelle zurück und führte die Gruppe hinein. „Euer neues Zuhause."

Im Inneren erwartete sie ein großer, länglicher Raum, der an beiden Seitenwänden von jeweils vier Betten und einer Tür, die sich genau in der Mitte zwischen den Betten befand, gesäumt wurde. An der Stirnseite sorgte ein vergittertes Fenster dafür, dass der Raum mit Licht durchflutet war. Der Stand der Sonne verriet Nimael, dass er beinahe einen vollen Tag bewusstlos gewesen sein musste.

„Schlafplätze für die Slaes." Der Gard schien gelangweilt und wollte die Besichtigung so schnell wie möglich hinter sich bringen. Er spazierte durch die Tür zu ihrer Linken und betrat einen Raum, der ungefähr dieselben Maße wie der Schlafsaal hatte. In seiner Mitte stand ein langer, ovaler Tisch, der von neun klapprigen Holzstühlen umstellt war. Auf der linken Seite der Tür befand sich außerdem eine kleine Kammer, auf der rechten sogar eine Wasserstelle und ein weiteres Gitterfenster mit Wüstenblick. Sehr viel besser ließ sich die vorhandene Fläche kaum nutzen.

„Lagerplatz, Gemeinschafts- und Waschraum", fuhr der Mann hastig fort, noch bevor die meisten überhaupt das Zimmer betreten hatten. „Die Latrinen befinden sich übrigens am Ende des Trakts." Er kehrte um und bahnte sich rücksichtslos den Weg durch die Gruppe. Auf der gegenüberliegenden Seite des Schlafsaals öffnete er die zweite Tür und trat in die Schwärze, die ihn dahinter erwartete. Nimael zögerte kurz, bevor er ihm folgte. Als sich seine Augen an die Dunkelheit gewöhnt hatten, erkannte er einen dritten Raum von identischer Größe. Im Unterschied zu den beiden anderen Zimmern befand sich hier kein Fenster, sondern ein Schreibtisch, auf dem eine Kerze brannte. Darüber war ein Wandregal angebracht, das aus nichts weiter als zwei einfachen Brettern bestand. Im schwachen Schein der Flamme waren außerdem zwei Betten zu erkennen, die dem Eingang gegenüber an der Wand aufgestellt waren und einen weitaus bequemeren Eindruck als die Betten im Mittelzimmer machten. Auf der rechten Seite schloss sich ein Wandschrank an, der etwas Stauraum bot.

„Und schließlich das Zimmer des Caers", beendete der Gard seinen knappen Rundgang und verabschiedete sich flüchtig. Offensichtlich wollte er frühzeitig seinen Feierabend antreten und hatte deshalb die freiwillige Führung durch die Zelle übernommen. Er schlug die Tür hinter sich zu, doch das Geräusch des Schlüssels, der das Schloss verriegelte, blieb aus. Nimael wartete kurz ab und öffnete sie wieder. Auf dem Gang sah er den drei Gards hinterher, die sich schnell entfernten. Er kehrte in die Zelle zurück und schloss die Tür hinter sich.

„Die haben vergessen, uns einzuschließen", sagte er.

„Das glaube ich nicht", entgegnete Landria. „Dass es gleich an unserem ersten Tag sämtliche Wachen vergessen, ist eher unwahrscheinlich. Sie scheinen es wohl nicht für nötig zu erachten, weil eine Flucht aussichtslos sein dürfte. Ich lege jedenfalls keinen Wert darauf, noch einmal die Wüste zu durchqueren."

Nimael nickte zustimmend und sah in die Runde. Inzwischen waren auch die anderen von ihrem Rundgang zurückgekehrt und hatten sich in einem Halbkreis um ihn versammelt. Sie richteten ihre Blicke auf ihn und in jedem einzelnen schlummerte dieselbe stumme Frage: *Wie soll es nun weitergehen?* Als ob ausgerechnet er die Antwort darauf wüsste. Nimael hasste solche Situationen und fühlte sich plötzlich in die Ecke gedrängt – daran konnte auch die unverriegelte Tür in seinem Rücken nichts ändern.

„Wollen wir uns an den Tisch nebenan setzen?“, fragte er, um sich etwas Freiraum zu verschaffen.

„Natürlich.“ Kaeti deutete eine Verbeugung an. „Ganz wie Ihr wünscht.“ Jedes Wort und jede Silbe war in Sarkasmus getränkt.

„Was soll das?“, fragte Nimael.

„Du bist doch jetzt unser Anführer – unser Caer“, antwortete Kaeti trotzig. „Du kannst uns rumkommandieren und wir werden jedem deiner Befehle uneingeschränkt Folge leisten. Natürlich nur, wenn wir nicht gerade den ganzen Tag am Steineklopfen sind!“ Sie ließ ihrem angestauten Zorn freien Lauf.

„Hat sich das gerade mehr nach einem Befehl als nach einem Vorschlag angehört?“, fragte Nimael verärgert zurück. „Habe ich in den vergangenen Wochen durch irgendetwas den Eindruck erweckt, dass ich euch wie ein Tyrann unterdrücken werde, dem nur sein eigenes Wohlergehen wichtig ist?“

Anstatt zu antworten, knickte Kaeti schließlich ein und schüttelte entschuldigend den Kopf.

„Ich bin nicht Kerber, der euch den Mund verbietet, weil er den Klang seiner eigenen Stimme so sehr liebt“, fügte Nimael hinzu. „Ich stehe auf eurer Seite und werde mich so gut ich kann für euch einsetzen. Aber ich weiß auch, dass ich nicht unfehlbar bin, sondern auf eure Unterstützung genauso sehr angewiesen bin. Ihr habt es selbst gehört: Wir haben es als eine der wenigen Gruppen vollzählig hierhergeschafft. Glaubt ihr, ich wüsste nicht, dass uns das nur gelungen ist, weil wir zusammengehalten haben? Wir haben uns abgewechselt, um bei Nacht Wache zu halten. Ihr habt das Schattendach über uns gehalten. Jeder hat seinen Teil dazu beigetragen, ohne sich zu beschweren. Wir sind eine Einheit, darin liegt unsere Stärke. Trotzdem hat jeder sein Wissen und seine Fertigkeiten, die die anderen nicht haben. Und eine eigene Meinung, die jederzeit geäußert werden darf.“

Nimaels Nervosität war plötzlich wie weggeblasen. Noch immer waren sämtliche Blicke auf ihn gerichtet, aber nun hatte er die Mädchen auf seiner Seite. Sie brauchten keine Anweisungen oder Pläne, wie es im Detail weitergehen sollte, sondern das Gefühl, nicht allein in dieser Situation zu stecken. Und sie brauchten Hoffnung.

„Ich weiß, dass unsere Lage ziemlich aussichtslos erscheint", fuhr Nimael fort. „Aber ehrlich gesagt bin ich erleichtert. Wir befinden uns nicht mehr in unmittelbarer Gefahr. Wir leben, wir haben ein Dach über dem Kopf und wir haben die Zeit, nach einem Fluchtweg zu suchen. Es wird bestimmt nicht leicht werden, aber wenn wir zusammenhalten, werden wir es schaffen – davon bin ich überzeugt."

Er hatte die richtigen Worte gefunden. Anerkennung und Zustimmung machten sich breit, worauf sich der Halbkreis auflöste und Nimaels Zuhörerschaft ohne weitere Rückfragen zu dem Tisch im Gemeinschaftsraum abwanderte. Dort diskutierten sie noch einige Zeit über ihre Situation. Die zahlreichen Einzelheiten, mit denen Kerber sie innerhalb kürzester Zeit abgespeist hatte, mussten erst einmal verdaut und sortiert werden. Erste Vermutungen wurden geäußert, was das alles zu bedeuten hatte und welche Konsequenzen sich daraus ergaben, aber letztendlich war man sich einig, dass man sich erst am nächsten Tag ein genaueres Bild davon machen konnte, und die Runde löste sich auf.

Als Nimael sein Zimmer bezog, sah er sich noch einmal aufmerksam um. Es war groß, vielleicht sogar größer als seine Unterkunft in Moenchtal. Obwohl es ungefähr dieselbe Grundfläche wie der Gemeinschaftsraum hatte, wirkte es ohne die umfangreiche Möblierung und den Waschbereich geradezu riesig. Die vorhandene Einrichtung deutete darauf hin, dass er nicht der erste Bewohner in diesen Räumlichkeiten war. Überall fanden sich Gebrauchsspuren, und das laienhaft angebrachte Wandregal war eindeutig als Eigenkonstruktion zu erkennen. Zudem fanden sich in der obersten Schublade seines Schreibtischs neben einem Schlüssel und einem Stück Kreide auch zahlreiche Rötelstifte, die ganz sicher nicht zur Grundausstattung für Neuankömmlinge zählten. Was seinem Vorgänger wohl widerfahren war? Ob er degradiert oder getötet wurde? Und was war aus seinen Slaes geworden?

Nimael schüttelte den Gedanken ab und widmete sich anderen Fragen. Warum gab es ausgerechnet in seinem Zimmer kein Fenster? Als er die Tür schloss und damit das Tageslicht aus dem Schlafsaal der Mädchen aussperrte, wurde es stockfinster und überraschend still. Das wilde Gemurmel seiner Mitbewohnerinnen verstummte an der beinahe schalldichten Barriere. Erst jetzt fiel ihm auf, dass auch die warme Luftströmung des Mittelraums ferngehalten wurde. Die große Hitze ihrer Umgebung machte ein Fenster offenbar mehr zu einem Fluch als zu einem Segen und war mit Sicherheit auch der Grund dafür, warum die Heilungssektion ohne Tageslicht auskommen musste.

Als Nimael die Tür wieder öffnete, stand Thera plötzlich vor ihm.

„Darf ich stören?“, fragte sie zaghaft.

„Du störst nie“, antwortete er und bat sie mit einem Lächeln herein. „Wie geht es dir? Konntest du dich etwas erholen?“

„Ja, die anderen haben sich nach deiner Rettungstat gut um mich gekümmert“, erzählte sie. „Seit gestern bin ich wieder bei Bewusstsein und trinke seitdem fleißig, wie Iora es mir verordnet hat. Kerbers Predigt und der Rundgang waren ganz schön anstrengend, aber inzwischen geht es wieder.“ Thera setzte sich auf das Bett neben dem Schreibtisch. „Wann bist du zu dir gekommen?“

„Vor ein paar Stunden.“

Thera sah ihn ungläubig an. „Wie schaffst du es, dich auf den Beinen zu halten?“

„Keine Ahnung“, antwortete Nimael mit einem Achselzucken. „Vermutlich gesunde Selbstheilungskräfte.“

„Und das kühlste Zimmer weit und breit“, fiel Thera sofort auf.

„Wenn Kaeti das mitbekommt, wird sie den Raum einfordern“, spottete Nimael.

„Mit Kaeti und Eskabatt musst du ein wenig Nachsicht haben", antwortete Thera. „Versuche dich mal in ihre Lage zu versetzen. Sie stammen aus einer anderen Welt und sind viel bessere Lebensbedingungen gewohnt. Wie sagt man so schön? Wer hoch steigt, fällt tief. Normalerweise erhalten sie keine Anweisungen, sondern erteilen sie. Aber nach deiner Rede vorhin brauchst du dir deswegen keine Sorgen mehr zu machen. Deine Führungsrolle wird so schnell niemand mehr in Frage stellen."

„Was meinst du?"

„Kerber hat dir vielleicht den Titel verliehen, aber den Respekt hast du dir durch Taten und Worte selbst verdient", erklärte sie. „Du hast Kaeti in die Schranken gewiesen, du hast allen Mut gemacht und – was noch viel wichtiger ist – du hast ihnen ein Ziel gegeben. Sie stehen nun hinter dir und werden dich, unseren furchtlosen Anführer, nach Kräften unterstützen."

„Von wegen furchtlos", erwiderte Nimael. „Ich habe eine Heidenangst. Mit einem Mal soll ich die Verantwortung für acht weitere Personen übernehmen. Mein ganzes Leben lang musste ich nur für mich selbst sorgen, und wenn ich ehrlich bin, ist mir bisweilen nicht mal das besonders gut gelungen."

„Du wirst das ganz hervorragend machen", beruhigte ihn Thera. „Allein wie du dich während der Reise um uns gekümmert hast und die Tatsache, dass du dir solche Sorgen machst, sind schon Beweis genug dafür."

„Genau so sehe ich das auch!" Hallbora platzte plötzlich zur Tür herein und Nimael fragte sich unwillkürlich, wie lange sie das Gespräch schon mitverfolgt hatte. „Nur deine Selbstzweifel solltest du besser für dich behalten, wenn du weiter das Vertrauen der Gruppe behalten willst."

„Sie waren auch nicht für die Allgemeinheit bestimmt", gab Nimael spitz zurück. Hallbora ging nicht darauf ein, sondern drückte ihm seine Tasche in die Hand.

„Die habe ich für dich aufbewahrt“, sagte sie. „Alba und Balba sind frisch abgefüllt. Etwas Wasser kann dir bestimmt nicht schaden.“

Nimael nahm sie samt fürsorglichem Ratschlag dankend entgegen.

„Wolltest du dich nicht auch noch für etwas bedanken?“, wandte sich Hallbora an Thera, die angesichts der plumpen Fragestellung leicht errötete.

„Ja, allerdings“, antwortete sie zögerlich. Offenbar wartete sie darauf, dass Hallbora den Raum verließ. Als diese keine Anstalten machte, ging Thera zu Nimael und gab ihm einen liebevollen Kuss auf die Wange.

„Danke, dass du mich getragen hast“, hauchte sie ihm ebenso zärtlich ins Ohr und ließ ihn damit beinahe dahinschmelzen. Hallbora beobachtete die Szene mit einem breiten Grinsen. Als Thera an ihr vorbeilief, um den Raum zu verlassen, flüsterte sie Hallbora etwas zu, das Nimael wohl nur durch seinen geschärften Hörsinn verstehen konnte.

„Neugierde ist keine Zierde.“

Hallbora kicherte und schloss sich ihr an. Nimael schaute den beiden hinterher und ihm wurde klar, dass er froh sein konnte, Hallbora auf seiner Seite zu wissen. Sie schien es faustdick hinter den Ohren zu haben und konnte mit Sicherheit mehr Einfluss ausüben, als man ihr von ihrer Körpergröße her zutraute.

Und Thera? Er hielt sich die Hand an die Wange, auf der er noch immer die Berührung ihrer sanften Lippen spürte. In diesem Moment fühlte er es zum ersten Mal. Er war tatsächlich in einen höheren Rang erhoben worden. Aber es waren weder die Ernennung durch Kerber noch der Respekt der Gruppe, die das vollbracht hatten, sondern Theras Zuneigung und ihr Vertrauen. Vor allem aber war es ihr Kuss – die höchste Auszeichnung, die er je erhalten hatte.

Schließlich ging er zum Schreibtisch, öffnete die oberste Schublade und nahm das Kreidestück heraus. Dann stellte er sich auf sein Bett und malte unterhalb der Decke einen kleinen Strich an die Wand. Der erste Tag ihrer Gefangenschaft ging zu Ende.

6

ANDO

Am nächsten Morgen trommelte es gegen die Eingangstür. „Raus aus den Federn! Es geht in den Bruch!“, brüllte eine männliche Stimme im Gang. Als Nimael seine Zwischentür öffnete, fiel helles Licht herein. Offenbar hatte man sie recht lange schlafen lassen. Die Strapazen der vergangenen Tage waren wie weggeblasen und Nimael fühlte sich erstaunlich ausgeruht – geradezu energiegeladen. Am Vorabend hatte er noch den Schlüssel ausprobiert, den er in seinem Schreibtisch gefunden hatte. Er passte in die Zellentür, die er sicherheitshalber verriegelt hatte. Wer konnte schon wissen, was sie in dieser fremden Umgebung zu erwarten hatten? Mit Sicherheit hätten sich die Gards trotzdem Zutritt verschaffen können, aber vielleicht ging die wahre Gefahr ja nicht von ihnen, sondern von ihren Mitgefangenen aus. Obwohl es noch keinen Vorfall irgendeiner Art gegeben hatte, nahm sich Nimael fest vor, die Tür auch weiterhin zu verschließen.

Einige Minuten nach ihrem Weckruf stand Kerber auf der Schwelle. Er ließ es sich nicht nehmen, sie höchstpersönlich hinauszubegleiten und mit der Unterstützung zweier Gards in den Bruch zu führen. Die Gruppe durchschritt den Zellentrakt und betrachtete neugierig die Zahlen an den Türen, die sich nicht nur über weitere Gänge, sondern auch über mehrere Stockwerke verteilten. Hier musste es weit über hundert Zellen geben. Dabei ließ Kerber eine Bemerkung fallen, die darauf hindeutete, dass es sich ausschließlich um die Quartiere der Caers und Slaes handelte. Nachdem sie die Treppen hinabgestiegen waren und einige Abzweigungen hinter sich gelassen hatten, erreichten sie einen langen, mit Fackeln erleuchteten Tunnel, an dessen Ausgang helles Tageslicht einfiel. Als sie sich darauf zubewegten, erhob sich eine bedrohliche Geräuschkulisse. Wildes Stimmengewirr mischte sich mit dem Klang von Metall, das in unregelmäßigen Abständen auf harten Stein schlug. Obwohl ihm das Getöse bereits einen Vorgeschmack lieferte, konnte Nimael nichts darauf vorbereiten, was seine Begleiterinnen und ihn am Ende des Tunnels erwartete.

Ein runder Innenhof von gewaltigem Ausmaß erstreckte sich vor ihnen. Vermutlich hätte die gesamte Universität Moenchtals einschließlich ihres Campus hineingepasst. Der Boden wies denselben rötlichen Farbton auf, der den Wüstenbruch auch von außen umgab. An seinen Seiten wurde er von steilen, teils terrassenförmigen Felswänden gesäumt, die wiederum weit in die Höhe ragten. Die gegenüberliegende Hälfte des Innenhofs war von zahlreichen Stolleneingängen wie ein Käse durchlöchert. Sie zogen sich nicht nur am Boden entlang, sondern auch auf Terrassen, die so hoch wie ein Kirchturm reichten und durch kleine Wege, die sich an den Seiten entlangschlängelten, geschickt erschlossen waren. Dies musste der eigentliche Steinbruch sein.

Dort arbeiteten Hunderte Slaes und einige Caers wie ein fleißiges Ameisenvölkchen und wirbelten dabei Unmengen an Schutt und Staub durch die Luft. Die Sonne schien über den Rand der Felswände und zeichnete durch die aufgewirbelten Staubpartikel eine gelbe, durchsichtige Wand in die Luft, die von der Kante schräg ins Innere des Bruchs ragte. Die Arbeiter hatten jedoch keine Zeit, um diesen atemberaubenden Anblick zu genießen. Einige schoben Gondeln aus den Stollen heraus und tasteten sich vorsichtig die Wege hinunter. Am Boden wurden sie von ihren Kameraden bereits mit Schaufeln erwartet. Sie luden das abgebaute Gestein aus und schütteten damit riesige Steinhaufen auf. Überall dazwischen befanden sich Gards, die mit Peitschen bewaffnet waren und aufpassten, dass ihre Untergebenen fleißig weiterarbeiteten.

Auf der rechten Seite des Innenhofs waren zahlreiche Tische und Bänke aufgebaut, die im Moment alle ungenutzt blieben. Dazwischen verschwand ein dunkler Gang in der Felswand.

Direkt gegenüber auf der linken Seite des Innenhofs führte ebenfalls ein Tunneleingang in den Berg. Etwas abseits davon stand ein kleines Häuschen, das man nur mit viel gutem Willen als solches bezeichnen konnte und das von vier Gards streng bewacht wurde.

„Willkommen im Bruch!", unterbrach Kerber das ehrfürchtige Staunen der Gruppe. Er schien ihre Reaktion erwartet zu haben und fuhr routiniert fort: „Wie ihr seht, gibt es hier ordentlich was zu tun. Wir werden schon dafür sorgen, dass euch nicht langweilig wird!" Er schmunzelte. „Im Durchschnitt werden die Slaes zehn Stunden pro Tag eingesetzt, der Caer nur neun. Wie aber bereits erwähnt, erhaltet ihr eine kleine Eingewöhnungszeit, welche bei gerade mal zwei Stunden pro Tag beginnt. Das dürfte selbst dann machbar sein, wenn ihr von der langen Reise noch etwas dehydriert seid. Im Laufe des ersten Monats werden die Schichten dann schrittweise auf das übliche Maß angehoben. Wenn ihr bei einer Schicht nicht das angestrebte Pensum erreicht, kann sie natürlich auch verlängert werden. Wenn ihr besonders fleißig seid, geht es entsprechend früher in den Feierabend. Und wenn ihr vorarbeiten möchtet, werden zusätzliche Listen geführt, in die Überstunden eingetragen werden. Minusstunden gibt es dagegen nicht!" Er sah drohend in die Runde. „Ihr werdet nun abwechselnd im Stollen und im Freien eingesetzt. Im Berg gibt es ein Höhlensystem und eine Quelle, die uns alle mit Wasser versorgt. Wir haben in der Mitte des Bruchs zwei Brunnen angelegt, an denen ihr euch bei jedem Schichtwechsel erfrischen könnt. Da es etwas länger dauert, das Gestein abzutragen, als es zu entladen, wird der Großteil von euch in den Stollen arbeiten. Wenn ihr dort auf irgendetwas Ungewöhnliches wie eine Höhle oder anderes Gestein stoßt, erstattet Meldung!" Kerber überlegte kurz. Als ihm nichts weiter einfiel, zuckte er mit den Schultern und erteilte ihnen das Wort. „Gibt es noch Fragen?"

Nimael nutzte spontan die Gelegenheit: „Sind Überstunden auch auf andere übertragbar?"

„Du willst, dass deine Slaes die neun Stunden für dich ableisten, was?" Kerber lachte böse.

„Aber nein, ich …"

„Ich mag deine Denkweise", unterbrach ihn Kerber. „Auf die Idee ist bisher noch niemand gekommen, aber ja. Möglich wäre es. Wir streichen die Stunden von ihrem Guthaben und schreiben sie einfach dir zu. Aber merk dir eins! Wenn du deine Slaes überlastest und sie deswegen ausfallen, wirst du doppelt dafür geradestehen! Darum werde ich solche Methoden auch erst dulden, wenn eure Eingewöhnungszeit vorüber ist."

Nimael nickte resigniert. Auch wenn Kerber ein vollkommen falsches Bild von ihm hatte, so war doch zumindest seine Frage beantwortet.

„Dann wollen wir mal sehen, was ihr so draufhabt!" Kerber klatschte in die Hände und gab seinen Gards einen Wink, dann zeigte er auf Nimael und Ting. „Die beiden beginnen draußen, der Rest im Stollen. In einer Stunde gibt es eine kleine Pause, anschließend übernehmen zwei andere die Außenschicht." Er nickte den Gards zu, die die Gruppe mitten ins Geschehen führten.

Hier war das Getöse am lautesten. Immer wieder wurden Anweisungen gebrüllt und motivierende Peitschenschläge verteilt, die aber nur der Warnung dienten und ihr Ziel meist knapp verfehlten. Nimael übernahm eine der Positionen beim Abladen der Gondeln und grub seine Schaufel tief in den abgetragenen Stein, um möglichst große Mengen zu bewegen. Nach einiger Zeit wischte er sich den Schweiß von der Stirn und ein anderer Caer trat an ihn heran.

„Pass auf, Junge …" Der Mann sah sich verschwörerisch um, aber keiner der Gards war in Hörweite, um ihr Gespräch zu verfolgen. „Du schaufelst hier in 15 Minuten eine komplette Gondel leer, so viel wie andere in einer vollen Stunde. Am Ende gewährt man dir vielleicht ein paar Minuten, die du früher in die Pause darfst, dafür wird aber bei allen anderen das Pensum erhöht. Glaubst du wirklich, du machst dir dadurch irgendwelche Freunde?“ Er funkelte ihn böse an. „Außerdem müssen wir deutlich länger durchhalten als ihr Frischlinge, also halt dich gefälligst zurück! Verstehen wir uns?“

„Natürlich“, antwortete Nimael und entschuldigte sich für seine Unwissenheit.

„Ja, ja, schon gut“, brummte der Caer und rückte wieder von ihm ab.

Nimael zügelte seinen Eifer und sah sich um. Das Verhältnis von Männern und Frauen entsprach in etwa dem seiner eigenen Gruppe. Allerdings schien Iora eine Ausnahme zu sein. Hier im Bruch waren alle Frauen Slaes und alle Männer Caers. Sie arbeiteten kontinuierlich und sahen geschäftig aus, aber ihr Einsatz hielt sich tatsächlich so weit in Grenzen, dass sich niemand allzu stark verausgaben musste. Nimael passte seine Geschwindigkeit an und sah der nächsten Gondel entgegen, die von den Stollen her auf ihn zubewegt wurde. Mit gesenkten Köpfen stemmten drei große Männer das enorme Gewicht heran. Als sie ihr Ziel erreicht hatten, gönnten sie sich eine kurze Verschnaufpause und traten hinter der Gondel hervor, um Nimaels leeren Wagen wieder mitzunehmen.

Als das Gesicht des dritten Mannes zum Vorschein kam, verschlug es Nimael zum zweiten Mal innerhalb kürzester Zeit den Atem. Es war sein mutmaßlicher Verfolger aus Moenchtal. Der große, junge Mann, den er vor der Universität unter dem Baum gesehen hatte, arbeitete hier in einem Steinbruch am Ende der Welt als Sklave. Dabei nahm er Nimael offenbar gar nicht wahr, sondern verrichtete im Trott weiter seine Arbeit. Nimael blieb dagegen wie angewurzelt stehen und sah ihm nach. Er war es – ohne jeden Zweifel.

Ein lauter Peitschenschlag, dessen Luftzug er deutlich an seinem

Ohr spürte, riss Nimael aus seiner Starre und ließ ihn vor Schreck zusammenfahren.

„Wird's bald?“, schnauzte ihn einer der Gards an, worauf sich die Aufmerksamkeit seines gesamten Umfelds auf ihn richtete. Sofort fuhr Nimael mit seiner Arbeit fort und hob die oberste Schicht Gestein von der soeben eingetroffenen Ladung. Kurze Zeit später war der Gard so weit versöhnt, dass er sich wieder von ihm abwandte.

„Ich sagte, du sollst langsamer arbeiten, nicht einschlafen, du Esel!“, lästerte hinter ihm der Caer, der ihn zuvor bereits ermahnt hatte. Nimael ignorierte ihn und suchte stattdessen nach einer schlüssigen Erklärung für die Anwesenheit seines Verfolgers. Schließlich trat Ting an ihn heran.

„Alles in Ordnung?“ Sie musterte ihn besorgt. „Du siehst aus, als hättest du ein Gespenst gesehen.“

„Ja, keine Sorge“, beruhigte er sie und staunte, wie genau sie die Situation bewertet hatte.

Einige Zeit später folgte der Schichtwechsel und damit auch eine kurze Pause am Brunnen. Nimael ließ Ting den Vortritt, dann trank auch er ein paar Schluck und klatschte sich zwei Hände voll Wasser ins Gesicht. Erleichtert beobachtete er, dass Thera und die anderen unversehrt den Stollen verließen. Sie gesellten sich zu ihnen und Nimael erzählte von seiner Begegnung.

„Meintest du nicht, er sei im Auftrag der Universität unterwegs gewesen?“, fragte Hallbora skeptisch und tauchte ihre Hände in den Brunnen.

„Nein, das hatte er nur behauptet, als er Erkundigungen über mich einholte“, antwortete Nimael. „Ich habe das nie so richtig geglaubt.“

„In dem ganzen Staub und Dreck haben dir deine Augen sicher einen Streich gespielt“, vermutete Kaeti.

Nimael schüttelte den Kopf. „Er war es, da bin ich ganz sicher.“

„Das ergibt doch keinen Sinn“, warf Eskabatt ein. „Wenn er wirklich in Moenchtal war, müsste er dann nicht mindestens den Rang eines Gards bekleiden? Warum sollte er sich also zu so niedrigen Arbeiten herablassen?"

„Vielleicht hält er seine Freunde nah, aber seine Feinde noch näher bei sich", spekulierte Nimael, der sich bereits dieselbe Frage gestellt hatte. „So wüsste er sofort, wenn ein Aufstand oder Ähnliches bevorsteht."

„Was willst du jetzt machen?", fragte Landria.

„Ich werde ihn zur Rede stellen", antwortete Nimael. „Wenn er etwas mit unserer Entführung zu tun hat, beenden wir diese Angelegenheit vielleicht, bevor sie richtig begonnen hat."

„Sei bitte vorsichtig!", bat ihn Thera. „Du hast gehört, mit welchen Strafen hier sämtliche Vergehen geahndet werden."

Nimael dankte ihr und überlegte sofort, wie er seinen Verfolger am unauffälligsten angehen konnte. Noch bevor er zu einem Ergebnis gelangt war, wurden sie zur nächsten Schicht zitiert.

Während es für Nimael und Ting endlich ins Innere des kühlen Berges ging, übernahmen Veila und Landria die zweite Außenschicht. Obwohl die Stollen mit Fackeln ausgeleuchtet waren, benötigten die Augen etwas Zeit, um sich nach dem hellen Außenbereich an die Dunkelheit zu gewöhnen. Der Tunnel, für den Nimael vorgesehen war, erstreckte sich ein ganzes Stück ins Innere des Berges und endete abrupt an einer Wand, an die ein Stahlpickel gelehnt war. Eine leere Gondel, in der eine Schaufel lag, stand zum Befüllen bereit. Nimael nahm die Arbeit auf, hackte aber schon bald frustriert gegen die harten Steinwände. Für die Kraft, die er in jeden Schlag hineinlegte, war das Ergebnis ernüchternd. Nach einiger Zeit wurde er aufgefordert, das gelöste Gestein in die Gondel zu schippen und nach draußen zu bringen. Dort inspizierte ein Gard die Ladung und war zu Nimaels Überraschung zufrieden mit dem Ergebnis. Er entließ ihn zur zweiten Pause an den Brunnen.

„Und?", empfing ihn Hallbora aufgeregt. „Hast du mit ihm gesprochen?"

„Nein, noch nicht", antwortete Nimael und wies auf die Stollen. „Da drin ist man ganz schön isoliert." Er wollte sich gerade erfrischen, als ihn ein Gard unterbrach.

„Kommt mit!", befahl der Mann knapp. Er führte sie zu den Tischen und Bänken, die im Steinbruch aufgestellt waren. Diese teilten sich in drei Bereiche, die deutlich voneinander getrennt waren. Auf derselben Höhe wie die Sitzgruppen verliefen an der Wand entlang drei weitere Tischreihen. Sie waren wie eine Theke angeordnet, die zur Essensausgabe genutzt wurde. Hier waren mittlerweile verschiedene Speisen aufgetischt worden, wie sie Nimael noch nie gesehen hatte. Etwas getrocknetes, dunkles Fleisch, eine Art Kartoffel – oder handelte es sich vielleicht um Brotstücke? – eine merkwürdige helle Paste und Bananen. Lefts brachten weitere Nahrungsmittel wie grünen Brei und Teigfladen aus dem Tunnel hervor. Die Sitzgelegenheiten waren dagegen noch immer leer – bis auf eine Ausnahme. Kerber hatte sich dort bereits niedergelassen und saß vor einem üppig beladenen Teller. Seine Wampe kam schließlich nicht von ungefähr. Als er die Gruppe sah, signalisierte er mit dem Zeigefinger, dass sie zu ihm kommen sollten.

„Meine Männer haben mir berichtet, dass ihr euch ganz gut angestellt habt", empfing er sie freundlich. „Zur Belohnung werdet ihr heute den Vortritt haben und könnt euch am vollen Angebot bedienen." Er wies großzügig auf die zahlreichen Speisen. Zwischen den Zeilen war damit jedoch zu lesen, dass man zukünftig schnell sein musste, wenn man noch eine Auswahl oder überhaupt etwas zu essen haben wollte. „Die sonnige Tischgruppe beim Bruch ist für Slaes vorgesehen, die mittlere im Halbschatten für Caers und diese hier im Schatten der Felswand ist nur für Gards bestimmt", fuhr er fort. „Nach der Pause bringt man euch wieder in die Zelle und ihr könnt für heute Schluss machen. Genießt es!" Damit wollte er sich wieder seinem Mahl zuwenden, aber Nimael unterbrach ihn kurzerhand.

„Kann ich noch etwas arbeiten?" Von Anfang an ein paar Überstunden in der Hinterhand zu haben, konnte mit Sicherheit nicht schaden. Wer konnte schon wissen, ob die gesamte Gruppe unter den harten Bedingungen durchhalten würde? Bevor es irgendwelche Konsequenzen nach sich zog, wollte Nimael lieber gewappnet sein. Außerdem bot sich nun vielleicht eine Gelegenheit, mit dem Mann aus Moenchtal in Kontakt zu treten.

„Das lob ich mir! Das ist die richtige Einstellung!" Kerber schlug zufrieden auf den Tisch. Dann zogen sich seine Augenbrauen zusammen. „Aber was ist mit deiner Überhitzung? Lagst du nicht bis gestern bewusstlos in der Heilungssektion?"

„Nein", antwortete Nimael selbstsicher. „Ich fühle mich gut."

„Also schön." Kerber musterte ihn durchdringend. „Aber ich warne dich! Wenn du dich übernimmst und die kommenden Tage vor Schmerzen und Erschöpfung keinen Finger mehr rühren kannst, wird deine Gruppe die Konsequenzen zu spüren bekommen!"

Nimael war bereit, das Risiko einzugehen, und nickte.

Kerber zeigte auf einen Tisch, der sich zwischen dem Essbereich der Slaes und dem Steinbruch befand. „Dort drüben werden die Überstunden protokolliert." Als sein Blick die Essenstische streifte, machte er eine verscheuchende Geste. „Jetzt macht, dass ihr fortkommt! Ich will euch hier nicht mehr sehen!"

Nimael trennte sich von seiner Gruppe und ging in den für ihn vorgesehenen Bereich. Unentschlossen sah er sich auf dem Essenstisch um. Zwar war es höchst erfreulich, endlich eine vielfältigere Auswahl als Wasser und Brot vor sich zu haben, doch die unbekannten Speisen sahen nicht gerade appetitlich aus. Schließlich entschied er sich, eine möglichst breite Auswahl auf seinen Teller zu laden, und setzte sich an einen der Tische im Schatten. Vorsichtig probierte er das trockene Fleisch, das sich nur schwer zerkauen ließ, jedoch überraschend gut schmeckte. Auch die anderen Gerichte entpuppten sich als halbwegs genießbar, aber vielleicht lag es auch nur an seinem gewaltigen Hungergefühl, das ihn nicht gerade wählerisch werden ließ.

Kaum hatte er zu essen begonnen, blies auch schon einer der Gards in ein gewaltiges Horn und rief damit zur Pause. Sofort bewegte sich ein ganzer Pulk auf Nimael zu. Unter den Ersten, die den Pausenbereich erreichten, war auch der Mann, der ihn verfolgt hatte. Nimael ließ ihn nicht aus den Augen. Wenn er ihn ungestört zu fassen bekommen wollte, musste er jetzt überlegt und geduldig vorgehen, bis der richtige Zeitpunkt gekommen war.

Als die Pause endete und sich sämtliche Arbeiter auf den Weg machten, beobachtete ihn Nimael genauer. Während alle anderen eilig in den Bruch zurückströmten, ließ sich der Fremde Zeit. Bald war er unter den Letzten und schien im Gegensatz zu seinen Genossen keinerlei Konsequenzen durch die Gards zu fürchten, die inzwischen auch Nimael grimmige Blicke zuwarfen. Handelte es sich um einen weiteren Beweis, dass er in Wirklichkeit einen höheren Rang bekleidete oder womöglich sogar hinter ihrer Entführung steckte?

Nimael schloss zu ihm auf, blieb aber weiterhin auf Abstand, um nicht entdeckt zu werden. Weiter vorn brüllte ein Gard verschiedene Zahlen- und Buchstabenkombinationen, mit denen Nimael nichts anzufangen wusste. Sie galten den einzelnen Arbeitern, die daraufhin in Richtung der Stollen marschierten. Schließlich waren nur noch der Unbekannte und er selbst übrig. „44A und 44B." Nimael merkte sich seine Bezeichnung und folgte den anderen in den Bruch. Als sie die erste Terrasse erklommen hatten, erkannte er, dass neben den Stollen kleine Zahlen in den Stein gemeißelt waren. Plötzlich wurde ihm bewusst, was das zu bedeuten hatte. Sie waren gemeinsam im selben Stollen eingeteilt worden. Am liebsten hätte Nimael angesichts dieses Teilerfolgs laut aufgejubelt, begnügte sich aber mit einem breiten Grinsen. Er hielt sich weiter hinter dem Unbekannten und folgte ihm unauffällig in den Stollen mit der Nummer 44. Der Mann hatte sich die ganze Zeit über nicht einmal umgedreht und schien keinen Verdacht geschöpft zu haben. Gerade als Nimael ihn ansprechen wollte, gabelte sich der Tunnel und der Verdächtige verschwand im linken Stollen – 44A. Nimael überzeugte sich mit einem knappen Schulterblick, dass ihnen niemand gefolgt war, überlegte kurz und beschloss, das Risiko einzugehen. Er ließ 44B hinter sich zurück und folgte dem Unbekannten in den linken Stollen.

Dieser endete ebenso abrupt vor einer Felswand wie der Stollen, in dem Nimael vor der Mittagspause gearbeitet hatte. Dort stand er. Der Mann, der ihn verfolgt und vermutlich maßgeblich zu seiner Entführung beigetragen hatte. Der Mann, der möglicherweise die Antworten auf all ihre Fragen wusste. Er hielt einen Stahlpickel in Händen und schlug mit voller Wucht gegen den Felsen. Nimael schlich sich vorsichtig heran und packte ihn an der Schulter. Doch anstatt sich umzudrehen, ließ der Mann blitzartig seine Hacke fallen und griff hinter sich. Er bekam Nimael am Handgelenk zu fassen, beugte sich nach vorn und schleuderte ihn mit Schwung über sich hinweg. Noch bevor Nimael überhaupt wusste, wie ihm geschah, landete er auch schon auf dem harten Steinboden. Gerade als er nach Luft ringen wollte, setzte ihm sein Gegner das Knie an die Kehle.

„Was …?" Der Mann brach seine Frage verwirrt ab, als er seinen Angreifer erkannte. Er versuchte, sich seine Überraschung nicht anmerken zu lassen, und fuhr fort: „Was willst du von mir?"

Nimael hätte sich ohrfeigen können. Er hatte sich vollkommen unvorbereitet mit einem großen, muskulösen Gegner angelegt, der möglicherweise eine geheime Identität zu verbergen hatte und entsprechend umsichtig war. Damit hatte er das Überraschungsmoment verspielt. Trotzdem blieb er stur.

„Antworten", keuchte Nimael.

„Ich glaube kaum, dass du in der Position bist, Fragen zu stellen." Der Mann grinste überlegen und beugte sich über ihn. Nimael tastete mit der rechten Hand den Boden ab, doch die Hacke war außer Reichweite. Dafür spürte er den Schutt unter seinen Fingern, den sein Gegner soeben vom Fels geschlagenen hatte. In einem Kampf um die Ehre hätte Nimael von solchen Methoden niemals Gebrauch gemacht, aber hier ging es schließlich um Leben und Tod. Er schleuderte das

Gestein zum Kopf seines Widersachers empor und schloss die Augen. Während ein Teil seiner Geschosse auf Nimael herunterprasselte, löste sich das Knie schlagartig von seinem Hals und der Mann begann zu fluchen und zu schreien. Nimael hatte einen Volltreffer gelandet. Er öffnete die Augen und verschaffte sich einen Überblick. Der Unbekannte hielt sich die Hände vors Gesicht und taumelte zurück. Jetzt galt es nachzusetzen. Nimael griff nach seinem Bein und riss es fort, was seinen angeschlagenen Gegner aus dem Gleichgewicht und schließlich hart zu Fall brachte. Geschickt rollte er sich heran, setzte sich auf ihn und drückte mit seinen Beinen die Arme des Mannes zu Boden. Sein schmerzerfülltes Stöhnen ließ Nimael erahnen, dass er ihn härter getroffen hatte als erwartet. Wenn der Mann jedoch wirklich etwas mit ihrer Entführung zu tun hatte, so gab es für Mitleid nicht den geringsten Grund.

„Und? Jetzt bereit, ein paar Fragen zu beantworten?“ Mit einem Klaps verdeutlichte Nimael seinem wehrlosen Gegner, wer nun die Oberhand gewonnen hatte.

„Ja, ja, schon gut!“, lenkte der Unbekannte ein. „Was willst du wissen?“

„Zunächst einmal: Warum sind wir hier?“

Nach kurzem Zögern folgte die unbefriedigende Antwort. „Um Steine abzubauen.“

Nimael verpasste ihm eine schallende Ohrfeige.

„Ich will wissen, warum du mich verfolgt hast“, fuhr er ihn an.

„Ich? Ich habe dich nicht verfolgt.“ Der Mann setzte eine Unschuldsmiene auf. „Ich bin nur ein Caer, genau wie du.“

„Blödsinn!“, schrie ihn Nimael an. „Ich habe dich mit eigenen Augen gesehen! Du hast mich vor der Universität in Moenchtal beobachtet und Informationen über mich eingeholt. Und du warst auch bei unserer Entführung dabei, nicht wahr? Du hast mich ausgewählt!“

Keine Antwort. Der Mann schien zu überlegen, wie er sich aus der Affäre ziehen konnte. Nimael durfte keinen Zweifel an seiner Entschlossenheit bestehen lassen. Er griff nach weiteren Steinen und hielt sie über ihn.

„Wenn du mich noch einmal belügst, stopf ich dir die nächste Ladung in den Hals."

„Nein, warte! Du hast recht. Ich war's", gestand der Mann. „Aber ich hatte keine Wahl! Sie haben mir gedroht, meine Slaes zu töten. Was hätte ich da machen sollen?" Die Rechtfertigung klang verzweifelt, aber aufrichtig.

„Wer hat dir gedroht?", bohrte Nimael weiter. „Wer wollte unsere Entführung?"

„Die Meister natürlich. Wer denn sonst?"

„Warum wollten sie ausgerechnet uns?"

„Das war nicht ihre Entscheidung", stellte der Mann richtig. „Die Auswahl habe ich getroffen. Sie haben mich nur nach Moenchtal geschickt und mir freie Hand gelassen."

„Dann erkläre es mir!", befahl Nimael. „Warum hast du uns ausgewählt?"

„Weil ich dich für einen tugendhaften Mann mit Prinzipien hielt", begründete der Mann seine Entscheidung. „Aber da habe ich mich wohl getäuscht", ergänzte er mit ernüchterter Miene.

„Wozu braucht man in einem Steinbruch tugendhafte Männer?" Nimael konnte sich noch immer keinen Reim auf die Geschichte machen. Die Fragen sprudelten nur so aus ihm heraus.

„Hör zu, Mann." Der Unbekannte hob den Kopf und sah sich nervös um. „Ich werde dir all deine Fragen beantworten, aber nicht hier und nicht jetzt. Das ist viel zu gefährlich. Wenn uns ein Aufseher erwischt, bekommen wir unvorstellbaren Ärger!" Offensichtlich versuchte er, sich zu beruhigen und besonnen zu klingen. „Lass mich aufstehen und weiterarbeiten. Ich werde dir morgen während der Essenspause alles erklären. Ich gebe dir mein Ehrenwort darauf."

„Warum sollte ich dir glauben?" Nimael musterte ihn skeptisch. „Du hast bereits zweimal versucht, mich zu belügen. Vielleicht lässt du mich bei nächster Gelegenheit von einem Gard festnehmen und hinrichten, bevor ich jemandem von dir erzählen kann."

„Ich bin nicht dein Feind", sagte der Mann eindringlich. „Weißt du nicht mehr, dass ich dir das Leben gerettet habe, als dich Smeon töten wollte?" Damit war wohl der Gard mit der gebrochenen Hand gemeint. Nimael überlegte kurz, dann nahm er langsam den Druck von seinem Gegner. Obwohl er ihm immer noch nicht vertraute, reichte er ihm vorsichtig die Hand. Der Mann erkannte sie offenbar als Geste des guten Willens, zog sich daran hoch und bedankte sich.

„Was ist hier los?", ertönte in diesem Moment eine tiefe Stimme hinter ihnen. Ein Gard hatte sich genähert und beobachtete die Szene.

„Nichts weiter", antwortete der Mann schlagfertig. „Der Frischling hier konnte nichts sehen und ist gestürzt, als er den Tunnel betrat. Als ich ihm aufhelfen wollte, habe ich selbst das Gleichgewicht verloren und wir lagen beide am Boden." Die Antwort ging ihm so leicht über die Lippen und klang so überzeugend, dass es sich bei dem Fremden um einen geübten Lügner handeln musste. Eine Eigenschaft, die in dieser Umgebung vermutlich unverzichtbar war und Nimael noch mehr am Charakter des Mannes hätte zweifeln lassen müssen. Stattdessen hatte er auf unerklärliche Weise das Gefühl, ihm vertrauen zu können.

„Ist das wahr?", fragte der Gard.

„Ja, es war meine Schuld." Nimael staubte sich die Uniform ab, um die Lüge noch glaubwürdiger erscheinen zu lassen.

„Du hast hier nichts verloren!", schnauzte ihn der Gard an. „Du gehörst in den anderen Schacht, du dämlicher Frischling! Los, folge mir!"

Nimael gehorchte, drehte sich beim Gehen aber noch einmal zurück.

„Wie heißt du?", fragte er den anderen Caer.

„Ando. Mein Name ist Ando."

7

BESORGUNGEN

Nach zwei weiteren Stunden im Stollen schaffte Nimael das klägliche Ergebnis seiner Arbeit nach draußen und entschied sich, dass er es nach den Anstrengungen der vergangenen Wochen und der Auseinandersetzung mit Ando besser auf sich beruhen lassen sollte. Er überzeugte sich, dass die Überstunden korrekt festgehalten wurden, und ließ sich von einem Gard zurück zur Zelle führen. Als er dort eintraf, fand er ein fast leeres Mittelzimmer vor – nur eine saß zusammengekauert auf ihrem Bett.

„Melina, alles in Ordnung?“, fragte er besorgt.

„Die streiten“, antwortete sie knapp und nickte in Richtung des Gemeinschaftsraums, aus dem die gedämpften Stimmen einer hitzigen Diskussion zu hören waren. Als er die Zwischentür öffnete, verwandelten sie sich in ein lautes, aggressives Gespräch zwischen seinen Mitbewohnerinnen.

„Und wie soll das gehen?“, fragte Eskabatt verärgert.

„Die anderen schaffen es doch auch irgendwie“, antwortete Veila.

„Was glaubt ihr, wie die reagieren, wenn ihr bereits am zweiten Tag ausfallt?“ Hallbora richtete die Frage warnend an Kaeti und Eskabatt, die Position gegen den Rest bezogen hatten.

„Was ist denn hier los?“, fragte Nimael.

„Zeig es ihm!“, drängte Kaeti ihre Freundin.

Eskabatt legte ihre rechte Hand auf den Tisch. Die Handfläche war gerötet und angeschwollen. Sowohl zwischen Daumen und Zeigefinger als auch an ihrer Handkante hatten sich zwei dicke Blasen gebildet, die offensichtlich vom Halten der Spitzhacke herrührten. Als wolle sie den Ernst der Lage unterstreichen, legte auch Kaeti ihre geschwollene Hand daneben.

„Deshalb macht ihr euch Sorgen?“ Nimael lachte erleichtert auf. „Ihr könnt euch beruhigen, daran gewöhnt man sich ganz schnell.“

„Es brennt wie die Hölle!“ Eskabatts Augen zogen sich zu Schlitzen zusammen und sie verschränkte die Arme vor der Brust.

„Schon in ein paar Tagen bilden sich Schwielen und eine Hornhaut, dann spürt ihr das gar nicht mehr.“ Nimaels beschwichtigende Worte sorgten für das genaue Gegenteil. Die beiden Adelstöchter rissen ihre Augen weit auf und starrten ihn entsetzt an. Erst als er sich seine Aussage noch einmal durch den Kopf gehen ließ, verstand er ihre Reaktion. In den Kreisen, in denen Kaeti und Eskabatt für gewöhnlich verkehrten, galten Arbeiterhände mit Sicherheit als ebenso verpönt wie ein entstelltes Gesicht – und bei Frauen noch um ein Vielfaches mehr.

„Du hast doch keine Ahnung!“, rief Kaeti. „Bei einem Straßenjungen wie dir spielt das ja auch keine Rolle. Für dich interessiert sich eh kein Schwein.“

Eigentlich war ihm egal, was die Adelstöchter über ihn dachten. Für das, was er war, hatte sich Nimael nie geschämt, doch in diesem Moment kam es einer Erniedrigung gleich. Kaeti gab damit unumwunden zu, dass sie sich für etwas Besseres hielt. Nimael wollte es keinesfalls auf sich sitzen lassen. Er machte sich bereit, den gesamten Adel zu verunglimpfen. Mit seinen grotesken, teils albernen Gepflogenheiten und in seinen verschiedensten Ausprägungen bot dieser mehr als genug Angriffsfläche, um Kaeti als die verzogene, realitätsferne und unnütze Nervensäge darzustellen, die sie in Wirklichkeit war. Er wollte ihr vorschlagen, die Gards zu bezirzen, damit diese ihre Arbeit übernahmen. Vielleicht spendierten sie ihr gleich noch ein rosafarbenes Sonnenschirmchen und fächerten ihr frische Luft zu, während sie sie darüber informierte, welche Farbe und welcher Stil in der kommenden Saison in Mode kämen. All das wollte er ihr an den Kopf werfen, aber er tat es nicht. Im letzten Moment kamen ihm Theras Worte in den Sinn. Sie hatte ihm geraten, nachsichtig und verständnisvoll auf die beiden zu reagieren, und dementsprechend mild und besonnen fiel Nimaels Antwort schließlich aus.

„Nur blöd, dass gerade die Fähigkeiten von Arbeitern benötigt werden, während es keinen Bedarf an Adligen gibt“, sagte er mit einer Gelassenheit, die keinen Zweifel daran ließ, dass er Herr der Lage war.

Plötzlich öffnete sich die Zellentür und Kerbers raue Stimme hallte aus dem Mittelraum.

„Los, antreten! Zack, zack!“

Nimael sah noch einmal zu Kaeti und Eskabatt, die ihm grimmige Blicke zuwarfen, und wandte sich ab, um dem Befehl nachzukommen. Kerber hatte mit seinen üblichen zwei Begleitern die Zelle betreten und Melina war wie verlangt vor ihm angetreten. Nimael stellte sich neben sie und wartete, bis sich die anderen ebenfalls aufgestellt hatten. Schließlich ergriff Kerber das Wort.

„Mir wurde mitgeteilt, dass ihr inzwischen alle eure Schicht beendet habt.“ Er sah Nimael zufrieden an. „Gibt es irgendwelche Probleme, von denen ich wissen sollte?“

„Nun ja …“, begann Kaeti, aber Kerber schnitt ihr sofort das Wort ab.

„Vielleicht habe ich mich beim letzten Mal nicht klar genug ausgedrückt“, sagte er streng. „Ich werde mal versuchen, es anders zu erklären. Das mit den Rängen hier ist wie mit Altersklassen. Die Gards sind die Erwachsenen, Caers die Jugendlichen und Slaes die Kinder. Wenn ich mit einem Kind sprechen will, stelle ich ihm eine direkte Frage, sonst will ich kein Wort mehr von ihm hören! Und solltest du mich noch einmal unterbrechen, wenn ich mit eurem Caer sprechen will, kannst du mit einer ordentlichen Tracht Prügel rechnen!"

Nimael sah zu Kaeti, die stumm zu Boden blickte. Nach dieser Abfuhr tat sie ihm fast schon leid. Dennoch schüttelte er den Kopf, als Kerber ihn erneut nach Problemen fragte.

„Nein, alles in Ordnung."

„Sehr schön." Kerber wandte sich noch einmal an Kaeti. „Und übrigens die einzige Antwort, die ich hören wollte", fügte er streng hinzu, als wolle er noch etwas Salz in die Wunde streuen. „Jetzt sollt ihr für euren Fleiß auch angemessen belohnt werden." Er holte ein paar Münzen hervor und zählte sie ab. „Taler. Sklaventaler, um genau zu sein. Eine Währung, die es nur hier gibt. Ihr bekommt heute euren ersten Lohn und könnt euch von jetzt an monatlich über diese Summe freuen, wenn ihr zu unserer Zufriedenheit arbeitet. Slaes erhalten zweihundert Taler, Caers eintausend Taler."

Nimael mied die Blicke der beiden Adelstöchter, konnte sich aber sehr gut vorstellen, wie diese ausfielen.

„Ihr könnt das Geld bei den Versorgern einlösen, allerdings hat nur der Caer dort Zutritt", fuhr Kerber fort. „Ob er eure Löhne wirklich für das ausgeben möchte, was euch vorschwebt, bleibt ihm überlassen." Er nickte Nimael vielsagend zu. „Außerdem ist als Standardration nur das Mittagsmahl vorgesehen. Wer mehr will, muss sich auf eigene Kosten ein Abendessen kaufen."

Obwohl Nimael früher bereits mit sehr knappen Mitteln ausgekommen war, hatte er sich nie mit nur einer einzigen Mahlzeit über den Tag retten müssen. Auf Dauer war dies entschieden zu wenig. Vor allem im Hinblick auf die zehnstündige körperliche Arbeit, der sie ausgesetzt waren.

„Aber natürlich bieten euch die Versorger eine weitaus größere Auswahl als nur Nahrungsmittel", fuhr Kerber mit seiner Rede fort. „Ihr werdet sehen, dass es sich hier durchaus leben lässt, wenn man sich erst einmal einigermaßen eingerichtet hat. Ansonsten könnt ihr auch gern euer Geld sparen. Ein Leben – und somit die Freiheit – kostet einhunderttausend Taler.“

Nimael hob überrascht die Augenbrauen. Es gab also die Möglichkeit, sich freizukaufen. Kerber fiel die Reaktion auf.

„Mach dir nicht allzu viele Hoffnungen, Junge, so viel Lohn bekommst du nicht. Selbst ein Gard spart dafür mehrere Jahre. Lieber anständig leben, als in Armut dahinsiechen, um vergeblich einer vagen Hoffnung nachzujagen.“

Kerber hatte recht. Selbst wenn er sehr sparsam mit seinem Lohn umging, würde es knapp zehn Jahre dauern, bis er mit diesem Einkommen auch nur eine Person freikaufen konnte.

Kerber winkte einen seiner Gards herbei. „Führ den Frischling ins Lager.“

„Los, komm mit!“, gab dieser den Befehl an Nimael weiter. Dieser griff sich die nächstbeste Tasche und schloss sich ihm an.

Sie verließen die Zelle und machten sich auf den Weg in den Bruch, wo noch immer reger Betrieb herrschte. Nimael wurde plötzlich klar, wie hart es für sie in Zukunft werden würde. Am Nachmittag war die Hitze noch unerträglicher und nach so vielen Stunden im Bruch mussten die Slaes und Caers eine enorme Belastung gewöhnt sein. Wer diesen Anforderungen nicht gewachsen war, wurde allem Anschein nach gnadenlos aussortiert. Kerber hatte nicht umsonst eine Eingewöhnungsphase vorgesehen. Wenn Eskabatt und Kaeti auch nur einen Teil davon verpassten, würden sie den Rückstand womöglich nicht mehr aufholen können. Die Konsequenzen wären über kurz oder lang fatal. So weit durfte es nicht kommen, selbst wenn das zu bedeuten hatte, dass Nimael sie zu ihrem eigenen Wohl zum Arbeiten zwingen musste.

Der Gard führte Nimael zu dem Tunneleingang zwischen den Essenstischen. Sie ließen die Hitze und den Lärm des Bruchs hinter sich und betraten einen Gang, der sich kurz darauf gabelte. Sie bogen nach links ab und erreichten eine schwere Eisentür, an der zwei Wachleute postiert waren.

„Wie viele von euch Gards gibt es hier eigentlich?“, platzte es aus Nimael heraus.

„Ungefähr zweihundert“, informierte ihn sein Begleiter gelangweilt. Mit so einer offenen Antwort hatte Nimael nicht gerechnet, aber vermutlich wurde kein Geheimnis aus diesem einschüchternden Aufgebot gemacht. „Findest du allein zurück?“

„Denke schon.“ Nimael nickte knapp und genoss das Gefühl der Freiheit, das sich sofort einstellte, als ihn der Gard an der Eisentür stehen ließ. Er öffnete sie und die beiden Wachleute ließen ihn passieren.

Im Inneren erwartete ihn eine große Halle, die der Universitätsbibliothek in Moenchtal ähnelte. Hohe Regale waren in knappen Abständen aneinandergereiht. Darin befanden sich nicht nur Lebensmittel, sondern alles, was das Herz begehrte. Seife, Tinkturen, Handtücher, Kleidung, Stifte, Papier und sogar Bücher. An der Wand entlang verlief eine Theke, an der sich ein dunkelblau uniformierter Gard niedergelassen hatte. Er starrte gebannt zu Nimael. Offenbar langweilte er sich.

„Ein Neuer!“, rief er übereifrig. „Ich kann dir doch bestimmt weiterhelfen.“

„Nein, danke“, antwortete Nimael schnell. „Ich will mich nur etwas umsehen.“ Nachdem er seinen Begleiter gerade erst losgeworden war, legte er nun beim besten Willen keinen Wert auf einen neuen. Um weiteren Fragen zu entgehen, machte er einen Satz nach vorn und verschwand flink zwischen den Regalen.

Plötzlich traf es ihn wie ein Schlag. Ein weiterer Blip. Eiseskälte durchströmte ihn und fuhr ihm durch sämtliche Knochen und Glieder. Nimael zitterte am ganzen Leib und suchte Halt an einem der Regale. Der Blip lähmte ihn einige Sekunden lang und verhinderte, dass er sich von der Stelle rühren konnte. Drohte er etwa zu erstarren?

Gerade als er es mit der Angst zu tun bekam, verschwand die Kälte – genauso schnell, wie sie gekommen war.

Nimael erinnerte sich an den ersten Blip in Moenchtal. Er war längst nicht so heftig gewesen, sondern nur eine kalte Wand, durch die er hindurchgelaufen war. Diesmal war es anders gewesen. Der Blip hatte nicht nur länger angedauert, er war auch viel eisiger und intensiver gewesen als beim ersten Mal. Als Nimael seine Hand vom Regal löste, war diese taub vor Kälte. Die Luft, die er ausatmete, tat ihm in der Kehle weh – wie ein tiefer Atemzug in einer kalten Winternacht, der beim Ausatmen an der Luft zu einer Nebelwolke wurde. Bei näherer Betrachtung erkannte Nimael, dass es genau andersherum war. Vor ihm bildete sich eine farblose Wolke, die nur an ihren Rändern von zartem Nebel wie ein Kokon umschlossen war. Nicht sein Atem wurde sichtbar, sondern die warme Luft um ihn herum. Der beste Beweis dafür, dass es sich bei diesem Phänomen nicht um Einbildung handelte.

Er rieb sich die Hände und sammelte seine Kräfte, um einen weiteren Erklärungsversuch zu unternehmen und dem Rätsel auf den Grund zu gehen. Die Eisentür, durch die er den Raum betreten hatte, war längst wieder geschlossen, wodurch es keine nennenswerten Luftströmungen gab. Nimael streckte die Arme von sich und lief die Regalreihe entlang – nichts. Woher kamen diese Blips? Und wohin gingen sie? Wie konnten sie selbst in geschlossenen Räumen auftreten? Lag es an den zahlreichen Waren? Sie waren die einzige Gemeinsamkeit zwischen dem Markt in Moenchtal und dem Lagerraum hier. Vielleicht war es eine Kombination aus verschiedenen Elementen, die miteinander reagierten und diesen Effekt auslösten, wenn man sie zu nah aneinander brachte.

Nimael suchte die Regale ab, doch im näheren Umkreis des Blips gab es nur Papier- und Schreibwaren. In den folgenden Gängen fanden sich jede Menge Kleidungsstücke. Jedoch nicht nur Ersatzuniformen, sondern auch gewöhnliche Hosen, Hemden und sogar Kleider für die

Slaes – allesamt gut sortiert und klar voneinander getrennt. Nichts deutete darauf hin, dass einer dieser Stoffe ein Phänomen wie einen Blip auslösen konnte.

Nimael schritt die Regalreihen weiter ab und widmete sich den Lebensmitteln. Hier bot sich ihm eine gewaltige Auswahl, die über das Angebot im Steinbruch weit hinausging und mit dem Markt von Moenchtal durchaus mithalten konnte. So manche Kleinstadt wäre sicher froh über ein solches Sortiment gewesen, aber dass irgendetwas zwischen Früchten, Brot, Fleisch und Gemüse imstande gewesen sein sollte, aus dem Nichts heraus Kälte zu erschaffen, war vollkommen ausgeschlossen. Noch dazu so weit von dem Ereignis entfernt. Nimael verwarf die Theorie und ging seinen Einkäufen nach.

Die Preise für Nahrungsmittel waren zwar bezahlbar, aber hoch. Pro Kopf mussten ungefähr drei Taler eingerechnet werden, um ein annehmbares Abendessen zu ermöglichen, das gerade mal aus Brot, Wurst und ein paar Bohnen bestand. Nimael rechnete den Betrag auf einen Monat hoch und kam zu dem Ergebnis, dass die Slaes für eine zweite Mahlzeit am Tag bereits knapp die Hälfte ihres Lohns einsetzen mussten. Trotzdem griff er sofort zu. Bei dem Hunger, den sie alle hatten, wollte er sich nicht die Enttäuschung auf ihren Gesichtern ausmalen, wenn er ohne etwas Essbares zurückkehrte. Vielleicht konnten sie auf Dauer eine günstigere Alternative finden, aber vorläufig mussten sie mit dem Vorlieb nehmen, was zur Verfügung stand.

Im Gegensatz zu den Nahrungsmitteln hielt sich die Auswahl bei den Büchern zwar in Grenzen, dafür waren aber auch die Preise moderat. Dünnere Bücher kosteten zwei Taler, dickere fünf. Nimaels anhaltendes Interesse zog erneut die Aufmerksamkeit des Gards auf sich.

„Einen Bücherwurm erkenne ich sofort.“ Die feinen Lachfältchen in seinen Augenwinkeln ließen ihn ungewohnt freundlich wirken – besonders für einen Gard.

„Bücherwurm ist übertrieben, aber ich muss zugeben, die Preise überzeugen mich“, antwortete Nimael ehrlich.

„Die Nachfrage bestimmt den Preis und Bücher sind in dieser Umgebung nicht gerade heiß begehrt. Dabei versuchen wir, jeden Wunsch zu erfüllen." Der Gard schaffte es tatsächlich, sich für sein eigenes Angebot zu begeistern. „Du kannst jederzeit einen Buchwunsch äußern. Titel, Schriftsteller oder Thema – wir beschaffen beinahe jedes Buch, das erhältlich ist. Natürlich musst du mit langen Wartezeiten rechnen. Unter drei Monaten ist an eine Lieferung kaum zu denken und bei Raritäten kann es schon mal einige Jahre dauern. Trotzdem waren wir bisher immer erfolgreich", betonte er stolz.

„Gut zu wissen." Nimael bedankte sich und sah sich weiter um. Ein Buch über medizinisches Grundwissen und Ersthilfe bei Verletzungen fiel ihm ins Auge. Die Slaes hatten keinen Zutritt zur Heilungssektion und im Bruch waren Verletzungen praktisch unvermeidbar. Fünf Taler für so ein umfangreiches Werk, auf das er nicht einmal warten musste, überzeugten ihn und er griff zu.

Neben den Büchern verfügten die Versorger sogar über eine Auswahl verschiedener Kartenspiele. Nach kurzer Suche fand Nimael ein Stechblatt. Nicht unbedingt eine lebenswichtige Anschaffung, aber vielleicht konnte es dazu beitragen, die Stimmung in der Zelle etwas aufzuhellen. Bei diesem Stichwort kam ihm die Beleuchtung in den Sinn. Er griff sich eine Handvoll Kerzen aus dem Regal und überlegte weiter. Was gehörte noch zur Grundausstattung? Worauf konnten sie unmöglich verzichten? Seife, Handtücher und natürlich Decken. Davon standen verschiedene Ausführungen zu unterschiedlichen Preisen zur Verfügung. Da es sich um eine einmalige Anschaffung handelte, die maßgeblich zum Wohlergehen jedes Einzelnen beitrug, beschloss Nimael, die wärmste und somit teuerste Ausführung zu nehmen. Gerade als er die Stoffartikel hinter sich lassen wollte, fielen ihm einige Tücher ins Auge, die sich eigneten, um Hände zu bandagieren. Wenn er seine adligen Mitbewohnerinnen schon nicht vor den Strapazen und Schmerzen ihrer neuen Umgebung bewahren konnte, so konnte er diese zumindest ein wenig lindern. Er nahm ein paar Exemplare vom Stapel und betrachtete sie. Sie kamen ihm seltsam vertraut vor. Plötzlich erinnerte er sich. Der Anführer hatte bei ihrer Entführung eines dieser Tücher hervorgeholt, um ihm die Augen zu verbinden. Als er die Artikelbezeichnung las, lief ihm vor Ekel ein Schauer über den Rücken. *Reinigungstücher für die Nase* – vielleicht kam er heute doch nur mit einer Mahlzeit aus.

Zu guter Letzt sah Nimael noch einmal bei den Schreibwaren vorbei. Wie erwartet gab es dort keine Temperaturschwankungen mehr und auch sonst bemerkte er nichts Außergewöhnliches. Achselzuckend verließ er die Regalreihen und legte seine Einkäufe auf die Theke.

„Gute Wahl", bescheinigte ihm der Gard und rechnete die Preise der Waren zusammen. Nimael packte die Einkäufe in seine Tasche, bedankte sich noch einmal für die Unterstützung und prägte sich den Namen des Mannes ein. *Kaifu* stand auf dessen Uniform. Kontakt zu einem freundlichen Gard mit Zugang zum Lager zu pflegen, war bestimmt kein Fehler. Als man ihm den Preis für das Essen und die Grundausstattung nannte, hoffte Nimael noch stärker, ein Schlupfloch für seine Besorgungen zu finden. Mit solchen Ausgaben konnte er froh sein, wenn der Lohn über den ersten Monat reichte. An einen Notgroschen wie bei seinen Überstunden war dagegen erst einmal nicht zu denken.

Kurz darauf trat Nimael den Rückweg an. Er ging den Gang entlang und blieb an der ersten Gabelung stehen. Er wusste genau, wo er hinmusste. Durch den rechten Tunnel gelangte er zurück zum Bruch und von dort aus problemlos zu seiner Zelle. Aber was lag in der Dunkelheit direkt vor ihm? Bei genauerem Hinsehen erkannte er, dass der Gang nach links abbog. Gab es dort weitere Lagerräume der Versorger? Da jeden Tag um die eintausend Leute versorgt werden mussten, schien ihm diese Annahme nur logisch. Wenn es so war, rechtfertigte es keinesfalls das Risiko, sich beim Schnüffeln erwischen zu lassen, zumal die Geräuschkulisse der Arbeiter, die überdeutlich aus dem rechten Tunnel drang, eine Ausrede völlig unglaubwürdig machte. Nimael entschied sich gegen eine Unternehmung auf eigene Faust und machte sich stattdessen auf den Heimweg. Obwohl er sich inzwischen zurechtfand, hatte er noch immer das Gefühl, nur einen Ausschnitt dieser gewaltigen Anlage zu kennen. Was gab es hier noch zu erkunden? Vielleicht konnte ihm Ando diese Frage beantworten.

Als Nimael mit den Einkäufen im Quartier eintraf, erzählte er zunächst von seiner Begegnung mit Ando, die er den anderen gegenüber noch gar nicht erwähnt hatte. Die Schlägerei ließ er dabei außen vor. Einerseits sollten sie sich keine Sorgen machen, andererseits hatte sich die Stimmung inzwischen so weit entspannt, dass er es für wichtig hielt, eine positive Atmosphäre aufrechtzuerhalten. Beim Essen wechselte er das Thema.

„Hattet ihr eigentlich schon mal einen Blip?", fragte er in die Gruppe.

„Einen was?" Thera sah ihn verwirrt an.

„Einen Blip", schaltete sich Veila ein. „Das Gefühl, wenn man von einer Sekunde auf die andere zu erfrieren glaubt."

„Davon habe ich noch nie gehört", sagte Thera mit großen Augen.

„Ich auch nicht", schloss sich Ting an.

„Meine Tante hatte mal einen." Sogar Eskabatt schien das Thema zu interessieren. „Davor dachte ich auch, dass es so etwas nicht gibt, aber sie zitterte auf einmal am ganzen Leib und stand da, als wäre sie vom Blitz getroffen worden. Als ich sie berührte, war sie eiskalt."

„Na ja, manchmal überkommt einen einfach ein Schauer, selbst wenn es warm ist", versuchte sich Ting an einer Erklärung. „Das kennt doch jeder."

„Einen gewöhnlichen Schauer fühlt man schon kommen, bevor man zu zittern beginnt. Außerdem hinterlässt er nichts weiter als ein leichtes Kribbeln auf der Haut", stellte Nimael richtig. „Dagegen ist ein Blip viel intensiver. Er trifft dich eiskalt und fährt dir durch Mark und Bein." Veila runzelte die Stirn und starrte ihn an.

„Du hattest schon mal einen, nicht wahr?"

„Sogar zweimal", gestand Nimael. „Einen vor dem Exfobita auf dem Markt in Moenchtal, den anderen heute im Lager der Versorger. In beiden Fällen war es sehr warm, aber trotzdem war mir plötzlich durch und durch kalt."

„Ich habe gehört, dass es manchmal nicht den ganzen Körper betrifft, sondern nur einzelne Körperteile", sagte Kaeti. „Zum Beispiel einen Arm, den man von sich streckt und der plötzlich erkaltet." Damit öffnete sie das Feld für zahlreiche Gerüchte. Hallbora meinte, dass Blips einem Raum die Luft entziehen und somit zu Atemnot führen konnten, während Veila gehört haben wollte, dass sie bei schwachem Herzen zum Stillstand führen konnten. Landria erzählte schließlich von der Theorie, dass für jeden Menschen, der einen Blip erlebte, ein anderer der spontanen Selbstentzündung zum Opfer fallen würde.

„Als ob wir nach den Erlebnissen der letzten Wochen noch Bedarf an gruseligen Lagerfeuergeschichten hätten", stellte Nimael ernüchtert fest, worauf sie erneut das Thema wechselten.

Nach dem Abendessen erzählte er vom Lager der Versorger und was dort zu welchen Preisen angeboten wurde. Landria interessierte sich besonders für das Buchangebot und stürzte sich sofort auf das mitgebrachte Nachschlagewerk. Nachdem sie mit Medizin jedoch nicht viel anfangen konnte, gab sie es an Thera weiter, die es durchblätterte und schließlich völlig darin versank.

Nimael erfreute der Anblick. Er hatte sie schon lange nicht mehr so fasziniert gesehen und jede andere Welt, in die sie eintauchte, war besser als die, in der sie sich gerade befanden. Was gab es über den Wüstenbruch noch zu wissen? Nimael überlegte sich die wichtigsten Fragen, die er am nächsten Tag an Ando richten wollte, und erklärte Eskabatt und Kaeti so freundlich wie möglich, warum sie unbedingt durchhalten mussten. Thera hatte in ihrem Buch inzwischen eine Anleitung gefunden, mit der sie ihnen die Tücher wie einen Verband anlegen konnte. Obwohl sie sich noch immer unzufrieden zeigten, akzeptierten Kaeti und Eskabatt den Kompromiss und erklärten sich bereit, am nächsten Tag weiterzuarbeiten.

Am Abend überschlug Nimael noch einmal die Kosten für die Einkäufe. Für die tägliche Verpflegung musste jeder selbst aufkommen, sie war einfach zu kostspielig. Für alles andere oder für *Luxusgüter*, wie Hallbora sie nannte, wollte Nimael mit dem eigenen Lohn bezahlen. So blieb jedem noch ein wenig Geld, um sich kleine Wünsche zu erfüllen. Seine Gruppe sollte nicht nur überleben, sie sollte auch leben.

8

ANTWORTEN

Am nächsten Morgen öffnete Kerber erneut die Zellentür, um die Gruppe abzuholen.

„Hoffentlich haben euch eure Einkäufe zugesagt.“ Er grinste zufrieden und packte Nimael am Arm, um ihn zur Seite zu nehmen. „Jetzt musst du mir nur noch verraten, ob du den Lohn der Slaes an dich genommen oder ihnen überlassen hast.“

„Aber nein, kein bisschen“. Obwohl sich Nimaels Antwort auf den ersten Teil der Frage bezogen hatte, lachte Kerber trocken auf.

„Wie ich es mir dachte“, sagte er. „Du bist schon ein harter Hund. Bis auf den letzten Taler alles einkassiert.“ Er klopfte ihm kumpelhaft auf die Schulter. „Die meisten gestehen ihnen wenigstens den ersten Lohn zu, aber jetzt weiß ich, woran ich bin, und werde das Thema in Zukunft meiden.“

Schließlich ging es wieder in den Bruch, wo Nimael den Vormittag über nach Ando Ausschau hielt. Keine Spur von ihm. Wollte er ihn etwa versetzen? Aber wie lange konnte man sich innerhalb dieser Wände schon aus dem Weg gehen? Als das Signal zur Essenspause ertönte, erblickte ihn Nimael an einem der Tische für Caers. Mit dem

Rücken zur Wand hatte er alles gut im Blick und winkte Nimael zu sich heran. Schon von Weitem war zu erkennen, dass Ando ein blaues Auge und ein paar Schürfwunden im Gesicht trug.

„Verdammt noch mal, war ich das?“ Nimael versuchte, betroffen zu klingen, konnte sich aber ein schadenfrohes Grinsen nicht verkneifen.

„Ja, Mann. Findest du das etwa lustig?“, fragte Ando zurück. „Das hätte mich ein Auge kosten können!“

Den Vorwurf wollte Nimael nicht auf sich sitzen lassen. „In den letzten Wochen habt ihr versucht, mich zu erstechen, zu erschießen und verdursten zu lassen. Da kann man meine Reaktion schon nachvollziehen, findest du nicht?“

„Du willst mich doch nicht allen Ernstes mit denen dort gleichsetzen.“ Ando nickte in Richtung der Gards. „Ich habe nichts dergleichen getan, im Gegenteil … Ich habe euch so gut ich konnte beschützt.“

„Du hast zugegeben, dass du uns ausgewählt hast. Deinetwegen sind wir überhaupt erst in diese Situation geraten.“

„Selbst wenn ich aus freien Stücken gehandelt hätte, würde das keinen dermaßen riskanten Angriff, wie du ihn gestartet hast, rechtfertigen.“

„Ich wollte dich nicht angreifen, sondern zur Rede stellen“, korrigierte ihn Nimael.

„Dann merke dir, dass im Bruch jede Berührung als Angriff verstanden wird.“

„In Ordnung, wird nicht wieder vorkommen“, sagte Nimael und biss in seine Hühnerkeule. Kaum hatte er geschluckt, starrte er Ando neugierig an. „Na, dann schieß mal los.“

„Was willst du denn wissen?“, fragte dieser zögerlich.

„Eigentlich alles, was du weißt. Alles, was du mir über dich und all das hier sagen kannst.“ Nimael vollführte mit der Hand eine Geste, die den gesamten Bruch einschloss.

„Also gut, wo fange ich da am besten an?“ Ando atmete tief durch und begann zu erzählen. „Ich bin seit ungefähr zehn Jahren hier. Damals war das alles noch nicht so luxuriös wie heute. Wir haben draußen vor dem Blutfelsen in Zelten gehaust und erst als die Grabungen weit genug fortgeschritten waren, bezogen wir unsere Zellen im Inneren."

„Seit zehn Jahren?" Nimael unterbrach die Geschichte, noch bevor sie richtig begonnen hatte. „Wie alt bist du denn?"

„Keine Ahnung." Ando zuckte mit den Achseln. „Ungefähr 25, schätze ich."

„Dann warst du erst fünfzehn, als sie dich entführt haben?"

„Ja, vielleicht auch jünger. Aber keine Sorge, das machen sie jetzt nicht mehr", beruhigte ihn Ando. „Sie haben festgestellt, dass die Effizienz steigt, wenn ihre Arbeitskräfte voll ausgewachsen sind."

„Erzähl mir mehr von dir", bat ihn Nimael. „Woher stammst du?"

„Ich habe als Junge mit meinen Eltern auf einer Zuckerplantage gedient. Wir lebten von der Hand in den Mund. Als ich geholt wurde, hat sich eigentlich nicht viel für mich geändert. Das Schlimmste war natürlich, dass ich meine Eltern verloren habe. Dafür erhielt ich acht jüngere Geschwister, um die ich mich seitdem kümmere. Und sie andersherum genauso um mich. Sie haben mir zum Beispiel Lesen und Schreiben beigebracht. Ansonsten habe ich nur den Arbeitsplatz und die Herren gewechselt. Die Dunkelmeister", betonte Ando voller Verachtung, „würden sich nie selbst nach draußen wagen. Stattdessen schicken sie jedes Jahr ein paar von uns los, um neue Arbeiter zu holen. Deine Gruppe war inzwischen die zweite, die ich ausgewählt habe. Meine drei maskierten Begleiter gehörten übrigens zu meiner Gruppe. Die anderen fünf Slaes behielt man als Pfand zurück und hätte sie getötet, wenn wir Mist gebaut hätten." Andos zermürbter Blick versetzte Nimael zum ersten Mal in dessen bedauernswerte Lage. Es war an der Zeit, das Thema zu wechseln.

„Dann kommen wir jetzt zu meiner Frage von gestern. Warum wir? Warum tugendhafte Personen? Und warum so viele Frauen in einem dermaßen harten Arbeitsumfeld wie einem Steinbruch? Nichts für ungut, aber das ist auch nicht gerade effizient."

„Dabei handelt es sich um eine Entscheidung, die vor meiner Zeit getroffen wurde. Meines Wissens wurden früher tatsächlich ausschließlich Männer eingesetzt, aber schon bald kam es zu schweren Unruhen. Auch damals war den Arbeitern wohl bereits bekannt, dass hinter dieser Operation keine Herrscher mit endlos großen Heerscharen standen, sondern ihre Unterdrücker eigentlich in der Unterzahl waren. Sie malten sich ihre Chancen aus und verschworen sich, um ihre Freiheit zu erkämpfen, was in einem blutigen Gemetzel endete – offenbar dennoch zu ihren Ungunsten. Da entschieden die Dunkelmeister, dass es besser war, etwas langsamer voranzukommen, als weitere Aufstände zu riskieren. Frauen haben weder die Kampferfahrung noch die aggressiven Tendenzen, um gegen so viele bewaffnete und ausgebildete Männer vorzugehen." Damit beendete Ando die Erklärung und legte eine kurze Denkpause ein. „Die andere Frage ist komplizierter zu beantworten. Warum haben wir euch ausgewählt? Unter den Caers gibt es zwei unterschiedliche Richtungen. Manche – so wie ich – behandeln ihre Slaes anständig, wie ihre eigene Familie. Andere missbrauchen wiederum ihre Macht. Sie wissen, dass sie mit ihnen machen können, was sie wollen, und gehen in diesem Machtgefühl vollkommen auf. Das ist leider die Richtung mit der größeren Anhängerschaft. Mir war wichtig, dass du deine Slaes gut behandelst. Darum habe ich nach einem tugendhaften Mann gesucht. Meine drei Slaes sollten Mädchen finden, die einerseits mit der Arbeit im Bruch zurechtkommen, andererseits aber auch ein Vertrauensverhältnis zu dir aufbauen würden. Eine Gruppe, die du als Familie betrachten würdest."

„Wirklich?", fragte Nimael ungläubig. „Kaeti und Eskabatt stammen aus Adelsfamilien. Sie sind es weder gewohnt, hart zu arbeiten, noch, Befehle zu befolgen. Sie kritisieren jedes einzelne Wort, das meinen Mund verlässt. Das habt ihr in jeder Hinsicht verbockt." In so wenigen Sätzen zusammengefasst klang die Schilderung deutlich härter als gewollt, aber im Grunde traf sie den Nagel auf den Kopf.

„Zugegeben, wir hatten uns das etwas anders vorgestellt“, gestand Ando. „Du erinnerst dich bestimmt an das große Unwetter, das einige Tage vor unserer Ankunft über Moenchtal tobte.“

Nimael nickte.

„Es richtete in der Umgebung gewaltige Schäden an. Überschwemmungen, Erdrutsche und umgestürzte Bäume hinderten uns an der Weiterfahrt und warfen uns aus dem Zeitplan“, erklärte er. „Als wir endlich eintrafen, blieben uns statt einer Woche nur noch wenige Tage für unsere Auswahl. Also beschränkten wir uns auf die Universität. Wir nahmen an, dass es von Vorteil wäre, wenn ihr einander schon vor der Entführung kanntet. Fünf deiner Slaes haben wir unter den vorgegebenen Gesichtspunkten ausgesucht, die anderen drei waren, nun ja … *Glückstreffer.*“ Ando grinste verlegen. „Und so wie es aussieht, hat unter dem Zeitmangel auch die Diskretion ein wenig gelitten.“

„Wozu überhaupt diese Geheimnistuerei?“, fragte Nimael. „Wozu die Masken und warum waren sie bei euch so wichtig, aber nicht bei den Gards?“

„Deshalb.“ Ando zeigte auf sein blaues Auge. „Genau so sähe das Ergebnis aus. Die Neuankömmlinge würden ihre Entführer attackieren, was zu jeder Menge unerwünschter Zwischenfälle führen würde. Und das, obwohl Täter und Opfer für gewöhnlich der gleichen Richtung angehören. Ein gewaltiges Chaos wäre die Folge. Die Masken erlauben den Caers, im Nachhinein auf die Entführten zuzugehen und sich um sie zu kümmern – wenn sie nicht gerade enttarnt werden. Die meisten haben ohnehin ein schlechtes Gewissen und fühlen sich für sie verantwortlich. Gleichzeitig sehen es die Meister und Gards ganz gern, wenn sich kleine Gemeinschaften bilden und sie sich nicht selbst um die Frischlinge kümmern müssen.“ Ando seufzte. „Ich weiß, wir hatten nicht gerade den besten Start, aber wenn du noch interessiert bist, biete ich dir an, dein Mentor zu sein.“

„Einverstanden.“ Nimael überlegte nicht lange und reichte ihm die

Hand. „Jetzt bin ich froh, dass ich dir gestern vertraut habe und uns der Gard die Lüge abgekauft hat."

Ando zog skeptisch die Augenbrauen zusammen. „Ich glaube nicht, dass er uns das abgenommen hat. Sieh dir nur mein Gesicht an! Man muss kein Heiler sein, um bei einer solchen Verletzung einen Sturz als Ursache ausschließen zu können. Schon gar nicht bei einem erfahrenen Bergarbeiter wie mir. Nein, der Zeitpunkt seines Eingreifens war viel zu perfekt. Wer weiß, wie lange er unsere Auseinandersetzung schon mit angesehen hatte?"

„Warum sollte er das tun?"

„Weil Gards von Natur aus faul sind", erklärte Ando. „Wenn sie einen Konflikt unterbrechen, müssen sie Meldung darüber erstatten, was wiederum mit Arbeit verbunden ist. Also warten sie ab, ob sich das Ganze nicht von selbst löst, und greifen nur dann ein, wenn sie keine andere Wahl mehr haben."

„Interessant." Nimael hatte sich die unmotivierte Führung durch ihre Zelle also nicht nur eingebildet. „Dann kommen wir jetzt zu den großen Fragen. Warum sind wir hier? Was wollen die Meister?"

„Da kann ich dir leider nicht weiterhelfen", Ando zuckte mit den Schultern. „Ich habe keine Ahnung."

„Du bist seit zehn Jahren hier und weißt nicht warum?", fragte Nimael ungläubig.

„Es gibt hier weder Gold noch Edelsteine. An Reichtümern scheint es den Meistern sowieso nicht zu mangeln, also kann man dieses Motiv wohl ausschließen", folgerte Ando. „Ansonsten bin ich so schlau wie jeder andere auch. Ich habe natürlich meine Theorien, aber worum es tatsächlich geht, wissen wohl nur die Meister selbst."

„Wie viele von ihnen gibt es?"

„Fünf. Jede der vier Abteilungen hat einen Meister oder – wie im Falle der Heiler – eine Meisterin. Und dann gibt es noch einen obersten Meister, bei dem alle Fäden zusammenlaufen."

„Bist du schon mal einem von ihnen begegnet?"

„Natürlich, wieso auch nicht?“

„Kerber meinte, dass wir sie kaum antreffen und sie sich niemals mit uns abgeben würden“, antwortete Nimael.

„Kerber ist nicht gerade für seine präzise Beobachtungsgabe bekannt.“ Damit bestätigte Ando auch Nimaels zweite Annahme. „Allerdings bin ich mir oft nicht sicher, ob er das nicht nur vorspielt.“

„Wie meinst du das?“

„Was Kerber so von sich gibt, lässt eher auf ein schlichtes Gemüt schließen. Nach all den Jahren kann ich dir aber versichern, dass seine Handlungen absolut durchdacht sind. Er weiß genau, was er tut. Oder glaubst du, dass man einem Einfaltspinsel einen dritten Stern verleihen und ihm die Einweisung sämtlicher Neulinge überlassen würde?“

„Wohl kaum“, pflichtete ihm Nimael bei.

„Und was die Meister betrifft … Es stimmt zwar, dass sie nur selten ihre Gemächer verlassen, aber hin und wieder lassen sie sich schon blicken. Was sie aber auch nicht durchschaubarer macht.“

„Was auch immer sie vorhaben, wir sollten ihnen unbedingt einen Strich durch die Rechnung machen!“ Nimael versuchte, seine Aufregung und seine Stimme im Zaum zu halten. Mit so einem heiklen Thema durfte er nicht die geringste Aufmerksamkeit erregen. „Du traust es den Slaes vielleicht nicht zu, aber ich glaube, du unterschätzt sie gewaltig. Wenn sie jeden Tag zehn Stunden härteste körperliche Arbeit verrichten, sind sie den Gards physisch vielleicht nicht so unterlegen, wie du denkst. Nicht zu vergessen, dass wir zahlenmäßig klar überlegen sind. Es gibt ungefähr tausend Slaes und Caers, nur zweihundert Gards und nur eine Handvoll Meister. Vielleicht war das Verhältnis beim ersten Aufstand nicht so unausgeglichen. Vielleicht unterschätzen auch die Dunkelmeister, mit welcher Kampfkraft sie es hier zu tun haben.“

„Dein Tatendrang in allen Ehren, aber dir fehlt jegliches Wissen, um die Strukturen hier so zu vereinfachen“, widersprach Ando. „Da kommen noch ganz andere Umstände ins Spiel. Davon abgesehen, dass du die Caers der gegensätzlichen Richtungen niemals an einen Tisch bringen würdest – und das meine ich wortwörtlich." Er nickte in Richtung der restlichen Essenstische, an denen die Caers in klar voneinander getrennten Gruppen zusammensaßen. „Die Caers der Gegenseite würden sich niemals an einem Aufstand beteiligen. Dafür genießen sie ihre Macht viel zu sehr. Für die Slaes allein besteht hingegen keine Möglichkeit, sich in irgendeiner Form zu organisieren. Und dann wären da noch die Meister. Es sind vielleicht nur fünf, aber ..." Andos Stimme verwandelte sich in ein Flüstern. „Ich habe schon Dinge gehört und gesehen, die sich beim besten Willen nicht erklären lassen."

Nimael sah ihn neugierig an.

„Übernatürliche Dinge."

Nimaels Neugier verwandelte sich in Skepsis.

„Glaub mir, du wirst schon sehen!" Ando ging nicht weiter darauf ein und beendete stattdessen seine Argumentation. „Es gibt noch einen letzten Punkt, den du nicht außer Acht lassen darfst. Du hast bei der Anreise vielleicht nicht so viel mitbekommen, aber die Meister haben Strukturen aufgebaut, die weit über den Bruch hinausgehen."

„Du meinst die Steingräber und die Häuser im Wald?"

„Ja, aber nicht nur das. Sie haben Kontakte und sie wissen, woher wir stammen. Nach geglückter Flucht könnten sie uns jederzeit zurückholen oder dauerhaft zum Schweigen bringen. Sie machen auf mich jedenfalls nicht den Eindruck, dass sie an unliebsamen Zeugen interessiert wären." Andos Miene verfinsterte sich, bevor er fortfuhr. „Wobei allein die Vorstellung, dass wir in unsere Heimatstädte zurückkehren könnten, bereits ziemlich weit hergeholt ist. Selbst wenn ein Aufstand erfolgreich wäre, wie sollten wir eintausend Leute durch diese verdammte Wüste da draußen bringen? Es ist ein Ding der Unmöglichkeit und das ist auch allen hier bewusst. Oder hast du dich bisher noch nicht gefragt, warum die Sicherheitsmaßnahmen so gering ausfallen?"

„Doch, natürlich", antwortete Nimael betrübt. Die genannten Punkte waren nicht von der Hand zu weisen und ließen jegliche Hoffnung auf einen schnellen Ausweg aus dieser Situation schwinden.

„Dass ihr nicht eingeschlossen werdet, bedeutet übrigens nicht, dass sich deine Slaes hier frei bewegen sollten", warnte ihn Ando. „Erstens sind für sie sämtliche interessanten Orte tabu und zweitens setzt du sie immer einem gewissen Risiko aus, wenn sie sich schutzlos außerhalb der Zelle aufhalten."

„So ganz verstehe ich das trotzdem nicht." Nimael rief sich den Vorabend ins Gedächtnis zurück. „Wozu gibt man uns überhaupt die Möglichkeit, uns uneingeschränkt zu bewegen und sogar Einkäufe zu tätigen? Die Auswahl ist gewaltig und der Aufwand, der dafür betrieben wird, sicher auch. Wäre es nicht viel einfacher, jeder Zelle einen Brotlaib zur Verfügung zu stellen? Eine einheitliche Versorgung wie beim Mittagessen. Sie könnten auf Löhne verzichten und sich den ganzen Aufwand schenken."

„Darüber habe ich auch schon nachgedacht", antwortete Ando. „Aus meiner Sicht stehen Überlegungen dahinter, die die allgemeine Stimmung betreffen."

„Die allgemeine Stimmung?"

„Ja." Ando überlegte kurz. „Stell dir ein Spiel vor." Er ballte die Hand zur Faust, schüttelte sie, öffnete sie wieder und machte eine Geste, als würde er etwas auf den Tisch werfen. „Der Spieler würfelt. Vorher pustet er in die Hände. Er beschwört die Zahlen. Dadurch bildet er sich ein, dass er sein Schicksal in den eigenen Händen hält. Dass er Einfluss auf das Ergebnis hat. Aber letztendlich ist das nur eine Illusion, am Ergebnis ändert sich dadurch nichts." Er machte eine kurze Pause. „So ist es auch hier. Durch die Möglichkeit, Geld zu verdienen und damit alles erhalten zu können, was man sich wünscht, entsteht die Illusion, dass man einen freien Willen hat und diesen ausleben kann. Es steigert die Motivation zu arbeiten, auch wenn das Ergebnis unabhängig von jeder Entscheidung, die man trifft, natürlich immer dasselbe ist. Man spielt den Meistern in die Hände." Ernüchterung machte sich auf seinem Gesicht breit. „Zudem üben sie damit aber noch auf andere Weise Einfluss auf uns aus. Sie wollen uns nämlich etwas zu verstehen geben."

„Was meinst du?"

„Sie wollen uns zeigen, dass sie so verflucht weit über uns stehen, dass es ihnen egal ist, welche Mittel und welches Wissen wir uns aneignen. Dass wir so oder so keine Gefahr für sie darstellen." Wut und Resignation schwangen in seiner Stimme mit.

„Das wird sich noch zeigen", brummte Nimael trotzig. Ando sah ihn niedergeschlagen an und stocherte missmutig in seinen Essensresten herum.

„Kann ich dich gleich um einen ersten Gefallen als meinen Mentor bitten?", wechselte Nimael erneut das Thema und setzte seine freundlichste Miene auf. Vielleicht war es nur ein Funken zu viel, der Ando stutzen ließ.

„Das kommt ganz auf den Gefallen an", antwortete er skeptisch.

„Mir wurden bisher nur der Bruch und das Lager gezeigt. Hat der Blutfelsen noch mehr zu bieten?"

„Allerdings." Andos Stimmung besserte sich schlagartig und zauberte ein Lächeln auf sein Gesicht. „Ich werde dich sehr gern herumführen. Du solltest dich hier wirklich nicht verlaufen."

Ein lautes Signal übertönte den letzten Teil seiner Antwort und beendete die Pause.

Nimael hatte es trotz des spannenden Gesprächs gerade noch geschafft, sein Mittagessen zu sich zu nehmen. Frisch gestärkt war er fest entschlossen, heute noch mehr Überstunden als am Vortag abzuleisten – auch wenn das zu bedeuten hatte, dass ihn eine weitere Außenschicht erwartete. Nach zwei Stunden im Stollen traf er Ando an einem der Brunnen wieder. Auch ihm stand eine Schicht in größter Mittagshitze bevor.

Nimael beobachtete ihn bei der Arbeit. Man sah ihm seine langjährige Erfahrung im Bruch deutlich an. Er hatte seinen eigenen

Rhythmus gefunden, wodurch er effizient arbeitete, aber trotzdem kaum ins Schwitzen geriet. Die Gards waren wohl nichts anderes von ihm gewohnt und schenkten ihm keinerlei Beachtung.

Ganz im Gegensatz zu einer Slae, die ein Stück entfernt sichtlich mit den extremen Bedingungen zu kämpfen hatte. Einige Male ließen die Gards ihre Peitschen durch die Luft wirbeln und dicht neben ihrem Kopf zusammenfahren. Wie unangenehm ein solcher Schlag und die damit verbundene Aufmerksamkeit waren, wusste Nimael inzwischen aus eigener Erfahrung. Erschöpft und schweißgebadet, wie sie war, musste allen klar sein, dass es der jungen Frau nicht an Motivation, sondern an Kraft fehlte, was sämtliche Peitschenschläge nutzlos erscheinen ließ. Einem Gard ging schließlich die Geduld aus. Er schlug ihr den Lederriemen quer über den Rücken. Die Slae gab einen schmerzerfüllten Schrei von sich und sank zu Boden, worauf der Gard erneut ausholte.

„Wird's bald?", brüllte er und schlug ihr ein zweites Mal über den Rücken. Nimael konnte diese Folter nicht länger mit ansehen. Er ließ seine Schaufel sinken und ging fest entschlossen in Richtung des Gards, um dem Spektakel ein Ende zu setzen. Noch bevor er sich richtig auf den Weg gemacht hatte, packte ihn jemand von hinten am Arm.

„Warte!", rief Ando.

Der Gard schwang erneut die Peitsche. Nimael konnte den Anblick kaum noch ertragen und wollte sich gerade losreißen, als die Peitsche ihr Ziel knapp verfehlte und dicht über dem Kopf der Slae durch die Luft schnitt. Diese lag mittlerweile nur noch kraftlos und weinend am Boden.

„Schafft sie in ihr Quartier!", befahl der Folterknecht. „Drei Fehlstunden heute, die angefangene Schicht zählt nicht mit. Das wirst du die kommenden Tage alles nachholen, verstanden?" Er ließ die Peitsche noch einmal erschallen, um seinen Worten Nachdruck zu verleihen.

„Ja, natürlich", winselte die Slae, bevor sie von zwei Gards auf die Beine geholt und aus dem Bruch geführt wurde.

„Sie gehört zu Silkans Gruppe“, flüsterte Ando in versöhnlichem Tonfall. „Er wird sich um sie kümmern. Es wird ihr gut gehen.“

Nimael staunte, wie schnell sein neu gewonnener Mentor die Situation richtig eingeschätzt hatte, und bedankte sich bei ihm.

„Dass ich dein Angebot angenommen habe, hat sich jetzt schon bezahlt gemacht.“

Ando grinste nur und nickte ihm ein *gern geschehen* zu, bevor sie von einem weiteren Wachposten getrennt wurden.

„Was gibt's da zu glotzen? Zurück an die Arbeit mit euch!“

Nimael kehrte dem Geschehen den Rücken zu, fürchtete eine Sekunde lang, dass der Gard der Versuchung nicht widerstehen konnte, ihm noch einen Schlag mit dem Lederriemen mitzugeben, und machte instinktiv einen kleinen Satz nach vorn, um schleunigst die Arbeit wieder aufzunehmen. Diese war zwar eintönig, hatte aber zumindest den Vorteil, dass man dabei ungestört nachdenken konnte. Bei seiner letzten Schicht im Stollen überlegte er, was er an neuen Informationen gewonnen hatte und wie er diese den anderen am besten beibringen konnte. Unterm Strich hatte sich schließlich nur herausgestellt, wie aussichtslos ihre Lage war.

Nach getanen Einkäufen kehrte Nimael erschöpft in die Zelle zurück. Allein an diesem Tag hatte er fünf Überstunden erarbeitet und war durchaus zufrieden mit sich. Als er sich zu den anderen in den Gemeinschaftsraum gesellte, knurrte den meisten bereits der Magen.

„Und? Hast du die erhofften Antworten erhalten?“, fragte Veila und biss genüsslich in ihr Brot.

„Ja, zumindest ein paar“, sagte Nimael. Er erzählte von dem Gespräch und wie er in Ando nun einen Mentor gefunden hatte. Als er dessen Hintergrund und die Strukturen zusammenfasste, unterschlug er einige kleinere Details wie die drei *Glückstreffer* und ihre Analyse eines aussichtslosen Fluchtversuchs. Wie sich herausstellte, bot seine Zusammenfassung dennoch genügend Gesprächsstoff für eine abendfüllende Diskussion.

9

SPRENGUNG

Am dritten Tag im Bruch entschied sich Nimael, seine Arbeitszeit auf neun Stunden zu erhöhen. Die Anstrengungen der Reise hatte er schon beinahe wieder vergessen und je schneller er seinen Körper an die langen Arbeitszeiten gewöhnen konnte, desto besser.

Am Mittag traf er Ando an einem der Brunnen wieder. Eine Frau mit lockigen Haaren unterhielt sich intensiv mit ihm. Sie schienen sich gut zu kennen, also nahm Nimael ganz selbstverständlich an, dass es sich bei der Frau um eine seiner Slaes handelte. Umso mehr überraschte es ihn, dass sie ein *C* auf der Brust trug.

„… da meinte er, ich soll die Klappe halten und im Stollen weiterarbeiten. Kannst du dir so was vorstellen?“ Sie sah Ando aufgebracht an, aber der zog nur seine nassen Hände aus dem Brunnen und tauchte sein Gesicht hinein. Offenbar wollte er damit einer Antwort entgehen, aber Nimael glaubte trotzdem, ein leises, bejahendes Brummen zu hören.

„Darf ich mich zu euch gesellen?“, unterbrach er die Szene. Während ihn die Frau argwöhnisch musterte, hob Ando den Kopf und schien sich aufrichtig zu freuen, ihn zu sehen.

„Natürlich." Er nutzte die Gelegenheit für einen raschen Themenwechsel. „Nimael, darf ich vorstellen? Wiguine. Sie gehört zu meiner Gruppe."

„Wiggy", korrigierte sie ihn, nachdem das Misstrauen von ihr abgefallen war.

„Aus seiner Gruppe? Aber du bist doch eine Caer", stellte Nimael verwundert fest. Wiggy starrte nur zurück, ohne eine Miene zu verziehen. Hatte er etwa das falsche Thema angeschnitten?

„Das ist eine Feststellung, keine Frage", sagte Wiggy schließlich.

Für einen Moment verstand Nimael gar nichts mehr. Er sah Ando verstört an, der die Unterhaltung stillschweigend beobachtete, sich dabei aber offenbar prächtig amüsierte.

„Tut mir leid. Ich wollte wissen, ob du wirklich eine Caer bist.", sagte Nimael.

„Allerdings." Wiggys Augen funkelten stolz. „Vor dir siehst du die einzige Caer im Bruch."

„Aber wie ist das möglich?", hakte Nimael nach. „Und warum gehörst du dann noch immer zu Andos Gruppe?"

„Man kann hier nicht nur degradiert, sondern auch befördert werden", erklärte sie. „Allerdings habe ich schwer dafür geschuftet. Keine Fehlzeiten, schnelle, effiziente Arbeit und das konstant über Jahre hinweg. Trotzdem erhielt ich keine eigene Gruppe, nur einen höheren Rang und eine bessere Bezahlung." Sie warf Ando einen kurzen Blick zu. „Aber ich muss zugeben, dass ich ganz froh darüber bin. Nach all den Jahren sind wir alle noch am Leben und unverletzt. Das können nur die wenigsten Gruppen hier behaupten."

„Also, wenn ich ehrlich bin, hätte ich es ohne Andos Hilfe auch nicht lebend hierher geschafft", gestand Nimael.

„Ich weiß." Wiggy grinste.

„Dann warst du auch dabei, als …" Nimael unterbrach sich mitten im Satz und sah sich verschwörerisch um. Eigentlich durfte er die

Identität seiner Entführer gar nicht kennen und Ando in Schwierigkeiten zu bringen, war das Letzte, was er vorhatte.

Wiggy lächelte. „Nein, ich habe hier die Stellung gehalten. Aber Ando hat uns alles darüber berichtet. Bist ja ein richtiger Draufgänger, hm?"

„Eigentlich nicht", antwortete Nimael leicht verlegen. „Nur wenn es sein muss, denke ich."

„Was dich sicher interessieren dürfte …", schaltete sich Ando ein. Er beugte sich zu ihm vor und sprach leise weiter. „Du wirst heute noch einem Meister begegnen." Mit einer solchen Neuigkeit hatte Nimael nicht gerechnet. Er machte große Augen und Ando fuhr fort: „Für heute Nachmittag ist eine Sprengung angesetzt. Amon, der Meister der Arbeiter, wird sie beaufsichtigen."

„Woher weißt du das?"

„Na hör mal!", antwortete Ando entschieden. „Nach zehn Jahren hat man eben bessere Kontakte und Beziehungen als nach drei Tagen. Außerdem ist bei solchen Aktionen *immer* Amon dabei. Er passt auf, dass alles wie geplant verläuft."

„Was kannst du mir noch über ihn erzählen?", fragte Nimael neugierig. Obwohl die Sprengung allein eine Riesensache darstellte, waren die Drahtzieher hinter ihrer Entführung noch wesentlich interessanter.

„Nicht viel." Ando zuckte mit den Schultern. „Ich habe den Eindruck, Amon sieht uns Arbeiter weniger als Lebewesen, sondern vielmehr als Ressource. Ein Menschenleben ist ihm nicht besonders viel wert. Wenn einer stirbt, bedauert er nur den Verlust der Arbeitskraft."

„Nett", bemerkte Nimael sarkastisch.

„Ja, aber hast du von brutalen Sklavenhaltern wirklich etwas anderes erwartet?"

Nimael schüttelte den Kopf.

„Abgesehen von Serqet sind eigentlich alle so", fügte Ando nachdenklich hinzu.

„Serqet?"

„Sie ist die Meisterin der Heiler. Was man so hört, setzt sie sich den anderen Meistern gegenüber wirklich für uns ein. Natürlich kann das täuschen und genauso gut daran liegen, dass es eben ihre Funktion ist, uns gesund und am Leben zu halten, aber sie ist uns auf jeden Fall wohlgesonnen. Ich würde sogar sagen, dass sie ein Herz hat, was man von den anderen beileibe nicht behaupten kann." Ando setzte die Aufzählung fort und stellte die restlichen Dunkelmeister vor. „Der Meister der Versorgung heißt Chapi. Vielleicht ist es auch nur ein Spitzname, aber ich habe noch nie gehört, dass er anders genannt wurde. Von ihm hört und sieht man nicht viel. Er hat sämtliche Arbeiten auf seine Gards abgewälzt und liegt wohl den ganzen Tag nur auf der faulen Haut. Gerüchten zufolge soll er aber mit Serqet zusammen sein. Er lässt es sich hier also so richtig gutgehen. Dann ist da noch Kolubleik, der Meister der Kämpfer." Andos Miene verfinsterte sich schlagartig. „Eine wahre Bestie! Je gnadenloser seine Gards zuschlagen, desto zufriedener ist er. Die Konsequenzen hast du ja bereits miterleben dürfen. Ich kann dir nur raten, dich so weit wie möglich von ihm fernzuhalten. Ein Aufeinandertreffen mit ihm bedeutet nichts als Ärger – gewaltigen Ärger!" Dic Warnung war so eindringlich, dass sie Nimael einen leichten Schauer über den Rücken jagte. „Und schließlich noch der oberste Meister – Arnavut. Ich hatte noch nicht allzu oft das Vergnügen, darum kann ich ihn schlecht einschätzen, aber am ehesten ist er vermutlich mit Amon zu vergleichen. Er überschaut alles und gibt die Befehle, aber das scheint er mit so viel Abstand zu tun, dass er uns nur als Ziffer in einer Gleichung betrachtet. Ein Mittel zum Zweck – welcher Zweck das auch immer sein mag."

Nimael musste all diese Informationen erst einmal sacken lassen. Viel wichtiger war zunächst, dass er sich bei der bevorstehenden Sprengung richtig verhielt.

„Was muss ich heute Nachmittag beachten?", fragte er. „Besteht Gefahr?"

„Nein, keine Sorge", beruhigte ihn Ando. „Für gewöhnlich verwenden sie nur geringe Mengen von dem schwarzen Pulver, das die Sprengung auslöst. Vermutlich fürchten sie, dass größere Explosionen die Höhlen zum Einsturz bringen könnten. Damit niemand verschüttet wird, werden vor der Sprengung sicherheitshalber alle Arbeitskräfte aus den Stollen geholt."

Nimael erinnerte sich, dass Kerber bei seiner Einführung Höhlen erwähnt hatte, sah aber dennoch eine gute Gelegenheit, mehr zu diesem Thema in Erfahrung zu bringen. Glücklicherweise schien seinen Mentor die Fragerei nicht zu stören.

„Wir haben hier schon ein gewaltiges Tunnelsystem ausgehoben, aber nicht alles ist von uns", erklärte Ando. „Es gibt auch ein natürliches Höhlensystem, das größtenteils unerschlossen ist. Während unsere Stollen relativ professionell gesichert und abgestützt sind, können die Höhlen ganz schön instabil sein. Wenn die Erschütterung der Explosion einen Einsturz verursacht, kann dies eine Kettenreaktion in Gang setzen, die letzten Endes bis zu einem Erdrutsch führt. Darum geht man bei solchen Geschichten ziemlich behutsam vor."

Noch bevor sich Nimael bedanken konnte, platzte ein Gard dazwischen und zerschlug die Unterhaltung mit weit weniger freundlichen Worten, als dafür eigentlich nötig gewesen wären. Nimael nickte Wiggy und Ando zum Abschied zu und machte sich wieder an die Arbeit.

Nach einer weiteren Stunde im Stollen war Nimael zu einer Außenschicht eingeteilt – der zweiten an diesem Tag.

„Nim!", unterbrach Andos Stimme plötzlich das geschäftige Treiben im Bruch. Als Nimael aufsah, nickte Ando in Richtung der Essenstische. Dort hatte ein Mann in einer langen Kutte den Bruch betreten. Zu Nimaels Leidwesen trug er eine Kapuze, die seinen Kopf vollständig verbarg. Erhabenen Schrittes bahnte sich der Dunkelmeister seinen Weg zwischen den Tischen und schließlich durch die Arbeiter hindurch. Dabei eskortierten ihn vier Gards, die offenbar für seine Sicherheit verantwortlich waren. Doch die Arbeiter wichen ohnehin respektvoll zurück und ließen die gesamte Szene wie ein Schauspiel wirken, bei dem die Gards eine reine Statistenfunktion einnahmen, um den Auftritt der Hauptfigur zu unterstreichen.

„Du!", brüllte ein Gard unvermittelt in Nimaels Ohr und ließ ihn zusammenzucken. „Weiterarbeiten!"

Nimael gehorchte sofort und wandte sich wieder seiner Arbeit zu. Sehr viel konnte er aus dieser Entfernung sowieso nicht erkennen. Um keine Aufmerksamkeit mehr auf sich zu ziehen, blickte er in regelmäßigen Abständen kurz auf, um das Geschehen trotzdem verfolgen zu können.

Der verhüllte Mann durchquerte den Bruch und blieb vor dem bewachten Haus stehen. Dort traf er auf eine Gruppe von Slaes, die bereits auf ihn warteten, um seine Anweisungen entgegenzunehmen. Schließlich ließen die Gards sie passieren. Sie betraten die Hütte, während der Unbekannte auf seiner Position verharrte. Nach kurzer Zeit verließen die Slaes mit verschiedenen Ausrüstungsgegenständen das Haus und folgten Amon in den Bruch. Nun ertönte das Signal, das Ando angekündigt hatte. Die Gards holten sämtliche Sklaven aus den Stollen und trommelten sie an einer Stelle zusammen. Währenddessen nutzte Nimael die Gelegenheit und tastete sich vorsichtig an Ando und Wiggy heran. Kurz darauf wurde es totenstill. Amon betrat die Szene und wandelte gleichmütig an ihnen vorbei. Seine Bewegungen waren so fremd und anmutig, dass sie im krassen Gegensatz zu dem sonst so groben Chaos des Bruchs standen. Wären nicht sowieso bereits sämtliche Blicke auf ihn gerichtet gewesen, hätte er sie wohl spätestens damit auf sich gezogen.

„Sind alle raus?", erkundigte er sich beim ranghöchsten Gard in seiner Nähe. Seine tiefe Stimme klang sachlich und beinahe unnatürlich kalt.

„Ja, Herr", antwortete der Gard sichtlich nervös.

„Dann rein mit euch!", befahl Amon den Arbeiterinnen, auf deren Brust Nimael ein *L* erkannte. Es handelte sich also nicht um Slaes, sondern um Lefts. Langsam dämmerte Nimael, welche Aufgaben zu den niedrigsten zählten, für die diese Schicht herangezogen wurde. Um den Überblick zu behalten, zog sich Amon die Kapuze vom Kopf und beobachtete, wie die Lefts den Steinbruch betraten.

„*Das* …“ Nimael tat sich schwer, die Fassung zu wahren. „… soll ein Dunkelmeister sein?“

Unter der Kapuze kam das Antlitz eines jungen Mannes zum Vorschein, der kaum älter war als er selbst, jedoch auf keinen Fall älter als Ando. Er hatte markante, symmetrische Gesichtszüge, hellblaue Augen, die fast farblos waren, makellose Haut und war gründlich rasiert, wodurch er noch jünger wirkte.

„Wie alt war er, als ihr verschleppt wurdet?“, flüsterte Nimael mit spöttischem Unterton. „Fünf?“

„Er war genauso alt wie heute“, flüsterte Ando zurück, ohne seinen düsteren Blick vom Geschehen abzuwenden. „In den letzten zehn Jahren ist er um keinen Tag gealtert.“

Wiggy bestätigte seine Aussage mit einem knappen Nicken. Die gespenstische Situation jagte Nimael einen weiteren Schauer über den Rücken.

Nachdem die Lefts die zweite Terrasse erklommen hatten, verschwanden sie in einem der Stollen, der sich am äußeren Rand der zahlreichen Tunneleingänge befand. Nach einiger Zeit verließen sie das Innere des Felsens und blieben auf der Terrasse stehen. Bei genauerem Hinsehen erkannte Nimael, dass sie mit einer Zündschnur beschäftigt waren, die aus dem Stollen herausführte. Schließlich gesellte sich eine Nachzüglerin zu ihnen, die die Schnur vermutlich an der Sprengladung befestigt hatte. Während die anderen Lefts mit dem Abstieg begannen, blieb die Nachzüglerin zurück und betrat kurz darauf den anliegenden Stollen, um eine Fackel hervorzuholen. Hatte sie etwas ausgefressen oder etwa nur beim Losen verloren, um in eine so missliche Situation zu geraten?

„Anzünden!“ Die unbarmherzige Stimme des Dunkelmeisters schallte durch den Bruch.

Die verängstigte Left gehorchte, setzte die Zündschnur in Brand und rannte, so schnell sie konnte, den steilen Weg hinunter. Ein Fehltritt bedeutete den Absturz in die Tiefe. Doch entweder hatte sie enormes Glück oder bereits Übung in dieser Disziplin, wodurch sie unbeschadet nach unten gelangte. Kaum hatte sie wieder festen Boden unter den Füßen, ertönte ein lauter Schlag, dessen Donner in Nimaels Magen widerhallte. Aus dem Stollen wurden Gesteinsbrocken unterschiedlichster Größe geschleudert, die auf die flüchtende Left herabregneten. Sie schrie, hielt sich schützend die Hände über den Kopf und rannte blindlings weiter. Dass sie nur von kleineren Stücken getroffen wurde und auch diese Gefahr beinahe unverletzt überstand, hatte sie nicht ihrem Können, sondern definitiv ihrem Glück zu verdanken.

Amon nickte zufrieden. „Ihr kennt das Prozedere.“

Der Gard nickte und beorderte die Lefts zurück zum Stollen, um diesen zu räumen und zu sichern. Sollte es doch noch zu einem Einsturz kommen, so galten Lefts offenbar als vertretbare Verluste. Der Meister setzte seine Kapuze auf und wandte sich vom Geschehen ab, während ein weiteres Signal ertönte und die übrigen Sklaven ihre Arbeit wieder aufnahmen.

Später bestätigte Ando Nimaels Annahme, dass sich die Gemächer der Dunkelmeister im selben Tunnel wie die Lagerräume der Versorger befanden. Er konnte froh sein, dass er nach seinen Einkäufen auf eine eigenständige Erkundung verzichtet hatte. Außerdem war Amon wohl kein Einzelfall, was das jugendliche Aussehen anging. Auch die anderen Meister schienen niemals zu altern, wobei Serqet – laut Ando – eine wahre Augenweide darstellte. Bei der Sprengung war ihm zufolge nur wenig schwarzes Pulver zum Einsatz gekommen. Aber wenn es sich dabei wirklich um eine kleine Explosion gehandelt hatte, so wollte Nimael ganz sicher keine große miterleben. Und auf keinen Fall durfte auch nur eine seiner Schutzbefohlenen degradiert werden und in eine solche Situation geraten. Dieser riskante Ablauf einer Sprengung war angeblich die übliche Vorgehensweise, um mit den Arbeiten schneller ins Innere vorzudringen.

10

BEKANNTE

Die folgenden Tage verstrichen ereignislos. Nach einer Woche war Nimael zur Hochform aufgelaufen und leistete problemlos eine volle Schicht von zehn Stunden ab. Er wusste, dass er nie wieder die Möglichkeit bekommen würde, so leicht an so viele Überstunden zu gelangen wie in der Eingewöhnungsphase. Während die Neuankömmlinge bis zu diesem Zeitpunkt insgesamt nur knapp zwanzig Stunden pro Kopf erreichen sollten, schaffte es Nimael allein auf stolze achtundfünfzig Stunden. Damit war für ein ordentliches Kontingent in Notsituationen gesorgt. Außerdem hatte er durch seinen Fleiß Kerbers Aufmerksamkeit auf sich gezogen. Es konnte ganz sicher nicht schaden, bei einem Gard mit so viel Einfluss den ein oder anderen Stein im Brett zu haben.

Wie sich bald herausstellte, gewöhnten sich auch die anderen langsam an ihren neuen Arbeitsalltag. Die Blasen platzten und waren eine Zeit lang noch schmerzhafter als zuvor, bevor sie schließlich endgültig abheilten. Durch die langsame Steigerung hielten sich aber zumindest Müdigkeit, Muskelkater und andere Anzeichen für körperliche Erschöpfung in Grenzen. Ihre Unterdrücker wussten offensichtlich, was sie taten.

Thera hatte mittlerweile Gefallen an dem Medizinbuch gefunden und versuchte sich während der Nachmittagsstunden so viel wie möglich einzuprägen. Für Nimael gab es hingegen keinen schöneren Anblick, als wenn er abends in die Zelle zurückkehrte und Thera im Gemeinschaftsraum vorfand. Sie hatte ihr Kinn mit dem rechten Arm am Tisch abgestützt und wälzte ihr Buch. Gekrönt wurde dieser Moment nur durch das strahlende Lächeln, das sie ihm zur Begrüßung zuwarf. Dabei vergaß er regelmäßig den schrecklichen Ort, an dem sie sich befanden, und entschwand in seine eigene kleine Welt, die nur aus ihr und ihm bestand. Eine vollkommene Welt.

Für Landria hatte Nimael inzwischen Ersatzlektüre besorgt. Für nur zwei Taler hatte er ein kleines, aber detailliertes Werk über die wichtigsten Bergbautechniken gefunden, das Landria innerhalb kürzester Zeit verschlungen hatte. Leider rezitierte sie anschließend pausenlos die wichtigsten Passagen und nervte schon bald die gesamte Gruppe. Wie ließ sich ein Stollen stabilisieren? Welche Arten von Spitzhacken gab es und worin lagen deren Vor- und Nachteile? Nimael war bewusst, dass er schnellstmöglich Nachschub besorgen musste – Nachschub, der im besten Fall nur Themen behandelte, die nichts mit ihrer momentanen Situation zu tun hatten.

Hallbora, Ting und Veila steckten die harte Arbeit erstaunlich gut weg. Hallbora hatte es mit ihrer lockeren Art geschafft, die aussichtslose Lage herunterzuspielen, was der Gesamtstimmung in der Zelle sehr guttat. Ting überzeugte im Bruch mit ihrer energischen Herangehensweise und war sogar Kerber als besonders effizient aufgefallen, während Veila der Situation mit ihrer pragmatischen Art begegnete. Dennoch wollte Nimael in den ersten Tagen vermeiden, dass auch nur eine von ihnen mehr Stunden arbeitete als unbedingt nötig. Sie waren eine solche Anstrengung nicht gewohnt und niemand konnte ahnen, wie sie auf Dauer einem solchen Druck standhalten würden.

Neben Überstunden versuchte Nimael auch seinen Lohn anzusparen. Schließlich konnte es nicht schaden, einen Notgroschen in der

Hinterhand zu haben. Hinzu kam, dass ihre ersten Anschaffungen der Grundausstattung dienten und in den nächsten Monaten nicht mehr nötig sein würden. Vielleicht konnte er dadurch genau wie die Slaes mit zweihundert Talern im Monat über die Runden kommen. Obwohl die große Auswahl im Lager der Versorger zu einem luxuriöseren Lebensstil einlud, hielt Nimael unbeirrt an seinem Sparkurs fest. Vielleicht würde es irgendwann jemandem die Freiheit ermöglichen.

Selbst Kaeti und Eskabatt schienen sich allmählich mit der Situation abzufinden. Natürlich sprudelten sie nicht gerade vor Glück, aber Nimael hatte den Eindruck, dass sie zumindest nicht mehr jedes zweite seiner Worte in Frage stellten. Vielleicht erkannten sie auch endlich, dass er sich wirklich um sie bemühte. Wie die beiden Adelstöchter aber reagieren würden, wenn die Arbeitszeit weiter konstant angehoben wurde, wollte sich Nimael im Moment lieber nicht vorstellen.

Und dann war da noch Melina. Nimael war ratlos, wie er ihr helfen konnte. Sie arbeitete ihre Schichten, ohne sich zu beschweren, zog sich aber gleichzeitig mehr und mehr zurück. Obwohl sie schon immer schweigsam und in sich gekehrt gewesen war, schien ihr die neue Umgebung eine solche Angst einzujagen, dass sie jedem Gespräch auswich und bald kaum noch ein Wort herausbrachte. Dass es Nimael beim besten Willen nicht gelang, eine Verbindung zu ihr herzustellen, bereitete ihm große Sorgen.

Die erste Woche endete mit einer willkommenen Überraschung. Ihre Uniformen wurden gewechselt, was bei der schweißtreibenden Arbeit, die sie im Bruch tagtäglich zu verrichten hatten, auch höchste Zeit war. Dennoch musste man den Versorgern zugutehalten, dass sie diese Aufgabe überhaupt als die ihre ansahen und die Arbeiter damit von einer zusätzlichen Qual erlösten.

Am achten Tag im Bruch wurde das Pensum der Slaes auf vier Stunden erhöht. Nach wie vor endete ihr Arbeitstag mit der Mittagspause. Als sie den Essbereich betraten, trennten sich ihre Wege und Nimael sah sich um. Wie immer war Ando bereits anwesend und hatte ihm einen zweiten Platz im Schatten gesichert. Im Gegensatz zu Andos gewöhnlicher Platzwahl, bei der er immer akribisch darauf achtete, dass sich mindestens zwei Tischreihen zwischen ihm und dem Bereich der Gards befanden, hatte er sich diesmal direkt neben den verhassten Unterdrückern niedergelassen. Obwohl er ihnen den Rücken zugewandt hatte, sah man ihm deutlich an, wie sehr ihm der kurze Abstand zuwider war.

„Alle anderen Plätze schon belegt?" Nimael setzte sich ihm gegenüber zu Tisch und stellte sein Essen ab.

„Nein", antwortete Ando. „War eine freiwillige Entscheidung."

„Auf der Flucht vor Wiggy?" Nimael grinste schelmisch und nickte in ihre Richtung. Sie saß an einem der Tische, an denen Nimael auch Ando erwartet hätte.

„Sie kann schon sehr anstrengend sein, aber ich habe mich nicht deshalb von ihr getrennt."

Warum dann? Nimaels Blick formulierte die Frage stumm. Ando deutete ein knappes Nicken über seine Schulter an. Vorsichtig spähte Nimael an ihm vorbei, um den Essbereich der Gards in Augenschein zu nehmen. Nur zwei Tische weiter saß Kerber und genoss ein ausgiebiges Mittagsmahl.

„Ich verstehe nicht", sagte Nimael. „Was willst du von ihm?"

„Nicht von ihm, sondern von ihnen", erwiderte Ando. „Siehst du nicht, wer bei ihm sitzt?"

Nimael runzelte die Stirn und riskierte einen weiteren Blick. Obwohl ihm Kerbers Gesprächspartner den Rücken zugekehrt hatte, erkannte ihn Nimael sofort wieder. In der Wüste hatte er diesen Hinterkopf zur Genüge bewundern dürfen.

„Der Anführer ist hier?"

Ando rang mit einem Grinsen, das in einer schiefen Grimasse endete. „Obwohl er sicher nichts dagegen hat, wenn du ihn so nennst, würde ich dir dringend empfehlen, bei seinem Namen – Gilbradock – zu bleiben. Er und sein gesamter Trupp haben den Dienst wieder angetreten. Im Gegensatz zu uns durften sie eine einwöchige Erholungspause genießen. Außerdem wurden ein paar von ihnen befördert. Varuil, der Bogenschütze, der deinen Freund auf dem Gewissen hat, erhielt seinen zweiten Stern, Gilbradock selbst seinen dritten. Neben Kerber ist er nun der ranghöchste Gard im Bruch und untersteht als Kämpfer nur noch Kolubleik selbst."

„Ich verstehe immer noch nicht, was du von ihnen willst", sagte Nimael.

Ando schlug leisere Töne an. „Ich hatte gehofft, dass ein paar Informationen für uns herausspringen, wenn sich die beiden höchstdekorierten Gards unterhalten. Leider eine ziemliche Pleite." Ando verzog das Gesicht und seufzte. „Viel zu laut hier."

„Vielleicht kann ich dir da behilflich sein", bot Nimael an. „Seit Kurzem verfüge ich über ein ziemlich feines Gehör."

„Nur zu." Ando lächelte skeptisch.

Nimael schloss die Augen und versuchte, sich zu entspannen. Aber Ando hatte recht. Die Arbeiter hatten ihre Spitzhacken gegen Essbesteck getauscht, doch die Geräuschkulisse blieb bei eintausend Arbeitern, die obendrein in Gespräche vertieft waren, dieselbe. Dass sein Hörsinn besonders fein war, bedeutete in diesem Fall nur, dass er auch die umliegenden Geräusche deutlicher wahrnehmen konnte. Trotzdem noch lange kein Grund aufzugeben. Die Nähe zu Kerber und Gilbradock bestärkte Nimael in der Annahme, dass er sie aus diesem Chaos heraushören konnte. Er öffnete für einen Moment die Augen und sah zu Kerber. In letzter Zeit war er sehr oft in den Genuss seiner Stimme gekommen. Er stellte sich seine Klangfarbe vor, seine Aussprache und seinen Tonfall. Er konzentrierte sich so fest und so lange auf die Gesamtheit seiner Stimme, bis er sie förmlich in sich hören konnte. Er ließ seine Ohren bewusst nach ihr suchen und die Geräuschkulisse nahm langsam ab. Sie war immer noch da, öffnete sich aber wie ein Schleier, der nicht länger die Wahrnehmung beeinträchtigte. Plötzlich hörte er Kerber.

„... war ja längst überfällig. Nochmals Glückwunsch, alter Freund!"

„Nim, das ist doch sinnlos!", riss ihn Ando aus seiner Konzentration. Nimael ging nicht darauf ein, sondern hielt sich den Zeigefinger vor den Mund, worauf Ando verstummte. Anschließend konzentrierte er sich erneut auf die Stimmen der Gards. Nachdem er Kerbers Klangfarbe in seinen Geist zurückgeholt hatte, erfasste er auch Gilbradock, dessen Stimme sich während der langen Zeit ohne Augenlicht geradezu in sein Gedächtnis eingebrannt hatte.

„Und? Gehe ich recht in der Annahme, dass Arnavut höchstselbst die Beförderung vorgenommen hat?", fragte Kerber.

„Allerdings", bestätigte Gilbradock stolz.

„Und?"

„Was und?"

„Mit dem dritten Stern ist meines Wissens nicht nur ein höherer Lohn verbunden", deutete Kerber an.

„Du willst wissen, ob er mich eingeweiht hat?" Nach einer kurzen Pause fuhr Gilbradock fort. „In der Tat. Ich weiß nun von ihren Plänen und über welche Mittel sie verfügen – über welche Macht."

Nimael konnte kaum glauben, was er da hörte. Ando hatte das richtige Gespür bewiesen und mit etwas Glück offenbarten ihnen die beiden Gards nun sämtliche Geheimnisse. Plötzlich bemerkte er, dass die Geräuschkulisse um ihn herum wieder zugenommen hatte. Die Frage, die Kerber seinem Gegenüber gerade gestellt hatte, war nicht mehr zu verstehen gewesen. Nur mit höchster Konzentration gelang es ihm, gegen die Aufregung anzukämpfen und den Fokus wieder auf das Gespräch zu richten.

„Stellst du etwa meine Loyalität infrage?", empörte sich Gilbradock plötzlich.

„Ach, wo denkst du hin?", beschwichtigte ihn Kerber. „Aber ich weiß noch, wie es mir damals ging. Dass ich nach der Unterhaltung mit Arnavut ganz schön durch den Wind war. Ich hätte mich wahnsinnig gern mit jemandem über eine Offenbarung dieses Ausmaßes unterhalten, aber da ich der einzige Dreistern war, bot sich mir diese Möglichkeit leider nicht. Du kannst dich mir anvertrauen, das ist alles, was ich damit sagen wollte."

„Nun gut", antwortete Gilbradock in versöhnlichem Tonfall. „Ich muss zugeben, dass ich ihre Pläne zunächst ebenfalls für vollkommen überzogen und größenwahnsinnig hielt. Für einen Moment überlegte ich sogar, zu desertieren. Aber dann zeigte er mir, was dahintersteckt. Er erklärte mir, wieso sie das alles tun. Und je mehr er erzählte, desto mehr konnte ich es nachvollziehen. Desto mehr hielt ich ihre Pläne für gerechtfertigt und ambitioniert. Irgendwann wurde mir klar, dass ich tief in mir genau das erhofft hatte. Dass es bei dieser Sache eben nicht nur um irgendwelche Belanglosigkeiten geht, wie ein paar faule Maden zur Arbeit zu zwingen, sondern dass etwas Größeres dahintersteckt – etwas Lohnenderes. Es ist das erste Mal seit Langem, dass ich das Gefühl habe, eine bedeutende Rolle zu spielen. Als Arnavut mir dann noch zeigte, wie weit ihre Pläne bereits gediehen sind und über welche Fähigkeiten sie verfügen, verstand ich plötzlich, dass meine erste Einschätzung nicht weiter von der Wahrheit hätte entfernt sein können. Dass ihr Vorhaben weder unrealistisch noch aus der Luft gegriffen ist, sondern ganz im Gegenteil, dass es zu diesem Zeitpunkt bereits vollkommen unabwendbar sein dürfte."

„Nicht zu vergessen, welche Perspektiven sich uns dadurch eröffnen", ergänzte Kerber. „Stell dir vor, über welche Armeen wir verfügen werden! Unsere Macht wird ebenso grenzenlos sein wie die ihre. Zwei Generäle, deren Mut, Weisheit und Größe über sämtliche Territorialgrenzen hinweg noch jahrhundertelang besungen werden wird. Mir geht es wie dir. Ich kann den Tag kaum erwarten, an dem …" Kerber verstummte plötzlich. Was war der Grund? Hatte er Nimaels meditativen Zustand bemerkt und Verdacht geschöpft? Nimael öffnete langsam die Augen, sah vorsichtig zu den beiden Dreisternen und erkannte einen weiteren Gard, der sich ihnen näherte. Um sich *seine* Stimme ins Gedächtnis zurückzurufen, bedurfte es nicht der geringsten Konzentration. Es war der feige Messerstecher, der es auf ihn abgesehen hatte.

„Smeon, was willst du?“, hieß ihn Gilbradock missmutig willkommen.

„Ich wurde als Gard von einem Caer angegriffen“, erklärte Smeon ohne Umschweife. „Nun fordere ich Genugtuung. Ich fordere seine Bestrafung!“

„Du hast vielleicht Nerven!“, empörte sich Gilbradock. Smeon hatte nicht nur ein wichtiges Gespräch unterbrochen, sondern dabei auch einen Befehlston angeschlagen, der ihm ganz sicher nicht zustand. „War es dir denn gar keine Lehre, dass du bei der Beförderung übergangen wurdest?“, maßregelte Gilbradock seinen Untergebenen. „Wenn du deine Sache von Anfang an richtig gemacht hättest, würden wir diese Unterhaltung jetzt nicht führen.“

„Worum geht es hier überhaupt?“, erkundigte sich Kerber.

„Nichts weiter“, spielte Gilbradock die Sache herunter. „Als wir die Frischlinge einkassiert haben, hat ihm der Neue ein paar aufs Maul gegeben.“

„Nicht aufs Maul“, verteidigte sich Smeon trotzig. „Er griff mich hinterrücks an und brach mir die Hand.“

„Der neue Caer? Nimael?“, fragte Kerber ungläubig. „Er ist der tüchtigste Frischling, den wir hier jemals hatten.“

„Wirklich?“, fragte Gilbradock ebenso ungläubig zurück. „Gibt es mit ihm nicht laufend Ärger?“

„Nicht den geringsten. Wenn alle so vorbildlich arbeiten würden, wären wir hier schon längst fertig.“

„Da hörst du es“, wandte sich Gilbradock wieder an Smeon. „Solange er sich nichts zuschulden kommen lässt, wird er nicht angerührt! Außerdem erwarte ich von meinen Kämpfern, dass sie mit einem Überraschungsangriff fertig werden.“ Er musterte Smeon abfällig. „Ein paar

Kampfübungen würden dir bestimmt nicht schaden. Damit ist dieses Thema für mich erledigt. Wegtreten!"

„Aber …"

„Ich hatte dich schon einmal gewarnt", unterbrach ihn Gilbradock forsch. „Wenn du meinen Befehlen nicht gehorchst, hagelt es eine doppelte Degradierung. Und jetzt will ich nichts mehr von dir hören. Verschwinde!"

Erst als sich Smeon entfernte und ihm dabei messerscharfe Blicke zuwarf, bemerkte Nimael, dass er den zweiten Teil der Unterhaltung mit offenen Augen verfolgt hatte. Anscheinend bedurfte es nur ein wenig Übung, um sein Gehör darauf auszurichten, nur die Dinge wahrzunehmen, auf die er sich konzentrierte.

„Was für ein verdammter Nichtsnutz!", rief Gilbradock verärgert.

„Mach dir nichts draus", beruhigte ihn Kerber. „Ich lasse mir von solchen Versagern schon lange nicht mehr den Appetit verderben." Daraufhin schmunzelten beide und gingen wieder ihrem Mittagsmahl nach.

Smeon hatte es fertiggebracht, dass die beiden den Faden ihres ursprünglichen Gesprächs genau in dem Moment verloren hatten, als es versprach, interessant zu werden. Am liebsten hätte ihn Nimael dafür gleich noch einmal verdroschen.

„Du siehst unzufrieden aus", schaltete sich Ando ein. „Ich habe dir ja gleich gesagt, dass es sinnlos ist."

„Du täuschst dich", antwortete Nimael. „Ich habe jedes Wort verstanden."

Ando blickte überrascht über seinen Tellerrand, aber noch bevor Nimael mit einer Zusammenfassung beginnen konnte, hob er die Hand. „Iss erst mal."

„Aber interessiert dich denn gar nicht, worum es ging?", fragte Nimael erstaunt.

„Doch, brennend", gestand Ando. „Aber die Pause wird bald zu Ende sein und du hast dein Essen noch nicht einmal angerührt. Ich will nicht schuld sein, wenn du deswegen am Nachmittag zusammenklappst."

Nimael hörte auf seinen Mentor und begann, seine Kartoffeln und eine grüne Gemüsepaste ohne viel Geschmack in sich hineinzustopfen. Noch bevor das Signal ertönte, hatte er seinen Hunger so weit gestillt, dass er problemlos über den Tag kommen würde.

„Komm heute Abend bei uns vorbei", bot er Ando an, während sie ihren Tisch verließen. „Zelle 78."

Ando nickte und grinste. „Ich kann mich hoffentlich darauf verlassen, dass mir deine Slaes nicht mit Steinen auflauern werden?"

Am Abend stellte sich Ando den Mädchen vor. Nimael war erleichtert, dass sein Mentor die zahlreichen Fragen beantworten konnte, ohne ihre Auseinandersetzung zu erwähnen oder weitere Andeutungen darüber zu machen. Anschließend berichtete er von der Unterhaltung, die er am Mittag belauscht hatte.

„Vor Smeon sollten wir uns jedenfalls in Acht nehmen", warnte er seine Gruppe, nachdem er von dessen Rachegelüsten erzählt hatte.

„Vergiss nicht Varuil", ergänzte Thera. „Ich habe ihn heute auf einer der oberen Terrassen gesehen. Er überprüfte die Lage wie ein Raubvogel auf Nahrungssuche. Er scheint vollkommen gefühllos zu agieren."

„Das kann ich bestätigen", sagte Ando.

„Ich habe in dem Buch davon gelesen", fuhr Thera fort. „Es könnte sich bei seiner Gefühlskälte um eine Geisteskrankheit handeln. Nun stellt euch vor, dass jemand wie er befördert wird, weil er einen Unschuldigen getötet hat. Wenn seine Vorgehensweise nur auf logischem Denken basiert, welchen Schluss zieht er dann daraus?"

„Dass er durch weitere Opfer noch mehr Anerkennung erntet." Ting sprach laut aus, was alle anderen längst dachten.

„Durchaus möglich", stimmte Ando zu.

Als er wenig später die Zelle verließ, waren sich alle einig, dass man in ihm einen vertrauenswürdigen Freund gefunden hatte.

„Du hast nicht übertrieben, als du ihn auf der Reise nach Pagura als groß, muskulös, schlank und gut aussehend beschrieben hast", stellte Hallbora fest.

„Von gut aussehend war nie die Rede", erwiderte Nimael mit einem Grinsen. So oft, wie Hallbora austeilte, musste sie auch ein paar Sticheleien einstecken können.

Theras Warnung bezüglich Varuil, den Nimael bisher nicht als unmittelbare Bedrohung wahrgenommen hatte, blieb ihm noch den ganzen Abend im Gedächtnis. Mit ihrer Einschätzung von Smeon hatte sie schließlich auch schon einmal recht behalten. Den todbringenden Bogenschützen ebenfalls im Auge zu behalten, konnte mit Sicherheit nicht schaden.

11

SOVAL

Am Morgen des zehnten Tages zog Kerber eine positive Bilanz. „Nur weiter so!“, lobte er die Gruppe. „Wie versprochen soll euch euer Fleiß zugutekommen. Heute dürft ihr schon etwas früher mit eurer Mittagspause beginnen.“

Nimaels Blick wanderte zu den Mädchen. Begeisterung sah anders aus.

„Ihr werdet es mir schon noch danken“, murmelte Kerber geheimnisvoll. Er wandte sich ab und entließ die Gefangenen zur ersten Schicht in den Steinbruch.

Einige Stunden später freute sich Nimael bereits auf die vorzeitige Pause. Sein Magen knurrte und die letzten Tage hatten gezeigt, dass es die optimale Gelegenheit war, um miteinander ins Gespräch zu kommen – und somit auch an weitere Informationen. Wie die Unterhaltung zwischen Kerber und Gilbradock bewiesen hatte, nutzen selbst höherrangige Gards die Mittagszeit als Gelegenheit für einen Austausch. So gesehen handelte es sich für Nimael im Moment um die wichtigste Tageszeit. Mit seinen zehn Jahren Vorsprung und seinen zahlreichen Kontakten hatte ihm Ando bestimmt noch einige wissenswerte Dinge zu berichten.

Als sich Nimael und seine Begleiterinnen frühzeitig dem Essensbereich näherten, verstanden sie, was Kerber mit seiner rätselhaften Andeutung gemeint hatte. Die Versorger hatten an diesem Tag extrem wenig aufgetischt. So wenig, dass es unmöglich für alle Sklaven ausreichen konnte. Ob es an einer verspäteten oder ausgefallenen Lieferung lag oder andere Gründe daran schuld waren, ließ sich nicht sagen, spielte für die hungrige Meute aber auch keine Rolle.

Nimael belud seinen Teller und setzte sich in den Schatten. Kurz darauf folgte Ando, der sich ebenfalls bereits bedient hatte. Wie es ihm immer wieder gelang, so früh in die Pause entlassen zu werden, war für Nimael ein Rätsel. Vielleicht war ihre Freundschaft aber noch zu jung, um eine entsprechende Frage zu stellen. Als sie zu essen begannen, kristallisierte sich heraus, dass die Nahrungsmittel nur für ungefähr die Hälfte der Arbeiter ausreichten.

Während Wiggy gerade noch das Glück hatte, als eine der Letzten eine Portion zu ergattern, befand sich unter den weniger Glücklichen ein Mann in Andos Alter, der vom Erscheinungsbild her keinen allzu auffälligen Eindruck machte. Als er die leeren Tische vor sich sah, änderte sich dies schlagartig. Von einem Moment auf den anderen lief er vor Zorn rot an und begann dermaßen laut zu fluchen, dass auch die Gards auf ihn aufmerksam wurden. Ihre Drohgebärden reichten schließlich aus, um ihn in seine Schranken zu weisen und eine Eskalation zu verhindern. Doch damit war die Angelegenheit noch nicht erledigt. Der Mann sah sich trotzig um, nahm einen Teller und lief zu den Tischen der Slaes.

„Was wird das denn jetzt?“, fragte Nimael verwirrt.

„Wirst du gleich sehen“, brummte Ando, der ein solches Schauspiel offenbar nicht zum ersten Mal erlebte.

Der Mann baute sich vor einer der Slaes auf und tauschte seinen Teller gegen ein Mittagessen, das sich diese noch rechtzeitig hatte sichern können. Anschließend wandte er sich zu den Tischen der Caers, setzte sein breitestes Grinsen auf und begann zu spotten.

„Tja, Siri, sieht so aus, als müsstest du heute mit knurrendem Magen ins Bettchen." Höhnisches Gelächter schwoll rings um Nimael herum an, während er vor Scham am liebsten im Erdboden versunken wäre. Ein solches Verhalten hätte er vielleicht von einem Gard erwartet, aber nicht von einem Caer. Wenn dieses Benehmen für seinesgleichen tatsächlich üblich war, so wollte er nicht länger zu diesem Haufen von Dreckskerlen gehören.

Seine Mutter hatte ihn dazu erzogen, seinen Mitmenschen und besonders Schwächeren gegenüber stets höflich und zuvorkommend aufzutreten. Er hatte jedoch schon früh lernen müssen, sich zu behaupten und gegen diverse Widerstände anzukämpfen. In der Schule war er oft gehänselt worden. Einerseits wegen seiner Armut, andererseits wegen seines davongelaufenen Vaters, der seine Familie ohne jegliche Erklärung verlassen hatte. Die verbalen Angriffe der Mitschüler hatten sich bald zu tatsächlichen entwickelt und Nimael hatte schnell gelernt, sich zu verteidigen. So sehr ihn die zahlreichen Auseinandersetzungen auch geprägt hatten, immerhin hatte er dadurch eine hervorragende Menschenkenntnis entwickelt. Er wusste sofort, wenn jemand etwas im Schilde führte, und begegnete diesen Personen mit einer entsprechend misstrauischen Grundhaltung. Früher hatte er angenommen, dass die meisten von ihnen grundlos böse waren. Mit der Zeit hatte er aber erkannt, dass es durchaus einen Grund für ihre Boshaftigkeit gab. Sie fanden Gefallen daran, anderen Menschen Leid zuzufügen, und fühlten sich groß, indem sie andere klein hielten. Mehr noch als unaufrichtige, egoistische oder arrogante Personen hasste Nimael diese Art von Menschen besonders. Er wusste, dass es nichts brachte, ihnen mit Gleichgültigkeit oder gar mit Höflichkeit zu begegnen, da sie sich dadurch nur in ihrer Denk- und Handlungsweise bestätigt fühlten. Man musste sich wehren, sie konfrontieren und sie rechtzeitig in ihre Schranken weisen.

„Kann er das einfach so machen?", fragte Nimael ungläubig und verärgert zugleich. „So was wird ohne Weiteres geduldet?"

„Ja, sicher“, antwortete sein Mentor resigniert. „Der Typ heißt Soval. Da die Kleine zu seinen Slaes gehört, kann er machen, was er will.“ Andos Blick wanderte zu Siri, die niedergeschlagen vor ihrem leeren Teller saß. „Die haben es echt nicht leicht mit ihm. Er lebt wie die Made im Speck, sie dagegen von der Hand in den Mund. Wahrscheinlich haben sie seit ihrer Ankunft im Blutfelsen noch kein einziges Abendessen gesehen.“

„Mir ist sowieso gerade der Appetit vergangen.“ Nimael fuhr hoch, schnappte sich seinen Teller und entfernte sich vom Tisch.

„Nimael … Nim!“, hörte er Andos Stimme hinter sich. Er ignorierte die Warnung und lief geradewegs in den Bereich der Slaes, während sich zahlreiche Blicke auf ihn richteten. Als er seinen Teller gegen den leeren von Soval tauschte, starrte ihn Siri mit großen Augen an.

„Ich bin schon satt, lass es dir schmecken“, erklärte er knapp und machte sich auf den Weg zurück zu Ando – jedoch nicht ohne Soval mit einem abwertenden Blick zu strafen.

„Entschuldigt mich kurz“, bat dieser seine Tischnachbarn und erhob sich von seinem Platz. Noch bevor Nimael den Bereich der Slaes wieder verlassen konnte, schnitt ihm Soval den Weg ab.

„Habe ich das gerade richtig gesehen?“, fragte dieser gereizt. „Du hast einer *meiner* Slaes dein Essen gebracht?“

„Schon möglich“, antwortete Nimael gelassen. „Ich habe sie nicht gefragt, wer ihr Caer ist.“

„Das solltest du in Zukunft besser tun!“, drohte ihm Soval. „Wenn du keinen Ärger bekommen willst, rate ich dir, dich aus den Angelegenheiten anderer rauszuhalten!“

„Ärger? Wofür?“ Nimael setzte eine Unschuldsmiene auf. „Ich hatte mir zu viel vom Essenstisch genommen und sie kam mir hungrig vor. Also habe ich ihr etwas abgegeben. Wäre doch auch schade um das ganze leckere Essen, nicht wahr?“

Soval schüttelte demonstrativ den Kopf.

„Wo ist das Problem?“, fragte Nimael. „Wem ist dadurch ein Schaden entstanden?“

„Na mir natürlich!“, antwortete Soval mit übertriebener Entrüstung. „Wenn du dich als Wohltäter aufspielst und meinen Slaes etwas zu essen bringst, vermittelst du den Eindruck, dass ich unfähig wäre, mich selbst um sie zu kümmern.“

„Aber das käme mir doch niemals in den Sinn!“ Nimael konnte sich nicht verkneifen, den Satz mit einer ordentlichen Portion Sarkasmus zu würzen. Soval machte einen Schritt auf ihn zu, bis sich ihre Nasenspitzen beinahe berührten.

„Ich werde dir jetzt mal einen guten Rat geben.“ Er blickte kurz nach unten, um den Namen auf der Uniform zu lesen. „Nimael“, fügte er verächtlich hinzu. „Du mischst dich nicht in Dinge ein, die dich nichts angehen.“ Er grinste ihn besserwisserisch an. „So läuft das hier einfach nicht. Sprich vielleicht mal mit deinem Freund da drüben, wie er das sieht.“ Er nickte in Andos Richtung. „Sonst musst du damit rechnen, dass sich andere auch in deine Angelegenheiten mischen. Ich glaube nicht, dass es dir gefallen würde, wenn ich mich morgen am Essen deiner Slaes vergreife, oder?“

„Allerdings nicht.“ Nimael sah ihn scharf an und widerstand der Versuchung, zu seinen Kameradinnen zu sehen, die die Situation nur zwei Tische entfernt gebannt beobachteten. Jeder Blickkontakt hätte Soval deren Identität verraten – wenn er sie nicht ohnehin bereits kannte. Stattdessen hielt Nimael Sovals Blick stand und antwortete versöhnlich. „Ich hätte aber nichts dagegen, wenn du ihnen etwas von deinem Essen abgeben möchtest.“

„Tja, dann unterscheiden wir uns wohl in diesem Punkt“, konterte Soval. „Da du dich hier noch nicht allzu gut auskennst, Frischling, werden wir es heute bei dieser Warnung belassen. Wenn ich dich aber noch einmal in der Nähe meiner Slaes erwische, werde ich nicht so nachsichtig mit dir sein. Verstehen wir uns?“ Seine Augen formten sich zu schmalen Schlitzen.

„Das wird sich wohl erst noch zeigen", antwortete Nimael unnachgiebig, worauf auch die letzten Gespräche um sie herum verstummten. Lieber riskierte er einen Kampf, als in diesem Punkt klein beizugeben und Soval den Sieg zu überlassen.

„Wie du meinst." Soval grinste herausfordernd. „Du wirst schon sehen, was es dir einbringt." Damit wandte er sich ab. Anscheinend hatte er gerade keine Lust auf eine Auseinandersetzung – noch dazu vor Publikum. Während er zu seinem Platz zurückkehrte, nutzte Nimael die Gelegenheit und sah zu seiner Gruppe. Erst als er ihnen zulächelte, löste sich ihre Anspannung ein wenig. Er bahnte sich den Weg durch die tuschelnde Menge, die offenbar nichts Besseres zu tun hatte, als das soeben ausgefochtene Streitgespräch in aller Breite zu diskutieren.

„So langsam werde ich eifersüchtig", empfing ihn Ando mit einem Lächeln. „Laufend machst du dir neue Freunde!"

„Ich bin halt beliebt." Nimael grinste gespielt zurück, aber sein Unmut gewann sofort die Oberhand. „Nein, was für ein fieses Dreckschwein!"

„Pst, so was sagt man doch nicht", tadelte ihn Wiggy sofort.

Nimael versuchte, an ihrer Mimik zu erkennen, ob es ihr Ernst oder als Witz gemeint war, konnte es aber beim besten Willen nicht sagen.

„Auf jeden Fall hattest du Glück", fuhr Wiggy fort. „Normalerweise ist Soval nicht so umgänglich."

„Was macht dich so sicher, dass nicht er derjenige war, der gerade Glück hatte?", erwiderte Nimael selbstbewusst.

„Ich glaube, da überschätzt du dich", antwortete Ando. „Bei Soval handelt es sich um ein wahres Prachtexemplar. Er ist für seine Härte und Brutalität bekannt, auf die er zudem noch stolz ist. Die Hälfte seiner Slaes läuft ausgehungert und mit blauen Flecken durch die Gegend. Sie bekommen wohl gerade noch so viel zu essen, dass sie den Arbeitsalltag halbwegs überstehen, und leben in dauernder Angst vor ihrem eigenen Caer. Dennoch hat Sovals Gruppe eine der niedrigsten Fehlquoten im Bruch. Damit gibt er sehr gern an. Für ihn ist es eine

Bestätigung dafür, dass seine Vorgehensweise die richtige ist." Ando holte weiter aus. „Vor einigen Jahren ist der Caer aus Zelle eins verunglückt. Es hält sich noch immer hartnäckig das Gerücht, Soval hätte dabei nachgeholfen, aber vermutlich ist da nichts dran. Ich könnte mir eher vorstellen, dass er es selbst in die Welt gesetzt hat, um seinen Ruf aufzupolieren. Jedenfalls ließ er angeblich ein ganz schönes Sümmchen springen, um mit seiner Gruppe dort einziehen zu dürfen. Nicht, weil die Zelle irgendwelche Vorteile gegenüber seiner alten geboten hätte, sondern schlicht und ergreifend, weil er die Nummer eins sein wollte. Um das zu untermauern, nutzt er für gewöhnlich jede Gelegenheit. Je größer das Publikum, desto besser. Insofern kannst du dich wirklich glücklich schätzen, dass das gerade so glimpflich ausgegangen ist. Dass du als Frischling den Mut hattest, ihm auf diese Weise entgegenzutreten, scheint ihm imponiert zu haben, das trauen sich sonst nur die Wenigsten. Obwohl das von Zeit zu Zeit bestimmt nicht schaden kann."

Nimael nickte stolz.

„Jetzt zu der Situation selbst." Ando sah ihn tadelnd an. „Ich sage es nur ungern, aber in diesem Fall dürfte Soval im Recht gewesen sein."

„Was?", fuhr ihn Nimael ungläubig an. „Du findest es richtig, dass er seine eigene Slae um ihr Essen bringt?"

„Nein, natürlich nicht", versuchte ihn Ando zu beschwichtigen. „Du weißt doch, welche Einstellung ich zu dem Thema habe. Es geht darum, dass du dich nicht in seine Belange einmischen darfst, selbst wenn es gut gemeint ist. Schon seit Jahren gibt es dieses ungeschriebene Gesetz zwischen den beiden Richtungen und es hat sich bewährt. Wenn wir uns gegenseitig in Ruhe lassen, kommt es zu den wenigsten gewalttätigen Auseinandersetzungen."

„Mag sein, aber diesen Frieden erkauft ihr euch auf Kosten der Slaes, die täglich misshandelt werden und sich dabei noch nicht mal zur Wehr setzen können", erwiderte Nimael scharf. Das Thema wühlte ihn dermaßen auf, dass er sein Herz pochen fühlte. „Die Caers der anderen Richtung kommen ihrer eigentlichen Aufgabe nicht nach, sondern machen sie zur Farce. Sie spotten darüber und müssen noch nicht einmal Konsequenzen fürchten. Im Gegenteil, sie bereichern sich noch dabei. Wir sollten das nicht länger hinnehmen, sondern dagegen vorgehen!"

„Du denkst zu kurzsichtig." Ando blieb sachlich und behielt die Ruhe. „Es gibt ungefähr dreißig Caers, die wie wir handeln – die sich um ihre Slaes kümmern, als wären sie ihre Familie. Eine Handvoll anderer bewegt sich irgendwo dazwischen. Sie geben sich nicht besonders viel Mühe, aber zumindest lassen sie ihre Slaes in Ruhe. Der Großteil ist aber leider auf Sovals Seite und führt auf Kosten seiner Schutzbefohlenen ein Leben in Wohlstand – soweit das hier möglich ist. Wenn sich daran etwas ändern soll, müssen schon die Meister einschreiten und Aufgabe und Verhalten eines Caers genauer definieren. Aber solange es ihnen egal ist, sind uns von den Strukturen her die Hände gebunden. Und da wir uns klar in der Unterzahl befinden, können wir an der Situation auch leider nicht viel ändern."

„Das ist doch nur eine Ausrede", schimpfte Nimael. „Ihr schiebt die Schuld auf andere, aber in Wirklichkeit verschließt ihr die Augen vor denen, die dringend eure Hilfe benötigen. Für mich klingt das ganz schön feige." Damit hatte er wohl einen wunden Punkt getroffen. Andos Miene verfinsterte sich schlagartig und seine Muskeln spannten sich an.

„Pass auf, was du da sagst!", drohte er ihm und machte sich offenbar bereit, seine Ehre zu verteidigen. Plötzlich erhob sich Wiggy neben ihm und begann völlig unvermittelt zu singen.

„Wenn die Gräser wieder blühn,
all das Grün grünt richtig grün,
duftet duftend, duftender Duft
durch die luftige, luftige Luft.

Auch die Sonne strahlt mich an,
mit Glück beglückt sie mich sodann,
ihre Wärme wärmt so warm,
ich schwärme schwärmend von meinem Schwarm.

Ich kenn dich und du kennst mich,
Vertraute, die vertrauen sich,
Geliebte sind nur dann geliebt,
wenn auch der Liebste Liebe gibt."

Ihre überraschende gesangliche Darbietung klang so schräg wie ungeübt und brachte Ando und Nimael dermaßen aus dem Konzept, dass sie nur noch verdutzt zu Wiggy starrten. Wieder war es totenstill geworden. Auch die Gards sahen sich nur fragend an, völlig überfordert, wie sie auf eine solche Situation reagieren sollten.

„Danke!" Wiggy grüßte zufrieden ihr Publikum und deutete einen Knicks an. „Das spukte mir schon den ganzen Morgen im Kopf herum."

Ein Zweistern schüttelte nur den Kopf und gab den anderen durch ein Abwinken das Signal, die Sache auf sich beruhen zu lassen. Vermutlich kannte er Wiggy, der ihr Auftritt kein bisschen peinlich zu sein schien. Sie setzte sich und aß weiter, als wäre nichts gewesen.

Nimael blickte auf den vorangegangenen Konflikt zurück und sah diesen nun mit etwas Abstand. Er erinnerte sich an Theras Ratschlag, was die anfänglichen Streitigkeiten mit Kaeti und Eskabatt betraf, und versuchte, sich auch in Andos Lage zu versetzen. Die eines Jungen, der mit fünfzehn Jahren nicht die geringste Möglichkeit gehabt hatte, solche Missstände zu verhindern, und auch zuvor niemals andere Strukturen kennengelernt hatte. Der Stärkere unterdrückte den Schwachen und machte sich auf dessen Kosten ein schönes Leben.

So musste es für ihn schon immer gewesen sein. Dass er selbst nicht genauso handelte, war schon erstaunlich genug und musste ihm hoch angerechnet werden.

„Tut mir leid“, sagte Nimael. „Du wolltest mich nur vor Schwierigkeiten bewahren und mir helfen, mich zurechtzufinden, das verstehe ich jetzt. Ich sollte dir dankbar sein und dich nicht auch noch beleidigen. Da ging wohl mein Temperament mit mir durch, das nach der Begegnung mit Soval sowieso bereits überhitzt war.“

„Ach, schon gut“, brummte Ando versöhnlich und schien genauso erleichtert wie Nimael darüber zu sein, dass ihr Streit nicht eskaliert war. Nimael überlegte, ob er sich bei Wiggy für ihr ungewöhnliches Einschreiten bedanken sollte, aber diese schien schon wieder in ihrer eigenen Welt versunken zu sein und stocherte unbekümmert in ihrem Essen herum.

„Du bist noch neu hier“, sagte Ando. „Du solltest dir nicht allzu viele Feinde machen. Schon gar nicht solche Großkotze wie Soval. Aber irgendwas sagt mir, dass du den Ärger magisch anziehst und ihm auch nicht aus dem Weg gehen wirst, wenn er dich einholt.“ Er musterte Nimael eindringlich. „Du sagst, du kannst kämpfen. Das kannst du morgen bei gemeinsamen Kampfübungen unter Beweis stellen. Außerdem wird es höchste Zeit, dass ich dir den Blutfelsen zeige und welche Möglichkeiten er zu bieten hat. Morgen Abend gehen wir auf Erkundung.“

Nimael nickte zufrieden. Nun war doch noch etwas Positives aus all diesen Meinungsverschiedenheiten herausgesprungen. Um ihn herum schien sich die Stimmung ebenfalls wieder zu normalisieren. Trotzdem tuschelten einige noch immer, was angesichts dieser beiden ungewöhnlichen und kurz aufeinanderfolgenden Szenen auch kein Wunder war.

Bald darauf ertönte das Signal und die Pause war zu Ende. Glücklicherweise stand als Nächstes eine Schicht in der Einsamkeit eines kleinen Stollens bevor. Dort konnte sich Nimael weiteren Blicken entziehen und seine überhitzte Stimmung in aller Ruhe abkühlen. Als er ein Stück ins Innere des Bergs vorgedrungen war, fühlte er eine deutliche Luftveränderung. Sie schien dicker, beinahe greifbar zu werden. Nimael überlegte kurz, ob er es einem Gard melden sollte. Immerhin konnte es sich um ein gefährliches Gas handeln, das aus einer der Höhlen in den Stollen strömte. Doch es ließ sich kein verdächtiger Geruch feststellen und auch die Fackel, die den Stollen beleuchtete, brannte normal weiter. Bildete er sich das vielleicht nur ein? Er blieb stehen und fuhr vorsichtig mit dem Arm durch die Luft. Nichts. Und dennoch war da irgendetwas. Ein merkwürdiges, höchst beunruhigendes Gefühl beschlich Nimael. Aber aufgrund eines Gefühls einen Gard zu alarmieren, war vermutlich keine besonders gute Idee. Wie diese auf Fehlmeldungen reagierten, wollte Nimael lieber nicht ausprobieren. Stattdessen entschloss er sich, vorsichtig weiterzugehen. Je mehr er sich auf dieses komische Gefühl konzentrierte, desto dicker wurde die Luft, bis sie sich beinahe in eine Strömung verwandelte.

Nimael blieb erneut stehen und schloss die Augen. Seine Haare bewegten sich nicht, also gab es auch keine Luftströmung. Außerdem konnte er nach wie vor problemlos ein- und ausatmen. Darauf konzentrierte er sich jetzt – langsame und tiefe Atemzüge. Es musste sich um Einbildung handeln. Wenn er das Gefühl ignorierte und ruhig blieb, würde es bestimmt verschwinden. Und tatsächlich – je mehr er sich entspannte, desto mehr ließ es nach. Wenn die Intensität dieses Gefühls davon abhing, wie sehr er sich darauf konzentrierte, war dies der beste Beweis dafür, dass ihm seine Sinne einen Streich spielten. Er durfte jetzt nicht zu viel Zeit damit verbringen, irgendwelchen Hirngespinsten nachzujagen, sondern musste sich wieder an die Arbeit machen. Wenn er nach seiner Schicht kein Ergebnis vorweisen konnte, musste er mit schwerwiegenden Konsequenzen rechnen.

Nimael schlug mit dem Pickel gegen die kahlen Felswände und dachte nach. Erst vor wenigen Tagen hatte er einen Blip gehabt und jetzt das. Handelte es sich um Symptome einer Überanstrengung?

Hatte er es mit den langen Schichten doch übertrieben? Vielleicht war es naiv gewesen zu glauben, dass sein Körper und seine Seele sämtliche Ereignisse der letzten Zeit problemlos verarbeiten würden. Die Überhitzung, die Gefangenschaft, die Rückkehr ihrer Entführer, die Konfrontation mit Soval, der beinahe eskalierte Streit mit Ando und nicht zuletzt die Aussichtslosigkeit ihrer Lage waren wohl einfach zu viel für ihn gewesen. Eine solche Belastung konnte sich auf die verschiedensten Sinnesorgane auswirken und dabei die merkwürdigsten Formen annehmen. Als Nimael den Stollen verließ, verschwand auch der letzte Rest dieser seltsamen Wahrnehmungsstörung. Zu seiner Erleichterung trat sie an diesem Tag weder im Freien noch in einem der anderen Stollen noch einmal auf.

Am Abend unterhielt sich die Gruppe im Gemeinschaftsraum. Der Konflikt am Mittag hatte für eine hitzige Diskussion unter den acht Slaes gesorgt. Genau wie zwischen Nimael und Ando hatten sich dabei zwei Meinungen und damit auch zwei gleich große Lager im Quartier gebildet. Hallbora, Thera, Veila und Ting fanden Nimaels Einmischung richtig und stellten sich auf seine Seite. Melina, Landria und natürlich auch Kaeti und Eskabatt waren anderer Ansicht und fürchteten Konsequenzen. Als Nimael von seinem Gespräch mit Ando erzählte, fühlten sie sich in ihrer Meinung bestätigt.

Irgendwann kam man zu dem Schluss, dass man an diesem Abend keinen Kompromiss mehr finden würde, und ging auseinander. Thera schloss sich Nimael an und folgte ihm in sein Zimmer.

„Ich wollte dir noch von einem weiteren Vorfall berichten", begann Thera, als sie allein waren.

„Worum geht es?"

„Ich habe vor zwei Tagen mit Iora gesprochen", antwortete sie.

„Der Heilerin?", fragte Nimael interessiert. „Wo hast du sie getroffen?"

„Sie war im Bruch – wegen eines Notfalls", erklärte Thera. „Anscheinend hatte sie vor einiger Zeit die Erstbehandlung einer Slae durchgeführt und alles sah recht gut aus. Dann traten aber Komplikationen auf und Iora durfte sich nicht weiter um sie kümmern. Vorgestern wurde nun entschieden, dass sie ein zu geringes Arbeitspensum abgeliefert hatte, um im Bruch noch länger von Nutzen zu sein."

Nimael befürchtete das Schlimmste.

„Iora kam vorbei, um einzuschreiten, aber es war bereits zu spät", berichtete Thera niedergeschlagen. „Sie haben die Slae zur Seite genommen und kurzen Prozess gemacht. Iora traf es sehr hart."

„Diese verdammten Dreckschweine!", platzte es aus Nimael heraus. Er erinnerte sich an das lahmende Pferd und Ioras eindringliche Warnung, die nun bittere Realität geworden war. Als seine Wut abgeflaut war, gewann tiefstes Mitgefühl die Oberhand. „Es tut mir so leid. Ich habe nichts davon mitbekommen, sonst hätte ich …"

„Nein, Nimael, mach das nicht!", bat ihn Thera. „Du trägst bereits genug Verantwortung auf deinen Schultern, zieh dir nicht auch noch diesen Schuh an. Niemand von uns hat irgendetwas davon mitbekommen. Wir sind einfach zu viele. Es gibt hier um die achthundert Slaes. Woher willst du wissen, wenn es einer davon gerade nicht gut geht? Woher willst du überhaupt wissen, dass so etwas wie mit ihr nicht jeden Monat oder gar jede Woche geschieht?"

„Ich verstehe nicht, worauf du hinauswillst." Nimael schüttelte verwirrt den Kopf.

„Du fühlst dich immer für alles verantwortlich, aber das bist du nicht. Auch wenn dich dreißig weitere Caers unterstützen würden, könntet ihr nicht alle retten."

„Willst du dich jetzt auf Andos Seite schlagen?"

„Nein, ich bin voll und ganz deiner Meinung und sehr froh darüber, dass du helfen willst. Aber ihr habt beide schlüssige und nachvollziehbare Argumente für eure Ansichten. Vielleicht gibt es einen Kompromiss, mit dem beide Seiten einverstanden wären. Das Problem ist nur, dass wir euch nicht dabei helfen können."

„Was meinst du?" Nimael versuchte immer noch verzweifelt nachzuvollziehen, worauf sie hinauswollte.

„Es tut mir leid", sagte Thera. „Lass mich noch einmal von vorn anfangen." Sie überlegte kurz, um die Sache schließlich aus einem anderen Blickwinkel zu betrachten. „Erinnerst du dich an den Ausblick von Pagura und den Wind, der vom Tal zu uns emporstieg?" Ihre Augen schimmerten.

„Ich glaube nicht, dass ich diesen Moment jemals vergessen werde", antwortete Nimael, obwohl er durch den plötzlichen Themenwechsel noch weniger begriff als zuvor.

„Du bist wie dieser Wind", sagte Thera gefühlvoll. „Wenn du abends zur Tür hereinkommst, streichelt mich dein Blick wie eine sanfte Brise. Tagsüber wirbelst du zwischen Slaes, Caers, Gards und manchmal sogar Meistern herum – mit einer Energie, die sich niemand erklären kann. Du wärst am liebsten überall gleichzeitig, um alle Ungerechtigkeit aus der Welt zu schaffen. Aber zwischen alledem ist es unheimlich schwer, dich einmal zu fassen zu bekommen, ohne über die Zustände hier zu sprechen. Denn wenn du irgendwo ein Unrecht siehst, so wühlt es dich dermaßen auf, dass ein Sturm losbricht."

„Wühlt es dich denn gar nicht auf?", unterbrach Nimael das Gleichnis.

„Doch, natürlich", erklärte Thera. „Aber ich schlucke es hinunter. Kannst du dir vorstellen, was passieren würde, wenn ich so aufbrausend wäre wie du?" Ihre Gesichtszüge spiegelten ihre Bedenken wider. „Du hast Glück, dass du dieses Privileg besitzt. Im Gegensatz zu uns kannst du mit der Freiheit des Windes agieren. Und genau da liegt sowohl das Problem wie auch des Rätsels Lösung."

„Die Slaes?", fragte Nimael.

Thera nickte. „Ihr bräuchtet Unterstützung, die wir euch aber nicht geben können. Die Strukturen verhindern es. Stell dir vor, die Slaes würden miteinander reden und sich untereinander helfen. Das wäre die einzige Möglichkeit, um über alles informiert zu sein und gleichzeitig allen helfen zu können. Dafür müssten wir ein Bewusstsein schaffen."

„Aber es gibt doch sicher eine Möglichkeit, sich unauffällig für das Richtige einzusetzen", überlegte Nimael laut. „Vielleicht können wir ihnen hinter dem Rücken ihrer Caers die nötige Hilfe zukommen lassen, ohne dabei Zündstoff für weitere Konflikte zu liefern."

„Ja", sagte Thera. „Vielleicht gäbe es da eine Möglichkeit", fügte sie geistesabwesend hinzu. Eine entsprechende Idee schien bereits bei ihr verwurzelt zu sein, aber noch nicht so weit ausgereift, dass sie sie zur Sprache bringen wollte. Nimael erinnerte sich an die Kritik, die in dem Gleichnis mitgeschwungen hatte, und sprach sie an.

„Was den anderen Punkt betrifft …" Er grinste spitzbübisch. „Ich hätte nichts dagegen, wenn du mich mal zu fassen bekommst." Noch in dem Moment, in dem er sie ausgesprochen hatte, bereute er seine doppeldeutige Anspielung, die ihm gerade viel zu forsch erschien. Schnell formulierte er um. „Ich finde es sehr schade, dass unser gemeinsamer Ausflug nach Pagura nicht mehr zustande gekommen ist, aber vielleicht können wir zumindest mal gemeinsam zu Abend essen?"

„Sehr gern", antwortete Thera lächelnd. „Morgen Abend?"

„Tut mir leid, aber da bin ich schon verabredet – mit Ando", fügte Nimael schnell hinzu, um jegliches Missverständnis zu vermeiden. Thera schmunzelte, verkniff sich aber einen Kommentar.

„Übermorgen", bot Nimael an. „Der Abend wird ganz dir gehören, versprochen."

12

ERKUNDUNG

Am nächsten Abend machte sich Nimael auf den Weg zu Zelle neun – Andos Zuhause. Sie befand sich in einem zweiten Zellentrakt, der parallel zu ihrem eigenen verlief. Als er anklopfte, wuchs das mulmige Gefühl in seiner Magengrube. Vermutlich waren sämtliche Slaes dieser Gruppe bestens informiert und kannten jedes erdenkliche Detail über ihn. Und vermutlich hatte Ando nicht nur Positives zu berichten gewusst.

Als sich die Zellentür öffnete, begrüßte ihn eine freundliche, junge Frau.

„Du musst Nimael sein." Ob sie ihn wohl von der Entführung kannte, weil sie selbst daran beteiligt gewesen war? Nimael verwarf den Gedanken. Spätestens seit seinem Auftritt mit Soval musste ihn ohnehin der ganze Bruch kennen. „Ich bin Jula. Komm doch herein."

Nimael nickte ihr freundlich zu und kam der Einladung nach. Als er sich in der Zelle umsah, bemerkte er, wie sehr sie ihrer eigenen glich. Sie hatte denselben Grundriss, aber man erkannte auf den ersten Blick, dass diese Gruppe schon deutlich länger hier lebte. Vor dem vergitterten Fenster hing eine Gardine, die den Raum sofort viel freundlicher erscheinen ließ. An den Wänden waren auf jeder Seite des Zimmers zwei Bilder über den Betten angebracht, die außerdem etwas Farbe in die Zelle brachten.

Jula führte Nimael nach nebenan in den Gemeinschaftsraum, der ebenfalls wohnlich dekoriert war. Selbst eine Vase mit frischen Blumen war auf dem Tisch arrangiert und ließ Nimael beinahe daran zweifeln, dass er sich mitten in einer Wüste befand. Nachdem ihn Ando und seine Mitbewohnerinnen freundlich in Empfang genommen und sich der Reihe nach vorgestellt hatten, wurde Nimael bald klar, dass seine Anspannung unbegründet gewesen war – Andos Slaes trugen ihm offenbar nichts nach und waren ihm ausnahmslos wohlgesonnen.

Kurz darauf brachen die beiden Caers auf und ließen die Zelle hinter sich. Im Gang zog Ando ein Stück Papier hervor.

„Ich habe mal versucht, einen Plan des Felsens zu skizzieren."

Nimael sah ihn sich im Licht einer Fackel an und erkannte, dass es offensichtlich bei dem Versuch geblieben war.

„Hübsch", spottete er.

„Spar dir deine Kommentare", brummte Ando, der sich der Qualität seines Werks vollkommen bewusst war. „Als Erstes zeige ich dir den Übungsraum. Dort haben wir nur Zutritt, wenn gerade keine Gards kämpfen."

Kurze Zeit später erreichten sie einen langen Gang, der zunächst wie eine Sackgasse wirkte.

„Wir haben Glück." Ando deutete auf eine Tür, die auf der linken Seite kurz vor der abschließenden Wand im Stein eingelassen war. „Andernfalls hätten sie hier einen Wachposten aufgestellt."

Er öffnete und Nimael folgte ihm in eine große Halle, deren beiden Eingänge zwar von Gards bewacht wurden, in der sich aber sonst nur Caers aufhielten. Einen von ihnen erkannte Nimael sofort. Am anderen Ende des Raumes duellierte sich Soval gerade mit zwei Caers gleichzeitig und schien recht zuversichtlich, was den Ausgang des Kampfes betraf.

„Wie du siehst, steht uns hier eine Menge Platz zur Verfügung." Ando lenkte Nimaels Aufmerksamkeit auf den Raum und seine Ausstattung zurück. „Dort drüben kannst du an deinen Muskeln arbeiten." Er zeigte zu einigen Liegen, in deren Nähe Sandsäcke in verschiedenen Größen aufgereiht waren. „Die großen Gewichte eignen sich auch hervorragend als Schlagsäcke, solltest du mal keinen Übungspartner finden oder einfach nur Frust ablassen wollen. Der Rest des Raumes steht uns für Kampfübungen zur freien Verfügung, aber auch hier haben sich im Laufe der Zeit einige ungeschriebene Regeln eingespielt. Die beiden Richtungen üben immer getrennt voneinander. Wir in dem einen Eck, die in dem anderen." Er sah zu Soval. „Wie du dir sicher vorstellen kannst, gab es in der Vergangenheit einige Kämpfe, aus denen nur allzu oft blutiger Ernst wurde. Bei dem harten Steinboden kann schon ein einfacher Wurf heftige Verletzungen oder gar Todesfälle nach sich ziehen."

Inzwischen war Soval auf die Eindringlinge aufmerksam geworden und ließ seine beiden Kampfpartner stehen, um Ando und Nimael mit einem überlegenen Grinsen zu begrüßen.

„Das fängt ja gut an." Nimael rollte die Augen.

„Lass dich bloß nicht provozieren", beschwor ihn Ando, bevor Soval sie erreichte.

„Na, wen haben wir denn da?", fragte dieser belustigt. „Das trifft sich ja gut. Meine beiden Gegner fangen gerade an, mich zu langweilen. Euch beiden könnte eine kleine Lektion ganz sicher nicht schaden. Was meint ihr? Wagen wir ein Ründchen?"

„Danke, heute nicht. Wir besichtigen nur den Blutfelsen", erwiderte Ando ruhig. „Außerdem habe ich ihm gerade erklärt, dass wir für gewöhnlich nicht gegeneinander antreten."

„Wenn beide Seiten einverstanden sind, kann man da schon mal eine Ausnahme machen." Soval richtete sich provokativ an Nimael. „Wie sieht's aus, Frischling? Du hast doch nicht etwa Schiss?"

„Vor dir?" Nimael verkniff sich ein falsches Lachen. „Nein, aber heute wird leider trotzdem nichts daraus. Die Uniformen werden erst wieder in ein paar Tagen gewaschen. Was glaubst du, wie mir deine Blutspritzer bis dahin eintrocknen?“

Mit einem leisen Seufzer schlug Ando die Hände über dem Kopf zusammen.

„Du spuckst ganz schön große Töne, Junge“, antwortete Soval gereizt. „Ich freue mich schon auf den Tag, an dem du ihnen Taten folgen lässt.“ Damit wandte er sich ab und stampfte zornig zu seinen Kampfpartnern zurück. Plötzlich verpasste Ando Nimael einen Klaps an den Hinterkopf.

„Du kannst es einfach nicht lassen, oder?“

„Er hat mich als Schisser bezeichnet, wie hätte ich denn sonst reagieren sollen? Klein beigeben?“, verteidigte sich Nimael. „Du solltest lieber froh sein, dass ich das Duell nicht sofort akzeptiert habe. Jede andere Antwort hätte er garantiert als Schwäche interpretiert. Willst du das etwa?“

„Ich will nur, dass du ihm aus dem Weg gehst.“

„Damit würde ich ihn in seiner Selbstüberzeugung und falschen Denkweise nur noch mehr bestärken“, begründete Nimael seine Haltung. „Typen wie ihm muss man sich entgegenstellen, wenn man ihnen Einhalt gebieten möchte.“

„Dann hoffe ich, dass du wirklich so gut bist, wie du sagst“, warnte ihn Ando. „Mit Soval ist jedenfalls nicht zu spaßen, das kannst du mir glauben. Also, machen wir, dass wir hier rauskommen.“

„Moment noch“, bremste ihn Nimael, bevor Ando den Übungsraum verlassen konnte. „Wohin führt die andere Tür?“

„Zu den Quartieren der Gards“, antwortete dieser, ohne noch einmal zurückzusehen. „Der Gang wird bewacht, also können wir uns einen Besuch sparen.“ Sie verließen den Raum und er fuhr fort: „Gleiches gilt übrigens für die Heilungssektion. Wenn du keine ärztliche Hilfe benötigst, erhältst du dort keinen Zutritt. Die Gards bewachen den Innenraum, damit die Patienten nicht auf dumme Ideen kommen.“

„Ich weiß", erwiderte Nimael mit einem Zwinkern. „Bei unserer Ankunft hatte ich bereits das Vergnügen."

„Richtig. Dann weißt du bestimmt auch, dass Slaes dort generell keinen Zutritt haben, egal wie schwer sie verletzt sind."

Nimael nickte.

„Ich würde dir daher empfehlen, deine Slaes schnellstmöglich im Kampf auszubilden", riet ihm Ando. „Sollten sie einmal auf sich allein gestellt sein, müssen sie sich verteidigen können. Offiziell ist es natürlich nicht erlaubt, aber dein persönliches Zimmer als Caer bietet genug Platz und Abgeschiedenheit für ein paar Übungseinheiten. Und Muskeln kann man schließlich nicht nur mit Sandsäcken, sondern auch mit Liegestützen aufbauen."

Nimael bedankte sich und Ando bog nach links ab, um die Führung schnellen Schrittes fortzusetzen. Als sie einen breiten Gang kreuzten, blieb Ando stehen.

„Das ist der Hauptgang. Er führt nach rechts zur Eingangshalle und verläuft wie eine Achse in der Mitte des Blutfelsens." Er setzte sich wieder in Bewegung. „Wir wechseln nun also auf die andere Seite. Hier liegen die Lagerräume der Versorger, die Quartiere der Meister und der Schlafsaal der Lefts. Aber keine Sorge, den werden wir uns nicht ansehen."

„Wieso sollte ich deswegen besorgt sein?"

„Weil es sich um einen geradezu abscheulichen Anblick handelt, wie sie gezwungen werden, vor sich hin zu vegetieren." Er schüttelte mitfühlend den Kopf. „Nein, eigentlich wollte ich dir auf dieser Seite nur einen Bereich zeigen, dafür aber einen ganz besonderen."

Nachdem er Nimaels Neugier geweckt hatte, verstummte Ando geheimnisvoll und sie erreichten eine weitere Kreuzung. Auf der gegenüberliegenden Seite schien der Weg in einer dunklen Nische zu enden. Als sie sich näherten, erkannte Nimael jedoch, dass sich der Tunnel nach rechts öffnete und noch ein Stück weiterführte. Dort wachte ein Gard, der die beiden skeptisch musterte und sie schließlich passieren ließ. Hinter ihm führte eine steile Treppe nach oben und endete vor einer Tür. Ando stieß sie einen Spalt weit auf und warme Sonnenstrahlen fielen hindurch. Erstaunt kniff Nimael die Augen zusammen und folgte Ando ans Licht.

Obwohl er sich schnell an die Helligkeit gewöhnt hatte, glaubte Nimael für einen Moment, seinen Augen nicht zu trauen. Er stand auf grünem Gras. Vor ihm erstreckte sich ein Garten, dessen gewaltige Größe ohne Weiteres an die große Empfangshalle heranreichte. Auch hier ragten ringsherum hohe Felswände empor, an denen sich das Abendlicht brach. In der Mitte verlief ein kleiner Wasserkanal, dessen Abzweigungen wie feine Adern den gesamten Boden durchzogen. Dazwischen waren etliche Felder mit Nutzpflanzen und farbenfrohen Blumen angelegt. Nach der langen Zeit, die sie in der dürren, kargen Wüste zugebracht hatten, überwältigte Nimael der Anblick in ähnlichem Maße wie die Aussicht von Pagura.

Inmitten der Felder arbeitete eine junge Frau und grub mit den Händen die Erde um. Bei näherem Hinsehen erkannte Nimael, dass es sich um Iora handelte. Er freute sich, dass es ihr gut ging. Offenbar hatte sie den Verlust der bedauernswerten Slae inzwischen verarbeitet.

Während Iora noch nicht einmal Notiz von ihnen genommen hatte, näherte sich bereits ein zweiter Caer. Er hatte in einem schattigen Bereich gewartet, der sich vom Rest des Gartens durch sieben in einem Halbkreis angepflanzte Bäume abgrenzte. Der Mann war ein paar Jahre älter als Ando und begrüßte sie mit einem ähnlichen Grinsen wie Soval.

„Oh nein, bitte nicht noch so ein Mistkerl“, sagte Nimael.

„Keine Sorge.“ Ando lachte. „Das ist Amaru. Ich habe ihn gebeten, sich hier mit uns zu treffen.“

„Hallo.“ Der Mann nickte ihnen freundlich zu. „Ich habe euch schon erwartet.“

„Amaru ist Priester“, stellte ihn Ando vor. „Nicht dass dieses Amt hier viel zu bedeuten hätte.“

„Eigentlich hat es überhaupt keine Bedeutung", berichtigte ihn Amaru.

„Dann gehe ich mal davon aus, dass wir alle derselben Richtung angehören?", vergewisserte sich Nimael.

„Selbstverständlich." Amarus Lächeln wuchs in die Breite.

„Dann freut es mich, dich kennenzulernen", erwiderte Nimael.

„Ich wollte dir Amaru vor allem aus einem Grund vorstellen", fuhr Ando fort. „Er hat hier bereits einiges bewegt, ohne großes Aufsehen zu erregen." Er klopfte ihm auf die Schulter, worauf der Priester mit einer bescheidenen Geste abwinkte. „Sehr viel sogar. Und das, ohne laufend mit anderen Caers oder Gards aneinanderzugeraten. In den letzten Jahren hat es dieser Mann geschafft, zwei Caers der anderen Richtung zu bekehren. Außerdem hat er sich erfolgreich dafür eingesetzt, dass unsere Toten nicht einfach in die Wüste geworfen, sondern ordentlich bestattet werden. Dort drüben gibt es einen Friedhof." Ando zeigte zur linken Seite des Gartens, wo jenseits der Felder einige Grabsteine aufgestellt waren. „Aber die meiste Anerkennung verdient er dafür, dass er eine undenkbare Grundsatzentscheidung bei den Dunkelmeistern herbeigeführt hat." Amaru errötete angesichts der zahlreichen Loblieder. „Bestimmt hast du dich schon mal gefragt, warum es bei all der Gewalt im Blutfelsen kaum Frauen gibt, die geschändet werden."

„Eigentlich habe ich bisher noch gar nicht darüber nachgedacht", gestand Nimael.

„Das hättest du sicher, wenn du ein paar Jahre früher zu uns gestoßen wärst", erinnerte sich Ando. „Wenn die Caers ihre angestauten Aggressionen an ihren Slaes ausließen, trugen diese oft schwere Verletzungen davon. Viele waren seelisch so kaputt, dass sie sich das Leben nahmen. So etwas gibt es heute zwar auch noch, aber die Anzahl ist um ein Vielfaches zurückgegangen. Und dafür kannst du dich allein bei Amaru bedanken." Ando klopfte ihm erneut auf die Schulter.

„Aber wie?", fragte Nimael neugierig.

„Ich habe das Risiko einer ungewollten Schwangerschaft ins Spiel gebracht“, erklärte Amaru. „Die Frage, bei wem im Falle einer Schwangerschaft die Schuld liegt. Immerhin fällt dadurch eine Arbeitskraft aus.“

„Früher war in jedem Fall die Slae schuld, egal ob das Kind einvernehmlich gezeugt wurde oder nicht“, fuhr Ando fort. „Amaru hat die Meister aber schließlich überzeugt, dass die Schuld stets beim Täter liegen muss, da die Slae keine Möglichkeit hat, ihre Schwangerschaft zu verhindern.“

„Um dem Ganzen noch die Krone aufzusetzen, liegt inzwischen auch die Beweislast beim Vater.“ Amaru freute sich sichtlich. „Wenn also eine Slae behauptet, dass sich ein Caer an ihr vergangen hat, muss der Vater das Gegenteil beweisen. Ein Ding der Unmöglichkeit. Wie soll er beweisen, dass sie lügt und tatsächlich einvernehmlich mit ihm geschlafen hat? Es ist das erste und einzige Mal, dass der Aussage einer Slae eine höhere Bedeutung zugemessen wird als der eines Caers oder Gards.“

Nimael nickte anerkennend und beglückwünschte Amaru zu seiner Errungenschaft. „Dadurch hast du dir unter den beiden letztgenannten Schichten aber mit Sicherheit keine Freunde gemacht, oder?“, fragte er.

„Glücklicherweise wurde an dem Täter sofort ein Exempel statuiert, noch bevor dieser mit anderen über die Angelegenheit sprechen konnte. So haben nur Ando und die damals betroffene Slae mitbekommen, dass ich überhaupt beteiligt war.“ Amaru warf Nimael einen strengen Blick zu. „Ich kann mich hoffentlich darauf verlassen, dass es auch so bleibt. Ando verbürgt sich für dich.“

„Selbstverständlich“, versprach Nimael und freute sich über den Vertrauensvorschuss, den er von seinem Mentor erhalten hatte.

„Man sollte aber nicht vergessen, dass ich ohne Andos Unterstützung rein gar nichts erreicht hätte“, gab Amaru das Lob zurück. „Seit meinem ersten Tag im Blutfelsen hat er mich selbstlos unter seine

Fittiche genommen, mir geholfen mich zurechtzufinden und seitdem niemals im Stich gelassen. Die meisten dieser Errungenschaften wären ohne ihn gar nicht möglich gewesen, so viel steht fest."

Für Nimael fügten sich die Teile plötzlich zusammen und ergaben ein Bild. Ein Bild, das ihm Ando ganz sicher nicht zeigen wollte. Sein Mentor, der sich sonst aus allem raushielt, unterstützte den Geistlichen in jeder Angelegenheit. Was hatte er noch gesagt? Nimaels Gruppe war die zweite gewesen, die er in den Bruch geholt hatte. Alle Fakten sprachen dafür, dass es sich bei Amaru um sein erstes Opfer gehandelt haben musste und dass dieser noch immer keine Ahnung hatte, wer für seine Entführung verantwortlich war.

„Genau so habe ich ihn auch kennengelernt", antwortete Nimael doppeldeutig. „Die Selbstlosigkeit in Person." Mit einem sarkastischen Unterton in seiner Stimme gab er Ando eindeutig zu verstehen, dass er sein Geheimnis durchschaut hatte.

„Lasst uns zu Iora gehen", wechselte dieser schnell das Thema und ließ Nimael und Amaru einfach stehen. Der Priester hob verwundert die Augenbrauen und folgte Ando zwischen den Feldern hindurch.

Als Iora auf sie aufmerksam wurde, unterbrach sie ihre Arbeit und begrüßte die drei Männer in ihrem Garten.

„Es ist unglaublich schön hier!", stellte Nimael fest. „Ist das dein Verdienst?"

Iora nickte stolz. „Meine zweite Heimat", erklärte sie. „Wenn in der Heilungssektion kein Betrieb ist, kümmere ich mich um den Garten. Er verschafft mir einen Ausgleich, der hier manchmal dringend vonnöten ist."

Nimael sah sich noch einmal um. Die bunten Felder aus Blüten und Früchten, die sie umgaben, der offene Himmel über ihnen und die frische Luft sorgten für ein Gefühl von Freiheit, wie er es seit seiner Entführung nicht mehr erlebt hatte.

„Das kann ich mir sehr gut vorstellen", antwortete er gedankenverloren.

„Schön, dass es dir gefällt. Du bist hier jederzeit herzlich willkommen.“ Iora machte eine einladende Geste. „Leider findet der Garten kaum Beachtung. Auch hier haben Slaes keinen Zutritt und die meisten Caers haben keinen Sinn für die Natur – nur fürs Kämpfen, nicht wahr?“, fragte sie Nimaels Begleiter verschnupft.

„Wir nutzen den Baumbereich für unsere Kampfübungen“, erklärte Ando entschuldigend. „Aber das heißt doch nicht, dass wir deine Arbeit nicht zu schätzen wüssten. Wir genießen auch sehr gern den Anblick und die Ruhe des Gartens.“ Er wandte sich an Nimael. „Hier draußen kann man ungestört kämpfen, selbst wenn die Übungshalle gerade belegt ist. Bei einer Auseinandersetzung gibt es schließlich nicht nur die beiden Kontrahenten, sondern auch immer eine Umgebung, die sich in den Kampf einbeziehen lässt. Und diese bietet hier im Garten deutlich mehr Spielraum. Außerdem ist der Boden sehr viel weicher, weshalb wir den Baumbereich des Gartens für unsere Kampfübungen bevorzugen. Gleichzeitig findet man hier aber auch Ruhe und Frieden wie nirgendwo sonst im Felsen. Und dass uns Iora gelegentlich gestattet, ein paar Blümchen zu pflücken und ein wenig Obst oder Gemüse zu ernten, dafür stehen wir tief in ihrer Schuld.“ Er verneigte sich respektvoll vor Iora, die er damit wieder versöhnlich stimmte.

„Wenn die anderen Caers davon wüssten, fändest du mit Sicherheit mehr Beachtung“, überlegte Nimael laut.

Iora wollte gerade darauf eingehen, als sich die Eingangstür öffnete und eine weitere Frau den Garten betrat. Iora, Ando und Amaru verstummten schlagartig und starrten der unbekannten Besucherin ehrfürchtig entgegen. Sie trug einen langen Umhang, auf dem Nimael ein *D* erkannte. Es musste sich um Serqet, die Meisterin der Heilung, handeln.

Ando hatte nicht übertrieben, was ihre Schönheit betraf. Sie hatte große Augen, perfekte Proportionen, eine zarte Haut mit einem rosigen Teint und ein geradezu makelloses Gesicht, das von langen, schwarzen Haaren eingerahmt wurde. Nimael betrachtete Menschen immer als ein vielschichtiges Ganzes. Für ihn ließ sich das Aussehen nicht vom Charakter trennen, weshalb keine Frau der Welt seiner Thera jemals das Wasser reichen konnte. Dennoch musste er zugeben, dass Serqet für Männer, die nur nach dem Äußeren urteilten, mit Sicherheit die attraktivere Frau war.

„Iora, leider muss ich dich in die Heilungssektion bitten." Die bezaubernde Stimme der Dunkelmeisterin passte zu ihrem Äußeren. „Wir haben einen Neuzugang. Soval hat bei seinen Kampfübungen wieder mal über die Stränge geschlagen."

„Das darf doch nicht wahr sein!", rief Iora und ballte die Hand zur Faust. „Wäre es zu viel verlangt, wenn er sich mal einen Monat zurückhalten und nicht laufend für weitere Verletzte sorgen würde? Ich frage mich, warum sich überhaupt noch jemand auf Kämpfe mit ihm einlässt." Sie sah auf ihre erdigen Hände hinab und entschuldigte sich bei Serqet. „Tut mir leid, ich muss mich erst waschen. Ich komme, so schnell ich kann."

Serqet nickte verständnisvoll, wandte sich von der Gruppe ab und ging erhabenen Schrittes zur Eingangstür zurück.

Während sie sich entfernte, platzte Ando beinahe vor Ungeduld.

„Kommt, wir folgen ihr!", schlug er aufgeregt vor, nachdem sich Iora auf den Weg zum anderen Ende des Gartens gemacht hatte, wo klares Wasser aus der Felswand floss.

„Was? Wieso?", fragte Nimael überrascht.

„Weil sie eine Dunkelmeisterin ist und noch dazu unbewacht." Ando unterbrach seine Argumentation und fragte stattdessen provokativ zurück: „Seit wann braucht man einen Grund, um einer wunderschönen Frau zu folgen?"

„Na schön", willigte Nimael ein, obwohl er Andos übertriebene Hektik in diesem Fall noch immer nicht ganz nachvollziehen konnte. Aber immerhin schien Serqet recht umgänglich zu sein und vielleicht ließen sich ihr einige Informationen entlocken, die ein wenig mehr Aufschluss über die Absichten der Dunkelmeister brachten.

„Geht nur", verabschiedete sich dagegen Amaru. „Aber denkt immer daran: Der Teufel hat viele Gesichter – eines davon ist die Versuchung." In diesem Moment konnte ihn sich Nimael zum ersten Mal als mahnenden Priester auf einer Kanzel vorstellen.

Er ließ den Gedanken zurück und rannte seinem Mentor nach, der geschickt zwischen den Feldern hindurchsprang. Wenige Sekunden später erreichten sie den Ausgang und kehrten ins Innere des Felsens zurück. Die plötzliche Dunkelheit und die steilen Treppenstufen zwangen sie, ihr Tempo zu verringern. Schließlich passierten sie den Wachposten und verließen die Nische. Dann sahen sie sich irritiert um. Die drei langen Gänge, die von der Kreuzung fortführten, waren allesamt leer. Die Fackeln, die an den Wänden angebracht waren, sorgten zwar nicht für die besten Sichtverhältnisse, ließen aber eindeutig erkennen, dass sich in den schnurgeraden Tunneln keine Personen befanden.

„Wo ist sie?", fragte Nimael verwirrt.

„Weg", antwortete Ando und verzog das Gesicht.

„Wie meinst du das?", hakte Nimael nach. „Wie kann sie weg sein? Sie hatte doch nur ein paar Sekunden Vorsprung."

„Was glaubst du, warum ich sie nicht aus den Augen verlieren wollte?", fragte Ando. „Sie ist mir nicht das erste Mal entkommen."

„Vielleicht ein Geheimgang?", rätselte Nimael.

Ando schüttelte den Kopf. „Keiner vorhanden."

„Was macht dich so sicher?"

„Zum einen war ich selbst dabei, als die Tunnel angelegt wurden, zum anderen habe ich die Wände bereits abgeklopft, um auszuschließen, dass nachträglich etwas verändert wurde", erklärte Ando. „Wir müssen wohl leider akzeptieren, dass es sich um ein weiteres unbegreifliches Mysterium handelt, das die Meister umgibt."

„Was macht ihr da?" Eine Frauenstimme ließ Nimael und Ando panisch herumfahren.

„Iora!", rief Ando und atmete erleichtert auf. „Gott sei Dank!"

„Habe ich euch erschreckt?", fragte die Heilerin mit erstaunten Blicken. „Was ist denn los?"

Nimael erklärte ihr, was sie gerade erlebt hatten, und Iora grinste.

„Dann macht sie das also auch mit anderen", stellte sie amüsiert fest. „Ich hielt es immer für einen Spaß, den sie mit mir treibt."

„Einen Spaß?", fragte Nimael. „Findest du es nicht unheimlich?"

„Bei jedem anderen Meister würde ich das wohl", gab Iora zu und machte sich auf den Weg zur Heilungssektion. „Aber nicht bei Serqet. Sie ist nett. Ich habe keine Angst vor ihr."

„Es ist schon erstaunlich, dass sie so vollkommen unbewacht in den Garten gekommen ist", bemerkte Ando, der sich Iora wie selbstverständlich anschloss.

„Ich glaube, manchmal sucht sie ebenfalls die Stille", erwiderte Iora nachdenklich. „Vielleicht wäre sie noch etwas geblieben, wenn ihr euch nicht bereits im Garten aufgehalten hättet. Jeder andere Dunkelmeister hätte euch kurzerhand rauswerfen lassen, aber Serqet ist da anders gestrickt."

„Sie kannte mich überhaupt nicht", gab Nimael zu bedenken. „Warum war sie sich so sicher, dass ich sie nicht angreifen würde? Mit ihr als Geisel hätten wir die anderen Dunkelmeister zwingen können, uns freizulassen."

Während ihn Iora ungläubig anstarrte, lachte Ando laut auf. „Das ist wirklich die dämlichste Idee, die ich je gehört habe!"

„Na hör mal!", verteidigte sich Nimael. „Sie mag ja ganz nett sein, aber letztendlich gehört sie immer noch zu den Dunkelmeistern. Damit ist sie für unsere Entführung mit verantwortlich. Wir hätten die Gelegenheit nutzen sollen! Drei Männer gegen eine wehrlose Frau – wer weiß, ob sich uns noch ein günstigerer Augenblick bietet, um die Dunkelmeister unter Druck zu setzen."

Andos Belustigung war plötzlich wie weggeblasen. „Jeder, und damit meine ich wirklich *jeder*, der sich bisher mit einem Dunkelmeister angelegt hat, hat es anschließend bitter bereut", warnte er Nimael todernst. „Egal wie zahlreich und gerüstet sie waren. Auch wenn dir eine Gelegenheit noch so günstig erscheint, lass es sein! Sonst kann dir anschließend niemand mehr helfen – kein Ando, keine Iora und auch kein Amaru."

Andos düsterer Appell ging Nimael durch Mark und Bein. Aber wenn sie ihren Unterdrückern gegenüber so viel Respekt zeigten, hatten sie den Kampf dann nicht bereits verloren?

„Ich muss los", verabschiedete sich Iora, als sie die Heilungssektion erreichten. Dann wandte sie sich noch einmal an Nimael. „Aber tu mir bitte einen Gefallen und hör auf ihn! Ich fange gerade an, dich zu mögen."

„Das werde ich", versprach Nimael. Plötzlich fiel ihm eine weitere Frage ein, die er unbedingt noch stellen musste. „Wäre es in Ordnung, wenn ich mir im Garten ein paar Sonnenblumen schneide?"

„Natürlich." Iora lächelte. „Aber lass mir auch noch ein paar übrig."

„Vielen Dank", rief ihr Nimael hinterher, bevor sie in der Heilungssektion verschwand.

„Haben dich die Blumen in unserer Zelle auf die Idee gebracht?" Ando machte kehrt und trat den Rückweg zum Garten an.

„Ja, obwohl sie eigentlich für eine bestimmte Person gedacht sind", verriet Nimael.

„Willst du Thera den Hof machen?" Die konkrete Frage verblüffte Nimael und er nickte sprachlos.

„Ach komm, das war doch nun wirklich nicht schwer zu erraten." Ando grinste. „Dass da ein Interesse besteht, war uns schon vor eurer Entführung klar." Als Nimael nicht weiter darauf einging, wechselte Ando das Thema. „Dir ist schon bewusst, dass Iora ihren neuen Patienten in gewisser Weise dir zu verdanken hat, oder?"

Nimael zuckte gleichgültig mit den Achseln. „Schon möglich."

„Du hast Soval dermaßen provoziert, dass er seine Wut an diesem armen Teufel ausgelassen hat", folgerte Ando.

„Du meintest doch, dass die beiden Richtungen immer getrennt voneinander üben."

„Richtig."

„Dann handelt es sich bei dem Verletzten um einen Caer der anderen Richtung?"

„Höchstwahrscheinlich."

„Aber dann hat es doch sicher nicht den Falschen erwischt, oder?", schloss Nimael ungerührt.

Ando fiel keine passende Antwort darauf ein.

„Jetzt wäre vielleicht ein günstiger Zeitpunkt, dass Amaru ein paar Takte mit Sovals Opfer wechselt", schlug Nimael vor. „Amarus Form der Bekehrung mag etwas schonender sein, aber meine ist bestimmt nicht weniger effektiv."

Ando verkniff sich ein Grinsen. „Deiner Argumentation lässt sich kaum widersprechen", gestand er ein. „Dennoch solltest du in Zukunft darauf verzichten, einen brutalen Schläger wie Soval unnötig zu reizen. Wer weiß, wen er beim nächsten Mal auseinandernimmt."

Als sie den Garten erreichten, brach bereits die Dunkelheit über dem Blutfelsen herein. Nimael schnitt ein paar Sonnenblumen und Ando erklärte ihm, dass es sich nicht um den einzigen Garten im Felsen handelte. Im Bereich der Versorger gab es einen weiteren, ähnlich großen Außenbereich, zu dem aber nur die Versorger Zutritt hatten und in dem ausschließlich Obst und Gemüse angebaut wurde. Zumindest einen Teil der Nahrung erntete man also direkt vor Ort, während andere Speisen mit den Karawanen angeliefert wurden.

Schon bald hatte Nimael einen ansehnlichen Strauß beisammen. Sie verließen den Garten und kehrten zu Andos Zelle zurück, wo sich Nimael eine hohe Vase lieh, seinem Mentor für die abenteuerliche Führung dankte und schließlich der gesamten Gruppe eine angenehme Nachtruhe wünschte.

Als er in seine eigene Zelle zurückkehrte, ließen die Stimmen aus dem Gemeinschaftsraum bereits erahnen, dass seine Mitbewohnerinnen noch lange keine Nachtruhe anstrebten. Er öffnete die Tür und sofort richteten sich sämtliche Blicke auf die Vase, die er bei sich trug.

„Du hast uns Blumen mitgebracht“, sagte Ting und lächelte.

„Eigentlich …“, begann Nimael und verstummte gleich wieder. Er konnte Thera nicht dermaßen bevorzugen, ohne dass es böses Blut deswegen gab. Als er zu ihr sah, schüttelte Thera zaghaft den Kopf. Offenbar wusste sie, dass die Blumen für sie bestimmt waren, war aber bereit, darauf zu verzichten.

„Eigentlich?“, bohrte Hallbora nach.

„Eigentlich gilt Iora der ganze Dank, die mich die Blumen schneiden ließ“, redete sich Nimael heraus und stellte die Vase auf den Tisch.

„Über Iora haben wir uns auch gerade unterhalten“, ergriff Veila das Wort und forderte Thera mit durchdringendem Blick auf, das Thema auszuführen. Diese zögerte kurz, bevor sie darauf einging.

„Dieses Medizinbuch, das du gekauft hast, habe ich in letzter Zeit ziemlich intensiv studiert“, begann sie.

„Das war nicht zu übersehen“, sagte Nimael.

„Es hat mich auf eine Idee gebracht“, fuhr Thera fort. „Ich glaube, dass ich genug gelernt habe, um verschiedene Krankheiten und Verletzungen halbwegs erkennen und behandeln zu können – oder zumindest den Überblick zu haben, wo ich in schwierigen Fällen nachschlagen müsste. Da Iora bei Slaes nur eine knappe Erstbehandlung durchführen darf, würde ich gern die Folgebehandlungen übernehmen.“

„Bist du sicher?“, fragte Nimael und hob erstaunt die Augenbrauen. „Zwischen Theorie und Praxis besteht doch besonders in diesem Fall ein himmelweiter Unterschied.“

„Das ist mir durchaus bewusst, aber ich traue es mir zu und würde es sehr gern versuchen.“

„Dein Ansinnen ehrt dich, aber die Meister würden dir diese Behandlungen ebenso verweigern wie Iora. Und wie sollen wir den Slaes helfen, wenn ihre Caers jede Einmischung als Angriff auf ihre Machtposition verstehen? Wir müssten diese Sache absolut geheim halten. Da halte ich es für wesentlich einfacher, den ärmeren Slaes unauffällig etwas zu Essen zuzuschieben, als eine Verletzung zu behandeln."

„Ich habe nicht vor, die Verletzungen im Bruch zu behandeln", erklärte Thera. „Aber vielleicht können einige Slaes unauffällig ihre Zelle verlassen, um uns am Abend aufzusuchen. Die meisten Caers wollen angeblich nur noch ihre Ruhe und würden dies ohnehin nicht mitbekommen."

„Wie seht ihr das?", fragte Nimael in die Runde und erhielt als Antwort ein zustimmendes Nicken. Zu seiner größten Verwunderung unterstützten selbst Kaeti und Eskabatt die Idee. Obwohl er dieser noch immer skeptisch gegenüberstand, beschloss er, sich der Mehrheit zu fügen.

„Was benötigst du, um dein Vorhaben in die Tat umzusetzen?"

„Ich bin froh, dass du fragst." Thera grinste und holte eine Liste hervor.

Sauberes Wasser
Honig
Verbandsmaterial
Tücher
Decke
Schere
Nadel
Faden
Heilkräuter
Salben
Ersatzuniform
Vertiefende medizinische Bücher

„Eine Ersatzuniform?", vergewisserte sich Nimael.

„Wenn ich voller Blutflecke rumlaufe, wird unser Geheimnis nicht von langer Dauer sein", erklärte Thera.

„Du hast dir das wirklich gründlich überlegt", stellte Nimael voller Anerkennung fest.

Thera nickte und sah ihn entschlossen an.

„In Ordnung", antwortete Nimael. „Mal sehen, was sich machen lässt …"

13
VERABREDUNG

Am nächsten Tag kreisten Nimaels Gedanken ausschließlich um ein Thema – die bevorstehende Verabredung mit Thera. Bisher hatte er keine Zeit gehabt, darüber nachzudenken. Umso mehr breitete sich nun ein nervöses Kribbeln in seiner Magengegend aus. Obwohl er eigentlich keinen Grund zur Sorge hatte, musste der Abend unbedingt gelingen. Eine misslungene erste Verabredung war für eine tiefere Beziehung sicher kein gutes Omen.

Es gab zahlreiche Dinge, die er bisher nicht bedacht hatte. Unter anderem hatte er weder Tisch noch Stühle in seinem Zimmer. Er würde den Schreibtisch von der Wand rücken müssen und hoffte nun inständig, dass dies überhaupt möglich war. Außerdem wollte er unbedingt für die passende Stimmung sorgen. Ein paar Kerzen für die Romantik, eine Tischdecke, um den Raum gemütlicher und gefälliger erscheinen zu lassen, und natürlich ein besonderes Gericht. Ihre harmonische Verabredung sollte nicht an einem armseligen Stück Brot scheitern.

Am Abend beendete Nimael seine Arbeit eine Stunde früher als üblich und begab sich zu den Versorgern. Um diese Uhrzeit hatte er noch die volle Auswahl und keine Wartezeiten. Als er über das Essen nachdachte, kam er zu dem Schluss, dass es ungerecht wäre, wenn der Rest der Gruppe mit der täglichen Ration Vorlieb nehmen musste, während sie selbst die besten Speisen genossen. Bei der Bezahlung wurde ihm schließlich klar, dass es mit seinen Mitteln keinen Platz für Verabredungen gab – es musste bei dieser Ausnahme bleiben. Er wickelte alles in die frisch erworbene Tischdecke und machte sich gut bepackt auf den Weg zurück zur Zelle.

Als er dort eintraf, klärte man ihn auf, dass er gerade keinen Zutritt zum Gemeinschaftsraum habe, da Hallbora nebenan Theras Haare zurechtmachte. Der Gedanke, dass auch Thera Vorbereitungen für ihre Verabredung traf, ließ Nimael dem Abend gleich etwas zuversichtlicher entgegenblicken.

In seinem Zimmer nahm er zunächst den Schreibtisch in Augenschein. Er war nirgendwo befestigt, hatte aber ein solches Gewicht, dass er selbst in seiner aktuellen Verfassung nicht allein gegen ihn ankam. Zu seinem Erstaunen erklärten sich neben Ting auch Eskabatt und Kaeti bereit, den Schreibtisch zu verschieben. Mit aller Kraft gelang es ihnen, das Möbelstück in die Mitte des Raumes zu bringen. Nimael bedankte sich bei den dreien, aber Tings Aufmerksamkeit wanderte zu einem Gegenstand, den sie an der soeben freigelegten Wand entdeckt hatte. Als sie genauer hinsah, gab sie plötzlich einen lauten Schrei von sich, der alle anderen im Raum erschrocken zusammenfahren ließ.

„Was ist da?“, fragte Nimael und machte sich auf eine tote Ratte oder Ähnliches gefasst. Als er den Gegenstand jedoch musterte, erkannte er ein Messer, dessen Klinge mit angetrocknetem Blut besudelt war.

„Das nenn ich einen Stimmungstöter – im wahrsten Sinne des Wortes“, stellte Eskabatt trocken fest.

Nimael ging nicht darauf ein, sondern holte ein Tuch hervor. „Was auch immer hier geschehen ist, wir lassen es besser begraben.“ Er wickelte das Messer vorsichtig ein und legte es zurück an seine Stelle.

„Wollen wir das nicht melden?“, fragte Ting mit großen Augen.

Offensichtlich hatte sie den Schrecken noch immer nicht ganz abgeschüttelt.

„Lieber nicht“, antwortete Nimael. „Niemand scheint es zu vermissen und vielleicht erweist es sich eines Tages noch als nützlich.“

„Was, wenn man es bei uns findet?“, gab Kaeti zu bedenken.

„Dann haben wir nichts davon gewusst.“ Nimael zuckte unschuldig mit den Achseln. „Man kann uns ja kaum für eine Tat verantwortlich machen, die offensichtlich lange vor unserer Ankunft hier stattgefunden hat.“

Die anderen stimmten ihm zu und verließen mit ihrem Teil des Essens den Raum. Anschließend legte Nimael die neuerworbene Decke über den Schreibtisch, trug auf und bewunderte sein Werk. Alles war perfekt angerichtet.

Kurz darauf öffnete sich die Tür und Thera trat ein. Nimael bewunderte sie im Licht der Kerzen, das sich in ihren Augen spiegelte und ihre Wangen besonders zur Geltung brachte. Ihre Haare trug sie größtenteils offen, aber Hallbora hatte einen kunstvollen Kranz eingeflochten, den sie am Hinterkopf mit einer Schleife befestigt hatte. Obwohl Thera lächelte, sah man ihr ihre Nervosität deutlich an.

„Du bist wunderschön“, brach Nimael die Stille und begrüßte sie mit einer leichten Verbeugung.

„Du spinnst“, antwortete sie verlegen. „Ich trage dieselbe hässliche Uniform wie jeden anderen Tag.“

„Ich habe mit nichts anderem gerechnet“, erwiderte Nimael. „Ehrlich gesagt wundert es mich, dass es dir überhaupt gelungen ist, eine Schleife für deine Haare aufzutreiben“, fügte er anerkennend hinzu.

Thera grinste ihn verstohlen an. „Dafür ist dein Handtuch jetzt etwas kürzer als die anderen.“

Für einen Moment klappte Nimael die Kinnlade herunter. Weder hatte er ihr einen solchen Spruch noch eine solche Tat jemals zugetraut. Eine Sekunde später begannen beide dermaßen schallend zu lachen, dass jede Nervosität restlos verflogen war.

Schließlich zog Nimael wie ein Ehrenmann einen Stuhl hervor, um Thera einen Platz anzubieten.

„Vielen Dank." Ihre zärtlich warme Klangfarbe war wie Balsam auf der Seele. Sie deutete auf den reichlich gedeckten und dekorierten Tisch. „Ein prächtiger Anblick, aber meinetwegen wäre das doch nicht nötig gewesen."

„Doch, unbedingt", widersprach Nimael. „Du hast nur das Beste verdient, und wenn ich mit einer angenehmen Stimmung dazu beitragen kann, so will ich es tun."

„Glaubst du nicht, dass es dir Kaeti und Eskabatt übelnehmen könnten?"

„Was haben die denn mit unserem gemeinsamen Abend zu tun?" Es war ganz sicher nicht das Thema, mit dem Nimael beginnen wollte, aber es musste angesprochen werden.

„Durch deinen höheren Rang solltest du dich neutral verhalten und objektiv bleiben", sagte Thera. „Aus ihrer Sicht wäre es ungerecht, wenn ich eine Sonderbehandlung bekäme."

„Nun, heute Abend haben sie jedenfalls keinen Grund zu klagen. Alle haben dasselbe gute Essen auf dem Tisch", erklärte Nimael. „Die restlichen Kerzen und die Tischdecke werde ich später in den Gemeinschaftsraum bringen. Die einzige Sonderbehandlung, die du erhältst, ist meine Gesellschaft – und die steht nicht zur Debatte", fügte er entschieden hinzu. „Nur, weil mir hier ein höherer Rang verliehen wurde, heißt das doch nicht, dass ich meine Gefühle ändern oder verleugnen muss. Es ist so lästig, dass die beiden allem widersprechen, was ich tue. Beim Stechen nennt man dieses Vorgehen *Kontrahieren*. Man spielt nicht, um zu gewinnen, sondern nur, um dem anderen den Stich zu vermasseln." Plötzlich wurde Nimael die Doppeldeutigkeit seiner Aussage bewusst. „Was nicht heißen soll, dass ich bei dir nur einen Stich landen will!", fügte er aufgeregt hinzu und bedauerte es im selben Moment schon wieder.

„So hatte ich es auch nicht verstanden", beruhigte ihn Thera amüsiert.

„Wenn sie nur ein klein wenig hilfsbereiter wären – so wie du“, fuhr Nimael fort. „Allerdings muss ich zugeben, dass mir dein Vorhaben auch etwas Sorge bereitet.“

„Die medizinische Hilfe für die Slaes?“, fragte Thera.

„Deine Idee ist äußerst ehrenwert, aber ich befürchte, dass du dadurch in Gefahr geraten könntest“, erklärte Nimael. „Ich will nicht, dass du meinetwegen ein solches Risiko auf dich nimmst.“

„Du glaubst, ich tue das nur, um dir zu imponieren?“, fragte Thera.

„Vielleicht nicht nur, aber es ist doch gewiss einer deiner Beweggründe.“

„Weißt du, wenn das hier ein Konzert wäre, würdest du nicht nur den Takt und den Ton angeben, sondern auch die Hauptstimme spielen ...“

„Ich habe mir diese Rolle nicht ausgesucht“, verteidigte sich Nimael.

„Nein, so hatte ich das auch nicht gemeint“, ruderte Thera zurück. „Ich wollte dich nicht kritisieren. Im Gegenteil. Ich finde es gut, dass du diese Rolle einnimmst.“ Sie sah ihn liebevoll an. „Ich mag deinen Klang.“

„Danke.“ Nimael spürte ein leichtes Glühen auf seinen Wangen. „Aber worum geht es dir dann?“

„Es geht mir darum, dass ich nicht nur im Auditorium sitzen und dir zuhören will“, erklärte Thera. „Ich will zu dir auf die Bühne und mit dir spielen. Ich will auch nicht die Hauptstimme übernehmen, aber ich würde dich sehr gern begleiten.“

„Aber du begleitest mich doch schon die ganze Zeit.“ Nimael erkannte eine Gelegenheit, ihr schönes Kompliment zu erwidern. „Hier ...“, er deutete an seine rechte Schläfe, „... und hier.“ Er berührte seine Brust. „Ich trage dich immer bei mir, bei jeder meiner Entscheidungen. Du beeinflusst meinen Klang.“

„Ich danke dir.“ Nun errötete auch Thera. „Aber ich würde trotzdem gern helfen. Etwas verändern. Dich unterstützen. Selbst eine Rolle spielen. Kannst du das verstehen?“

Nimael nickte. „Bitte versprich mir nur, dass du die Sache abbrichst, wenn sie zu gefährlich wird. Ich könnte es mir nie verzeihen, wenn dir deswegen etwas zustößt."

„Ich verspreche es."

„Und du musst mir noch eine Sache verraten", bat Nimael. „Wie ist es dir gelungen, alle anderen von deiner Idee zu überzeugen? Vorgestern war die Hälfte noch strikt gegen eine Einmischung."

„Ganz einfach", erklärte Thera. „Ich habe es nicht als ein Für und Wider dargestellt, sondern als Kompromiss. Wir können uns einmischen, bekommen aber keinen Ärger dafür – zumindest solange uns keiner erwischt."

„Es fällt mir schwer zu glauben, dass das ausgereicht hat, um alle umzustimmen."

„Nun ja …" Thera zögerte. „Möglicherweise hat Hallbora noch eine kleine Bemerkung fallen lassen", fügte sie verlegen hinzu.

„Was?", fragte Nimael neugierig. „Was hat sie gesagt?"

„Sie meinte, die einzige Alternative wäre zuzusehen, wie du auch weiterhin wie ein Verrückter mit dem Kopf durch die Wand willst, bis du dir den Hals dabei brichst."

Nimael fehlten erneut die Worte. „Glaubt ihr das wirklich?", fragte er schließlich.

„Natürlich nicht", beruhigte ihn Thera. „Nimm es dir bitte nicht zu Herzen und ihr nicht übel! Du musst es so betrachten: Sie hat eine Möglichkeit gesehen zu stechen und einen unfehlbaren Trumpf gespielt."

„In Ordnung." Nimael akzeptierte Hallboras Argumentation als ein Mittel zum Zweck. „Aber erinnere mich bitte daran, sie niemals gegen mich aufzubringen – und auch nie zum Stechen herauszufordern."

„Jetzt habe ich aber ganz schön aus dem Nähkästchen geplaudert." Für einen Moment senkte Thera verlegen ihren Blick, dann sah sie Nimael plötzlich tief in die Augen. „Dafür musst du mir nun auch etwas verraten."

„Was willst du wissen?“

„Du meintest, du hättest gestern Serqet getroffen.“

Nimael nickte.

„Sie soll atemberaubend schön sein.“

„Mhm“, brummte Nimael und versuchte, möglichst gleichgültig zu erscheinen.

„Ist das wahr?“

„Ich … denke schon, ja. Die meisten würden sie wohl so bezeichnen“, gestand Nimael.

„Und du?“, fragte Thera nach. Sie hatte genau das Thema angesprochen, das er nur zu gern vermieden hätte. Wie sollte er darauf reagieren, wenn er sie weder verletzen noch belügen wollte?

„Sie ist eine Meisterin.“ Sein Versuch auszuweichen gab ihm etwas Zeit, darüber nachzudenken.

„Ja, aber das hat nichts mit ihrem Aussehen zu tun“, hakte Thera nach.

„Weißt du …“ Nimael suchte noch immer nach den richtigen Worten. „Was bringt dir das schönste Paar Schuhe, wenn es nicht passt?“

„Die meisten Männer würden ein so schönes Paar vermutlich erst mal anprobieren wollen, bevor sie zu einem solch endgültigen Urteil gelangen“, griff Thera den Vergleich auf.

„Wozu der Aufwand, wenn man das wunderbarste Paar direkt vor Augen hat? Eines, das in jeder Hinsicht perfekt ist und in das man sich gänzlich verguckt hat. Wenn man kein anderes sucht, muss man sich auch nicht danach umsehen.“

Thera kicherte plötzlich und nahm der Situation damit die Anspannung. „An deinen Metaphern solltest du noch ein wenig arbeiten.“ Sie grinste ihn breit an. „Eine Frau wird nicht allzu gern mit ein paar Tretern verglichen.“

„Unter Druck gelingt so was nur im seltensten Fall“, entschuldigte sich Nimael. „Beim nächsten Mal sage ich einfach: Sie kann aussehen wie sie will, sie ist nicht du. Keine ist das.“

„Nein, du kannst das“, beharrte Thera. „Lass dir Zeit und versuche es noch einmal.“

Nimael dachte ein wenig darüber nach. Es bestand kein Druck mehr – keine Gefahr, sie zu verletzen, aber Thera hatte auf jeden Fall einen schönen Vergleich verdient, also musste er sich Mühe geben.

„Vom Firmament …“, begann er und brach sofort wieder ab.

„Ja?“ Thera sah ihn neugierig an und lächelte.

„Am Himmel funkeln viele schöne Sterne, aber nur die Sonne erleuchtet meine Welt.“

„Na also!“ Thera strahlte. „Das war wunderschön.“ Ein anderer Gedanke, der ihr Strahlen sofort wieder abnehmen ließ, schien ihr durch den Kopf zu gehen. Sie zögerte einen Moment. „Kann ich dich noch etwas fragen?“

„Natürlich.“

„Wenn du dir so sicher bei mir bist, wieso hast du mich dann so lange warten lassen?“, fragte sie schüchtern. „Wir kennen uns schon so lange, warum hast du mich vor Pagura nie um eine Verabredung gebeten?“

„Weil ich dir nichts zu bieten habe“, antwortete Nimael ehrlich. „Selbst wenn wir hier rauskommen, ändert sich daran nichts. Ich kann mir ja kaum das Studium leisten. Im Grunde passt mein gesamtes Hab und Gut in eine Tasche.“

„Das stört mich nicht“, erwiderte Thera freimütig. „Meiner Erfahrung nach lässt sich ohne großen Besitz viel leichter Ordnung halten.“

Spätestens in diesem Moment war Nimael seiner Thera restlos verfallen. Ihre wenigen Worte, die ihr so leicht über die Lippen kamen, brachten alles hervor, was sie so liebenswert und unwiderstehlich machte. Ihre Zurückhaltung und ihre Genügsamkeit, ihre Weisheit, ihren Humor, ihre Güte, die Art, wie sie all seine Bedenken entkräftete und ihn mit all seinen Schwächen annahm. Während Nimael ein gewaltiger Stein von der Seele fiel, ertappte er sich dabei, wie er im Reflex beinahe drei Worte gesagt hätte, die zu diesem Zeitpunkt vielleicht mehr Schaden als Nutzen gebracht hätten. Stattdessen musste er sich nun ihrer Unsicherheiten annehmen. Er nahm ihre Hand, umschloss sie mit seiner und sah ihr tief in die Augen.

„Du vergleichst mich mit dem Wind und hinterfragst meine Absichten, aber glaube mir, Thera, in Liebesangelegenheiten bin ich weit weniger flatterhaft. Ich will nur dich“, hauchte er zärtlich. „Und auch daran wird sich nichts ändern, wenn wir hier rauskommen.“

„Dann will ich es auch“, antwortete sie mit einem zaghaften Lächeln. Nimael konnte sein Glück kaum fassen. Offenbar hatte seine Zusicherung Theras Zweifel geradezu weggeblasen.

Der erste, so unglaublich schwere Schritt in eine gemeinsame Zukunft war getan und brachte ihm die froheste Kunde, die er in seinem ganzen Leben jemals erhalten hatte. Ihm wurde so warm ums Herz, dass er vor Freude strahlte. Jeder Versuch, dagegen anzukämpfen, war sinnlos. Als er Thera damit ansteckte und sie zurücklächelte, geschah das Unmögliche. Sein Glücksgefühl stieg noch höher. Am liebsten wollte er diesen Augenblick aus dem Zeitverlauf herausnehmen und für alle Ewigkeit darin leben.

„Ich habe dich noch nie so glücklich gesehen. Wenn ich Papier und Stift hätte, würde ich dich jetzt in einem Porträt festhalten.“ Thera schien derselbe Gedanke durch den Kopf zu gehen.

„Einverstanden.“ Nimael schlug die Tischdecke hoch.

„Was tust du?“, fragte sie verdutzt.

„Wir essen ja schließlich nicht umsonst an einem Schreibtisch.“ Nimael öffnete eine Schublade und holte Papier und Rötelstifte hervor.

Thera lachte überrascht auf. „Ist das dein Ernst?“

„Sicher, warum denn nicht?“, antwortete Nimael. „Ich würde dich ja auch zeichnen, aber das Ergebnis wäre nicht vom Gekritzel eines Kleinkinds zu unterscheiden.“

„Es könnte trotzdem als Kunst verstanden werden“, scherzte Thera. „Aber wenn du magst, wage ich einen Versuch.“ Sie griff zu Papier und Stiften und machte sich ans Werk. „Kannst du in dieser Position bleiben und weiter so unbeschwert glücklich sein?“

„Mit Vergnügen“, erwiderte Nimael. Während sie zeichnete und er posierte, setzten sie das lockere Gespräch fort und genossen ihr Beisammensein und die gelöste Atmosphäre. Ungefähr eine Stunde später präsentierte Thera das fertige Porträt und reichte es Nimael, der beeindruckt ihr Talent und ihre Detailverliebtheit bestaunte.

„Du übertreibst“, gab sich Thera wie immer bescheiden. „Es gibt doch sicher auch etwas, das du daran kritisieren könntest. Ich würde es dir nicht übelnehmen.“

„Es ist nicht wirklich eine Kritik. Schon gar nicht, was den Zeichenstil betrifft, der ist großartig.“

„Aber?“, unterbrach sie ihn neugierig.

„Aber du hast mich …“, Nimael suchte nach dem richtigen Wort, „… verschönert. So gut sehe ich in Wirklichkeit gar nicht aus.“

„Doch, das tust du“, widersprach Thera.

„Mein Spiegelbild zeigt mir etwas anderes“, sagte Nimael.

„Das kommt daher, dass ich dich so zeichne, wie ich dich sehe“, erwiderte Thera. „Ich will nicht abstreiten, dass andere dich vielleicht ganz anders betrachten, aber für mich siehst du aus wie auf diesem Porträt.“

„Dann will ich mich glücklich schätzen und dir herzlich dafür danken.“ Er gab ihr das Bild zurück.

„Willst du es denn nicht behalten?“, fragte Thera überrascht.

„Nein, ich will, dass du es hast. Es soll dich daran erinnern, wie glücklich du mich machst.“

Obwohl sich Nimael wünschte, dass dieser Abend für immer andauern würde, ging er irgendwann zu Ende. Als der Abschied kam, nahm er Thera in die Arme und erhoffte sich einen Kuss, doch Thera zögerte.

„Sei mir bitte nicht böse“, sagte sie verlegen. „Ich hatte gehofft, dass wir kleine Schritte machen. Einen nach dem anderen.“

„Natürlich“, erwiderte Nimael. „Sei unbesorgt.“

„Fandest du den Abend auch so schön wie ich?“, fragte Thera.

„Wie einen Sonnenaufgang“, antwortete Nimael und strahlte sie an. „Das hoffnungsfrohe Gefühl, dass etwas wunderbar Neues soeben erst im Entstehen ist und dabei die zauberhaftesten Momente noch in sich birgt.“

„Ein himmlischer Gedanke.“ Thera lächelte warmherzig. „Er soll mich heute behaglich in den Schlaf wiegen. Mein romantischer Verführer“, fügte sie mit einem Zwinkern hinzu.

„Durch und durch.“ Nimael verneigte sich und schenkte ihr zum Abschied ein Lächeln.

14

SMEON

In den folgenden Tagen machte sich Nimael daran, die medizinische Ausstattung für Thera zu beschaffen. Dabei wollte er möglichst wenig Aufmerksamkeit erregen und wartete mit seinen Besorgungen, bis die anderen Caers mit ihren Einkäufen fertig waren. Nach und nach hatte er es geschafft, weiterführende Bücher zu bestellen sowie Nadel und Faden, Honig, eine Schere und sauberes Wasser aufzutreiben. Nur wenn es sich nicht vermeiden ließ, zog er Kaifu zurate, der gern behilflich war und offenbar keinen Verdacht schöpfte. Die Ersatzuniform für Thera machte ihn allerdings stutzig und bei der Frage nach Heilkräutern war selbst er an seine Grenzen gelangt. Dennoch war Nimael zufrieden mit seiner Ausbeute, vor allem, nachdem es ihm an diesem Abend gelungen war, eine beträchtliche Menge an Verbandsmaterial zu erwerben.

Als er den Rückweg durch den Bruch antrat, bemerkte er, dass einer der vier Wachleute seinen Posten am Sprengstoffschuppen verlassen hatte. Er verschwand eilig im Gang dahinter, der laut Ando zu den Quartieren der Gards führte. Für eine Sekunde fragte sich Nimael, was es damit auf sich hatte, verwarf den Gedanken aber sofort wieder – vermutlich musste er nur mal austreten. Nimael setzte den Weg fort und betrat den Tunnel zu den Zellen. Vorsichtig balancierte er die aufgewickelten Verbände vor sich, um diese möglichst sauber an ihr Ziel zu bringen. In Anbetracht der Tatsache, dass damit genug Material zur Verfügung stand, um mit der Behandlung erster Patienten beginnen zu können, würde sich Thera mit Sicherheit ganz besonders über sein heutiges Mitbringsel freuen. Vielleicht käme es am Abend sogar endlich zu dem heiß ersehnten ersten Kuss zwischen ihnen. Obwohl dieser noch immer auf sich warten ließ, verbrachten sie in den letzten Tagen jede freie Sekunde miteinander und waren sich fühlbar nähergekommen.

Aus dem Gang zu seiner Rechten funkelte etwas auf und riss ihn jäh aus seinen Gedanken. Plötzlich ging alles blitzschnell. Noch bevor er reagieren konnte, traf ihn ein Messer in den Bauch. Nimael schrie auf, ließ die Verbände fallen, taumelte nach hinten und sah zu seinem Angreifer.

Smeon zog sein Messer zurück und musterte es verwirrt. Nur die Spitze war blutverschmiert, während am unteren Ende der Klinge eine durchbohrte Verbandsrolle baumelte, die Nimael soeben mit größter Wahrscheinlichkeit das Leben gerettet hatte.

„Wie kann man nur so ein gottverdammtes Glück haben?“, fluchte Smeon. Er nahm den Verband vom Messer, schleuderte ihn wütend zu Boden und ging in der Mitte des Gangs in Angriffsstellung. „Jetzt mach ich dich endgültig fertig, du miese, kleine Ratte!“ Er näherte sich langsam und fuchtelte dabei wild mit dem Messer herum.

„Warte!“, versuchte ihn Nimael mit einer Hand zu beschwichtigen, während er sich mit der anderen die brennende Wunde hielt. „Smeon, richtig?“

Dieser nickte grimmig, bewegte sich aber weiter entschlossen auf ihn zu.

„Das mit deiner Hand war ein Unfall. Ich wollte sie dir nicht brechen, sondern dich nur entwaffnen“, sagte Nimael, um die Situation zu entschärfen und womöglich doch noch eine friedliche Lösung herbeizuführen. „Hieß es nicht außerdem, dass du zweifach degradiert wirst, wenn dich Gilbradock noch einmal bei einem Angriff erwischt?"

Smeon blieb stehen und sah ihn verblüfft an. „Woher weißt du das?"

„Das spielt jetzt keine Rolle", erwiderte Nimael. „Aber Tatsache ist, dass wir bei dieser Auseinandersetzung beide nichts zu gewinnen haben."

„Du hast ja keine Ahnung!", widersprach Smeon. Seine Augen blitzten vor Wut. „Was glaubst du, wie mich die anderen Gards inzwischen behandeln? Ich bin eine Lachnummer!" Die Empörung stand ihm ins Gesicht geschrieben. „Ich muss meinen Ruf wiederherstellen. Und der einzige Weg dazu führt über deine Leiche." Ein arrogantes Grinsen legte sich auf sein Gesicht. „Das Risiko, erwischt zu werden, ist es mir allemal wert. Ganz davon abgesehen, dass *du* Gilbradock gewiss nichts mehr von diesem Vorfall berichten wirst", fügte er hinzu und malte Nimael die Geschichte aus. „Wie du weißt, befinden wir uns hier in einer rauen Umgebung. Du hast gerade deine Einkäufe getätigt und womöglich etwas Wertvolles bei dir geführt. So ziemlich jeder hätte dich abstechen können. Dennoch werden anschließend alle wissen, dass ich es war, und niemand wird mehr wagen, mich zu verspotten." Er hielt sein Messer auf Nimael gerichtet und näherte sich langsam. „Wir können das jetzt auf zwei Arten erledigen. Wir kämpfen und ich füge dir dabei weitere schmerzhafte Schnitt- und Stichwunden zu oder du ergibst dich einfach. Ein sauberer Schnitt durch die Kehle oder ein Stich ins Herz, dann hast du es schnell überstanden."

„Wie großzügig", befand Nimael sarkastisch, während es in seinem Kopf zu rattern begann. Ließ sich Smeons Angebot eventuell zu seinem Vorteil nutzen? Wenn es ihm gelang, eine Kapitulation glaubhaft vorzugaukeln, konnte er ihn mit einem Überraschungsangriff in letzter Sekunde vielleicht überwältigen. Andererseits musste er sich dafür in eine noch schwächere Position begeben. Ob er sich daraus befreien konnte, um überhaupt einen Gegenschlag in die Wege zu leiten, ließ sich unmöglich vorhersagen. „Vergiss es!“, antwortete er schließlich mit Nachdruck.

„Vielleicht willst du es dir noch einmal überlegen, wenn ich dir ein weiteres Bild vor Augen führe.“ Smeon grinste ihn teuflisch an. „Angenommen, ein maskierter Mann, der deine Uniform trägt, käme in eure Zelle. Er greift sich eine deiner Slaes – vielleicht die Blonde, die sich so nett um dich gekümmert hat – und schleppt sie in den Bruch, um sich dort an ihr zu vergehen. Als er sie anschließend umbringen will, um das Risiko einer Schwangerschaft auszuschließen, wehrt sie sich plötzlich und fügt ihrem Angreifer zahlreiche Wunden zu. In dem hektischen Kampfgeschehen und der hereinbrechenden Dunkelheit stürzen schließlich beide von einer Terrasse in den Tod. Ein hässlicher kleiner Unfall. Wäre das nicht schrecklich?“ Sein heimtückischer Plan ließ Nimaels Wut mit jeder Silbe weiter aufkochen.

„Du elendiges Dreckschwein!“, brüllte er ihn an und fühlte gleichzeitig, wie sich die Luft um ihn herum wieder zu verdicken schien. Er ignorierte die Sinnestäuschung erneut und widmete sich Smeon. Dieser war inzwischen nah genug herangekommen, um mit dem Messer auszuholen und nach ihm zu schlagen. Nimael wich zurück und entfernte sich einige Schritte von seinem Angreifer. Die Rückwärtsbewegung brachte ihn auf eine weitere Idee. Wenn er einen Kampf vermeiden wollte, durfte er sich jetzt nicht provozieren lassen, sondern musste den Rückzug antreten. Er war schließlich im Recht und konnte Hilfe holen. Ohne Smeon aus den Augen zu lassen und wohl wissend, dass sich der Ausgang zum Bruch in greifbarer Nähe befand, ließ er sich weiter zurückfallen.

„Wo soll’s denn hingehen, Frischling?“ Smeon lachte dreckig.

„Wenn ich den Bruch erreiche, haben wir vier Gards als Zeugen“, erklärte Nimael. „Sie werden dich als Angreifer identifizieren, dann wirst du dich vor Gilbradock verantworten müssen und all deine Lügengeschichten fallen wie ein Kartenhaus in sich zusammen.“

„Ach, werden sie das?", fragte Smeon gelassen. „Was glaubst du, welches Vögelchen mir gezwitschert hat, dass du hier gleich um die Ecke biegen wirst?"

Nimael erinnerte sich an den Gard, der durch den Tunnel verschwunden war, und hätte sich ohrfeigen können. In Zukunft musste er auf solche Details genauer achten – vorausgesetzt, ihm war überhaupt noch eine Zukunft beschieden.

„Bitte tu mir doch den Gefallen!", verhöhnte ihn Smeon. „Für ein paar Taler mehr werden sie bestimmt nicht nur wegsehen, sondern mir gern behilflich sein, dich zu beseitigen."

Nimael schenkte ihm keine weitere Beachtung, sondern bedachte seine Optionen. Smeon hatte diese Tat bestens vorbereitet, das war offensichtlich. Dass er sich ihm stellen musste, war nun unumgänglich. Er sah sich nach einer geeigneten Waffe um und zog eine der Fackeln in Betracht, die sich an den Wänden befanden. Bis er diese allerdings aus der Halterung gelöst hatte, konnte ihn Smeon problemlos niederstechen. Was kam sonst noch infrage? Die Felswände des Tunnels waren glatt, der Boden ebenso. Hier gab es nichts weiter zu holen, nur die Verbandsrollen, die er fallen gelassen hatte. Er hob eine davon auf, rollte sie ab und wickelte beide Enden um seine Hände. Dann straffte er den Verband ein paarmal, um seine Reißfestigkeit zu überprüfen. Nicht unbedingt die furchteinflößendste Waffe, aber besser als nichts.

„Willst du mich jetzt verarzten?", spottete Smeon.

Nimael blieb wie angewurzelt stehen und konzentrierte sich auf seinen herannahenden Gegner. Er musste jetzt schnell sein und durfte sich nicht den geringsten Fehler erlauben, wenn er diesen Kampf bestehen wollte. Als Smeon merkte, dass Nimael nicht länger zurückwich, witterte er seine Chance und ging zum Angriff über. Er stach erneut auf Bauchhöhe zu, aber Nimael wich geschickt aus. Smeon rückte sofort ein zweites Mal vor und holte aus, um auf Brusthöhe zuzuschlagen. Das war die Gelegenheit. In letzter Sekunde wirbelte

Nimael an der Klinge vorbei, straffte den Verband und wickelte ihn um Smeons Unterarm. Obwohl dieser wie wild mit dem Messer herumfuchtelte, konnte er Nimael nicht mehr erreichen. Während Smeon noch immer auf sein Messer fixiert war, drehte sich Nimael um die eigene Achse und rammte ihm seinen Ellbogen in die Magengrube. Dieser stöhnte auf und sank in sich zusammen.

Trotzdem war die Gefahr noch nicht gebannt. Smeon hielt sein Messer noch immer fest umklammert. Als Nimael erneut mit dem Ellbogen nach hinten stieß, traf er Smeon hart am Kopf und das Messer fiel zu Boden. Erst jetzt befreite er seine Hände von dem Verband und drehte sich zurück zu seinem Gegner. Smeon kniete benommen am Boden und rang nach Luft.

Bei jedem anderen hätte Nimael wohl Gnade vor Recht ergehen lassen, aber Mitleid war hier fehl am Platze. Smeon hatte mehrfach versucht, ihn zu töten, aber was noch schlimmer war, er hatte Thera bedroht. Sie war die Güte in Person – sein reiner Engel. Nicht genug, dass Smeon sie schon einmal grundlos verletzt hatte, nun wollte er sie auch noch umbringen. Keinesfalls würde Nimael das zulassen. Wütend packte er Smeon am Kopf und stieß mit seinem Knie so hart dagegen, dass Smeons Schädel gegen die Felswand geschleudert wurde und sein Körper kraftlos zu Boden fiel. Er ächzte kaum hörbar und blieb bewegungslos liegen. Blut floss aus der Platzwunde an seinem Kopf über die Haare zu Boden. Während Smeon verzweifelt um sein Bewusstsein rang, kämpfte Nimael um seine eigene Zurechnungsfähigkeit. Der Gedanke, dass jemand seiner Thera Schaden zufügen wollte, hatte sämtliche Skrupel und Hemmungen beseitigt. Nur mit letzter Kraft gelang es ihm, sich zu besinnen und die Beherrschung zurückzugewinnen. Er durfte Smeon nicht umbringen, aber genauso wenig durfte sich so etwas noch einmal wiederholen. Nimael nahm das Messer an sich und wartete ab. Als Smeon wieder ansprechbar war, kniete sich Nimael über ihn und drückte ihm das Messer an die Kehle.

„Jetzt hör mir mal gut zu, du Drecksack!“ Nimael ließ keinen Zweifel an seiner Entschlossenheit. „Wir sind inzwischen dreimal gegeneinander angetreten. Zweimal hast du den Kürzeren gezogen und das dritte Mal nur deshalb knapp gewonnen, weil ich blind und gefesselt war. Vielleicht gibt dir das mal zu denken auf, du verdammter Schweinehund!“ Nimael klopfte ihm gegen den Schädel, was Smeon bei jeder Berührung zusammenzucken ließ. „Wenn du mir oder einer meiner Slaes noch einmal zu nahe kommst … zur Hölle, wenn du auch nur eine von ihnen schief ansiehst, werde ich kein Erbarmen mehr mit dir haben. Dann wirst du derjenige sein, der einen hässlichen kleinen Unfall haben wird, verstanden?“

Durch den dünnen Spalt seiner Augen funkelte ihn Smeon hasserfüllt an.

„Ja“, brummte er schließlich widerwillig.

„Das klang nicht gerade überzeugend.“ Nimael drückte ihm das Messer noch fester an die Kehle. „Hast du mich *verstanden*?“, fragte er mit Nachdruck.

„Ja, das habe ich“, antwortete Smeon etwas deutlicher.

Schließlich ließ Nimael von ihm ab und sammelte die am Boden liegenden Verbände auf. Während er nach und nach zur Ruhe kam, flaute auch das Gefühl der Sinnestäuschung wieder ab. Kurze Zeit später hatte sich Smeon einigermaßen erholt und stützte sich am Boden ab, um sich langsam aufzurichten. Er musste sich auf jeden Fall verarzten lassen, aber wenigstens machte er den Eindruck, dass er den Weg zur Heilungssektion allein bewältigen konnte. Auf keinen Fall war er aber in der Lage, noch einmal anzugreifen. Da Nimael das Risiko, mit einem Messer erwischt zu werden, nicht eingehen wollte, ließ er es schließlich zu Boden fallen.

„Ich habe dich heute verschont. Merk dir das, denn es war das erste und letzte Mal!“ Damit ließ er Smeon im Tunnel zurück. Obwohl keine Gefahr mehr drohte, legte er einen Schritt zu, um den Tatort schnellstmöglich hinter sich zu lassen.

Wie immer hatten seine Mitbewohnerinnen den Mittelraum ihrer Zelle leer zurückgelassen und eine große Runde am Tisch nebenan gebildet. Um ihnen keine Angst einzujagen, hielt Nimael das Verbandsmaterial vor die brennende Wunde und öffnete die Tür zum Gemeinschaftsraum.

„Kann ich dich kurz sprechen?", fragte er Thera ohne Umschweife.

„Natürlich", antwortete sie mit besorgter Miene und stand auf.

„Alles in Ordnung?", fragte Hallbora. Offenbar sah man ihm an, dass etwas nicht stimmte. Vielleicht hatte ihn die Auseinandersetzung doch mehr mitgenommen als zunächst erwartet.

„Keine Sorge, alles gut", versicherte ihr Nimael nicht gerade glaubhaft und verschwand in den Mittelraum.

„Was ist mit dir?" Thera folgte ihm auf dem Fuße.

„Eine kleine Meinungsverschiedenheit mit Smeon", erklärte er knapp und legte die Verbände beiseite, um den Blick auf seine Verletzung freizugeben. „Aber keine Sorge, nur ein Kratzer."

Thera riss die Augen auf und schlug die Hand vor den Mund. „Von wegen! Leg dich rüber auf dein Bett, ich kümmere mich sofort darum."

Als Nimael die Wunde noch einmal in Augenschein nahm, musste er zugeben, dass sie doch schlimmer aussah als erwartet. Durch den hektischen Kampf hatte sich ein großer, roter Fleck auf seiner Uniform gebildet. Er folgte Theras Anweisung und stieg vorsichtig auf sein Bett.

Kurz darauf eilte Thera herbei. Sie hatte ihre medizinische Ausrüstung unter den Arm geklemmt und machte sich sofort ans Werk. Nachdem sie ihm aus der Uniform geholfen hatte, erzählte Nimael ausführlich, was geschehen war. Er berichtete von Smeons gescheitertem Attentat und beruhigte Thera. „Ich habe ihm gedroht, ihn zu töten. Er wird sich in Zukunft mit Sicherheit von uns fernhalten."

Anschließend ging er auf das merkwürdige Gefühl ein, das er nun bereits zum zweiten Mal wahrgenommen hatte.

„Es ist, als hätte sich die Luft verändert, doch wenn ich ein- und ausatme oder bestimmte Gerüche wahrnehme, kann ich keinen Unterschied feststellen. Vorhin wurde es so stark, dass ich es beinahe greifen konnte, aber als ich mich beruhigte, ließ es nach. Vielleicht handelt es sich nur um Einbildung?"

„Mir hat noch nie jemand von einer ähnlichen Erscheinung berichtet und mir ist auch keine Krankheit bekannt, auf die diese Symptome zutreffen würden", antwortete Thera fast entschuldigend und sah sich die Wunde an. Für einen Moment hatte Nimael das Gefühl, dass es nicht alles war, was sie sich ansah.

„Zum Glück ist die Stichwunde nicht allzu tief", stellte sie fest, nachdem sie die Verletzung gereinigt hatte. „Aber das hätte auch anders ausgehen können."

„Wenn ich mir vorstelle, was mit euch passieren würde, kann ich es mir gar nicht leisten zu sterben", antwortete Nimael. „Außerdem würde meine Mutter mir das ewig vorhalten", fügte er hinzu, um die Situation aufzulockern.

Thera blieb ernst und holte ein kleines Gefäß mit Honig hervor. „Darüber solltest du keine Witze machen. Das nächste Mal hast du vielleicht nicht so viel Glück."

„Du hast recht, tut mir leid", sagte Nimael und biss die Zähne zusammen. Der Honig, den Thera auf seine Wunde auftrug, brannte schrecklich. Einige Sekunden herrschte Stille im Raum.

„Denkst du manchmal an deine Familie?" Thera klang traurig. Sie drückte ein dickes Tuch auf Nimaels Bauch und bereitete einen Verband vor.

„Natürlich."

„Nach einer Entführung und so langer Zeit, die seitdem verstrichen ist, halten sie uns bestimmt schon für tot und trauern längst", vermutete Thera und wickelte eine Binde um ihn.

„Bei mir gibt es nicht viele, die um mich trauern könnten", entgegnete Nimael. „Ich bin bei meiner Mutter aufgewachsen, in einem kleinen

Städtchen ungefähr zwanzig Meilen flussaufwärts von Moenchtal. Die Nähe zur Universität gab mir die Gelegenheit, sie regelmäßig zu besuchen. Jetzt hat sie niemanden mehr." Er seufzte. „Es war mir schon zu Studienbeginn schwergefallen, sie allein zurückzulassen. Immerhin habe ich ihr alles zu verdanken. Mein Vater hat uns schon vor meiner Geburt verlassen, wodurch wir in ärmlichen Verhältnissen lebten. Doch auch wenn wir manchmal die Gürtel enger schnallen mussten, so war für Lebensmittel und Ausbildung doch immer gesorgt. Und ich weiß nur zu gut, dass ich diesen Umstand allein meiner Mutter zu verdanken habe. Sie hatte zeitweise mehrere Arbeitsstellen gleichzeitig, nur um uns über Wasser zu halten, und sparte immer zuerst an sich selbst. Ich war fest entschlossen, mein Studium möglichst erfolgreich zu beenden, um es ihr eines Tages entsprechend danken zu können. Und jetzt das." Er schüttelte niedergeschlagen den Kopf. „Ich sitze hier, während sie mich für tot hält und vollkommen auf sich allein gestellt ist."

Thera streichelte ihm tröstend den Arm. „Ich kenne sie nicht, aber ich glaube, dass eine Frau, die es in dieser Welt geschafft hat, ihren Sohn ohne jeglichen Beistand auf die Universität zu bringen, mit allem fertig werden kann."

Theras Worte machten Nimael Mut.

„Wen hast du zurückgelassen?", fragte er neugierig.

„Wesentlich mehr als du." Thera lächelte melancholisch. „Ich habe sechs Geschwister. Drei ältere und drei jüngere."

Nimael sah sie verblüfft an. Dass Thera in einer so großen Familie kein gesteigertes Geltungsbedürfnis und Durchsetzungsvermögen entwickelt hatte, machte ihre unverwechselbar zurückhaltende Art umso liebenswerter und ließ Nimael darauf schließen, dass sie im Gegensatz zu ihm behütet aufgewachsen war.

„Aber auch in meiner Familie wird es meine Eltern sicher am härtesten treffen", fuhr Thera fort. „Mein Vater war immer sehr um uns besorgt."

„Ja, ich erinnere mich.“ Nimael nickte.

„Du kennst ihn?“, fragte Thera erstaunt.

„Vor einem Jahr brachte er dich zum Exfobita und vergewisserte sich, dass alles in Ordnung war.“

„Das weißt du noch?“

„Aber sicher, schließlich ging es um dich“, gestand Nimael. „Ich war neugierig.“

Thera errötete leicht und streichelte ihn weiter am Arm.

„Das tut so gut, dass es Teil der Behandlung werden sollte“, bemerkte Nimael. Thera sah ihm tief in die Augen und lächelte. Einige Sekunden lang schien Nimaels schönste Fantasie Realität zu werden. Für einen Moment gab es auf der ganzen Welt nur noch Thera und ihn – keine Ränge, keine Ehre, kein Blut und keinen Hass. Nur sie beide im Schein einer Kerze und voller Liebe füreinander. Nimael neigte sich ihr vorsichtig entgegen, um sie zu küssen.

„Ich habe Angst“, unterbrach ihn Thera.

„Vor einem Kuss?“, fragte Nimael ungläubig.

„Dass es mir das Herz brechen könnte.“

„Das musst du nicht“, versicherte ihr Nimael. „Ich werde dir nicht wehtun.“

„Du verstehst mich falsch. Was ist, wenn die Entscheidung nicht in deiner Hand liegt?“, fragte Thera. „Was ist, wenn man dich mir nimmt? Meinen stürmischen Liebhaber, der mich mit seinem Wind umgarnt. Ich will nicht mit ansehen müssen, wie du deinen letzten Hauch ausstößt. Ich würde es ganz sicher nicht verkraften.“

„Du darfst deine Entscheidungen nicht von dieser Angst abhängig machen“, widersprach Nimael. „Sonst geht es dir irgendwann wie Melina und du lässt niemanden mehr an dich heran. Außerdem steht auf einem anderen Blatt geschrieben, ob ich am Leben bleibe oder nicht.“

„Aber nicht, wie sehr es mich treffen wird“, warf Thera ein.

„Du denkst zu weit in die Zukunft und machst dir zu viele Sorgen.“

„Mag sein, aber vielleicht machst du dir nicht genug“, ermahnte sie ihn. „Versprich mir, dass du besser auf dich achtgeben wirst und es nicht so weit kommen wird!“

Nimael nickte. „Wenn es in meiner Hand liegt, werde ich alles in meiner Macht Stehende tun, um es zu verhindern.“ Mehr konnte er reinen Gewissens nicht versprechen.

Thera genügte es und sie kam auf den Kuss zurück. „Ich weiß, es muss schwer für dich sein, aber Frauen sind da wohl komplizierter gestrickt“, sagte sie. „Kannst du mir noch etwas Zeit geben?“

„Selbstverständlich“, antwortete Nimael. „Ich werde dir keinen Druck machen. Gib mir nur zu verstehen, wenn du so weit bist.“

Thera bedankte sich für sein Verständnis und verließ das Zimmer, um seine Uniform auszuwaschen. Nimael sah ihr kurz hinterher, dann wanderte sein Blick auf die verarztete Wunde. Thera hatte ganze Arbeit geleistet und ihn mit solchem Geschick und einer solchen Sicherheit behandelt, dass er kaum etwas davon mitbekommen hatte. Der Verband saß fest, aber nicht zu fest, und dass nichts hindurchblutete, war ein weiterer Beleg ihres Könnens. Wenn das wirklich ihre erste Behandlung gewesen war, musste sie ein Naturtalent sein.

15

UNTERSTÜTZUNG

Ando gegenüber ließ Nimael den Zwischenfall unerwähnt. Schließlich wollte er seinem Mentor beweisen, dass er sehr gut allein auf sich und seine Gruppe achtgeben konnte. Smeons hinterhältiger Anschlag rief ihm jedoch die Dringlichkeit ins Bewusstsein zurück, seine Slaes im Kampf auszubilden. Damit verhielt es sich ähnlich wie mit dem Erlernen einer Fremdsprache. Erst nachdem er der Gruppe das wichtigste Grundvokabular – einfache Schläge, Tritte und Abwehrhaltungen – beigebracht hatte, konnte er im Einzelunterricht mit der wesentlich komplexeren Grammatik eines Kampfes beginnen. Natürlich war es nicht unbedingt eine schöne Sprache, aber mit den richtigen, schlagkräftigen Argumenten konnte man einen bleibenden Eindruck hinterlassen und erstaunliche Überzeugungsarbeit leisten.

Ando und Nimael hatten den zweifelhaften Vorteil, dass sie mit Gewalt aufgewachsen waren. Sie beherrschten sämtliche Wendungen instinktiv. Dadurch, dass sie mit unterschiedlichen Formen des Kampfes in Berührung gekommen waren, ergänzten sie sich und konnten einander neue Praktiken beibringen. Da sich Nimael meist gegen mehrere Personen gleichzeitig hatte behaupten müssen, zeigte sich sein größter Vorsprung gegenüber Ando erst in einem Kampf mit mehreren Gegnern.

Dagegen hatte Amaru als Pfarrer eine unbewegte Vergangenheit und war erst spät mit jeglicher Art von körperlichen Auseinandersetzungen in Berührung gekommen. Ando hatte zweifellos beste Arbeit geleistet, ihn darauf vorzubereiten, und an einem guten Tag konnte er es sogar mit Nimael und den meisten anderen im Bruch aufnehmen, aber eine gewisse Befangenheit war nicht von der Hand zu weisen. Ihm fehlte die entsprechende Leichtigkeit, sodass er erst über eine passende Reaktion nachdenken musste. Dabei verlor er wertvolle Sekundenbruchteile, die den Ausgang eines Kampfes erheblich beeinträchtigen konnten.

Mit Nimaels Slaes war es dagegen noch mal eine ganz andere Geschichte. Bis auf eine gelegentliche, harmlose Kabbelei unter Geschwistern hatte keine von ihnen jemals den geringsten Kontakt mit gewalttätigen Auseinandersetzungen gehabt. Vielleicht hatten sie schon einmal einem Kampf beigewohnt, aber das hieß nicht, dass sie auch nur die geringste Ahnung davon hatten. Für Nimael bedeutete das, dass er mit seinem Unterricht ganz von vorn beginnen musste.

Dabei hielt sich die Motivation der Slaes zwar in Grenzen, aber zumindest konnten sie von einer freiwilligen Teilnahme überzeugt werden. Nachdem Nimael festgestellt hatte, dass die Effektivität von Einzelkampfübungen zu gering war, wenn jede Teilnehmerin nur alle acht Tage zum Zug kam und dabei nur ihn selbst zum Gegner hatte, bildete er Zweiergruppen. Bei den darauffolgenden Übungsstunden stellte Nimael fest, dass Kampfstil und –taktik eng mit den jeweiligen Charakterzügen seiner Schülerinnen verflochten waren. Thera und Melina waren am wenigsten für den Kampf geeignet. Während Melina kaum den Mut hatte, die Arme zu heben, um sich zu verteidigen oder gar zuzuschlagen, wollte Thera niemanden verletzen und hielt sich darum zurück.

Ein ähnliches Verhalten war zwar auch bei Eskabatt und Kaeti zu beobachten, allerdings galt ihre Sorge nicht den Gegnern, sondern ihrer eigenen Gesundheit. Die einzige Ausnahme machten sie, wenn Nimael der Gegner war. Dann blühten sie auf und versuchten alles, um einen Treffer zu landen. Anstatt es persönlich zu nehmen, erhoffte sich Nimael ein ähnliches Auflodern, sollten sie eines Tages einem echten Angreifer gegenüberstehen.

Landria versuchte einen Kampf sehr taktisch und berechnend anzugehen. Sie überlegte früh, wie ein bestimmter Angriff am besten beantwortet werden konnte und welche Vorgehensweise daher besonders effizient war. Dagegen war Ting ungestüm und schlug schnell und unkontrolliert auf ihren Gegner ein. Aufgrund ihrer Gegensätzlichkeit teilte Nimael die beiden oftmals zu gemeinsamen Kampfübungen ein. Sie sollten lernen, dass beide Vorgehensweisen ihre Vor- und Nachteile hatten. Nachdem Landria zunächst regelmäßig unterlegen war, weil es ihr gegen die wilde, unberechenbare Ting besonders schwerfiel, eine brauchbare Strategie zu entwickeln, gewann sie nach einiger Zeit die Oberhand. Schließlich ging auch Ting taktischer vor und lauerte gezielt auf ihre Chancen. Dadurch, dass beide aufeinander abfärbten, beobachtete Nimael bei ihnen den größten Fortschritt im Laufe der Kampfübungen.

Die beiden besten Kämpferinnen der Gruppe hießen aber dennoch Hallbora und Veila. Hallbora hatte hinterlistige Tricks auf Lager und überraschte selbst Nimael bisweilen mit ihrem unvorhersehbaren und teils verschlagenen Vorgehen. Dazu war sie klein, schnell und kaum in die Finger zu bekommen. Sie würde es selbst einem ernstzunehmenden Gegner schwermachen, einen Treffer zu landen, und hatte keine Scheu, sich ordentlich zur Wehr zu setzen. Währenddessen hatte Veila von Haus aus eine etwas bäuerliche und grobe Art. Ihr Kampfstil erinnerte Nimael am ehesten an den eines Mannes. Sie war sich nicht zu schade, ein paar blaue Flecken und Schrammen in Kauf zu nehmen, um es dem Gegner anschließend doppelt heimzuzahlen. Obwohl sich Hallbora und Veila für gewöhnlich gut verstanden, musste Nimael hin und wieder einschreiten, um die beiden übereifrigen, erfolgsverbissenen Duellantinnen zu bremsen oder voneinander zu trennen.

Seine Sorge, dass die unerlaubten Kampfübungen durch die leichten Verletzungen, die sich die Slaes dabei gelegentlich zuzogen, auffliegen könnten, wurde schnell zerstreut. Kerber zog wie immer seine eigenen, weit gefehlten Schlüsse.

Nimaels Kampfrunden mit Ando und Amaru waren im Gegensatz dazu härterer Natur. Nach einigen Übungseinheiten im Garten wurde ihm bald klar, was Ando mit dem weicheren Boden gemeint hatte. Dieser ließ schonungslose Würfe zu, die sowohl auf dem harten Steinboden des Übungsraums als auch in der Zelle zu schwersten Verletzungen geführt hätten. Auch die Äste und Stämme der umliegenden Bäume boten im Kampf zusätzlichen Spielraum für Improvisation. Ando setzte sie besonders gern ein, um sich einen Vorteil zu verschaffen oder den Verlauf eines Kampfes gänzlich zu kippen. Aber auch ohne Hilfsmittel war er stark, drahtig, schnell, geschickt und für Nimael eine gewaltige Herausforderung. Nicht selten setzte Amaru aus und ließ seine beiden Kameraden ihre Kräfte messen. Obwohl auch ihre Auseinandersetzungen brutal werden konnten, ließen sie rechtzeitig voneinander ab, damit sich keiner ernsthaft verletzte. Schon bald hatte Nimael den Eindruck, dass sich Ando sehr über einen neuen, stärkeren Übungspartner mit unbekannten Schlag- und Wurftechniken freute und vermutlich schon lange nicht mehr so gefordert worden war.

Eines Abends im Garten begegneten sie Iora, und Nimael kam eine Frage in den Sinn, die er schon lange mit sich herumschleppte.

„Kennst du dich mit Heilkräutern aus?"

„Selbstverständlich", antwortete Iora. „Was willst du wissen?"

„Nichts Spezielles." Nimael lächelte verlegen. „Eigentlich wollte ich mir ein paar davon zulegen, aber die Versorger führen keine."

„Dann bist du bei mir an der richtigen Adresse. Komm mit." Iora führte Nimael über einen Pfad noch tiefer in den Garten hinein. Neben einem der Beete nahe der Felswand blieb sie stehen.

„Hier ziehe ich verschiedene Pflanzen, die meiner Meinung nach besonders gut für Behandlungen geeignet sind.“ Sie deutete auf einen dünnblättrigen Busch. „Wermut – entzündungshemmend und schnell wirksam gegen Quetschungen. Außerdem gut für Nerven und Verdauung.“ Sie wandte sich der nächsten Parzelle zu. „Die Henkerswurzel – ein starkes Schmerzmittel, das man bei Operationen einsetzen kann, aber es ist sehr giftig. Eine Überdosis führt zum Tod. Wenn sie davon wüssten …“ Sie warf Nimael einen kurzen, verstohlenen Blick zu und fuhr fort. „Baldrian – beruhigend, schmerzlindernd und krampflösend.“ Sie deutete auf ein kleines Gewächs mit weißen Blüten. „Und schließlich Schafgarbe – innerlich zur Blutreinigung geeignet, äußerlich zur Behandlung von Wunden. Es stillt die Blutung und verhindert Eiterbildung.“ Sie wandte sich wieder an Nimael. „Das sind meine Favoriten, die ich am häufigsten einsetze. Natürlich habe ich noch ein paar Geheimwaffen, aber damit solltest du schon mal ganz gut ausgestattet sein.“ Sie grinste und hob die Augenbrauen. „Je nachdem, was du damit vorhast.“

„Ach, nichts weiter“, wich Nimael aus. „Thera meinte nur, du hättest eine andere Slae nicht mehr behandeln dürfen und sie wurde getötet. Falls wir auch mal einen solchen Notfall haben, wollen wir vorbereitet sein, das ist alles. Man kann ja nie wissen.“

„Sehr klug und weitsichtig“, lobte ihn Iora. „Kannst du dir vorstellen, dass mich hier noch nie jemand nach Heilkräutern gefragt hat?“ Sie schüttelte ungläubig den Kopf. „Dabei sollten sich in einem Umfeld wie diesem wirklich mehr Leute über Sicherheit und Gesundheit Gedanken machen. Man muss mir ja nicht gleich Konkurrenz machen, aber ein wenig Eigenverantwortung hat noch niemandem geschadet.“

„Genau so sehe ich das auch“, sagte Nimael. Vor allem nach ihrer Offenheit, was die Tödlichkeit der Henkerswurzel anging, hätte er Iora gern mehr von ihrem Vorhaben erzählt, aber je weniger Personen davon wussten, desto besser war es sicher für alle Beteiligten. „Die richtige Ausstattung vorrätig zu haben und ein Grundwissen über Medizin können im Fall der Fälle bestimmt nicht schaden“, fügte er hinzu und schloss das Thema damit ab.

Iora stattete ihn mit einigen Kräutern und Wurzeln aus. Nimael prägte sich deren Namen, Anwendungsgebiete und Funktionen gut ein, um jede Verwechslung ausschließen zu können. Nachdem ihm so wenige Mittel bereits höchste Konzentration abverlangten, brachte er Theras geballtem Wissen nun umso mehr Anerkennung entgegen.

Dank Ioras Unterstützung hatte Thera ihre Ausrüstung bald so weit zusammen, dass sie Patienten empfangen konnte. Mit dezenten Hinweisen wandte sie sich in den folgenden Wochen an alle Slaes, die einen hilfsbedürftigen Eindruck machten. Obwohl die ersten Reaktionen eher ablehnend und ernüchternd waren, klopfte es eines Abends an ihrer Zelle. Nimael öffnete einer unbekannten jungen Frau mit geschwollener Wange, die unter ihrer Uniform weitere Verletzungen enthüllte. Offensichtlich gehörte ihr Caer der anderen Richtung an. Wütend und beschämt über die Art und Weise, wie sich seine Schicht gegenüber den Slaes verhielt, bestärkte der Anblick Nimael darin, über kurz oder lang aktiv gegen diese Missstände vorgehen zu wollen. Dass allen bewusst war, dass es sich um eine individuelle Einstellung der jeweiligen Caers handelte und nichts davon auf seine Person zurückfiel, war ihm nur ein schwacher Trost, der nichts an seiner Entschlossenheit änderte.

Thera ging bei der Behandlung ebenso geschickt vor wie bei Nimaels Verarztung und machte den Eindruck, als würde sie dieser Tätigkeit bereits seit Jahren nachgehen. Hinzu kam, dass ihre Empathie einen Rahmen schaffte, in dem sich die Patientin angenommen fühlte, ohne dass ihre Verletzungen sie in Verlegenheit brachten.

Als die Anlaufschwierigkeiten bewältigt waren, breitete sich die Nachricht wie ein Lauffeuer aus. Unter den Slaes wurde sie diskret von Mund zu Mund verbreitet und bald konnte sich Thera nicht mehr über mangelnde Kundschaft beschweren. Beinahe jeden Abend erschien eine Slae, die ihre Hilfe benötigte. Verletzungen durch Schläge, Tritte, Stürze oder gar Peitschenhiebe waren an der Tagesordnung. Auch Slaes, die nicht von ihren Caers missbraucht wurden, stand die Zelle offen. Schließlich zogen auch sie sich bisweilen kleinere Blessuren und Schnittwunden durch Arbeitsunfälle im Bruch zu. Hinzu kamen Krankheiten, Entzündungen, Fieber, Kopf- oder Bauchschmerzen, die Thera selten vor unlösbare Probleme stellten. Zusätzlich bot Nimael Essen für hungernde Slaes an, das er auf diese Weise nicht heimlich im Bruch verteilen musste, sondern am Abend risikofrei in der eigenen Zelle zur Verfügung stellte. Dankenswerterweise steuerte Iora regelmäßig einige Gaben aus dem Garten bei, bei deren Ernte Nimael nur allzu gern behilflich war. Ob die Heilerin inzwischen von ihrer Unternehmung erfahren hatte, war unklar. Wenn ja, so ließ sie es sich zumindest nicht anmerken.

Alles in allem leisteten die Slaes hervorragende Arbeit darin, ihr Geheimnis vor den Caers zu hüten. Nach einem Monat nahm Theras Angebot schließlich ein solches Ausmaß an, dass sie zur Unterstützung Veila heranziehen musste und Nimael kein Geld mehr ansparen konnte. Jeder Taler floss in medizinische Ausrüstung und zusätzliches Essen. Im Gegensatz zu Iora war es bei Kaifu mittlerweile offensichtlich, dass er über alles Bescheid wusste. Er gab es Nimael mit einem Zwinkern zu verstehen, behielt es aber diskret für sich.

In den kommenden Wochen erreichte das Arbeitspensum der Slaes die vollen zehn Stunden. Nimael hatte diesen Tag gefürchtet, denn er wusste aus eigener Erfahrung, wie hart eine solche Belastung war. Doch seine Gefährtinnen überraschten ihn erneut und hielten dem Druck beinahe klaglos stand. Einerseits war ihnen natürlich allen klar, dass sie ohnehin keine Wahl hatten, andererseits beobachtete Nimael aber auch einen ähnlichen Effekt wie bei ihren Kampfübungen. Einige seiner Kameradinnen wollten sich unbedingt beweisen und bissen daher die Zähne zusammen. Am glücklichsten und stolzesten machte Nimael aber die Tatsache, dass sie durch ihr gemeinsames Vorhaben mehr und mehr zu einer Einheit zusammengewachsen waren, die ihnen Kraft gab – und zu der sich selbst Kaeti und Eskabatt zugehörig fühlten. Auch Nimael behielt seine zehnstündige Schicht bei und sammelte dadurch allmählich weitere Überstunden und Sympathiepunkte bei Kerber.

Eines Mittags gesellte sich Nimael zu Ando und Wiggy an die Essenstische.

„Wie ich höre, trägt euer Plan so langsam Früchte", empfing ihn Ando.

„Wenn du dich damit auf die Hilfe für die Slaes beziehst …", entgegnete Nimael zufrieden. „Ja, die kommt gut an."

„Vielleicht sogar etwas zu gut, meinst du nicht?" fragte Ando.

„Ich wüsste nicht, wie es *zu* gut laufen könnte", widersprach Nimael. „Je mehr wir erreichen, desto besser. Das war ja schließlich Sinn der Sache."

„Normalerweise würde ich dir zustimmen, aber hältst du die dort wirklich für blind?" Ando nickte in Richtung eines anderen Caer-Tisches, an dem sich Soval mit einigen Kameraden niedergelassen hatte. „Ihr zieht viel zu viel Aufmerksamkeit auf euch."

„Bisher hatte ich den Eindruck, dass die Slaes ganz geschickt damit umgehen", sagte Nimael. „Sie schleichen sich raus, solange ihre Caers bei ihren Kampfübungen oder den Versorgern sind. Wenn sie doch mal erwischt werden, werden sie von ihren Freundinnen gedeckt. Bisher hat noch kein einziger Caer erkannt, was wirklich Sache ist."

„Deswegen warne ich dich jetzt! Wenn sie es erst mal rauskriegen, ist es schon zu spät", fuhr ihn Ando leise, aber verärgert an. „Mach mal die Augen auf, Nim! Merkst du nicht, dass sich hier inzwischen sämtliche Blicke auf euch richten? Vielleicht wissen die Caers wirklich nicht, was genau dahintersteckt, aber dass etwas nicht stimmt, weiß inzwischen jeder. Dazu muss man nun wirklich kein Genie sein!"

Nimael sah sich um. An den Tischen der Slaes wurde mehr getuschelt denn je und tatsächlich stach seine Gruppe aus der Menge hervor. Die anderen grüßten sie mit einem Nicken oder lächelten Veila und Thera vertrauensvoll zu.

„Ich habe zwar nicht ermittelt", fuhr Ando fort, „aber selbst mir ist inzwischen bekannt, was sich hinter der *Heißen Zwei* verbirgt."

„Der *Heißen Zwei*?", fragte Nimael verdutzt.

Ando grinste Wiggy an. „Er weiß noch nicht mal, wovon ich rede!", feixte er. „Kannst du dir das vorstellen?"

„Ja, das kann ich." Wiggy kicherte vergnügt und gab damit bestimmt nicht die Antwort, die sich Ando von seiner rhetorischen Frage versprochen hatte. Er ging nicht weiter darauf ein, sondern redete Nimael eindringlich ins Gewissen.

„Wenn Slaes im Bruch von der *Heißen Zwei* sprechen, so meinen sie damit Zelle Nummer 78. Davon schon mal gehört?", fragte er provokativ. „Sie nennen sie *Heiße Zwei* als Abkürzung für die Heilungssektion Zwei", erklärte er weiter. „Wenn ich mich richtig erinnere, wolltest du Iora keine Konkurrenz machen, aber inzwischen ist genau das eingetreten. Und eines kannst du mir glauben: Wenn ich das herausfinden kann, dann können die das auch." Ando nickte noch einmal in Sovals Richtung.

„Ich hatte ja keine Ahnung …" Noch bevor Nimael aussprechen konnte, fiel ihm Ando wieder ins Wort.

„Wenn das rauskommt, wird es als die größte Einmischung aller Zeiten in die Geschichte des Bruchs eingehen. Vermutlich wird das angespannte Verhältnis zwischen den beiden Richtungen zu einem Pulverfass werden und dann gratuliere ich dir und deinen Slaes, denn ihr habt euch einen Logenplatz gesichert – mitten drauf!"

Erst jetzt wurde Nimael der Ernst der Lage bewusst und er dankte Ando für seine offenen Worte.

Noch am selben Abend gab er die Warnung an seine Gruppe weiter. Es war höchste Zeit gegenzusteuern. Sämtliche Patientinnen wurden informiert, dass zukünftig nur noch in absoluten Notfällen geholfen werden konnte. Die Essens- und Heilkräuterübergabe wurde von nun an im Gang erledigt und die eindringliche Bitte nach Diskretion trug schon bald Früchte. Nimael und seine Slaes wurden im Bruch ignoriert. Dennoch hatte man sich einen Namen gemacht und ein erstes Zeichen für einen sozialeren Umgang miteinander gesetzt. Die Slaes waren ins Gespräch gekommen. Auch wenn Nimael und seine Gruppe dabei vorsichtiger vorgehen mussten, so wollten sie an diesem Kurs doch auf jeden Fall festhalten.

16

HASS

Weitere Wochen verstrichen. Nimael hatte inzwischen über einhundert Kreidestriche an seine Zimmerwand gemalt und begann sich im Bruch wider Willen heimisch zu fühlen. Am meisten beschäftigte ihn sein Verhältnis zu Thera. Sie standen sich näher denn je und das war ein schönes Gefühl, aber Nimael hätte sich mehr Intimität gewünscht. Er wartete noch immer auf den ersten Kuss und fürchtete, dass sich ihr Verhältnis zu einer reinen Freundschaft entwickeln könnte, wenn sich daran nicht bald etwas änderte. Das wäre zwar sicher nicht der schlimmste Ausgang gewesen, aber auch bei Weitem nicht das, was er sich von ihrer Beziehung erhofft hatte. Die positive Aufbruchstimmung, die nach ihrer ersten Verabredung zu spüren gewesen war, war jedenfalls längst abgeflaut und hatte sich zu einer reinen Geduldsprobe entwickelt, die langsam in Frust umzuschlagen drohte. Dennoch wollte er keinen Druck ausüben, der womöglich eine gegenteilige Wirkung erzielt hätte. Schließlich war es nicht ihre Schuld, dass ihnen in den letzten Wochen wenig Zeit geblieben war, ihrem Liebesleben nachzugehen. Nach einem zehnstündigen Arbeitstag hatte Nimael noch Kampfübungen und Einkäufe zu erledigen, während Thera entweder Patienten zu behandeln hatte oder weitere Medizinbücher wälzte, um ihre Kenntnisse zu erweitern.

Nachdem Nimael eines Tages seine Schicht beendet hatte, konnte er es kaum erwarten, den grauen Bruch endlich hinter sich zu lassen. Inzwischen war es zur Gewohnheit geworden, dass sich die gesamte Gruppe an einem der Brunnen traf, um gemeinsam den Rückweg anzutreten. An diesem Abend fiel Nimael sofort auf, dass die Gruppe unvollzählig war.

„Wo steckt Thera?“, fragte er in die Runde.

„Ich habe mich schon erkundigt, aber keiner der Gards scheint irgendetwas zu wissen“, antwortete Landria. „Der Stundenschreiber meinte aber, dass sie die Arbeit heute frühzeitig beendet habe. Vielleicht ging es ihr nicht gut.“

Die Antwort machte Nimael stutzig. Thera hatte den ganzen Tag weder ihm noch den anderen gegenüber etwas erwähnt. Das passte nicht zu ihr.

„Los, beeilen wir uns“, erwiderte Nimael. Vermutlich war alles in bester Ordnung, aber er wusste, dass dieses ungute Bauchgefühl erst verschwand, wenn er sich Gewissheit darüber verschafft hatte.

Als sie die Zelle erreicht hatten, fanden sie von Thera nicht die geringste Spur. Etwas stimmte nicht, das war nun klar. Nimaels schlechtes Gefühl verwandelte sich in Panik. Sofort fühlte er, wie sich die Luft um ihn herum so stark zu verdicken begann, wie er es schon seit Langem nicht mehr wahrgenommen hatte. Ohne zu zögern machte er sich auf die Suche und lehnte dabei jede Unterstützung seiner Kameradinnen ab. Einerseits wollte er sie nicht unnötig in Gefahr bringen, andererseits musste jemand da sein, sollte Thera in der Zwischenzeit zurückkehren.

Im Gang versuchte Nimael, die Sorge so gut es ging abzuschütteln. Er musste sich auf sein logisches Denkvermögen besinnen, wenn er sie schnell finden wollte. Thera hatte als Slae praktisch nirgendwo Zugang, was die Möglichkeiten ihres Verbleibs stark einschränkte. Obwohl er gleich losstürmen wollte, hielt er sich zurück und beschloss, Ando um Hilfe zu bitten. Als er an dessen Zelle klopfte, platzte er mitten ins Abendessen. Trotzdem begleitete Ando ihn sofort nach draußen.

„Wo hast du sie zuletzt gesehen?“, fragte er.

„Im Bruch.“

„Dann sollten wir dort mit der Suche beginnen“, folgerte Ando.

„Wenn es ihr nicht gut ging, wollte sie vielleicht die Heilungssektion aufsuchen, um Ioras Erstbehandlung in Anspruch zu nehmen“, gab Nimael zu bedenken.

„Wenn sie das gemacht hat, ist sie in guten Händen“, sagte Ando. „Aber sollte eure *Heiße Zwei* aufgeflogen sein, so wollen ihr ein paar Caers gewiss eine Lektion erteilen. Die Gefahr halte ich für wesentlich größer.“

Der Gedanke drehte Nimael den Magen um. Er kämpfte dagegen an und rannte mit Ando zum Bruch. Sollte sich Thera tatsächlich in unmittelbarer Gefahr befinden, konnte jede Sekunde entscheidend sein.

Als sie ihr Ziel erreichten, bot sich ihnen ein ungewohnter Anblick. Der Bruch war leer. Kein einziger Gard hielt mehr Wache. Dass die Stollen nach Dienstende unbeaufsichtigt waren, war nicht ungewöhnlich, aber an dem Häuschen, in dem der Sprengstoff lagerte, standen für gewöhnlich immer vier Männer.

„Was ist hier los?“, fragte Nimael.

„Nichts Gutes, so viel steht fest“, erwiderte Ando düster.

In jedem anderen Fall hätte Nimael diese einmalige Gelegenheit genutzt, um den Sprengstoffschuppen genauer unter die Lupe zu nehmen. Vielleicht hätte er ihn aufgebrochen, um sich mit dem schwarzen Pulver einzudecken und gegen die Meister vorzugehen. Womöglich hätte dies sogar ihre Freiheit bedeutet. Doch all das spielte im Moment keine Rolle. Thera war in Gefahr, nichts anderes zählte. Glücklicherweise sah Ando das genauso. Er wich Nimael nicht von der Seite, während sie in den Steinbruch liefen. Nimael ignorierte weiter die unheilvolle Luft, die sich mittlerweile zäh wie Brei anfühlte.

Plötzlich hörten sie einen Schrei. Thera! Ihre Stimme hallte durch den Bruch, aber ihr Ausgangspunkt ließ sich kaum feststellen.

„Dort oben!“ Ando zeigte zur obersten Terrasse hinauf, wo sich ein paar verschwommene Gestalten in einem der Stollen verschanzten.

Nimael und Ando stürmten los und folgten dem Weg bis nach oben. Als sie den Eingang des Tunnels erreichten, waren keinerlei Geräusche und Bewegungen mehr auszumachen – alles wirkte vollkommen friedlich.

„Vermutlich eine Falle“, brummte Ando misstrauisch.

„Egal, ich muss da rein.“ Obwohl ihm derselbe Gedanke gekommen war, ließ sich Nimael nicht bremsen. „Ich verstehe, wenn du nicht mitkommst.“

„Wer sagt das?“ Ando zögerte keine Sekunde und schloss sich ihm an. Ob sein Mut echt war oder nur vorgeschoben, um seine Ehrenhaftigkeit unter Beweis zu stellen, spielte keine Rolle. Nimael wusste einen entschlossenen Kämpfer auf seiner Seite und schritt zuversichtlicher in die Dunkelheit des Tunnels.

Kurz darauf näherten sie sich einer breiten, beleuchteten Gabelung, auf der fünf Personen sie erwarteten. Thera stand mit gefesselten Händen neben einem Gard, der sie mit einem Messer bedrohte. Zu Nimaels Erleichterung schien sie zwar verängstigt, aber ansonsten unverletzt zu sein. Zu ihrer Rechten standen zwei weitere Gards, die Nimael nur vom Sehen kannte. Bei einem von ihnen handelte es sich um einen gewaltigen Schrank, der mit seiner Größe sogar Ando in den Schatten stellte. Außerdem verfügte er über ganze Berge von Muskelmasse, die den zwar ebenfalls muskulösen, aber schlanken Ando im Vergleich geradezu kümmerlich wirken ließen. Der andere Gard war deutlich kleiner und bot bei Weitem keinen so imposanten Anblick. Dafür funkelten seine Augen hinterlistig und verschlagen.

Ein typischer Mitläufer, der immer auf der Seite der vermeintlich Stärkeren zu finden war.

Der vierte Mann hatte sich etwas weiter in einer dunklen Nische postiert. Als er aus dem Schatten trat, erkannte Nimael einen alten Bekannten wieder – und seine bloße Anwesenheit erfüllte ihn mit unbändigem Zorn.

„Smeon!“, knurrte er und verpackte in dessen kurzen Namen die ganze Abscheu, die er ihm entgegenbrachte.

„Ganz recht“, antwortete dieser mit einem arroganten Grinsen. „Und diesmal habe ich meine Freunde gleich mitgebracht.“ Mit einer einladenden Geste grüßte er die anderen Gards. „Aber wie ich sehe, gesellt sich noch ein weiterer, ungeladener Gast zu unserer Runde. Wenn das mal nicht der liebe Ando ist …“ Er schmunzelte überlegen.

„Ich dachte, wir wären uns einig“, unterbrach Nimael die Vorstellungsrunde. „Du wolltest dich in Zukunft von uns fernhalten!“

„Ich glaube, da verwechselst du etwas“, antwortete Smeon. „*Du* wolltest, dass ich mich fernhalte! Aber inzwischen sollte dir klar sein, dass Gards keine Befehle von Caers annehmen. Aus meiner Sicht ist es eher so, dass ich dir ein sehr gutes Angebot gemacht habe, du es aber leider ausgeschlagen hast.“

„Du wolltest mich abstechen!“, widersprach Nimael.

„Ganz genau.“ Smeon nickte. „Und an den Gegenvorschlag erinnerst du dich bestimmt auch noch: Du vergehst dich an der Kleinen, willst sie töten, aber sie wehrt sich und ihr stürzt beide in den Tod. Dass wir jetzt von dieser traurigen Variante Gebrauch machen müssen, ist allein deine Schuld. Aber so oder so schaffen wir diese Angelegenheit ein für alle Mal aus der Welt.“ Smeons Aufmerksamkeit richtete sich wieder auf Ando. „Dass du dich damals eingemischt hast, war ein dummer Fehler, den ich aber gewillt bin zu verzeihen“, sagte er gönnerhaft. „Meinetwegen kannst du abzischen. Das hier ist eine Sache zwischen ihm und mir.“

„Du meinst wohl, zwischen ihm und euch“, korrigierte ihn Ando.

„Wie auch immer." Smeon zuckte gleichgültig mit den Achseln. „Du kannst mein großzügiges Angebot annehmen oder denselben Fehler wie dein junger Freund begehen und es ausschlagen. Dann erledigen wir dich eben auch. Das macht nicht den geringsten Unterschied."

„Wenn es keinen Unterschied macht, kann ich ja genauso gut bleiben", entgegnete Ando mit einer Logik, die er von Wiggy aufgeschnappt haben musste. Er streifte die Ärmel nach oben und machte sich kampfbereit. Nimael spürte Zuversicht in sich aufkeimen. Mit höchster Schauspielkunst gelang es ihm, ein selbstsicheres Lächeln auf seine Lippen zu zaubern, obwohl die Ausgangssituation keinen Anlass dazu gab. Gegen vier kräftige, bewaffnete Gegner mit Geisel hatten sie kaum eine Chance. Aber weder vor einer Partie Stechen noch vor einem Kampf auf Leben und Tod konnte es schaden, eine gewisse Selbstsicherheit an den Tag zu legen – auch wenn sie noch so unbegründet war.

„Na schön, wie ihr wollt!" Smeons Miene verfinsterte sich, aber bevor er einen Angriffsbefehl geben konnte, fiel ihm der kleinere Gard ins Wort.

„Dann stechen wir die Kleine schon mal ab, richtig?" Seine Frage sorgte dafür, dass sich in Nimaels Innerstem etwas zusammenkrampfte.

„Nein, du Idiot!", erwiderte Smeon verärgert. „Hast du mir nicht zugehört? Sie wird geschändet und stürzt von der Felswand. Was glaubst du, warum wir ihre Beine nicht gefesselt haben? Wenn Iora die Leiche untersucht, muss ihr Befund schließlich zu der Geschichte passen." Er richtete einen bösen, lüsternen Blick auf Thera, der Nimaels Wut zum Überkochen brachte. Dennoch durfte er jetzt nicht blindlings gegen diese Übermacht losschlagen. Sie brauchten eine Strategie.

Ando schien ihm in diesem Punkt bereits einige Schritte voraus zu sein. „Ich übernehme den Muskelprotz", bot er an. Nimaels Blick wanderte zu dem schweigsamen Hünen, der sicher auch für Ando eine enorme Herausforderung darstellte.

„Gut, dann kümmere ich mich um Smeon und den kleinen Idioten."

Sein provokativer Unterton verfehlte nicht seine Wirkung. Im Gegensatz zu Nimael verlor der kleinere Gard die Fassung und stürmte auf ihn los. Ungestüm und völlig unfähig versuchte er, einen ersten Treffer auf Kopfhöhe zu landen. Nimael tauchte mühelos darunter hindurch, worauf Ando den ungedeckten Gard mit einem gezielten Kinnhaken niederstreckte.

Theras Aufpasser blieb bei ihr zurück, Smeon und der Muskelprotz rückten jedoch schnell vor und eilten ihrem Komplizen zu Hilfe. Im Gegensatz zu Smeon, der dabei sein Messer zog, war der Riese offenbar auf einen ehrlichen Kampf aus und rollte ebenfalls die Ärmel nach oben. Nimael und Ando wichen zurück und erwarteten ihre Gegner.

„Du bist echt ein Idiot!", beschimpfte Smeon seinen Kameraden und half ihm wieder auf die Beine. Der Mitläufer machte noch immer einen benommenen Eindruck, wodurch sich Nimael zunächst voll und ganz auf Smeon konzentrieren konnte. Gleichzeitig hatte der plötzliche Vorstoß das merkwürdig breiige Gefühl bei Nimael so weit verstärkt, dass sich zu der beinahe greifbaren Luftwahrnehmung eine leichte Strömung gesellte, die mitten durch ihn hindurchzufließen schien. Davon durfte er sich nun keinesfalls ablenken lassen.

Dass sich Smeon seit ihrem letzten Aufeinandertreffen nicht zu einem Meister der Klinge entwickelt hatte, war leicht zu erkennen. Er fuchtelte noch immer wild mit seinem Messer herum, was zwar nicht besonders geschickt wirkte, ihn aber gleichzeitig unberechenbar machte. Außerdem standen Nimael diesmal weder Verbandsmaterial noch sonstige Hilfsmittel zur Verfügung, um ihn abzuwehren. Hinzu kam, dass sich Smeon wesentlich vorsichtiger vorantastete als noch beim letzten Mal. Offenbar hatte er aus seinem Übermut gelernt.

Der Hüne ging dagegen nicht so zaghaft vor. Er stieß einen lauten Kampfschrei aus und stürzte sich auf Ando. Dieser nutzte seine Beweglichkeit und schaffte es mit einer Drehung gerade noch, unter dem Fleischberg hindurchzutänzeln.

Smeons Messer, das direkt vor seinen Augen vorbeifuhr, lenkte Nimaels Aufmerksamkeit wieder auf seinen eigenen Gegner. Er war so dicht an ihn herangekommen, dass ihn Nimael mit einem Tritt erreichen konnte. Blitzschnell riss er den Fuß nach oben und traf Smeon am Brustkorb. Der Gard taumelte nach hinten, hielt sich den Oberkörper und keuchte. Die Arbeitsstiefel waren aus hartem Leder gefertigt und brachten Nimael auf eine Idee. Er zog einen Stiefel aus und stülpte ihn über seine Hand. Währenddessen waren Smeon und der kleinere Gard wieder zu Kräften gekommen und formierten sich neu. Der nächste Angriff würde mit zwei Gegnern wesentlich stürmischer ausfallen. Jetzt mussten sich die gemeinsamen Kampfübungen mit Ando und Amaru bezahlt machen. Nimael versuchte sich zu konzentrieren, aber die Strömung gewann an Stärke und ließ sich kaum noch ignorieren.

Die beiden schienen seine Verwirrung zu bemerken und stürmten gleichzeitig auf ihn ein, wie es wohl von Anfang an geplant gewesen war. Wenn sie ihn noch weiter zurückdrängten, verlor er die Gabelung und somit Thera und Ando aus den Augen. So weit durfte es nicht kommen. Anstatt weiter zurückzuweichen, blieb Nimael abrupt stehen und ging selbst in die Offensive. Ein Zug, mit dem keiner seiner beiden Angreifer gerechnet hatte. Nimael täuschte einen Schlag an, worauf Smeon schützend beide Arme nach oben riss. Im selben Moment sprang Nimael nach vorn und setzte den Ellbogen ein, um ihn dem kleineren Begleiter in die Rippen zu rammen. Dieser krümmte sich und bot dadurch eine Gelegenheit, zwischen den beiden hindurchzuschlüpfen. Doch Smeon hatte die Finte durchschaut und ging mit dem Bein dazwischen, wodurch er Nimael zu Fall brachte.

Mit einer geschickten Rolle vorwärts gelang es ihm dennoch, ins Innere des Stollens zurückzugelangen.

Er hielt seine Gegner auf Distanz und näherte sich wieder der Gabelung. Leider machte auch Ando nicht den Eindruck, als könne er ihm alsbald zu Hilfe kommen. Obwohl er mit voller Wucht auf seinen hünenhaften Kontrahenten einschlug, steckte dieser die Treffer unbeeindruckt weg. Ando faltete seine Hände zur Keule und schlug dem Riesen ins Gesicht, der daraufhin seine erste Reaktion zeigte – ein selbstgefälliges Grinsen. Er packte Ando am Hals und nahm ihn in den Würgegriff, während jede Form der Gegenwehr wirkungslos von ihm abprallte. Nimael löste sich vollständig von seinen Gegnern, näherte sich dem Muskelprotz von hinten und trat ihm in die Kniekehle. Der Mann knickte zusammen und drückte mit einem tiefen Brummen sein Missfallen über die unerwartete Einmischung aus. Aber noch bevor Nimael seine vorteilhafte Position ausnutzen und auf ihn einprügeln konnte, traf ihn selbst ein harter Tritt, der ihn seitlich an dem Muskelberg vorbeischleuderte. Seine beiden Angreifer waren wieder an ihn herangekommen und schlugen erneut gleichzeitig zu.

Plötzlich sah Nimael die Situation mit anderen Augen. Ohne sein Zutun nahm sein Verstand jeden Angriff separat wahr. Während er mit dem Stiefel an seiner Hand die Messerangriffe von der einen Seite parierte, wehrte er die Schläge und Tritte seines zweiten Gegners von der anderen Seite ab. Zu seiner Verwunderung schienen sich seine beiden Körperhälften plötzlich wie zwei voneinander getrennte Lebewesen zu benehmen, wodurch die Aufmerksamkeit, die er Smeon entgegenbrachte, keinerlei Auswirkungen auf seinen Kampf mit dessen Begleiter hatte. Nachdem es Nimael mühelos gelang, seine Position zu halten, riskierte er einzelne Vorstöße. Als er es auch noch fertigbrachte, einige Treffer zu landen, rief Smeon den Hünen zu Hilfe.

Dieser hatte Ando schon wieder im Schwitzkasten und schien ihm gerade die letzte Luft aus dem Leib zu pressen. Offenbar hatte Nimaels Einmischung kaum Wirkung gezeigt. Der Riese wollte sein Werk unbedingt vollenden und ließ sich nur widerwillig von Smeon herbeizitieren. Als er von Ando abließ, fiel dieser zu Boden und blieb erschöpft liegen. Nimael würde es nun mit drei Gegnern zu tun bekommen, von denen einer unbesiegbar schien. Selbst in seinem hochkonzentrierten Zustand konnte er keine dritte Körperhälfte aufbieten, um mit einer solchen Übermacht fertigzuwerden. Er wich zurück und spürte, wie die Strömung stärker und stärker durch ihn hindurchfloss. Nur noch darauf bedacht, sämtliche Angriffe abzuwehren, stieß Nimael hinter sich gegen die Seitenwand der Gabelung – er hatte vergessen, die Richtung zu wechseln. Von hier führte kein Stollen weiter, in den er sich hätte zurückziehen können. Jetzt gab es keinen Ausweg mehr. Blanke Panik brach in ihm aus und mit ihr auch dieser unglaubliche Strom, der so stark wurde, dass Nimael ihn nicht länger ignorieren konnte. Wie ein vierter Gegner trommelte er auf ihn ein und drohte, ihn einfach mitzureißen. Wenn er ihm nachgab, würde er mit Sicherheit das Bewusstsein verlieren. Nimael wehrte mit seinem Stiefel noch einen letzten Messerangriff von Smeon ab und kämpfte gegen die Strömung an. Bevor er die Augen schloss, erkannte er noch flüchtig, wie der Riese heranstürmte und ausholte, um ihm mit einem barbarischen Schlag das Gesicht zu zerschmettern.

Er stemmte sich mit aller Kraft gegen die Strömung. Er stellte sich ihr so standhaft entgegen wie ein mächtiger Baum, der sein Wurzelwerk tief ins Erdreich gegraben hatte, um einem tosenden Unwetter zu trotzen. Ein erhebendes Gefühl. Schade, dass es gleichzeitig das letzte war, bevor ihm der Schlag des Hünen das Bewusstsein rauben würde. Und was sie danach mit Thera und ihm anzustellen gedachten, wollte sich Nimael lieber nicht mehr ausmalen.

Doch der Schlag blieb aus. Nimael riss die Augen auf, darauf gefasst, sofort ausweichen zu müssen. Direkt vor ihm schwebte die Faust des Riesen. Aber sie flog nicht länger auf ihn zu, sondern bewegte sich kaum noch von der Stelle. War das ein schlechter Scherz? Wollte sich der Riese noch ein wenig mit ihm vergnügen wie eine Katze mit der Maus? Ohne die abgebrochene Attacke weiter zu hinterfragen, tauchte Nimael unter der Faust hindurch und entfloh seiner misslichen Lage. Dabei bemerkte er, dass sich Smeon und sein Begleiter ebenfalls in starker Verlangsamung auf ihn zubewegten. Er nutzte die Gelegenheit, winkelte sein Bein an und stieß es Smeon im Vorbeigehen in die Magengrube. Als die erwartete Reaktion ausblieb, drehte er sich zurück, um seine Gegner zu mustern. Die Gards standen wie die Ölgötzen vor der leeren Wand. Als sich Nimael bewusst machte, dass etwas nicht stimmte, bemerkte er, dass ein Teil seines Verstandes noch immer gegen die Strömung ankämpfte. Im selben Moment fügte sich sein Geist wieder zusammen und sämtliche Beteiligten setzten sich in ihrer üblichen Geschwindigkeit in Bewegung. Smeon wurde von dem Tritt nach hinten geschleudert, während der Muskelprotz mit voller Wucht ins Leere und somit gegen die blanke Felswand schlug. Erst als er einen schmerzerfüllten Schrei ausstieß, war sich Nimael sicher, dass die Faust den Kürzeren gezogen hatte.

Der vierte Gard, der noch immer Thera in Schach hielt, senkte vor Schreck das Messer.

„Habt ihr das gesehen?", fragte er ungläubig. Thera, die wohl nur darauf gelauert hatte, dass sich das Messer endlich von ihrer Kehle löste, drehte sich blitzartig zu ihrem Bewacher um und trat ihm mit dem Knie in den Unterleib. Dann wich sie schnell einige Schritte zurück. Die Kampfübungen hatten sich auch bei ihr bezahlt gemacht. Dennoch konnten sie nur bedingt auf einen Ernstfall wie diesen vorbereiten. Dass Thera trotz der lebensgefährlichen Situation geistesgegenwärtig blieb, erleichterte Nimael ungemein.

„Du dreckiges Miststück!", zischte der Gard. Er hielt sich den Unterleib und stützte sich an einer Wand ab.

„Soll ich Hilfe holen?", fragte Thera aufgeregt.

„Nein!", rief Nimael. Sein letztes Gespräch mit Smeon schoss ihm durch den Kopf. Er hatte vielleicht noch mehr Gards eingeweiht, die bereit waren, ihm zu helfen. „Bring dich in Sicherheit! Lauf weg, so schnell du kannst!"

Thera ließ sich das kein zweites Mal sagen und rannte dem Tunnelausgang entgegen.

„Hinterher!", befahl Smeon zornig. „Haltet sie auf!"

Aber seine Gehilfen reagierten nicht darauf, sondern starrten sich nur gegenseitig verwirrt an.

„Ich habe es auch gesehen", bekannte der Mitläufer schließlich. „Was zur Hölle war das?"

„Keine Ahnung", keuchte der vierte Gard, der nach Theras Tritt langsam wieder zu Atem kam. „Aber ich habe genug. Ich verzieh mich."

„Das wirst du *nicht* tun!", forderte Smeon nachdrücklich. „Das war nur ein billiger Trick! Wir ziehen das jetzt durch!"

„Ohne mich." Der Mann humpelte langsam davon.

„Ich bezahle euch nur, wenn die Sache zu Ende gebracht wird!", brüllte Smeon.

„Das ist es mir nicht wert." Auch der kleinere Gard schüttelte den Kopf und trottete davon. Der schweigsame Riese hielt sich wortlos die Hand und schloss sich seinen beiden Kollegen an.

„Bleibt hier, ihr verdammten Feiglinge!", fluchte Smeon, aber seine zornigen Schreie bewirkten keinerlei Reaktion.

Nimael verstand immer noch nicht, was geschehen war. Das Blatt hatte sich unverhofft zu seinen Gunsten gewendet, aber wie ihm das gelungen war, war ihm unbegreiflich. Die Gards waren zwar angeschlagen, aber längst nicht so sehr wie Ando. Dieser lag noch immer benommen am Boden, kam aber langsam wieder zu Bewusstsein. Damit wären ihre Gegner noch immer klar im Vorteil gewesen und für ihren Rückzug bestand nicht der geringste Grund. Sein Blick wanderte von den drei davonschleichenden Gards zu Smeon zurück. In dessen Augen funkelte purer Hass.

„Dann mach ich dich eben allein kalt!" Er schien um jeden Preis eine Entscheidung erzwingen zu wollen.

Nimael rückte den Stiefel zurecht, den er noch immer an seiner Hand trug, und nahm eine Kampfhaltung ein. Es war nun ihr viertes Aufeinandertreffen und Smeon schien in dieser Angelegenheit unbelehrbar zu sein. Er würde nicht eher ruhen, bis Nimaels Leiche vor ihm lag. Statt seinen Angriff abzuwarten, machte Nimael fest entschlossen den ersten Schritt. Smeon zückte sein Messer, aber Nimael bewegte sich unbeeindruckt auf ihn zu. Auch Smeon zeigte keine Furcht, sondern noch immer denselben abgrundtiefen Hass. Er stach gezielt zu, doch Nimael konnte ihm seinen Stiefel entgegensetzen. Die Klinge durchbohrte die Sohle und kam auf der anderen Seite durchs Oberleder hindurch wieder zum Vorschein. Offenbar hatte sie im Inneren des Stiefels genau zwischen Nimaels Fingerspitzen hindurchgepasst. Er packte Smeon am Arm und drehte ruckartig den Stiefel weg, wodurch es seinem Gegner die Waffe aus der Hand riss. Dann verpasste er ihm einen Tritt und brachte ihn auf Distanz.

„Nein!", schrie Smeon wutentbrannt, während er hilflos mitansehen musste, wie Nimael das Messer aus dem Stiefel zog und es auf ihn richtete.

„Du wirst es nie lernen, oder?" Nimael zog seinen Stiefel an und näherte sich seinem Erzfeind entschlossener denn je. Er führte die Klinge kontrollierter, als es Smeon je vermocht hätte, worauf sich dieser zurückzog und langsam auf den Ausgang des Stollens zubewegte.

„Ich habe dir die Chance gegeben, diese Sache ruhen zu lassen, aber du hast sie nicht genutzt", stellte Nimael düster fest. Wut kochte in ihm empor und er beschleunigte seinen Gang. „Du hast drei Mal versucht, mich zu töten! Jedes Mal hinterlistiger und bösartiger als zuvor!" Er ließ seinem Hass freien Lauf und sah zum ersten Mal Furcht in Smeons Augen. „Trotz jeglicher Warnung trachtest du mir weiter nach dem Leben und ziehst auch noch Unbeteiligte in unseren Konflikt." Seine Stimme begann zu beben. „Mit Thera hast du eine Grenze überschritten!", schrie er ihn an und bemerkte, wie er die Kontrolle über sich verlor. Smeon starrte ihn angsterfüllt an, wich weiter zurück und verließ dabei den Stollen. „Ich werde dir keine weitere Möglichkeit mehr geben!", brüllte Nimael voller Hass und holte mit dem Messer aus. Smeon sprang panisch nach hinten und trat dabei über den Rand der Terrasse. Er verlor das Gleichgewicht und rutschte ab.

„Nein!“ Smeons Hand schoss nach oben und umklammerte in letzter Sekunde die Kante. Nimael trat vorsichtig nach vorn und blickte hinunter. Smeon hing ohne Boden unter seinen Füßen frei in der Luft. Selbst wenn er auf eine der unteren Terrassen fallen würde, würde er einen Sturz auf hartes Gestein aus dieser Höhe wohl kaum überleben. Der Anblick fuhr Nimael in die Glieder, aber obwohl sein Zorn langsam abzuklingen begann, hinterließ er ein kaltes, leeres Gefühl in ihm.

„Es tut mir leid“, wimmerte Smeon. „Es wird nicht wieder vorkommen.“

Wie konnte man ihm unter solchen Bedingungen trauen? Wie konnte man ihm überhaupt jemals wieder trauen? Genau wie beim letzten Mal würde er in einer solchen Situation alles versprechen.

„Deine Entschuldigung kommt zu spät“, entgegnete Nimael gefühllos. In dem Moment hörte er hinter sich ein Geräusch, fuhr herum und holte erneut mit dem Messer aus. In letzter Sekunde hielt er inne.

„Ganz ruhig, Kumpel!“ Ando hob schützend die Hand. Er schien die Attacke des Hünen halbwegs überwunden zu haben. „Du hast sie wirklich alle in die Flucht geschlagen“, stellte er anerkennend und beinahe ungläubig fest.

„Helft mir!“, schrie Smeon panisch von unten. „Bitte“, fügte er kaum hörbar hinzu.

„Wen haben wir denn da? Wenn das mal nicht der liebe Smeon ist …“, erwiderte Ando spöttisch dessen Gruß von zuvor. Er riskierte einen Blick über die Kante, der ihm offenbar ebenso in die Glieder fuhr wie Nimael. „Komm, helfen wir ihm hoch“, fügte er versöhnlich hinzu und ging in die Hocke.

„Nein, lass ihn.“

„Verstehe.“ Ando grinste. „Du willst ihn noch etwas zappeln lassen.“

„Nein“, erwiderte Nimael eiskalt. „Wir werden ihm nicht helfen.“

„Wie bitte? Ich hör wohl nicht recht! Kannst du dir vorstellen, was passiert, wenn rauskommt, dass du einen Gard umgebracht hast?“

„Es wird nicht rauskommen.“ Nimael warf Smeons Messer in den Abgrund. „Es wird wie ein Unfall aussehen. Ein falscher Tritt und man stürzt.“

„Nein.“ Ando schüttelte den Kopf. „Damit will ich nichts zu tun haben.“

„Das hast du auch nicht“, beruhigte ihn Nimael. „Es ist einzig und allein meine Entscheidung. Geh nach Hause und vergiss, was du hier gesehen hast.“

Ando starrte ihn eine ganze Weile an. „Also schön“, erwiderte er schließlich. „Aber bevor du diese Entscheidung triffst, sag ich dir eins: Du bist kein kaltblütiger Mörder. Ich kenne doch dein Mitgefühl für andere. Wo ist es jetzt? Wo ist der Mann, den ich in den Bruch geholt habe? Sieh dir nur an, was dieser Felsen bereits aus dir gemacht hat.“

Aber sein Appell drang nicht zu Nimael durch. Er stand nur da und nickte teilnahmslos, nicht mehr imstande, eine Diskussion mit Ando zu führen.

„Und noch etwas: Wenn du das durchziehst, gehen wir getrennte Wege!“, rief Ando und stampfte davon.

Nimael blieb zurück und sah ihm nach. Alles war plötzlich taub und ohne Bedeutung. Sein Blick wanderte langsam zu Smeon. Diesem Unmenschen war jedes Mittel recht, um ihn zu töten – bis er irgendwann Erfolg damit hatte. Nach seinem Tod würden Nimaels Slaes ihren Rang verlieren und schutzlos zugrunde gehen. So weit durfte es nicht kommen. Das hier war die einzige Lösung. Und wenn Ando ehrlich zu sich war, musste es auch ihm klar sein. Die Regeln im Bruch stellten außer Frage, dass sie gegen einen Gard in irgendeiner Form vorgehen konnten.

Nachdem Ando noch einen letzten durchdringenden Blick zurück geworfen hatte, verließ er den Bruch und auch Nimael machte sich an den Abstieg.

Als Smeon erkannte, dass man ihm die Hilfe verweigerte, begann er erneut panisch und flehentlich zu schreien. Erst jetzt schien Nimael nicht mehr vollkommen neben sich zu stehen. Mit jedem Schrei wurde es schwieriger, sich zu entfernen. Seine Gewissensbisse wuchsen so stark an, dass sich ein Kloß in seinem Hals bildete. Mit aller Macht unterdrückte er jegliches Mitleid, bis er den Bruch ebenfalls verlassen hatte.

Als Nimael die Zelle erreichte, blieb er vor der Eingangstür stehen und wusste nicht, ob er noch die Kraft hatte, sie zu öffnen.

17

LIEBE

Als Nimael die Zelle betrat, machte sich Erleichterung auf den Gesichtern seiner Kameradinnen breit. Thera hatte es ebenfalls sicher zurückgeschafft und war inzwischen von ihren Fesseln befreit worden.

„Gott sei Dank! Wir haben gerade überlegt, was wir machen sollen", begrüßte sie ihn aufgeregt. „Geht es dir gut?"

„Ich bin unverletzt, Ando auch", antwortete er knapp. Zu dem Kloß in seinem Hals gesellte sich ein flaues Gefühl in der Magengegend. „Du auch?", brachte er gerade noch heraus.

Thera nickte. „Alles in Ordnung." Als sah ihn musterte, senkten sich ihre Augenbrauen. Nimael fühlte, wie unter dem sorgenvollen Blick seine Fassade zu bröckeln begann.

„Tut mir leid, ich brauch ein paar Minuten." Er flüchtete in sein Zimmer und bekam feuchte Augen. Nachdem er die Tür geschlossen hatte, gab es kein Halten mehr. Die Tränen flossen ihm über die Wangen. Was hatte er getan? Inzwischen hatte Smeon sicher den Halt verloren und war in den Bruch gestürzt. Aus dieser Höhe auf hartem Stein aufzuschlagen, war ein sicheres Todesurteil. Vielleicht hatte Nimael nicht zugestochen, aber er hatte ihn in den Tod geschickt, daran gab es nichts zu beschönigen. Das Leben eines anderen Menschen – er hatte es auf dem Gewissen. Nimael setzte sich auf sein Bett, schlug die Hände vors Gesicht und weinte so heftig, dass er nicht mehr an sich halten konnte und zu schluchzen begann. Obwohl man es durch die dicke Zimmertür mit Sicherheit nicht gehört hatte, klopfte es.

„Kann ich reinkommen?“, hörte er Thera dumpf von der anderen Seite.

„Einen Moment.“ Er wischte sich die Tränen aus dem Gesicht und versuchte, sich zusammenzureißen. So sollte sie ihn nicht sehen. Aber Thera hatte die Tür bereits geöffnet und kam herein. Als sie ihn wie ein Häufchen Elend zusammengekauert auf seinem Bett vorfand, zog sie die Tür hinter sich zu, setzte sich zu ihm und nahm ihn behutsam in die Arme.

„Ist schon gut …“ Thera drückte seinen Kopf zärtlich an ihre Brust und streichelte ihn. Sie war sicher neugierig, was geschehen war, aber sie fragte nicht – wohl wissend, dass er im Moment nicht imstande war, darauf zu antworten. Stattdessen saß sie nur still bei ihm und ließ ihn sich ausweinen wie eine Mutter ihr Kind. Vielleicht war sie von ihren kleinen Geschwistern bereits mit einer solchen Situation vertraut.

„Ich habe etwas Schreckliches getan“, erklärte Nimael, als er endlich die ersten Worte herausbrachte. „Das Schrecklichste, was man sich überhaupt vorstellen kann. Du wirst mich für ein Monster halten, wenn ich es dir erzähle.“

„Das werde ich bestimmt nicht“, versicherte ihm Thera und streichelte ihn liebevoll weiter.

„Ich habe ihn getötet, Thera“, gestand Nimael aufgelöst. „Ich habe Smeon ermordet.“ Nachdem er es ausgesprochen hatte, wurde ihm die Tat noch eindringlicher bewusst. Obwohl Theras Umarmung so guttat, entzog er sich ihr. Er hatte sie nicht verdient. Thera versuchte die Fassung zu wahren, aber die Nachricht hatte auch sie erschüttert, das war ihr deutlich anzusehen. Sie sah ihn verängstigt an.

„Was werden sie jetzt mit dir machen, wenn rauskommt, dass du einen Gard umgebracht hast?“

„Ich glaube nicht, dass es dazu kommen wird“, antwortete Nimael. „Nur Ando war dabei. Wir haben Smeon einfach an der Felswand zurückgelassen. Es wird nach einem tödlichen Unfall aussehen.“ Die Tat zu schildern, ließ ihn wie einen Verbrecher klingen und machte ihm seine Schuld noch deutlicher bewusst. Er schüttelte verzweifelt den Kopf. „Wenn sie mich aber erwischen, so habe ich jede Strafe verdient, die sie mir angedeihen lassen. Ich habe die Beherrschung verloren und mich meinem Hass hingegeben. Ich stand vollkommen neben mir. Ich kann noch nicht mal ausschließen, dass es nicht wieder geschehen wird. Ich bin ein Monster, Thera! Ich habe etwas getan, das nur den Göttern zusteht. Ich habe jemandem das Leben genommen. Ich *sollte* dafür bestraft werden!“

„Du bist kein Monster“, sagte sie entschieden. „Du hast es getan, weil du keine andere Wahl hattest – weil dich Smeon dazu gezwungen hat. Es war einzig und allein seine Schuld. Es gab keinen anderen Ausweg und das wissen auch die Götter. Sie werden dir vergeben.“

Es tat gut, diese Worte aus ihrem Mund zu hören. Sie wandte sich nicht von ihm ab, sondern hielt zu ihm. Mehr noch – sie nahm ihn in Schutz. Aber im Gegensatz zu Ando hatte sie nicht miterlebt, was er getan hatte.

„Das rede ich mir auch immer wieder ein“, sagte Nimael. „Dass ich ihn getötet habe, weil ich es musste. Weil er dich töten und unter keinen Umständen auf einen Kompromiss eingehen wollte. Aber vielleicht mache ich mir nur etwas vor. Ando meinte, dass er sich in mir getäuscht habe und mich der Blutfelsen mehr und mehr in eine Bestie verwandle.“

„Das glaube ich nicht“, beruhigte ihn Thera. „Unsere Umgebung kann uns beeinflussen, aber nicht in etwas verwandeln, das wir nicht sind.“

„Dann bin ich schon immer so gewesen und der Blutfelsen bringt es nur zum Vorschein", überlegte Nimael. „Ich habe das Gefühl, dass ich mit jedem Tag, den wir hier verbringen, ein weiteres Stück meiner Seele verliere. Wenn ich diese Gards sehe, wie sie die Gefangenen behandeln oder manche Caers ihre Slaes, dann wächst meine Verbitterung mehr und mehr. In meinem Herzen wird es immer dunkler. Ich verliere jegliche Skrupel, das hat dieser Vorfall bewiesen. Und wenn ich irgendwann selbst sterben sollte, dann muss zu diesem Zeitpunkt unbedingt noch etwas Gutes in mir übrig sein, sonst werde ich keine Gnade finden." Er dachte kurz darüber nach. „Ando ist schon viel länger hier, aber er hat sich seine Menschlichkeit bewahrt. In mir steckt dagegen ein kaltblütiger Mörder und der gewinnt immer mehr die Oberhand."

„Glaubst du wirklich, dass das alles ist, was du bist?", fragte Thera. „Jeder von uns trägt verschiedene Gefühle in sich. Die Palette reicht von Hass zu Liebe, von Angst zu Mut und von Trauer zu Freude. Was du beschreibst ist ein Extrem, aber es definiert dich nicht als Ganzes, sondern bedeutet nur das Ende einer Skala. Außerdem ist jede Situation, die wir erleben, so vielschichtig wie wir selbst und darum reagiert jeder anders darauf. Du kannst Andos Verhalten und dein eigenes nicht anhand einer einzelnen Situation vergleichen."

„Wieso nicht?", warf Nimael ein. „Wir waren mit derselben Situation konfrontiert."

„Aber ihr hattet andere Vorgeschichten mit Smeon", widersprach Thera. „Stell dir vor, dass jemand vor deinen Augen ertrinkt, weil er nicht schwimmen kann. Er schlägt panisch um sich. Du springst ins Wasser und rettest ihn tapfer. Am nächsten Tag rettet er dein Leben, indem er dich vor einem Bären beschützt, weil er genau weiß, wie man sich ihm gegenüber verhalten sollte, während du das Weite suchst. Wer ist nun der Held und wer der Feigling? Du kannst dich nicht von einer bestimmten Situation definieren lassen. Ando hat diesen Vorfall nur von seiner eigenen Warte aus betrachtet. Er hat dich verurteilt, weil ihm die Informationen fehlten, um sich in deine

Lage zu versetzen. Smeon hatte eine Abmachung mit dir und er hat sie gebrochen. Dann hat er auch noch mein Leben bedroht. Darauf reagierst du natürlich vollkommen anders als Ando, weil ich zu deiner Gruppe gehöre und du mich …“ Sie unterbrach ihre Folgerungen schlagartig, als ihr bewusst wurde, wohin sie führten.

„… liebst“, beendete Nimael den Satz. „Ja, das tue ich und ich stehe dazu“. Er ließ ihr einen Moment Zeit, das Bekenntnis zu verdauen. So sehr er diesen Moment auch genießen und glücklich sein wollte und so sehr ihn Thera inzwischen auch aufgebaut hatte, ließ ihn sein Gewissen doch noch immer nicht los. Wie konnte er nach einer solchen Tat nur Glück empfinden? Thera täuschte sich in ihm und er hatte sie nicht verdient. „Du bist ein guter Mensch, Thera“, fuhr er geknickt fort. „Der beste, den ich kenne. Du hättest Smeon nicht so kaltblütig sterben lassen wie ich.“

„Vielleicht nicht, aber vielleicht wären dafür wir an seiner Stelle gestorben“, gab Thera zu bedenken. „Oder glaubst du, dass Smeon einfach aufgehört hätte?“

Nimael schüttelte den Kopf. „Er sann so sehr auf Rache, dass er gar nicht mehr aufhören konnte. Selbst nachdem die anderen Gards geflohen waren, wollte er nicht von mir ablassen.“

„Wer weiß, wie es weitergegangen wäre?“, spann Thera den Faden weiter. „Wenn ihm bewusst geworden wäre, dass deine Drohungen keine Konsequenzen nach sich gezogen hätten, hätte er vielleicht eine nach der anderen von uns getötet, nur um sich zu rächen. So hart das auch klingen mag, aber ein Teil von mir ist froh, dass du es getan hast. Du warst nicht der Angreifer, sondern hast uns nur verteidigt. Das ist es, was du tust. Du passt auf uns auf. Das ist nicht nur dein Recht, sondern deine Pflicht. Du hast richtig gehandelt.“

Ihr Zuspruch war wie Balsam auf seiner Seele.

„Aber warum plagt mich dann mein Gewissen so sehr?“, fragte Nimael nach einiger Zeit.

„Keine Sorge.“ Thera streichelte ihm über den Rücken und lächelte traurig. „Dein Gewissen ist der beste Beweis, dass du dich nicht in ein Monster verwandelst. Ich befürchte eher, wenn du diese Wut in dich hineinfrisst, wirst du über kurz oder lang daran verbittern."

„Du musst auf mich auf aufpassen, Thera", bat Nimael inständig. „Ich hätte bereits bei der ersten Begegnung mit Smeon beinahe die Kontrolle über mich verloren. Du musst für mich ein Anker sein, wenn ich noch mal die Beherrschung verliere. Ich brauche deinen Halt, sonst begehe ich beim nächsten Mal vielleicht eine ähnliche Dummheit, die nicht mehr zu rechtfertigen ist."

In dem Moment hob Thera seinen Kopf und küsste ihn. Nicht auf die Wange, auch nicht auf die Stirn, sondern auf den Mund. Nimael verstand die Welt nicht mehr. Er erwiderte den Kuss und er genoss ihn. Es war ein Kuss, wie er ihn sich schon immer gewünscht hatte und er war wunderschön, aber er verstand ihn beim besten Willen nicht. Warum jetzt? War es ihre Folgerung, bei der sie sich über seine Gefühle klar geworden war? War es sein Bekenntnis? Oder war es das Ergebnis dieser Situation und ihrer Gefühlslage? Als sich ihre Lippen bedauerlicherweise voneinander getrennt hatten, durchbrach er sanft die Stille.

„Hast du mich nur geküsst, weil ich es gebraucht habe?", fragte er vorsichtig.

„Nein. Ich habe dich geküsst, weil du *mich* gebraucht hast", erwiderte Thera.

„Ist das denn nicht dasselbe?", fragte Nimael.

„Es hatte nichts mit der Situation zu tun oder damit, dass ich dich auf andere Gedanken bringen wollte, sondern mit mir und mit dem, was du gesagt hast", erklärte Thera. „Ich wusste, was du für mich empfindest. Ich hatte nur das Gefühl, dass du mit allem wunderbar allein zurechtkommst. Deine Energie scheint unerschöpflich zu sein, was es wirklich schwer macht, mit dir mitzuhalten. Ich hatte das Gefühl, nicht gebraucht zu werden, und ich wollte mehr sein als nur ein Anhängsel – ein Klotz an deinem Bein."

„Ein Klotz an meinem Bein?“, fragte Nimael empört. „Wie kannst du so etwas sagen?“ Er fuhr ihr liebevoll über die Wange. „Habe ich dir wirklich so ein Gefühl vermittelt? Du wirst für mich doch niemals eine Belastung sein, Thera! Wenn ich dich sehe, fühle, rieche, höre oder einfach nur an dich denke, weckt das Gefühle in mir, die ich sonst bei niemandem empfinde. Du bist mir der wichtigste Mensch auf der ganzen Welt und ich werde dich niemals vernachlässigen. Ich bin so froh, dass du da bist, dass du hier bei mir bist. Ich liebe dich.“

Nimael musste seinen Gefühlen endlich Ausdruck verleihen. Diese drei Worte gehörten zusammen und er wollte sie ihr unbedingt schenken. Am liebsten wollte er sie immer und immer wieder aussprechen, so stark drängten sie nach draußen.

„Ich liebe dich auch“, antwortete Thera. Ihre Augen schimmerten.

Diesmal küsste er sie und für einen Moment war Nimaels Welt wieder in Ordnung und die schrecklichen Ereignisse dieses Abends vergessen.

„Hattest du bei Smeons erstem Überfall nicht große Sorge geäußert, dass mir etwas zustoßen könnte?“, fragte Nimael. „Wieso spielt das jetzt keine Rolle mehr? Immerhin scheint diese Angst gerade gerechtfertigter als jemals zuvor.“

„Mir ist klar geworden, dass es dafür schon lange zu spät ist“, antwortete Thera. „Wenn dir etwas zustoßen würde, würde ich so oder so daran zerbrechen. Noch schlimmer wäre aber, wenn sie dich mir nehmen würden und ich nicht jede Sekunde mit dir verbracht hätte, die uns geblieben wäre.“

Sie sanken einander in die Arme und genossen für ein paar Sekunden ihre Nähe.

„Was ich getan habe, tut immer noch weh“, hauchte Nimael in ihr Ohr.

„Ich weiß“, flüsterte Thera zurück. „Mach dir keine Sorgen und versuch zu schlafen. Alles wird gut …“

Sie löschte die Kerzen und verließ den Raum. Nimaels Gedanken kreisten noch lange um den Ausgang des Kampfes. Smeons Hilferufe hallten in ihm nach. Andos Verständnislosigkeit für seine kaltblütige Tat. Seine Gewissensbisse, die er zuvor vor lauter Hass ignoriert hatte. Irgendwann fand er einen Ausweg aus dieser Spirale. Thera und ihre tröstenden Worte. Ihr Beistand. Ihre Liebe. Schließlich tat die Erschöpfung ihr Übriges und er schlief ein.

Dumpfe Schreie – zuerst Männer, dann Frauen. Eine Tür, die zugeschlagen wurde. Das gehörte nicht zu dem schrecklichen Traum, dem er gerade entflohen war. Nimael fuhr hoch. Irgendetwas geschah im Mittelzimmer. Hatte Smeon überlebt und war mit Verstärkung zurück, um Rache zu üben? Noch bevor er aufspringen konnte, öffnete sich die Zimmertür und zwei Gards mit Fackeln stürzten herein.

„Was soll das?" Nimael wurde an beiden Armen gleichzeitig gepackt und quer durch sein Zimmer geschleift. Im Mittelraum wartete Gilbradock mit zwei weiteren Gards, die ihre Messer gezückt hatten und die Slaes in Schach hielten. Nimael fühlte ihre aufgeschreckten, sorgenvollen Blicke auf sich gerichtet.

„Da haben wir ihn ja. Du kommst mit!", befahl Gilbradock und wandte sich an die Slaes. „Ihr legt euch wieder hin und schlaft weiter. Wehe, ihr seid morgen nicht arbeitstauglich!"

Als Nimael nach draußen gezerrt wurde, rechnete er mit dem Schlimmsten. Hatte einer der beteiligten Gards gegen ihn ausgesagt? Hatte er ein Beweismittel am Tatort vergessen, das ihn verraten hatte? Vielleicht seinen Stiefelabdruck an der falschen Stelle? Würde ihn nun die gerechte Strafe für seine Tat ereilen?

Im Bruch erwartete ihn bereits ein ganzes Aufgebot. Smeons drei Komplizen standen in der Nähe des Sprengstoffschuppens und wurden gerade von zwei anderen Gards verhört. Sie sahen kurz zu Nimael, der an ihnen vorbei in den Innenhof geführt und mit einem Schlag vor die Brust zum Stehenbleiben gebracht wurde. Vor ihm hatte sich ein mittelgroßer, schlanker Mann auf einem der Steinhaufen postiert. Er hatte ihnen den Rücken zugekehrt, um einen Trupp zu beaufsichtigen, der sich auf der unteren Terrasse versammelt hatte. Das lange, pechschwarze Haar des Mannes, das zu einem Pferdeschwanz gebunden war, flog herum, als er sich zu Nimael und seinen Begleitern umdrehte. Im Schein ihrer Fackeln erkannte Nimael, dass der Mann leichenblass war und seine Augen eiskalt und gefährlich hervorstachen – wie der leibhaftige Tod. Er war jung und sein Umhang mit einem *D* gekennzeichnet. Es musste sich um Kolubleik handeln, den Meister des Kampfes, vor dem ihn Ando so eindringlich gewarnt hatte.

„Ich werde es kurz machen." Seine gefühllose Stimme passte zu seinem Erscheinungsbild. „Warst du das?"

„Was soll ich gewesen sein?", fragte Nimael und musste dabei noch nicht mal sein schauspielerisches Talent bemühen.

„Zeigt es ihm!", befahl Kolubleik Gilbradock und seinen Gards. Sie führten Nimael zu den Männern auf der Terrasse, die daraufhin auseinanderwichen und den Blick auf eine Decke am Boden freigaben. Gilbradock ging zwischen ihnen hindurch und hob die Decke an. Erst als Nimael genauer hinsah, erkannte er, dass es sich bei dem Körper vor ihm um Smeons Leiche handelte. Seine Gliedmaßen waren gebrochen und an einigen Stellen ragte der blanke Knochen aus dem Körper. Auf seinem blutüberströmten Kopf hatte sich mittlerweile eine dicke Kruste gebildet, wodurch sein Gesicht kaum noch zu erkennen war. Vermutlich war er nicht direkt zu Boden gestürzt, sondern an einem Vorsprung von der Felswand abgeprallt.

„Oh Gott!" Nimael drehte es den Magen um. Die Übelkeit stieg so schnell in ihm empor, dass er sich gerade noch von den Gards abwenden konnte, bevor er sich übergab. Mit einem Nicken deckte Gilbradock den Leichnam wieder ab und lief zurück zu seinem Meister, der die Szene von seinem Steinhaufen aus beobachtet hatte.

Nimael kniete am Boden und versuchte, sich zu beruhigen, um dem leisen Gespräch zwischen ihnen folgen zu können.

„Was meinst du?", hörte er Kolubleiks klirrend kalte Stimme.

„Ich glaube nicht, dass er etwas damit zu tun hatte", erwiderte Gilbradock. „Ich habe ihn mir genau angesehen. So einen Schock kann man nicht vortäuschen. Er hätte mit Sicherheit anders reagiert, wenn er die Leiche vorher bereits gesehen hätte."

„Was ist mit den Feindseligkeiten, die du erwähnt hattest?", fragte Kolubleik nach. „Meintest du nicht, es gab Meinungsverschiedenheiten zwischen ihnen?"

„Die gingen wohl eher von Smeon aus als von ihm", antwortete Gilbradock. „Als wir in die Zelle kamen, hat er seelenruhig geschlafen. So abgebrüht ist er nicht. Außerdem attestiert Kerber dem Kleinen eine vorbildliche Arbeits- und Verhaltensweise. Mich würde schwer wundern, wenn er plötzlich dermaßen über die Stränge schlagen würde." Gilbradock sah in Richtung des Sprengstoffschuppens. „Was sagen die drei Wachposten zu dem Vorfall?"

„Alle sagen dasselbe aus", erklärte Kolubleik. „Sie hätten auf ihrem Posten am Haus die Stellung gehalten, als Smeon meinte, ein verdächtiges Geräusch zu hören, und sich zu einem Kontrollgang in den Bruch aufmachte. Als er nach einiger Zeit noch nicht zurückgekehrt war, machten sie sich auf die Suche nach ihm und fanden ihn tot auf der Terrasse."

„Das würde auch erklären, warum sein Messer nicht direkt neben ihm gefunden wurde", fügte Gilbradock hinzu. „Vermutlich hatte er es aufgrund seines Verdachts gezogen und ließ es fallen, als er ins Leere trat. Für mich klingt das plausibel."

„Oder einstudiert." Kolubleik bedachte Nimael mit einem düsteren Blick. „Bringt ihn her!"

Einer der Gards half Nimael unsanft auf die Beine und führte ihn zum Meister.

„Also gut, du Wicht!", begann Kolubleik. „Gilbradock meint, dass du vermutlich nichts mit der Sache zu tun hast, und ich vertraue seinem Urteil. Aber dass du die Leiche vorher nicht gesehen hast, ist kein Beweis deiner Unschuld.“ Er trat einen Schritt näher, packte Nimael am Kragen und zog ihn dicht zu sich heran. Beim Anblick seines Gesichts, das ihn wie eine grauenhafte Totenmaske anstarrte, lief es Nimael eiskalt über den Rücken. „Ich werde in Zukunft ein Auge auf dich haben, merk dir das, Junge! Und wenn ich erfahren sollte, dass du mit dieser Sache hier doch etwas zu tun hattest oder du dir noch irgendetwas anderes zuschulden kommen lässt – und sollte es noch so gering sein –, werde ich dich zur Verantwortung ziehen und dann gnade dir Gott!“ Ohne den geringsten Widerstand drehte er Nimael zu Smeons Leichnam zurück. „Dann wirst du dir wünschen, du wärst an seiner Stelle, das versichere ich dir!“ Er wandte sich an die bereitstehenden Gards. „Jetzt schafft ihn mir aus den Augen!“, befahl er scharf und stieß Nimael mit einer Kraft von sich, die ihn rückwärts zu Boden schleuderte. Seine Untergebenen sammelten Nimael auf und führten ihn aus dem Bruch. Er hörte noch, wie Kolubleik die nächsten Anweisungen brüllte. „Holt endlich ein paar Lefts, die sich um die Sauerei kümmern, bevor die Leiche noch zum Himmel stinkt!“

Nimael erinnerte sich nicht, wie er zur Zelle gelangt war, aber als ihn seine beiden Begleiter unsanft hineinstießen und er erneut zu Boden fiel, wurde ihm klar, dass es nicht an der Kraft des Stoßes, sondern an seiner eigenen Schwäche gelegen hatte. Seine Knie zitterten und seine Muskeln versagten. Der Schock saß ihm sprichwörtlich in den Knochen.

Die Gards schlugen die Tür hinter ihm zu und ließen ihn in der Mitte des Zimmers zurück, ohne dass er sich rühren konnte. Natürlich hatten seine Kameradinnen Gilbradocks Befehl nicht befolgt – wie hätten sie unter diesen Umständen auch weiterschlafen können? Stattdessen saßen sie um ihn herum auf ihren Betten und starrten ihn mitleidsvoll an.

„Ich braucht euch keine Sorgen zu machen, alles ist gut", log Nimael und versuchte damit, die Stille zu durchbrechen und die Situation herunterzuspielen. Ein Versuch, der völlig misslang.

Ohne zu zögern fasste sich Thera ein Herz und kniete sich zu ihm.

„Schaffst du es in dein Zimmer?", fragte sie leise.

Nimael sah auf seine zittrigen Hände hinab. „Ich glaube nicht."

Hallbora half Thera, ihn aufzurichten und nach nebenan zu führen. Nachdem sie ihn auf sein Bett gelegt hatten, verschwand Hallbora wieder in den Mittelraum, wo sie die anderen zu beruhigen versuchte.

Thera bereitete unterdessen eine Mischung aus Wermutkräutern und Baldrian zu, die Nimaels Nerven beruhigen und ihm beim Einschlafen helfen sollte. Obwohl ihm noch immer übel war, zwang er sich, den Becher auszutrinken.

„Versuch zu schlafen." Thera gab ihm einen Kuss und pustete die Kerzen aus. Diesmal verließ sie das Zimmer nicht, sondern setzte sich zu ihm und hielt seine Hand.

Als er mitten in der Nacht schweißgebadet hochfuhr, hörte er ihre leise Stimme. „Ist schon gut", sagte sie. „Ich bin noch da. Ich bin noch bei dir." Dann beugte sie sich hinunter und flüsterte ihm ins Ohr.

„Lass es los."

18

BLUTSTEINE

Obwohl Nimael inzwischen genug Überstunden angesammelt hatte, um problemlos einen oder mehrere Tage auszusetzen und sich in der Dunkelheit seines Zimmers zu verkriechen, zwang er sich am nächsten Morgen in den Bruch. Er durfte keine Aufmerksamkeit erregen und plötzliche Fehlzeiten hätten für Kolubleik sicher ein Eingeständnis seiner Schuld bedeutet. Natürlich war es erfreulich, dass er ungeschoren davongekommen war, aber innerlich war er noch lange nicht darüber hinweg. Ando hatte recht gehabt – er war kein kaltblütiger Mörder. Sein Gewissen strafte ihn für diese Tat bitter ab. Eine Stumpfheit, die ihn teilnahmslos und träge werden ließ, legte sich wie eine Decke über seinen Verstand. Tief in sich hatte er das Gefühl, etwas unternehmen zu müssen, um seine Schutzbefohlenen aus dieser Situation zu befreien, aber ihm fehlte die Kraft. Der Anblick von Smeons totem Körper ging ihm immer wieder durch den Kopf und schnürte ihm den Hals zu. Zum Glück war auch Thera jeden Tag für ihn da und gab ihm Hoffnung, Zuversicht und Geborgenheit. Er dankte Gott für ihre Anwesenheit, ohne die er sich vermutlich bei jeder Gelegenheit in seinem Zimmer verschanzt hätte und vollkommen verzweifelt wäre. Dennoch fand er lange Zeit keinen Weg, um mit dieser Sache abzuschließen. So wurden Tage zu Wochen und Wochen zu Monaten.

Währenddessen machte Ando seine Drohung wahr und sprach kein weiteres Wort mit ihm. Offenbar fiel es ihm selbst schwer, über den Vorfall hinwegzukommen. Eines Abends nahm Nimael seinen ganzen Mut zusammen und machte sich auf den Weg zum Garten, wo Ando und Amaru gerade ihren Kampfübungen nachgingen.

„Verschwinde!“, begrüßte ihn Ando, ohne sich von seinem Partner auch nur abzuwenden. „Du bist hier nicht erwünscht.“

„Deswegen bin ich hier“, antwortete Nimael. „Ich will es dir erklären.“

„Da gibt es nichts zu erklären!“ Ando zeigte ihm weiter die kalte Schulter. „Ich war dabei. Ich weiß genau, was du getan hast.“

„Aber du weißt nicht alles.“ Nimael zog seine Uniform hoch und offenbarte die Narbe, die Smeons erster Angriff neben seinem Bauchnabel hinterlassen hatte.

„Ich lasse euch mal lieber allein“, bemerkte Amaru, der sich zuvor bereits sichtlich unwohl gefühlt hatte. Er verließ den Baumbereich und spazierte durch den Garten.

„Ich habe es dir nie erzählt, aber Smeon hat es vorher schon einmal versucht“, erklärte Nimael. „Und um ein Haar hätte er es auch damals bereits geschafft.“ Er berichtete ihm von seinem Duell im Tunnel. „Ich hatte ihm eine Chance gegeben. Ich hatte Mitgefühl und Gnade mit ihm, aber er hat sie mit Füßen getreten. Und das hätte er diesmal wieder getan, davon bin ich inzwischen überzeugt. Hier gab es keine friedliche Lösung, es war nur die Frage, wer von uns beiden sterben würde. Ich habe mich für ihn entschieden.“ Nimael bekam feuchte Augen. „Aber ich hasse mich dafür, das kannst du mir glauben.“

In dem Moment merkte Ando offenbar, dass er sich in Nimael nicht getäuscht hatte. Er nahm ihn in die Arme und vergab ihm. Jetzt musste sich Nimael nur noch selbst vergeben.

Was an dem Tag des Angriffs wirklich passiert war und den Kampf letztendlich entschieden hatte, konnte Nimael nicht in Erfahrung bringen. Die spärliche Beleuchtung des Stollens hatte nicht gerade zur Klärung des Falls beigetragen. Ando war zu angeschlagen gewesen, um dem Geschehen zu folgen, während für Thera alles viel zu schnell gegangen war. Sie erklärte sich die plötzliche Wende dadurch, dass Nimael eine unerwartete Bewegung gemacht hatte, die ihn durch Zufall in die bestmögliche Ausgangsposition gebracht hatte. Er selbst musste sich eingestehen, dass er in diesem Moment wohl unzurechnungsfähig gewesen war und tatsächlich einen Glückstreffer gelandet hatte. Was auch immer passiert war, Nimael versuchte den Vorfall schnellstmöglich zu vergessen und auch nicht wieder zu erwähnen. Kolubleik lauerte schließlich nur auf einen Informationsfetzen, der es ihm erlaubte, Nimael zu verurteilen und hinzurichten.

Dass seine merkwürdigen Gefühlszustände in den Folgemonaten nicht nachließen, verwunderte Nimael nicht sonderlich. Seine Gewissensbisse, die ihn nachts kaum noch zur Ruhe kommen ließen und regelmäßig für schlimmste Alpträume sorgten, waren eine ganz neue Form der Belastung.

Eines Abends saß die Gruppe zusammen im Gemeinschaftsraum und unterhielt sich. Nimael war mit Thera in ein Gespräch über Religion und Glaubensrichtungen vertieft, während sich Veila und Melina über ein anderes Thema austauschten.

„An welche glaubst du?“, fragte Nimael.

„An welche Götter?“, fragte Thera zurück.

Nimael nickte. „Ich weiß, dass du gläubig bist, aber nicht, welcher Religion du angehörst oder an welche Götter du glaubst“, erklärte er.

„An alle – und an keinen.“ Nimaels fragender Blick genügte, dass sie ihre Antwort ausführte. „Ich glaube an eine höhere Macht, die uns zum Leben erweckt hat und über uns wacht. Aber das heißt nicht, dass ich an eine bestimmte Religion oder eine bestimmte Gottheit glaube. Im Gegenteil. Manche Menschen sind so von ihrer eigenen Religion überzeugt, dass sie gegen andere in den Krieg ziehen und alle töten, die anders darüber denken. Ich glaube, dass alle dieselben Götter oder denselben Gott meinen. Und wer bei der Anzahl an Glaubensrichtungen, die es in unserer Welt gibt, überzeugt ist, dass alle anderen falsch liegen, während sein Glaube der einzig richtige ist, kommt mir arrogant und engstirnig vor. Ist es nicht jedes Gottes Wille, das Leben zu achten und uneigennützig zu handeln?"

Nimael hatte Thera gebannt zugehört und ihr seine volle Aufmerksamkeit geschenkt. Was ihn aber zutiefst erschütterte, war die Tatsache, dass er zur gleichen Zeit und mit demselben Interesse der Unterhaltung zwischen Veila und Melina gefolgt war. Er hob die Hände und rückte vom Tisch ab.

„Was hast du?", fragte Thera, worauf auch die anderen ihr Gespräch unterbrachen und ihm fragende Blicke zuwarfen.

„Ich weiß nicht." Nimael musste sich erst einmal sammeln und verarbeiten, was gerade passiert war. „Es ist, als ob ich zweimal im Raum wäre", beschrieb er das Gefühl. „Ich konnte zwei Gesprächen gleichzeitig so konzentriert folgen, dass ich nun beide Silbe für Silbe wiedergeben könnte."

„Das ist doch Unsinn", erwiderte Veila. „Worüber haben wir uns unterhalten?"

„Über die Rekrutierung neuer Gards."

„Das ist aber nicht gerade genau." Veila grinste. „Du meintest doch *Silbe für Silbe*. Also, was habe ich gesagt?".

„Anscheinend werden Gards nicht einfach überfallen und verschleppt, sondern gefragt, ob sie aus freien Stücken hier arbeiten wollen", zitierte Nimael ihren genauen Wortlaut. „Man sollte meinen, dass sich niemand darauf einlassen würde, aber da draußen gibt es so viele Menschen, die wie Dreck behandelt werden oder arm wie die Kirchenmäuse sind. Manche sind gesuchte Verbrecher. Hier drinnen spielt ihre Vergangenheit keine Rolle. Sie sind plötzlich jemand. Sie werden respektiert und haben gleichgesinnte Kameraden. Hier haben sie das Sagen und die Erlaubnis, den Spieß umzudrehen. Sie verdienen gut und können sich Dinge leisten, von denen sie vorher nur zu träumen gewagt hatten."

Veila fiel ihm ins Wort und beendete ihren Monolog. „Dafür ist die Freiheit ein geringer Preis, den sie gern zu zahlen bereit sind." Sie schüttelte ungläubig den Kopf. „Wie hast du das gemacht?"

„Keine Ahnung." Nimael zuckte mit den Achseln.

„Vielleicht hat es etwas mit deinem geschärften Hörsinn zu tun", mutmaßte Landria.

„Ich befürchte eher, dass ich langsam den Verstand verliere", erwiderte Nimael. „Als würden meine Sinne verrücktspielen." Er gab sich einen Ruck und berichtete auch den anderen von seinen unterschiedlichen Sinnestäuschungen, die er seit ihrer Ankunft im Bruch verstärkt wahrgenommen hatte. Er erzählte von seinen Blips, der Strömung, der kurzzeitigen Verlangsamung seiner Umgebung und schließlich von seinem geteilten Verstand und dem Verdacht, dass es sich dabei um Auswirkungen der erhöhten Belastung handeln könnte. Als er die Befürchtung äußerte, dass es die ersten Anzeichen einer Erkrankung sein könnten, die den Geist beeinträchtigte, meldete sich Thera zu Wort.

„Nach unserem letzten Gespräch habe ich gründlich nachgeforscht, aber so eine Krankheit wird nirgends erwähnt. Sollte es sich wirklich um Warnsignale deines Körpers handeln, darfst du sie jedenfalls nicht auf die leichte Schulter nehmen", warnte sie ihn. „Vielleicht wäre es besser, du lässt es für heute gut sein und legst dich schlafen."

Nachdem ihm Thera erneut Wermut und Baldrian verabreicht hatte, beherzigte Nimael ihren Rat und ging zu Bett. Am nächsten Morgen erfuhr er, dass Landria seinen Phänomenen Namen gegeben hatte.

„Wenn ein Kälteschauer *Blip* heißt, sollte man die Spaltung des Verstandes entsprechend *Split* und die Strömung *Drift* nennen", schlug sie vor. So wüsste man dank kürzester Begriffe gleich, wovon die Rede war. Thera war die Namensgebung dagegen vollkommen egal. Ihr war nur wichtig, dass Nimael wieder gesund wurde, weshalb sie ihm Ruhe verordnete und ihn bat, sich so gut es ging zu schonen. Nimael befolgte ihre Anweisungen und machte die folgenden Monate gute Erfahrungen damit. Obwohl er von Zeit zu Zeit noch leichte Drifts wahrnahm und einmal einen kurzen, schwächeren Blip in seinem Zimmer verspürte, schien sich sein Zustand zu bessern. Das Glücksgefühl, in das ihn die aufblühende Beziehung mit Thera versetzte, trug zusätzlich zu seiner Genesung bei und bot die schönste Ablenkung, die er sich vorstellen konnte. Er nutzte jede Gelegenheit, um mit ihr diese wunderschönen Momente in trauter Zweisamkeit zu verbringen.

Dass die *Heiße Zwei* inzwischen nur noch vereinzelt hilfsbedürftige Slaes anzog, kam Nimael ganz gelegen. Dennoch konnte sich Thera in einigen Einzelfällen weitere Fähigkeiten aneignen und stellte, wenn es ernst wurde, immer wieder ein Geschick unter Beweis, das alle anderen in Erstaunen versetzte. Darüber hinaus versuchte man, nicht weiter aufzufallen, und akzeptierte den Bruch mit all seinen Abscheulichkeiten irgendwann als ein neues Zuhause. Am Wechsel der Jahreszeiten konnte man sich angesichts des fortwährenden Wüstenklimas nicht orientieren und so hätte Nimael ohne die Kreidestriche an seiner Wand wohl jegliches Zeitgefühl verloren. Als er sie eines Abends zusammenzählte, wurde ihm klar, dass sie schon fast ein Jahr in Sklaverei verbracht hatten.

Wenige Tage später wurde an einem Vormittag die schweißtreibende Arbeit von einem unerwarteten Pausensignal unterbrochen. Nimael rechnete mit einer weiteren Sprengung, doch statt Amon betrat Kerber den Bruch und bat um die Aufmerksamkeit der Arbeiter.

„Heute gilt es, einen freudigen Anlass zu feiern", verkündete er stolz. „Wie ihr wisst, verleihen wir seit einigen Jahren die Auszeichnung für die fleißigste Arbeitergruppe im Bruch. Und bevor ihr euch jetzt gelangweilt abwendet, darf ich euch verraten, dass diesmal *nicht* Soval unsere übliche Nummer eins geworden ist." Ein Raunen ging durch die Menge und zahlreiche Blicke richteten sich auf Soval, der rot anlief – nicht vor Scham oder Verlegenheit, sondern vor kochender Wut. Kerber fuhr fort: „Zum ersten Mal in der Geschichte des Wüstenbruchs geht die Auszeichnung, die mit einem Monatslohn für jedes Mitglied der Gruppe verbunden ist, an", er legte eine dramatische Pause ein, „einen Frischling! Der Gewinner mit unglaublichen 450 Plusstunden – und damit auch noch einem neuen Rekord – ist Nimael mit seiner Gruppe aus Zelle 78!" Sämtliche Blicke wanderten zu Nimael, der gar nicht wusste, wie ihm geschah. Zaghaft begann die Menge um ihn herum zu klatschen und auf einmal mündete ihr Beifall in tosenden Applaus und Jubel. Ungläubig und überfordert ließen Nimael und seine Kameradinnen die Glückwünsche, Schulter- und Rückenklopfer über sich ergehen. Als er sich durch die Menge zu Kerber schob, reichten ihm weitere Gratulanten die Hand und Nimael wurde allmählich bewusst, was für einen Ruf sie sich – vor allem unter den Slaes – erarbeitet hatten. Um Soval hatte sich dagegen eine Gruppe von Caers geschart, die die Szene mit versteinerter Miene beobachteten. Schließlich überreichte ihm Kerber die versprochene Belohnung, wiederholte sein Lob und ermunterte ihn, im kommenden Jahr seinen Fleiß aufrechtzuerhalten. Nimael bedankte sich und spielte den glücklichen Gewinner, aber innerlich fühlte er eine nagende Unzufriedenheit, die in Ärger umzuschlagen drohte. Aus welchem verborgenen Teil seiner Seele sie in ihm aufkeimte, konnte er erst in der anschließenden Mittagspause ergründen.

„Und? Feiert ihr heute Abend?" Ando grinste ihn zufrieden an.

„Nein, ich denke eher nicht", erwiderte Nimael geknickt.

„Was? Wieso? Was hast du?"

„Ich weiß nicht …", antwortete Nimael. „Mir ist einfach nicht danach zumute. Es fühlt sich falsch an."

„Sieh mal." Ando deutete mit einem Nicken zu Soval, der sich gerade das Essen auf den Teller klatschte. Sein hochroter Kopf und seine gereizten Gesten verrieten, dass er sich noch lange nicht abgeregt hatte. Andos Grinsen wuchs in die Breite. „Dann genieß doch wenigstens diesen Anblick."

Tatsächlich entlockte das Schauspiel Nimael ein schadenfrohes Schmunzeln. „Du verstehst es wirklich, mir die Stimmung zu versüßen."

„Weißt du, du solltest dich wieder mehr auf das Hier und Jetzt konzentrieren und versuchen, die Vergangenheit endlich ruhen zu lassen", riet ihm Ando. Aber Nimaels schlechte Stimmung ging nicht auf den Vorfall mit Smeon zurück, dessen war er sich sicher. Er hatte eine Auszeichnung von seinen Entführern erhalten. Einen Dank, dass er seine Feinde so gut unterstützt hatte. Das war kein Lob, auf das man stolz sein konnte, sondern purer Hohn, dass man gute Miene zum bösen Spiel machte und seinen Unterdrückern freiwillig in die Hände spielte. So konnte es nicht weitergehen. Es war Zeit, den Kurs zu ändern.

„Was machen wir hier eigentlich?", fragte Nimael am Abend in die Runde, nachdem er erklärt hatte, warum er sich nicht über den Preis gefreut hatte. „Wenn wir den Meistern schon helfen, dann will ich zumindest wissen, wobei." Er wandte sich an Landria. „Du hast sämtliche Bücher über Bergbau, Gesteine und deren Verarbeitung studiert. Du hast doch sicher eine Theorie! Woran arbeiten sie?"

„Wenn ich das wüsste, hätte ich es euch schon lange erzählt", gestand Landria resigniert ein. „Ich weiß nur, dass das Gestein, das wir hier abbauen, Hämatit heißt. Es handelt sich dabei um ein Eisenerz, das wegen seiner rötlichen Farbe auch Blutstein genannt wird. Schon früher wurde es als göttliches Blut verehrt, welches die Erde am Leben hielt, so hieß es. Es ist nicht selten oder gar wertvoll, sondern tritt an nahezu allen Rissen der Erdkruste zutage. Man verwendet es, um

Spiegel, Schmuck und Farbe herzustellen. Die Rötelstifte, die wir hier einsetzen, bestehen ebenfalls aus Hämatit."

„Das bringt keine Antworten, sondern wirft nur weitere Fragen auf", warf Veila ein. „Wenn es so gewöhnlich ist, warum bringt man uns dafür mitten in die Wüste bis ans Ende der Welt?"

„Vielleicht nutzt man die Wüste nur als natürliche Gefängnismauer, um eine Flucht zu verhindern", spekulierte Hallbora.

„Oder man benötigt einfach einen abgeschiedenen Ort, an dem man ungestört Sklaven halten kann", ergänzte Nimael.

„Ich könnte mir vorstellen, dass die Meister die Abgeschiedenheit nutzen, um heimlich Waffen und Rüstungen für eine große Armee zu fertigen", mutmaßte Ting.

„Nein, für den Krieg ist Hämatit ungeeignet", widersprach Landria. „Das Metall ist viel zu schwer, um daraus eine brauchbare Kampfausrüstung herzustellen. Außerdem wird das abgebaute Gestein nur im Freien abgeladen und in unregelmäßigen Abständen in die Wüste geschafft, von dort aber weder abtransportiert noch in irgendeiner Form verarbeitet. Oder ist mir etwas entgangen?"

Plötzlich herrschte Stille im Raum. Darüber hatte sich noch niemand Gedanken gemacht, aber Landria hatte vollkommen recht mir ihrer Beobachtung.

„Dann geht es gar nicht um das Gestein?", fragte Thera schließlich.

„Wenn es tatsächlich um das Gestein gehen sollte, dann wohl eher aus mythologischen Gründen", antwortete Landria. „Früher glaubte man, dass die Blutsteine ihren Besitzern Frieden schenken und erst im Verborgenen ihre volle Wirkung entfalten würden. Sie galten als besondere Heilsteine und schützten als Talisman den Träger angeblich vor dem bösen Blick, der mit Neid, Missgunst und Hass einherging. Außerdem hieß es, dass Blutsteine in den Träumen vor kommenden Gefahren warnen würden. Ich habe mir überlegt, ob es sich bei den Meistern nicht um eine Art Kult handeln könnte, der diese und andere Fähigkeiten der Blutsteine zu nutzen weiß. Möglicherweise steht der

Hämatit ja auch in irgendeinem Zusammenhang mit ihrer ewigen Jugend. Aber ehrlich gesagt sind das alles nur vage Vermutungen und ich habe keine Ahnung, was hier wirklich gespielt wird."

Die Antwort war ernüchternd, aber so schnell wollte Nimael nicht aufgeben. Er beschloss, dieses Rätsel um jeden Preis zu lösen. Ando versuchte zwar andauernd, solchen Angelegenheiten und jedem Ärger aus dem Weg zu gehen, aber er hatte gute Kontakte, war äußerst wachsam und wusste dadurch oftmals über Dinge Bescheid, die niemand außer ihm bemerkte. Außerdem hatte er einmal erwähnt, dass er seine eigenen Theorien zu den Meistern und ihren Absichten hatte. Nun war es endlich an der Zeit, diesen Theorien auf den Grund zu gehen.

19

DEGRADIERTE

Ando und Wiggy unterhielten sich wie immer an einem der Caer-Tische. Wenn man es genau betrachtete, unterhielt sich aber nur Wiggy mit Ando.

„Wenn ich also die Wahl habe, nehme ich doch lieber das Essen von einem der Tische im Schatten, das schmeckt frischer.“ Sie fuhr sich durch die strubbeligen Haare. „Trotzdem sind die Tische in der Sonne immer zuerst leer. Das ist doch merkwürdig, oder?“

„Mhm“, brummte Ando geistesabwesend und schob den nächsten Bissen in den Mund.

„Das ist mir auch schon aufgefallen, Wiggy“, platzte Nimael in ihr Gespräch. „Vermutlich liegt es daran, dass die Essenstische in der Sonne näher an den Plätzen der Caers und Slaes liegen. Diese sind hungriger und oft muss man schnell sein, wenn man überhaupt noch etwas bekommen will. Außerdem sieht das Essen in der Sonne durch die bessere Beleuchtung möglicherweise etwas einladender aus.“

„Oh.“ Wiggy hob überrascht die Augenbrauen. „Gut möglich, ich werde das mal beobachten. Danke, Nimael.“ Sie lächelte kurz und wandte sich den Essenstischen zu, als ob es nichts Wichtigeres auf der Welt gäbe.

„Ja, danke, Nimael", schloss sich Ando mit einem Grinsen an, das verriet, dass er sich damit auf einen anderen Umstand bezog.

„Vielleicht könnt ihr mir im Gegenzug auch eine Frage beantworten." Nimael wartete Andos zustimmendes Nicken ab und beschloss, nicht lange um den heißen Brei herumzureden. „Wozu wird hier Bergbau betrieben, wenn das Gestein nicht weiterverarbeitet wird?"

Ando sah aus, als bliebe ihm der Bissen im Halse stecken.

„Diese Frage ist allerdings von einem ganz anderen Kaliber", antwortete er.

Mit der Frage hatte Nimael sogar Wiggys Aufmerksamkeit zurückgewonnen.

„Ich wüsste nur gern, wofür wir hier eigentlich arbeiten", rechtfertigte sich Nimael.

„Das wüssten wir alle gern, aber ich habe dir schon einmal erklärt, dass die Antwort darauf nur die Meister kennen."

„Dann erzähl mir mehr über sie." Nimael versuchte, seine Aufregung im Zaum zu halten, und senkte die Stimme. „Was weißt du? Was vermutest du? Was verschweigst du mir?"

„Ich weiß, dass sie äußerst gefährlich sind", antwortete Ando. „Und deshalb tue ich dir einen Gefallen, wenn ich meine Vermutungen lieber für mich behalte. Also sei kein Narr und hör auf rumzuschnüffeln!"

„Ando, bitte …" Nimael versuchte es mit einem Hundeblick. „Du bist so lange hier, gib mir irgendetwas, das mir weiterhilft!"

Ando überlegte einige Sekunden. „Na schön, aber wehe du lachst!"

Nimael schüttelte empört den Kopf. Wieso sollte er sich bei so einem ernsten Thema über ihn lustig machen?

Ando lehnte sich ein wenig nach vorn und flüsterte: „Ich glaube, dass die Meister keine Menschen sind."

Nimael zog die Augenbrauen zusammen.

„Sie haben magische Fähigkeiten, davon bin ich felsenfest überzeugt. Nach allem, was ich gesehen und gehört habe, ist das die einzig logische Erklärung." Ando sah ihn eindringlich an. „Du weißt, dass sie nicht altern. Du hast selbst miterlebt, wie sich eine von ihnen in Luft aufgelöst hat. Und sie wissen Dinge, von denen sie eigentlich nichts wissen dürften."

„Was meinst du damit?"

„Einmal habe ich ein vertrauliches Gespräch mit einer meiner Slaes geführt. In meinem Zimmer. Hinter verschlossenen Türen. Da war sonst niemand. Dennoch wusste Arnavut anschließend darüber Bescheid." Andos durchdringender Blick stellte stumm die Frage, wie der Meister das fertiggebracht hatte.

„Vielleicht hat er auf andere Weise davon erfahren", überlegte Nimael.

„Wie?", erwiderte Ando. „Weder Jula noch ich haben es jemand anderem gegenüber erwähnt."

„Gut geraten?", spekulierte Nimael mit einem Achselzucken.

„Er hat einige Sätze wörtlich zitiert und mich dabei selbstsicher angegrinst. Das war nicht geraten – er wusste es", versicherte ihm Ando. „Unterschätze niemals die Macht und die Fähigkeiten der Dunkelmeister!", warnte er eindringlich. „Und deshalb bin ich auch klug genug, eine Sache auf sich beruhen zu lassen, wenn sie mit ihnen zu tun hat. Die Gerüchte, die die Runde machen, genügen mir vollkommen. Solange ich keine Todessehnsucht verspüre, werde ich ihnen ganz sicher nicht nachgehen."

„Was macht denn so die Runde?" Nimaels Unschuldsblick war leicht zu durchschauen.

„Na schön, aber sag nicht, ich hätte dich nicht gewarnt!" Ando sah sich verschwörerisch um. Nachdem er keine verdächtigen Blicke entdecken konnte, deutete er mit einer unauffälligen Kopfbewegung in eine bestimmte Richtung. „Siehst du die sechs Caers dort drüben, die abseits von den anderen sitzen?"

Nimael warf ihnen einen kurzen Blick zu. „Ja."

„Kennst du sie?"

Nimael schüttelte den Kopf.

„Sie haben keine Slaes, sondern teilen sich eine Zelle“, erklärte Ando.

„Wirklich?“ Nimael staunte. „Wieso das?“

„Weil sie bis vor ein paar Wochen noch Gards waren.“ Andos Antwort verblüffte Nimael. „Angeblich wurden sie degradiert, weil sie einen Meister angegriffen haben – zu sechst und schwer bewaffnet. Wenn dem so wäre, säßen sie jetzt nicht mehr hier, das kannst du mir glauben. Aber was genau passiert ist, weiß niemand – außer ihnen selbst.“

Nimael nickte geistesabwesend. In Gedanken formulierte er bereits seine Fragen an die sechs Zielpersonen.

„Aber denk daran“, unterbrach ihn Ando. „Sie wurden aus einem bestimmten Grund isoliert und werden streng bewacht. Die Dunkelmeister werden nicht glücklich sein, wenn du Licht in ihre Angelegenheiten bringen willst.“

„Verstehe.“ Nimael dankte ihm für seinen Rat und die neuen Informationen. Als er sich wieder seinem Essen zuwenden wollte, meldete sich Wiggy zu Wort.

„Willst du nicht mehr wissen?“, fragte sie überrascht.

„Doch, natürlich.“ Damit hatte Nimael nicht gerechnet. Er ließ sein Besteck sinken und sah sie gespannt an. „Wenn ihr noch mehr wisst?“

„Ich habe etwas von Iora erfahren, das dich interessieren dürfte.“ Sie kicherte vor Aufregung wie ein kleines Kind.

„Das solltest du dir wirklich anhören.“ Andos ernster Einwurf ließ Nimael auf einen seriösen Hinweis hoffen.

Wiggy fasste sich wieder. „Iora hat mir erzählt, dass Kolubleik vor einiger Zeit in die Heilungssektion kam“, erzählte sie stolz. „Er wollte angeblich etwas über den menschlichen Körper lernen und Serqet unterrichtete ihn einige Male. Hinter verschlossenen Türen, versteht sich“, fügte sie bedeutsam hinzu, worauf Nimael breit grinste.

„Nein, nicht was du denkst!“ Ando verpasste Nimael einen Klaps an den Hinterkopf und brachte Wiggy damit aus dem Konzept. Sie starrte Ando verwirrt an.

„Du musst besser aufpassen, wie du es formulierst“, erklärte er ihr.

Als sie begriff, was gemeint war, verzog sie das Gesicht. „Hast du wirklich gedacht …?“ Sie hielt kurz inne. „Du weißt doch, dass Serqet mit Chapi zusammen ist“, erinnerte sie Nimael und überlegte, wo sie stehen geblieben war. „Jedenfalls kam Kolubleik unter dem Vorwand zu ihr, etwas über Heilverfahren lernen zu wollen. Aber eines Tages fand Serqet wohl heraus, dass er ihr Wissen nicht zu medizinischen Zwecken verwenden wollte.“

„Wozu denn sonst?“, fragte Nimael.

„Er interessierte sich vor allem für den Verlauf der Sehnen und Nerven im Körper“, erklärte Wiggy. Nimael begriff, noch bevor sie es ausgesprochen hatte. „Er wollte herausfinden, an welchen Stellen er besonders starke Schmerzen verursachen kann.“

„Verfluchter Mistkerl!“, brummte Nimael leise.

„Ich habe dir ja gesagt, dass er ein hinterlistiges Dreckschwein ist“, schaltete sich Ando ein. „Aber pass auf, das Beste kommt erst noch!“

„Stimmt“, fuhr Wiggy fort. „Denn als Serqet merkte, weshalb Kolubleik wirklich bei ihr war, warf sie ihn hochkant aus der Heilungssektion. Iora meinte, Serqet war dabei außer sich vor Wut. Sie schrie ihn an und als sich die Tür öffnete, sah Iora, dass Serqets Augen vor lauter Zorn glühten – und zwar feuerrot.“ Wiggy war inzwischen so in ihrer Erzählung aufgegangen, dass ihre Mimik an die eines Kindes erinnerte, das gerade eine Geistergeschichte am Lagerfeuer zu Ende erzählt hatte.

„Und das habt ihr geglaubt?“ Nimael winkte ab. „Vermutlich hat sich Iora das vor lauter Schreck nur eingebildet.“

„Iora ist nicht der Typ, der sich Dinge einbildet“, warf Ando ein.

„Dann war es eben eine Reflexion von einer der Fackeln oder Kerzen“, sagte Nimael.

„Dazu war es wohl zu dunkel“, widersprach Wiggy. „Iora meinte, dass das Licht eindeutig aus ihren Augen kam. Erst als Serqet die unfreiwillige Zuschauerin erblickte, ließ das Glühen nach, und Kolubleik suchte mit einem teuflischen Grinsen das Weite."

Nimael überlegte, welche Ursachen noch für den Vorfall infrage kamen. Nachdem ihm keine weiteren einfielen, saß er ratlos da und starrte ins Leere.

„Glaubst du mir jetzt?", fragte Ando. „Glaubst du mir jetzt, dass wir es mit übernatürlichen Wesen zu tun haben?"

Nimael war noch lange nicht überzeugt. Immerhin stützte sich Andos Theorie, wie er selbst zugab, auf Gerüchte, die er nicht weiter hinterfragte. Zumindest hatte er selbst nun einige Spuren, denen er folgen konnte.

In den nächsten Wochen beschattete Nimael so unauffällig wie möglich die sechs Degradierten. Um einen von ihnen sprechen zu können, musste er jedoch wesentlich mehr Fingerspitzengefühl beweisen als bei seiner ersten Begegnung mit Ando. Die meiste Zeit über standen sie entweder unter direkter Beobachtung ihrer früheren Kollegen oder befanden sich in der Nähe ihrer Zellengenossen. Sollte sich aber tatsächlich einer von ihnen dazu durchringen, über ihr Geheimnis zu sprechen, so war klar, dass er dies auf keinen Fall in der Anwesenheit seiner Kameraden tun würde. Nimael musste an jeden einzeln herantreten. Doch im Bruch gab es zu viele Zeugen und die sechs Männer wurden niemals zu Einzelschichten in den Stollen eingeteilt. Also beobachtete er nach Feierabend ihre Zelle. Während zwei von ihnen offenbar unzertrennlich waren und sowohl ihre Einkäufe als auch ihre Kampfübungen gemeinsam erledigten, waren die anderen allein unterwegs. Vielleicht konnte Nimael unter ihnen einen auskunftsbereiten Ex-Gard ausfindig machen.

Bei seinem ersten Versuch lauerte Nimael einem der Degradierten an einer Kreuzung im Gang auf, als dieser zu seinen abendlichen

Einkäufen unterwegs war. Es brachte unangenehme Erinnerungen an seine Auseinandersetzung mit Smeon zurück, die Nimael jedoch schnell verdrängte. Als er ihm eine Frage stellen wollte, reagierte der Caer aber nicht nur abweisend, sondern so überzogen, dass er sofort nach einem Gard rufen wollte. Ein so panisches Verhalten ließ für weitere Gespräche nichts Gutes erahnen.

Den zweiten Degradierten beobachtete Nimael, als er die Zelle verließ und sich auf den Weg zum Übungsraum machte. Nimael lief ihm nach, schloss schnell zu ihm auf und konnte gerade noch einen Schlag abblocken, der ihn sonst im Gesicht getroffen hätte. Offenbar hatte der Mann kein Problem damit, seine Kampfübungen ein paar Minuten vorzuverlegen. Nachdem Nimael sicher war, dass er auch bei ihm auf taube Ohren stoßen würde, entfernte er sich langsam mit einer beschwichtigenden Geste.

Bei seinem dritten Versuch beschloss Nimael, eine unaufdringlichere Methode auszuprobieren. Er wusste, dass seine Zielperson jeden Abend zur selben Zeit seine Einkäufe erledigte. Dieses Wissen nutzte er und suchte bereits einige Minuten zuvor das Lager der Versorger auf, wo er sich an einem der Essensregale postierte. Als der Caer in Sichtweite kam, arbeitete sich Nimael langsam zu ihm vor und trat unauffällig neben ihn.

„Kannst du was empfehlen?“, fragte er beiläufig, worauf ihn der Degradierte misstrauisch musterte. „Mir hängt das immer gleiche Essen langsam zum Hals raus. Es muss doch noch ein paar Alternativen geben.“

„Du bist dieser kleine Schnüffler, nicht wahr?“, fragte der Mann argwöhnisch. „Die anderen haben uns schon gewarnt, dass du auf uns zukommen würdest. Jetzt hör mir mal genau zu.“ Er trat an Nimael heran und bohrte ihm mit dem Zeigefinger drohend in die Brust. „Du hältst dich besser von uns fern! Wir haben schon genug Ärger am Hals, und wenn rauskommt, dass wir mit so einem Naseweis wie dir gesprochen haben, sind wir fällig. Keiner von uns wird ein solches Risiko eingehen, hast du das verstanden?"

Nimael nickte und sah ihm enttäuscht hinterher, während sich der Degradierte entfernte, ohne dabei seinen drohenden Blick von ihm abzuwenden. Die Dunkelmeister hatten wohl unmissverständlich klar gemacht, dass dieser Vorfall niemals an die Öffentlichkeit gelangen durfte.

Nimael hatte die Hoffnung bereits aufgegeben, als ihn Ando eines Tages darauf hinwies, dass nur noch fünf Caers an dem abgeschiedenen Tisch zu Mittag aßen. Er erklärte ihm, dass sich am Vormittag einer von ihnen verletzt hatte und in die Heilungssektion gebracht worden war – allerdings nicht ohne Ando zuvor noch mit einem erkennbaren Nicken einen eindeutigen Hinweis zu geben. Nimael sah genauer zu dem abgelegenen Tisch. Es handelte sich tatsächlich um den letzten Einzelgänger, den er bisher noch nicht angesprochen hatte. Und wenn er Ando ein Zeichen gegeben hatte, so konnte das nur bedeuten, dass er bereit war zu sprechen. Am Nachmittag gab sich Nimael schließlich einen Ruck, biss die Zähne zusammen und schnitt sich mit einem scharfkantigen Stein in die Handfläche. Nicht allzu tief, aber es blutete stark genug, dass es nach einem ungeschickten Arbeitsunfall aussah, der einen Besuch in der Heilungssektion rechtfertigte. Als er sie betrat, erkannte er, dass der Degradierte auf einem der Betten in der Mitte Platz genommen hatte – weit von den Wachposten am Eingang entfernt. Nimael setzte sich auf eines der Nachbarbetten, worauf Iora zu ihm kam und sich die Wunde ansah.

„Was hast du denn gemacht?", fragte sie neugierig.

„Bin gestürzt", antwortete Nimael knapp und sah zu seinem Bettnachbarn, der ihn vielsagend anlächelte.

„Mhm." Mit einem einzigen Brummen schaffte es Iora, Nimael zu verstehen zu geben, dass sie einerseits wusste, dass es sich um eine Lüge handelte, andererseits aber auch, dass es besser war, diese so stehen zu lassen. Nimael dankte es ihr mit einem knappen Nicken.

„Ich geh mal mein Verbandsmaterial holen“, sagte sie und verschwand von den Betten.

„Korth“, stellte sich sein Bettnachbar postwendend vor.

„Nimael.“

„Ich weiß. Ich kenne dich als Smeons Richter und Henker.“ Nimael schüttelte den Kopf, um es zu leugnen, doch Korth fuhr fort: „Streite es nicht ab! Alle Gards wissen es und die meisten Caers vermutlich auch. Aber das bedeutet, dass ich an der richtigen Adresse bin. Wenn du nicht den Schneid hättest, eine Sache bis zum Ende kompromisslos durchzuziehen, würden wir jetzt nicht miteinander sprechen.“ Er sah sich um und erkannte, dass die Wachen an den Türen in Gespräche vertieft waren und der Situation offenbar keine Beachtung schenkten. Dennoch senkte er seine Stimme. „Ich habe ein Angebot für dich. Du willst wissen, warum wir degradiert wurden?“

„Ja.“ Nimael nickte. „Ich wäre für jeden Hinweis über die Meister äußerst dankbar.“

„Nun, Dankbarkeit allein wird in diesem Falle aber nicht ausreichen.“ Der ehemalige Gard grinste.

„Was willst du?“ Nimael hoffte auf ein gutes Angebot.

„Fünf Monatslöhne“, antwortete Korth, ohne zu überlegen. Wahrscheinlich wusste er, dass die Zeit knapp bemessen sein würde, und hatte bereits eine genaue Vorstellung im Kopf, was er sich von den Verhandlungen versprach.

„Fünf?“, fragte Nimael empört.

„Ich will wieder befördert werden“, erklärte der Degradierte. „Oder mich freikaufen.“

„Ich bin erst seit fünfzehn Monaten hier“, antwortete Nimael. „Was in drei Teufels Namen bringt dich auf die Idee, dass ich so viel Geld haben könnte?“

„Bist du wirklich so naiv?“ Korth schnaubte. „Hast du echt gedacht, ich würde für einen feuchten Händedruck ein solches Risiko auf mich nehmen?" Er schüttelte tadelnd den Kopf. „Aber du hast Glück. Du hast noch etwas, woran ich interessiert bin."

Nimael überlegte, was er hatte und sein Gegenüber nicht. Dann traf es ihn wie ein Blitz.

„Vergiss es! Ich gebe dir doch keine meiner Slaes."

„Sei still!", erwiderte Korth scharf. Er musterte erneut die Gards, die aber wohl nichts von alledem mitbekommen hatten. „Ich will doch keins deiner dämlichen Weiber", stellte er richtig.

„Was dann?"

„Wie ich vor Kurzem erfahren habe, konntest du eine ordentliche Menge Überstunden ansammeln." Korth grinste. „Wenn du sie mir überschreibst, erzähle ich dir, was vorgefallen ist."

„Wie viele?", fragte Nimael.

„Alle. Die vollen 450 Stunden."

Durch die öffentliche Auszeichnung und Kerbers Lobpreisung war der gesamte Bruch bestens informiert, wie es um Nimaels Stundenkontingent stand. Da gab es keine Ausflüchte und nichts zu feilschen.

„In Ordnung, lass mich darüber nachdenken." Nimael drückte sich um eine Antwort. Eine so gravierende Entscheidung ließ sich nicht leichtfertig treffen. Immerhin ging es um ihren mühsam zusammengesparten Vorrat für Notfälle.

Obwohl sich Iora mit Sicherheit viel Zeit gelassen hatte, erkannte Nimael, dass sie ihr Verbandsmaterial mittlerweile beisammenhatte und den Rückweg antrat.

„Glaube mir, es wird sich für dich lohnen", versprach Korth in verlockendem Tonfall und erklärte seinen Plan. „Wir treffen uns morgen nach der Schicht beim Stundenzähler, dann überreiche ich dir dreitausend Taler. Das ist dein Pfand. Wir behaupten, du verkaufst mir die Überstunden. Wenn sie überschrieben sind, treffen wir uns eine Stunde später im Lager der Versorger. Du gibst mir mein Geld zurück und bekommst im Tausch dafür die Antworten."

In diesem Moment traf Iora an ihren Betten ein. Die beiden Patienten nickten einander flüchtig zu und beendeten damit ihr Gespräch. Korth schien das alles sehr gut durchdacht zu haben – aber konnte man ihm auch vertrauen?

Am Abend besprach sich die Gruppe im Gemeinschaftsraum.

„Ich kann nicht glauben, dass du das überhaupt in Erwägung ziehst!", schimpfte Kaeti. „Bei diesen Stunden handelt es sich schließlich um unsere Sicherheit. Was, wenn sich jemand verletzt und längere Zeit ausfällt?"

„Ich bin mir über das Risiko im Klaren", antwortete Nimael. „Aber jetzt bietet sich uns eine Gelegenheit, die sich so schnell vielleicht nicht wieder bieten wird."

„Was denn für eine Gelegenheit?", bohrte Kaeti nach. „Unsere Notreserve einfach für sinnlose Informationen zu vergeuden, würde ich nicht unbedingt als Gelegenheit bezeichnen."

„Wer sagt denn, dass sie sinnlos sind?", widersprach Veila. „Vielleicht liegt der Schlüssel zu unserer Freiheit in den Fähigkeiten und Motiven der Meister."

„Als ob das so einfach wäre." Wie immer unterstützte Eskabatt bedingungslos ihre Freundin. „Den Degradierten hat ihr Wissen ja schließlich auch nichts genützt, oder?"

„Das ist zwar richtig, aber ich dachte, wir wären uns einig, dass wir etwas unternehmen wollen." Landria bezog unerwartet Nimaels Position. „Ohne grundlegende Informationen kann man auch nicht handeln."

„Ich finde, dass Nimael die Entscheidung allein treffen sollte", sagte Melina schüchtern. „Er hat die Stunden erarbeitet, also sollte er auch darüber bestimmen."

„Nein, ich will, dass wir gemeinsam entscheiden", widersprach Nimael. „Das Stundenpolster ist für uns alle gedacht und darum sollten wir auch zusammen darüber abstimmen." Er sah in die Runde. „Wer ist für das Geschäft?"

Als sich außer Kaeti und Eskabatt alle meldeten, nickte Nimael zufrieden. „Damit ist es entschieden." Er wandte sich an die beiden Adelstöchter. „Ich werde versuchen, ihn noch etwas runterzuhandeln, aber auch wenn es nicht klappt, werden wir sehr schnell neue Überstunden ansparen. Versprochen."

„Klar", sagte Kaeti gereizt und stand auf. Eskabatt schloss sich ihr an und sie verließen den Raum.

„Die beruhigen sich schon wieder", sagte Hallbora gelassen.

Nimaels Blick wanderte zu Thera, die sich die ganze Zeit über aus der Diskussion herausgehalten hatte.

Sie nickte ernst. „Wenn ich etwas gesagt hätte, wäre es als Voreingenommenheit ausgelegt worden", erklärte sie. „Aber ich bin auch der Meinung, dass wir uns die Informationen holen sollten."

Obwohl die Entscheidung bereits gefällt war, bestätigte ihn Theras Zuspruch in dem eingeschlagenen Kurs. Wenn Andos Tatenlosigkeit eine Sache unter Beweis gestellt hatte, dann die, dass sie ihrer Gefangenschaft niemals entrinnen würden, ohne dabei ein gewisses Risiko einzugehen.

20
VERWIRRSPIEL

Nimael beendete aufgeregt seine Nachmittagsschicht und lief zum Tisch des Stundenschreibers. Korth wartete dort bereits auf ihn, hielt einen Lederbeutel in der Hand und sprach mit dem Protokollanten.

„Tut mir leid, so läuft das nicht", klärte ihn dieser auf. „Ich werde Gilbradock informieren müssen."

„Wieso denn Gilbradock? Wenn überhaupt, müsste doch Kerber informiert werden – schließlich geht es um Arbeitsstunden", erwiderte Korth.

„Das weißt du ganz genau", tadelte ihn der Schreiber. „Wenn es um euch geht, gelten andere Regeln."

Noch bevor sie überhaupt mit ihrem Geschäft begonnen hatten, gab es bereits die ersten Probleme – nicht unbedingt die besten Voraussetzungen für ihr Vorhaben. Während sie auf Gilbradock warteten, beschloss Nimael, den Preis neu zu verhandeln.

„Hör zu, Korth. Ich habe noch mal nachgedacht. Vielleicht können wir uns auf ein paar Stunden weniger einigen."

„Wir hatten 450 vereinbart, dabei bleibt es!", beharrte Korth auf ihre Abmachung.

„Ach, komm schon." Nimael kehrte in Gedanken zum Markt in Moenchtal zurück, wo er seine Fische regelmäßig unter die Leute gebracht hatte. Die besten Verkäufe hatte er immer dann erzielt, wenn er den Interessenten eine Sache besonders schmackhaft machen konnte. „350 sind doch mehr als genug. Davon kannst du über einen Monat freinehmen."

„Ja sicher, aber mit 450 Stunden sind es noch ein paar Tage mehr." Korth hatte ein unschlagbares Argument. Er war nicht dumm und hatte bei diesen Verhandlungen nichts zu gewinnen.

„Dann komm mir zumindest ein wenig entgegen." Nimaels Hundeblick kam erneut zum Einsatz. „Ich brauche doch eine kleine Reserve für den Fall der Fälle."

Korth sah ihn nachdenklich an. „Ich weiß nicht." Er klang unentschlossen, aber zumindest nicht völlig abweisend.

„Wie viel Geld hast du dabei?", fragte Nimael.

„Drei Monatslöhne, wie abgemacht."

„Also gut, dann einigen wir uns auf 400 Stunden und du gibst mir nur zweieinhalb Löhne." Mit diesem Vorschlag zwang Nimael Korth bewusst in die schwächere Position. Das Geld war nichts wert, er würde es ihm später ohnehin zurückgeben – ganz im Gegensatz zu seinen wertvollen Überstunden. Und vor den Augen des Stundenzählers konnte Korth unmöglich in diese Richtung argumentieren.

„Also schön", knurrte Korth unzufrieden und zählte das Geld in seinem Beutel ab. Hoffentlich hatte ihn Nimael mit dieser Aktion nicht verprellt und dadurch das gesamte Geschäft riskiert. Schließlich traf Gilbradock bei ihnen ein.

„Was ist hier los?", fragte er streng in die Runde.

„Ich bin pleite." Nimael spielte den Unschuldigen und zuckte unbeholfen mit den Achseln. „Aber Korth hat wohl früher ordentlich was zur Seite gelegt. Ich wollte ihm meine Überstunden verkaufen."

„Und darauf hast du dich eingelassen?", wandte sich Gilbradock ungläubig an Korth. Dieser nickte und überreichte ihm das Geld. „Zweieinhalb Monatslöhne."

"Für wie viel?", fragte Gilbradock scharf.

„400 Stunden", antwortete Nimael.

„Kein guter Preis", kommentierte Gilbradock, ohne seinen Blick vom Beutel zu nehmen.

„Ich bin verzweifelt", erwiderte Nimael und ließ den Kopf hängen. „Ein besserer Preis war so schnell nicht auszuhandeln."

Inzwischen hatte Gilbradock das Geld ausgeschüttet und die Innenseite des Beutels nach außen gestülpt, um nach versteckten Hinweisen zu sehen.

„In Ordnung", sagte er, nachdem seine Suche erfolglos geblieben war. „Ich erlaube es." Er nickte dem Stundenschreiber zu, der von Nimaels Kontingent 400 Stunden abzog und diese Korth gutschrieb. Anschließend reichte er Nimael die Münzen – bis auf eine.

„Hundert Taler Bearbeitungsgebühr", grinste Gilbradock böse.

„Dafür muss selbstverständlich der Käufer aufkommen", stellte Korth sofort klar und gab Nimael damit eindeutig zu verstehen, dass er sein Pfand vollständig zurückforderte. Anschließend bedankte er sich und ging zufrieden seiner Wege.

„Jetzt schieb schon ab, du verfluchter Trottel!" Auf Gilbradocks freundliche Aufforderung hin suchte auch Nimael das Weite. „Irgendwas stinkt an der Sache", hörte er Gilbradock noch beim Weggehen argwöhnen. Die Nummer hatte ihn offenbar nicht so sehr überzeugt, wie Nimael gehofft hatte. Wenn sie nicht auffliegen wollten, mussten sie weiterhin mit äußerster Vorsicht agieren.

Eine Stunde später hatte Nimael die hundert Taler ersetzt und machte sich auf den Weg zum Lager. Als er dort eintraf, wartete Korth bereits auf ihn. Er sah sich etwas zu interessiert zwischen den Textilregalen um – einer Abteilung, um die die meisten Caers für gewöhnlich einen großen Bogen machten.

„Hast du mein Geld?“, fragte er ungeduldig.

Nimael zog es aus der Tasche, gab es ihm aber nicht. „Wo sind die Informationen?“

„Schon gut, keine Sorge.“ Korth zog einen Faltbrief hervor, der mit Wachs beträufelt und versiegelt war.

„Was soll das?“, fragte Nimael misstrauisch.

„Ich habe ihn versiegelt, damit bloß niemand außer dir meine Botschaft zu sehen bekommt“, erklärte Korth. „Stell dir vor, der Brief würde dir versehentlich aus der Tasche fallen und ein Gard würde ihn sehen. Schließlich handelt es sich um vertrauliche Informationen, die in meiner Handschrift verfasst sind. Was glaubst du wohl, was sie mit mir machen würden?“ Er fuhr sich mit dem Daumen über die Kehle. „Bitte tu mir den Gefallen und öffne ihn erst, wenn du sicher in deiner Zelle angekommen bist.“

Nimael sah ihn messerscharf an. „Du versuchst doch nicht etwa, mich aufs Kreuz zu legen?“

„Für wie verrückt hältst du mich?“, antwortete Korth empört. „Ich weiß doch, dass du nicht einmal vor Gards zurückschreckst. Glaube mir, ich würde mich nie mit dir anlegen.“

Nimael nickte mit eiskalter Miene. „Das will ich dir auch geraten haben!“ Er hoffte, dass sein schauspielerisches Talent ausreichte, um Korth ordentlich einzuschüchtern.

„Wie gesagt, du wirst nicht enttäuscht sein.“ Korth wandte sich ab und verschwand ohne Umschweife zum Ausgang. Nimael stopfte sich den Brief in die Tasche und sah sich um. So neugierig er auch auf den Inhalt dieser Nachricht war, es war besser, das Lager mit Einkäufen zu verlassen und Korth nicht unmittelbar zu folgen. Als er gezahlt hatte und die Tür öffnete, rutschte ihm das Herz in die Hose. Im Gang erwarteten ihn bereits Korth, Gilbradock, zwei Gards und Kolubleik höchstselbst.

„Na, wen haben wir denn da?", spottete Gilbradock. Sie hatten ihn. Jede Vorsichtsmaßnahme war zwecklos gewesen – und jede Ausrede war es nun ebenso. Nimael fühlte, wie sich die Strömung um ihn herum aufbaute.

„Wenn das mal kein Zufall ist!", fuhr Gilbradock fort. „Wer hätte gedacht, dass ihr euch so schnell wieder über den Weg lauft? Und seht nur …" Gilbradock hielt Nimael die Münzen vor die Nase. „Korth trägt sogar dieselbe Summe bei sich, die er dir vorher erst übergeben hat."

Nimael leistete keinen Widerstand – weder gegen die Strömung noch gegen die beiden Gards, die ihn auf Gilbradocks Geheiß hin ergriffen. Einer von ihnen zog ihm den Brief aus der Tasche und reichte ihn seinem Vorgesetzten.

„Soll ich mal raten, was das ist?" Gilbradock hielt den Umschlag empor und warf Korth einen tadelnden Blick zu. „Hatten wir nicht jede Art von Information über ein bestimmtes Ereignis zur absoluten Verschlusssache erklärt?"

„Ich habe nichts verraten", rechtfertigte sich Korth panisch. „Er wollte Informationen darüber haben, das ist schon richtig, aber ich habe sie ihm nicht gegeben. Ehrenwort."

Gilbradock brach das Siegel auf und entfaltete den Brief.

„Leer", stellte er schließlich fest und gab ihn seinem Meister. Nimael konnte es nicht fassen. Korth hatte es tatsächlich darauf ankommen lassen und ihn reingelegt. Kolubleik überprüfte den Brief erneut und für einen Moment schien er enttäuscht darüber zu sein, dass Korth keinen Verstoß begangen hatte.

„Ich wollte ihm nur eine Lektion erteilen, damit er sich künftig von uns fernhält", erklärte Korth.

„Sieht so aus, als hätte da jemand aus seinen Fehlern gelernt", befand Kolubleik mit einem bösen Grinsen. „Ganz im Gegensatz zu dem Frischling hier." Er packte Nimael erneut am Kragen. „Du schnüffelst in Angelegenheiten rum, die dich nichts angehen. Ich hatte dich gewarnt, aber du wolltest ja nicht hören. Jetzt wirst du die Konsequenzen dafür tragen." Er wandte sich wieder an die Gards. „Bringt die Vorrichtung in den Bruch und holt alle aus ihren Zellen. Ohne ein Publikum kann man schließlich nicht von einer öffentlichen Auspeitschung sprechen." Er grinste Nimael böse an. „Mal sehen, aus welchem Holz du geschnitzt bist."

Nimael schluckte. Er hatte kein Wort zu seiner Verteidigung vorgebracht, aber was sollte er auch sagen? Sie hatten ihn auf frischer Tat ertappt und jeder Versuch, das Offensichtliche zu leugnen, würde die Strafe mit Sicherheit nur noch schlimmer machen.

„Wie war das noch gleich mit alten Gewohnheiten?", fragte Gilbradock amüsiert. „Ich wusste, dass es nur eine Frage der Zeit sein würde, bis du wieder über die Stränge schlägst, mein kleiner Unruhestifter." Er gab ihm einen Stoß und führte ihn zum Bruch. „Aber Kerber wird sicher äußerst enttäuscht von dir sein", fügte er tadelnd hinzu.

Nachdem sie im Bruch angekommen waren, schleppten die beiden Gards ein großes Holzgerüst heran, das in seiner Form an einen Galgen erinnerte – und mit Sicherheit auch schon zu diesem Zweck genutzt worden war. Sie befestigten es am Boden, indem sie die Beine tief in einem der Steinhaufen vergruben. Nach einiger Zeit traf das erste Publikum ein und Nimael legte auf Kolubleiks Befehl sein Oberteil ab. Während er am Gerüst festgebunden wurde, trafen die restlichen Zuschauer ein – darunter auch seine Kameradinnen, die mit sorgenvollen Gesichtern zusahen, wie das Unheil seinen Lauf nahm.

Schließlich ergriff Kolubleik das Wort. „Heute Abend steht uns überraschenderweise noch ein unterhaltsames Ereignis bevor." Seine Freude über die Auspeitschung stand ihm ins Gesicht geschrieben. „Dieser Caer hier", er begrüßte Nimael mit einer einladenden Geste, „wollte unbedingt Dinge in Erfahrung bringen, die ihn beim besten Willen nichts angehen. Die meisten von euch sind schon viele Jahre hier und wissen, aus welchen Angelegenheiten sie sich besser raushalten sollten. Wenn aber doch jemand einen ähnlichen Drang wie dieser Wurm hier verspüren sollte, seht jetzt genau zu und fragt euch, ob es diese Dummheit wirklich wert ist!“ Er streckte die Hand aus, um sich von einem Gard die Peitsche aushändigen zu lassen. „Zehn Peitschenhiebe!“, verkündete er frohgemut.

Nimael schluckte erneut. Er versuchte, sich darauf vorzubereiten – sich bewusst zu machen, dass er gleich unsägliche Schmerzen erleiden musste. Noch bevor er sich darauf einstellen konnte, knallte es bereits und ein eisiger Schmerz schnitt ihm in den Rücken. Sofort verstärkte sich die Strömung um ihn herum. Wieder knallte es und Nimael biss die Zähne zusammen. Thera stiegen Tränen in die Augen. Sie ertrug den Anblick offenbar nicht länger und wandte sich ab. Hallbora nahm sie tröstend in die Arme. Ein weiterer Peitschenhieb folgte. Nimael versuchte, sich auf etwas anderes zu konzentrieren. Erneut schnitt ihm der Lederriemen in den Rücken. Wem hatte er die Schläge zu verdanken? Korth. Er hatte ihn tatsächlich hintergangen. Sogleich ein weiterer stechender Schmerz auf seinem Rücken. All die Überstunden waren weg – für nichts. Knall. Da waren Kaeti und Eskabatt, die als einzige kein Mitleid mit ihm hatten. Sie hatten es besser gewusst und genau das sagten ihre Blicke auch aus. Noch ein Schlag. Nimael hatte nicht mitgezählt, aber er musste bereits über die Hälfte hinter sich gebracht haben. Ein weiterer Hieb ließ ihn beinahe aufschreien, doch damit würde er Kolubleik nur einen Gefallen tun. Wieder ein Knall. Nein, diesen Erfolg wollte er diesem elendigen Mistkerl nicht gönnen. Diesmal arbeitete sich die Peitsche quer über seinen Rücken. Vor Schmerzen riss Nimael den Mund auf – aber den Schrei unterdrückte er gerade noch mit letzter Kraft.

„Das war’s leider schon“, sagte Kolubleik enttäuscht, worauf sich die beiden Gards näherten und Nimael von dem Gerüst losmachten.

Thera drehte sich wieder zu ihm. Als er ihre verweinten Augen sah, bildete sich in Nimaels Hals ein Kloß, gegen den er mit aller Macht ankämpfte. Auch diese Genugtuung wollte er Kolubleik keinesfalls gönnen.

„Was machen wir jetzt mit dem da?" Gilbradock deutete auf Korth.

„Nichts weiter." Kolubleik gab dem Gard die Peitsche zurück. „Meinetwegen kann er die Überstunden als Belohnung behalten. Immerhin hat er in unserem Sinne gehandelt."

Korth dankte ihm mit einem Nicken, doch bevor er sich aus dem Staub machen konnte, hielt Gilbradock ihn zurück. „Moment mal. Hast du nicht etwas vergessen?"

Korth sah ihn fragend an.

„Bearbeitungsgebühr." Gilbradock hielt die Hand auf und ließ sich auszahlen. „Jetzt schafft ihn und die anderen in ihre Zellen zurück!", befahl er den Gards. „Und unseren Unruhestifter hier sollen sie in der Heilungssektion mal schnell wieder zusammenflicken. Ich will ihn morgen früh pünktlich zur Arbeit im Bruch sehen, sonst gibt's Ärger mit Kerber!" Er grinste selbstgefällig.

Wenig später erreichte Nimael mit seiner Eskorte die Heilungssektion. Nachdem er sich auf einem der Betten auf den Bauch gelegt hatte, eilte Iora herein. Sie war offensichtlich im Garten gewesen und hatte nichts von seiner Bestrafung mitbekommen.

„Oh, Nimael." Sie seufzte, als sie seinen Rücken sah. „Was ist passiert? Haben sie dich ausgepeitscht?"

„Nein, bin schon wieder gestürzt." Nimael versuchte zu grinsen, aber er merkte selbst, dass es ihm unter den Schmerzen nicht gelingen wollte.

„Bei mir musst du ganz sicher nicht den harten Mann spielen", rügte sie ihn und reinigte vorsichtig seinen Rücken. Jede noch so leichte Berührung ließ ihn vor Schmerzen zusammenzucken. Als er gerade dachte, er hätte es überstanden, warnte ihn Iora. „Das wird jetzt ganz schön brennen."

„… und das alles für nichts und wieder nichts“, sagte Nimael ernüchtert.

„Hat das vielleicht irgendwas mit Korth zu tun?“, fragte Iora neugierig.

„Ja, dem habe ich das alles zu verdanken.“ Nimael schnaubte.

Iora sah zu den Wachen und griff unauffällig in ihre Arzttasche. „Möglicherweise kann das hier die Sache aufklären.“ Sie zog einen weiteren Faltbrief hervor und hielt ihn Nimael direkt vor die Nase. „Das hat mir Korth gestern gegeben, mit der Bitte, es an dich weiterzuleiten, wenn du das nächste Mal bei mir auftauchst. Ich hatte ja keine Ahnung, dass es schon so bald sein würde.“

Nimael riss ihr den Brief aus der Hand und vergaß sämtliche Schmerzen.

„Wenn es das ist, wofür ich es halte …“ Er unterbrach sich und bedankte sich überschwänglich. „Kann ich es lesen, während du mich behandelst?“, fragte er ungeduldig wie ein kleines Kind.

„Würde es etwas ändern, wenn ich es dir verbiete?“ Iora lächelte. „Ich werde gleich eine Tinktur auftragen, die die Schmerzen lindern und die Heilung beschleunigen sollte. Das dauert alles ein wenig, also kannst du dich gern deiner Lektüre widmen.“

„Danke.“ Als Nimael das Siegel öffnete und den Brief auseinanderfaltete, fiel ihm ein zweites Stück Papier entgegen. Die Hauptbotschaft befand sich aber offensichtlich im Faltbrief. Er begann zu lesen.

Glückwunsch!

Fünf Peitschenhiebe sind die übliche Strafe für Einmischungen in Dinge, die einen nichts angehen. Es tut mir leid, dass du diese über dich ergehen lassen musstest, aber ich habe dich nicht hintergangen. Es war die einzige Möglichkeit, die ich gesehen habe, dir die folgenden Informationen zukommen zu lassen. Und ich gehe davon aus, dass sie dir die Schmerzen wert sein dürften. Also, folgendermaßen hat sich damals alles zugetragen:

Als wir noch Gards waren, schickte Kolubleik einen meiner Kameraden auf eine geheime Mission. Er sollte aus einem der Briefkästen in den Steingräbern eine Botschaft abholen und hatte strikten Befehl, die Nachricht unangetastet zurückzubringen und Arnavut persönlich zu übergeben. Doch meinen Kameraden überkam die Neugier und er sah sich die Nachricht an. Als er wieder im Bruch war, informierte er uns über ihren Inhalt und wir beschlossen, dass unser Wissen – oder vielmehr unser Schweigen – eine Beförderung rechtfertigte.

Ich weiß nicht, was du über unsere Auseinandersetzung mit Kolubleik gehört hast. Man erzählt sich wohl, dass wir ihn überfallen hätten, aber das stimmt nicht. Wir haben uns mit ihm getroffen, um unsere Forderungen durchzusetzen. Wir drohten damit, unser Wissen mit den anderen im Bruch zu teilen, wenn wir nicht jeder einen weiteren Stern auf unserer Brust erhielten. Doch Kolubleik war nicht zu Verhandlungen bereit und lehnte unseren Vorschlag ab. Noch bevor wir uns über unser weiteres Vorgehen beraten konnten, prasselten innerhalb weniger Sekunden zahlreiche heftige Schläge auf uns ein und streckten uns nieder. Irgendetwas wirbelte um uns herum. Zwei meiner Kollegen trugen Knochenbrüche davon. Als wir aufsahen, stand Kolubleik vor uns und staubte sein Gewand ab, als wäre nichts geschehen. Es gab keinen Kampf, den wir für uns hätten entscheiden können. Wir hatten keine Gelegenheit, unsere Waffen auch nur zu ziehen. Alles ging blitzschnell und wir lagen am Boden. Sechs geschickte

Kämpfer von einem Übermenschen niedergestreckt – wie Fliegen. Danach wurden wir degradiert und zum Schweigen verurteilt. Sie drohten uns mit der Todesstrafe, sollten wir es jemals brechen. Ein Risiko, das meine Kollegen nicht bereit waren einzugehen. Kannst du es ihnen verdenken?

Ich bin auf deiner Seite, Nimael. Ich will diese Wesen genauso am Boden sehen wie du, denn sie führen mit Sicherheit nichts Gutes im Schilde. Dennoch wirst du ab jetzt nichts mehr von mir hören. Ich habe mich bereits zu weit aus dem Fenster gelehnt und habe das Gefühl, dass ich selbst ohne Gards in meiner Nähe unter ständiger Beobachtung stehe. Einen Tipp möchte ich dir noch mit auf den Weg geben: Wenn du die Meister erfolgreich bekämpfen willst, so musst du ihnen immer einen Schritt voraus sein. Damit dir das gelingt, musst du unsere Feinde studieren. Du musst ihre Aktionen vorhersehen, um mindestens zwei Schritte vorausdenken zu können.

Vielleicht hast du jetzt das Gefühl, dass es das alles nicht wert war. Für die Information, dass diese Wesen unheimlich intelligent, stark und schnell sind, hast du dich auspeitschen lassen und 450 Überstunden geopfert. Aber ich habe dir versprochen, dass es sich für dich lohnen würde, und ich bin ein Mann, der zu seinem Wort steht. Darum findest du auf der zweiten Seite dieses Briefes eine Abschrift der Botschaft, die unser Kollege damals aus dem Steingrab mitgebracht hat.

Ich wünsche dir viel Erfolg im Kampf gegen unsere Unterdrücker!

Alles Gute
Korth

P. S.: Verbrenne beide Schreiben, wenn du sie gelesen hast! Sollten sie jemals in falsche Hände geraten, bezahle ich dafür mit meinem Leben. Nach allem, was ich für dich riskiert habe, bist du mir das schuldig.

Nimael war so vertieft gewesen, dass er die brennende Behandlung seiner Wunden kaum gespürt hatte. Fünf Peitschenschläge waren also das übliche Strafmaß – die anderen fünf hatte er sicher Kolubleik zu verdanken. Alle weiteren Informationen waren geradezu unfassbar. Er musste sie erst verdauen, dabei hatte er noch nicht einmal zu Ende gelesen. Iora war inzwischen dazu übergegangen, ihre Kräutertinktur aufzutragen. Nimael faltete gespannt die zweite Seite auseinander, um weiterzulesen.

Arnavut

Ich übersende dir frohe Kunde. Wir wurden fündig! Der Westbruch stellt seinen Betrieb ein und verstärkt mit seinen Arbeitskräften den Zentralbruch. Dort liegt weiterhin die meiste Arbeit vor uns. Obwohl wir weder für den Wüstenbruch noch für die anderen beiden Stätten zusätzliche Sklaven entbehren können, besteht kein Grund zur Unzufriedenheit. Wir übersenden euch unser Fundstück, welches eure Suche gewiss vorantreiben wird. Wir haben jeden getötet, der das Artefakt gesehen hat. In den nächsten

Wochen wird ein Bote damit bei euch eintreffen. Verfahrt mit ihm und allen anderen Zeugen genauso, auf dass nichts dem Zufall überlassen bleibt.

Imano

Es gab also weitere Brüche. Er las die Botschaft noch einmal und begann zu rechnen. Mit dem Westbruch waren es ursprünglich fünf gewesen, aber jetzt waren nur noch vier davon in Betrieb. Der Gedanke, dass der Wüstenbruch offenbar nur einen kleinen Außenposten darstellte, jagte Nimael einen eiskalten Schauer über den Rücken, den er sofort schmerzhaft zu spüren bekam. Als er erkannte, dass die Wachen kein Interesse an ihm zeigten, hielt Nimael die beiden Seiten in eine Kerze und warf sie in seine Bettpfanne. Dann sah er zu, wie sie in Flammen aufgingen und sich allmählich in Rauch auflösten. Wie es Korth gelungen war, ihm diesen Brief allen Widerständen zum Trotz zukommen zu lassen, war schlichtweg unglaublich. Dass die Wachen in der Heilungssektion nicht besonders aufmerksam waren, war wohl ein Beispiel dafür, dass auch er seine Feinde genauestens studiert hatte und jede Schwachstelle zu nutzen wusste. Obwohl Nimaels Rücken noch immer höllisch brannte, hatte Korth recht behalten – der Einsatz und die Schmerzen hatten sich voll und ganz bezahlt gemacht.

21

KONFLIKTE

Einige Stunden später gab Iora ihm eine Schüssel, die eine große Menge der Tinktur enthielt, damit er sie am nächsten Morgen selbst auftragen konnte, und entließ Nimael aus ihrer Obhut. Trotz der späten Stunde erwartete ihn die Gruppe im Mittelraum der Zelle.

„Mein … du Armer", begrüßte ihn Thera besorgt. „Tut es sehr weh?"

„Es geht schon", log Nimael und versuchte zu lächeln, obwohl er bei jeder Bewegung die brennenden Wunden auf seinem Rücken zu spüren bekam. Thera lief ihm entgegen, aber er fing sie ab, um eine schmerzhafte Umarmung zu vermeiden.

„Du wolltest ja nicht auf uns hören", sagte Kaeti überheblich. „Das hast du nun davon!"

Nimael hatte ihre Blicke bei der Auspeitschung also richtig gedeutet.

„Ich weiß, das klingt jetzt seltsam, aber in Wirklichkeit war es Teil des Plans", entgegnete Nimael und sah Kaeti und Eskabatt zum ersten Mal sprachlos.

„Klingt nicht nur seltsam, sondern auch ganz schön selbstquälerisch", stellte Hallbora fest.

„Nun, es handelte sich ja nicht um meinen eigenen Plan", rechtfertigte sich Nimael. „Trotzdem bin ich im Nachhinein froh, dass ich mich darauf eingelassen habe."

„Klingt für mich kaum weniger selbstquälerisch." Hallbora grinste.

Nimael erklärte ausführlich, was vorgefallen war, und erzählte von den neuen Informationen, die er dadurch erhalten hatte. Die Neuigkeit über die weiteren Brüche verblüffte seine Mitbewohnerinnen ausnahmslos. Befürchtungen wurden laut, dass man sie einfach an einen anderen Ort schaffen würde, sollten sie die Arbeit im Wüstenbruch jemals abschließen. Fragen wurden gestellt. Wie groß war die Macht der Dunkelmeister? Wie weit ging sie über die Grenzen des Blutfelsens hinaus? Und noch immer stellte sich die Frage, wonach sie mitten in der Wüste überhaupt suchten. Nimael war der Diskussion bald überdrüssig und verabschiedete sich in sein Zimmer, wo Thera noch einmal nach ihm sah. Sie half ihm vorsichtig aus seinem Oberteil und begutachtete die Verbände, die ihm Iora angelegt hatte. Als er sich umdrehte, hörte er, wie Thera der Atem stockte.

„Oh, Nimael", seufzte sie voller Mitleid. „Wie hältst du das nur aus?"

„Keine Sorge, es ist nicht die Wunde, die nässt", beruhigte er sie. „Keine Ahnung, was Iora mir da verabreicht hat, aber die Schmerzen haben schon nachgelassen." Er setzte sich ans Kopfende seines Betts. „Anscheinend bildet die Tinktur einen Feuchtigkeitsfilm auf der Haut, der die Heilung schneller vorantreibt und die Narbenbildung verringert."

„Da muss es sich wohl um eine ihrer Geheimwaffen handeln." Thera legte ihren Kopf in seinen Schoß. „Kannst du mir einen Gefallen tun?" Von unten sah sie traurig zu ihm hinauf. „Kannst du vorläufig trotzdem auf weitere Nachforschungen verzichten?" Sie streichelte sein Bein. „Ich kann nicht mit ansehen, wie sie dich Stück für Stück auseinandernehmen."

„Mach dir keine Sorgen." Nimael versuchte, sich nach unten zu bücken, um sie zu küssen, aber sein Rücken hinderte ihn daran. „Du musst es so sehen – die Wunden werden schon bald verheilt sein, aber die Informationen werden uns bleiben. Ich bedauere nicht, dass wir das Risiko eingegangen sind."

„Ich schon", erwiderte Thera bekümmert. „Wenn ich gewusst hätte, was passiert, hätte ich mit Kaeti und Eskabatt gegen den Plan gestimmt." Ihre Miene verfinsterte sich. „Und nur, weil du diesmal noch mit einem blauen Auge davongekommen bist, heißt das nicht, dass es beim nächsten Mal auch klappen wird. Dafür ist Kolubleik ein viel zu nachtragendes Dreckschwein!"

„Thera!" Nimael erschrak angesichts ihrer heftigen Wortwahl und sah sie bestürzt an.

„Was? Stimmt doch!", antwortete Thera. „Du hast ihn doch auch schon so genannt."

„Ja, natürlich stimmt es und ich habe ihn bestimmt auch schon schlimmere Dinge genannt, aber von dir habe ich noch nie einen solchen Ausdruck gehört."

„Weißt du noch? Eine Umgebung macht dich nicht zu jemand anderem, aber sie färbt auf dich ab", erinnerte sie ihn. „Warum sollte ich dagegen gefeit sein?"

„Lass sie nur nicht zu sehr auf dich abfärben." Nimael streichelte zärtlich ihre goldblonden Haare und fuhr ihr über die Wange. „Du bist doch mein Engel", fügte er hinzu. „Mein sanfter, liebevoller Engel …"

Die folgende Nacht verbrachte Nimael beinahe schlaflos. Obwohl Ioras Tinktur Wunder wirkte, war es unmöglich, eine geeignete Position zum Einschlafen zu finden. Am nächsten Morgen trug Thera eine weitere Dosis des Heilkräuterextrakts auf und umwickelte ihn mit frischen Verbänden. Anschließend kämpfte sich Nimael in den Bruch. Durch die harte, schweißtreibende Arbeit, die schneller denn je an seinen Kräften zehrte, brannte sein Rücken wie Feuer. Schließlich rettete er sich in die Pause und setzte sich schnell, um den zahlreichen Blicken zu entgehen, die sich schon den ganzen Tag auf ihn richteten. Wenig später gesellte sich Wiggy zu ihm.

„Du wurdest ausgepeitscht“, begann sie das Gespräch und biss genüsslich von ihrem Brot ab.

„Allerdings“, bestätigte Nimael und aß ebenfalls weiter.

„Von uns wurde noch nie jemand ausgepeitscht“, fügte Wiggy stolz hinzu.

„Gut.“ Nimael nickte anerkennend.

„In über zehn Jahren nicht. Keine einzige.“

„Sehr vorbildlich.“

„Noch nicht mal ein kleiner Hieb bei der Arbeit im Bruch.“

„Fantastisch.“ Trotz größter Bemühungen gelang es Nimael nicht länger, seinen Sarkasmus zu verbergen. Obwohl Wiggy nicht den Eindruck machte, als hätte sie etwas davon mitbekommen, schien das Gespräch damit beendet und beide wandten sich wieder ihrem Essen zu.

Kurz darauf brach Wiggy erneut das Schweigen. „Hat's wehgetan?“

Nimael blieb der Bissen im Hals stecken und er räusperte sich. „Ja, verdammt!“, fluchte er. „Sehr sogar!“

Wiggy sah verschämt auf ihren Teller. „Dachte ich mir“, murmelte sie kleinlaut und nahm einen weiteren Happen zu sich.

Glücklicherweise ließ sich Ando in diesem Moment neben ihr auf seinen Platz sinken. „Du siehst scheiße aus“, begrüßte er Nimael ohne viel Mitgefühl.

„Dann sehe ich aus, wie ich mich fühle“, bestätigte dieser den Eindruck. „Ich habe euch gestern gar nicht gesehen.“

„Wir waren da. Ganz hinten in der letzten Reihe.“

„Ja“, sagte Wiggy noch immer leicht verlegen. „Ich mag keine öffentlichen Auspeitschungen.“

„Dann erfreust du dich mehr an Hinrichtungen?“, fragte Nimael dermaßen sarkastisch, dass sogar Wiggy den Wink verstand.

In dem Moment erhoben sich Korth und seine fünf Zellengenossen am Tisch der Degradierten. Sie kamen grinsend auf Nimael zu, worauf sich einige der umstehenden Gards kampfbereit machten, und auch Ando unterbrach sein Essen, um instinktiv eine Abwehrhaltung einzunehmen.

„Na, Kleiner?“ Korth baute sich mit seinen Kollegen vor ihm auf. „Wollte nur mal sehen, ob du den gestrigen Tag gut überstanden hast.“ Er lachte falsch. „Und wenn du Überstunden brauchst, um dich noch etwas zu erholen, kann ich dir gern ein paar borgen.“ Die Degradierten lachten hämisch und klopften Korth zur Gratulation auf den Rücken. „Ich hoffe, du hast deine Lektion gelernt, Junge. Von uns wirst du niemals irgendetwas erfahren, hast du das verstanden?“ Korth zwinkerte ihm mit einem Grinsen zu, das jeder um ihn herum für eine weitere Stichelei halten musste.

„Klar und deutlich“, knurrte Nimael mit höchster Schauspielkunst.

„Heute ist so ein schöner Tag.“ Korth wandte sich an seine Kameraden. „Ich weiß ja nicht, wie's euch geht, Leute, aber mir ist nach Feiern zumute. Wollen wir uns den Nachmittag nicht freinehmen?“ Die anderen grölten vor Lachen und entfernten sich mit ihm vom Tisch, worauf sich die Haltung der Gards wieder entspannte.

„Tja, war wohl ein herber Fehlschlag, hm?“, fragte Ando ohne viel Feingefühl.

„Sieht so aus.“ Nimael zuckte resigniert mit den Achseln und musste die Enttäuschung dabei noch nicht einmal vorspielen. Wie gern hätte er Ando alles erzählt. Zum ersten Mal seit ihrer Ankunft war er im Besitz von Informationen, die für Ando neu waren. Aber noch waren zu viele Blicke auf sie gerichtet und die Ereignisse und die mahnende Botschaft des vorangegangenen Tages hielten ihn zur Vorsicht an. Er musste Geduld haben, bevor er seinen Mentor einweihen konnte.

„Ich hatte mir schon gedacht, dass so etwas passieren würde“, fuhr Ando besserwisserisch fort. „Halte dich in Zukunft einfach aus solchen Dingen raus. Von nichts kommt nichts! Für uns kann dieses Sprichwort auch eine positive Bedeutung haben."

Obwohl es ihm schwerfiel, verkniff sich Nimael jeglichen Kommentar. Nur damit Kerber wenige Minuten später nachlegen konnte.

„Dass die fleißigsten Arbeiter auch immer die dümmsten sein müssen …" Er verlieh seiner Enttäuschung mit einem Kopfschütteln Ausdruck. Gleich darauf versuchte er Nimael wieder etwas aufzubauen. „Mach dir nichts draus! Du bist immer noch mein Vorzeigearbeiter und wirst deine Überstunden in Nullkommanichts wieder zusammen haben."

Nimael freute sich, weiterem Hohn und Spott entgangen zu sein, als sich Kerber unüberlegt mit einem kumpelhaften Rückenklatscher verabschiedete. Die Schmerzen trafen ihn so hart und unerwartet wie ein elfter Peitschenschlag. Nimaels Reaktion ließ Ando und Wiggy vor Mitgefühl selbst ihre Mienen verziehen. Kerber hatte dagegen nicht einmal mitbekommen, was er angerichtet hatte, und spazierte gut gelaunt davon.

„Alles in Ordnung?", fragte Wiggy, nachdem die schlimmsten Schmerzen verflogen waren.

„Ja, ich überlege nur gerade, ob ich nicht Korths Angebot annehmen und mir für den Rest des Tages eine Auszeit genehmigen sollte", antwortete Nimael resigniert.

In den nächsten Tagen verheilten Nimaels Wunden erstaunlich gut. Bei einer Einzelschicht im Stollen schlug er erstmals seit seiner Auspeitschung wieder schmerzfrei und voller Wucht gegen die harte Felswand. Plötzlich hörte er leise Schritte hinter sich, die sich schnell näherten. Jetzt wusste er, wie sich Ando gefühlt haben musste, als er ihn am ersten Tag im Bruch zur Rede gestellt hatte. Im Gegensatz zu ihm wollte Nimael seinen Angreifer nicht so nahe an sich herankommen lassen. Wenn sein Gegner bewaffnet war, konnte eine späte Reaktion bereits sein Schicksal besiegeln. Nimael holte mit dem Pickel wie gewohnt aus, schlug aber nicht gegen den Felsen, sondern fuhr herum. In letzter Sekunde bremste er seinen Schlag ab. Vor ihm stand eine junge, unbewaffnete Slae und starrte ihn entsetzt an. Nachdem sich Nimael entschuldigt hatte und seinen Pickel sinken ließ, fasste sie sich wieder.

„Hilf mir!", stammelte sie panisch. „Die hören nicht auf! Sie werden sie töten!" Sie rang nach Luft.

Nimael hatte genug gehört. Er ließ den Pickel an Ort und Stelle fallen, rannte nach draußen und den schmalen Weg hinunter in den Bruch. Dort hatten alle Anwesenden – Gards, Caers und Slaes gleichermaßen – einen großen Kreis gebildet und starrten in die Arena, die sich daraus ergab. Während sich Nimael durch die Menschenmenge wühlte, hörte er einen Peitschenschlag und eine nur allzu vertraute Stimme.

„Was bildest du dir ein?", brüllte Soval und schlug erneut auf eine Slae ein, die sich vor Schmerzen am Boden krümmte. Als sie flehentlich zu ihm aufsah, erkannte Nimael Siri – das Mädchen, dem er damals sein Essen gegeben hatte. Neben Soval stand ein unbekannter Gard, der ihm wohl die Peitsche geliehen hatte und nun das Spektakel mit dem übrigen Publikum gebannt verfolgte.

„Ist dir nicht klar, dass du dem Ruf unserer gesamten Gruppe schadest?", brüllte Soval und holte zu einem weiteren Schlag aus.

„Soval, du feiges Dreckschwein!", unterbrach ihn Nimael bei seiner Folter. Der unerwartete Zwischenruf ließ Soval mitten in seiner Bewegung verharren.

„Du schon wieder!", rief er genervt. „Der nicht mehr ganz so frische Frischling." Er grinste in die Menge, doch das erhoffte Gelächter blieb aus. Stattdessen legte sich eine angespannte Stille über den Bruch. „Ich dachte, wir hätten dieses Thema bereits geklärt. Was ich mit meinen Slaes mache, geht dich nichts an!"

„Ich kann mir nicht vorstellen, dass es *irgendetwas* gibt, das so eine Behandlung rechtfertigt“, widersprach Nimael.

„Dann hast du wohl vorher verpasst, wie dieses blöde Miststück vor allen anderen zusammengebrochen ist“, erklärte Soval. „Sie bringt mich mit ihrer Schwäche in Verlegenheit.“

„Ich glaube, du verwechselst da was“, sagte Nimael bestimmt. „Nicht sie bringt dich in Verlegenheit, sondern du dich selbst. Wenn dir so viel daran liegt, dass dich alle anderen für einen starken Mann halten, solltest du vielleicht keine vollkommen Wehrlose auspeitschen. Das machen nämlich nur beschissene Feiglinge!“

„Ich hör wohl nicht recht!“, zischte Soval. „Wie kannst du es wagen …?“

Noch bevor er seinen Satz zu Ende bringen konnte, schnitt Nimael ihm das Wort ab. „Und was ist mit euch?“ Ohne Soval zu beachten, machte er reflexartig einen Schritt ins Innere des Kreises und sprach zum versammelten Publikum. „Ihr steht hier und gafft! Findet ihr richtig, was dieser Caer macht? Findet ihr es gerecht, wenn ein bewaffneter Kämpfer auf seine schutzlose Slae eindrischt?“ Nimael wandte sich um. Die hasserfüllten Blicke einiger Caers machten ihm bewusst, dass es keine gute Idee gewesen war, sich gleich mit dem ganzen Bruch anzulegen, aber die Tatenlosigkeit der Anwesenden machte ihn so wütend, dass ihm die Konsequenzen egal waren. Er zeigte auf Siri. „Versetzt euch doch mal in ihre Lage! Sie bekommt kaum zu essen, wird von ihrem eigenen Caer schikaniert, arbeitet den ganzen Tag, bis sie zusammenbricht, und bekommt zum Dank auch noch Peitschenhiebe. Vermutlich bis sie stirbt, wenn ihn keiner aufhält! Wie würde es euch gefallen, in einer solchen Situation zu stecken?“ Nimael tobte fast vor Zorn. „Wie würde es euch gefallen, wenn euch alle dabei zusehen, aber keiner hilft?“

Einige Arbeiter sahen beschämt zu Boden oder schuldbewusst zu Siri, andere starrten Nimael weiterhin hasserfüllt an, aber keiner wagte es auch nur, ein einziges Wort zu äußern. Schließlich begannen die

Leute in den hinteren Reihen zu murmeln und sich zu rechtfertigen. Sie gingen auseinander und der Kreis löste sich langsam auf. Soval sah einen Moment sprachlos zu, dann fasste er sich wieder und nahm Nimael ins Visier.

„Das reicht jetzt", knurrte er Nimael an. „Dann mach ich eben mit dir weiter." Er ließ die Peitsche knallen. „Was glaubst du, wie schnell wir wieder ein Publikum haben werden?"

„Vergiss es!" Der Gard, der das Ereignis beaufsichtigt hatte, riss ihm die Peitsche aus der Hand. „Wenn ihr Probleme miteinander habt, könnt ihr diese gern in eurer Freizeit klären. Aber nicht mit meiner Peitsche und nicht während meiner Schicht, ist das klar? Jetzt macht euch wieder an die Arbeit!" Um seinen Worten Nachdruck zu verleihen, ließ er selbst noch einmal die Peitsche knallen. Anschließend musterte er Siri und wandte sich an zwei seiner Kollegen. „Holt jemanden aus der Heilungssektion, die sollen nach ihr sehen."

Obwohl es Nimael unendlich leidtat, dass er Siri nicht dauerhaft aus Sovals Gewalt befreien konnte, so hatte er in dieser Situation zumindest Schlimmeres verhindert. Soval verließ den Schauplatz. Als er an Nimael vorbeilief, drohte er ihm düster: „Ich hatte dich gewarnt. Das wird ein Nachspiel haben!"

„Ich freue mich darauf!", erwiderte Nimael mit mehr Selbstsicherheit, als er tatsächlich verspürte. Nach allem, was er mit Smeon bereits erlebt hatte, legte er keinen Wert auf einen neuen rachsüchtigen Widersacher, aber vielleicht war es besser, wenn sich Sovals Hass auf ihn anstatt auf Siri konzentrierte.

Als Nimael die nächste Pause am Brunnen einlegte, stieß Ando zu ihm.

„Wie lange ist es her, dass ich dich gewarnt habe?", fuhr er ihn an. „Wie lange hast du es geschafft, den Schwierigkeiten aus dem Weg zu gehen?"

„Verdammt, Ando, er hätte sie umgebracht!“, erwiderte Nimael nicht weniger aggressiv. „Irgendjemand musste etwas unternehmen und dich habe ich nirgends gesehen! Also wo bist du gewesen? Hast du auch weggesehen wie all die anderen? Wie du es die letzten zehn Jahre getan hast? Hast du wieder mal dieses *tolle*, ungeschriebene Gesetz zwischen den Richtungen befolgt, sich nicht in die Angelegenheiten anderer einzumischen? Wie weit soll das führen? Wo ist die Grenze? Vielleicht ist es endlich mal an der Zeit, dieses dämliche Gesetz infrage zu stellen! Wenn hier jemand Grund hätte, sich zu schämen, dann bist du das! Aber nein, du bist auch noch stolz darauf, dass du tatenlos danebenstehst, während andere leiden!“ Die Situation drohte zu eskalieren, aber diesmal war es ihm egal.

„Du hast ja keine Ahnung.“ Ando tippte sich mit dem Zeigefinger gegen die Stirn. „Wieso lernst du es nicht endlich? Du bringst dich nur in weitere Schwierigkeiten! Sieh dir deinen Rücken an!“ Er senkte die Stimme. „Denk an Smeon! Willst du, dass das hier genauso endet?“

„Ich musste ihr helfen und ich würde es sofort wieder tun“, verteidigte sich Nimael. „Wenn es sonst schon niemand tut, muss ich eben als Vorbild agieren, sonst wird sich hier nie etwas ändern. Und wenn ich dabei draufgehe, leben dafür wenigstens andere!“

„Glaubst du immer noch, dass es dabei nur um dich geht?“ Andos Zeigefinger wanderte zu Nimaels Brust. „Was glaubst du denn, was mit deinen Slaes passiert, wenn du nicht mehr bist? Und was macht dich überhaupt so sicher, dass sie nicht schon vorher zum Ziel werden? Glaubst du, dass sie Thera damals zufällig ausgesucht haben? Was denkst du denn, wo dein wunder Punkt liegt? Hast du dir das schon mal überlegt? Jeder hier weiß inzwischen von dir und Thera, ihr könnt die Augen ja nicht voneinander lassen! Was glaubst du, wo sie angreifen werden, wenn sie dich treffen wollen? Wenn sie dir so richtig wehtun wollen?“ Ein flaues Gefühl bildete sich in Nimaels Magengegend. Ando fuhr fort: „Wir haben eine Verantwortung, Nimael. Wenn dir dein eigenes Leben schon nicht wichtig genug ist, dann denk mal an das der anderen! An das Leben derer, die dir am nächsten stehen, das du aber mit deinen sinnlosen Nachforschungen und Einmischungen ständig riskierst!“ Er drehte sich um und stampfte davon.

Nimael gingen Andos Worte noch lange nach. Er stand zu seiner Entscheidung, aber er würde es sich nie verzeihen, wenn Thera oder einer der anderen seinetwegen etwas zustoßen sollte. Andererseits würden es sich seine Feinde sicher zweimal überlegen, ihn oder eine seiner Slaes anzugreifen. Schließlich genoss er durch Smeons Tod auch einen Ruf. Niemand würde so ein Risiko eingehen, nur weil man ihn als Gaffer bezeichnet hatte.

Als Nimael abends mit seiner Gruppe den Nachhauseweg antrat, ging die Diskussion weiter.

„Das musste mal wieder sein, oder?“, fragte Eskabatt böse.

„Ihr habt doch gesehen, was passiert ist.“ Nimael versuchte, die Situation zu entschärfen. „Ich bin ja auch für eine diskretere Vorgehensweise, aber was hätte ich in diesem Fall denn sonst tun sollen?“

„Die Frage kann ich dir beantworten.“ Eskabatt ließ sich nicht so leicht beruhigen. „Du hättest dich raushalten sollen.“

„Du erwartest, dass ich all meine Prinzipien über Bord werfe und zusehe, wie eine Wehrlose gefoltert wird? Es tut mir leid, aber das kann ich nicht, sonst unterscheiden wir uns bald nicht mehr von den Meistern, denen egal ist, wer lebt und wer stirbt. Für mich zählt jedes Menschenleben. Ich *musste* dazwischengehen, damit er sie nicht tötet.“

„Vielleicht hätte Soval auch von selbst aufgehört“, erwiderte Eskabatt.

„Wie viele Peitschenschläge hatte er Siri bereits zugefügt?“, fragte Thera.

„Keine Ahnung“, sagte Eskabatt. „Vielleicht acht?“

„Weißt du, wie schmerzhaft acht Peitschenschläge sind?", fragte Nimael finster. „Und ich kann dir versichern, dass es mit jedem weiteren nur noch schlimmer wird. Als ich mich eingemischt habe, hatte er bereits wieder ausgeholt. Auf mich machte er jedenfalls nicht den Eindruck, als wollte er danach aufhören." Sie erreichten bereits den Eingang zum Zellentrakt, doch Nimael fuhr fort, sich zu erklären. „Er genoss es viel zu sehr, im Mittelpunkt zu stehen und seine Macht zur Schau zu stellen. Ich bin überzeugt, dass er erst aufgehört hätte, wenn Siri regungslos am Boden gelegen wäre."

„Vielleicht hast du recht", gestand Kaeti ein. „Vielleicht musstest du einschreiten, um ihr Leben zu retten. Aber warum um Himmels willen musstest du anschließend auch noch alle anderen gegen dich aufbringen? Hast du gesehen, welche Blicke sie dir zugeworfen haben?" Noch während sie sprach, begann Eskabatt auf ihn einzureden.

„Dir sollte inzwischen klar sein, dass du uns mit deinem Verhalten alle in Gefahr bringst!"

Kaeti und Eskabatt beendeten ihre Vorwürfe im selben Moment.

„Das ist mir bewusst. Ihr solltet in nächster Zeit besser in meiner Nähe bleiben", antwortete Nimael auf Eskabatts Anschuldigung, während er gleichzeitig Kaeti ansprach: „Wir müssen hier ein Bewusstsein schaffen, was richtig und was falsch ist."

Mit einem Mal erstarrte die gesamte Gruppe – einschließlich Nimael. Er hatte seine beiden Antworten nicht hintereinander, sondern zur selben Zeit ausgesprochen.

„Was zur Hölle war das?" Veila, Melina und Ting starrten ihn an, als wäre er vom Leibhaftigen besessen. Nimael erschrak selbst so sehr, dass er mit jeder Antwort überfordert war.

„Warst du das gerade?", fragte Landria. „Hast du gerade mit zwei Stimmen gesprochen?"

„Ich glaube ja", stammelte Nimael. Sogleich nahm Thera seine Hand und streichelte sie.

„Wie hast du das gemacht?" Sogar Hallbora schien der Schreck in die Glieder gefahren zu sein.

„Ich weiß nicht", antwortete Nimael. „Kaeti und Eskabatt haben mich gleichzeitig angesprochen, also habe ich beiden zugehört und beiden geantwortet."

„Das ist völlig unmöglich", erwiderte Thera mit ängstlicher Stimme. „Dazu solltest du körperlich gar nicht in der Lage sein."

„Jedenfalls kannst du jetzt sicher sein, dass es sich nicht um Einbildung handelt. Das war der beste Beweis für einen Split", analysierte Landria sachlich und ließ es so klingen, als handle es sich bei dem Ereignis um eine positive Entwicklung.

„Fantastisch", antwortete Nimael in sarkastischem Tonfall. „Ich bilde mir nicht nur ein, dass ich den Verstand verliere, sondern verliere ihn tatsächlich."

Sie setzten ihren Heimweg fort und Thera streichelte ihm tröstend den Rücken. Auch Eskabatt und Kaeti wollten offenbar keinen weiteren Vorfall provozieren und schluckten hinunter, was sie noch zu sagen hatten.

In der Zelle begleitete Thera Nimael in sein Zimmer.

„Du musst dich schonen", sagte sie und rückte seine Decke zurecht.

„Ich glaube, ich brauche etwas mehr als deinen medizinischen Rat", erwiderte Nimael. „Ich brauche dich als meinen Anker."

Thera lächelte traurig und nickte.

„Ich habe es schon wieder getan", sagte Nimael zerknirscht. „Ando, Kaeti und Eskabatt haben nicht unrecht, wenn sie mich für unverbesserlich oder gar verrückt halten. Ich habe mich wieder eingemischt und damit Gefahr über euch und ganz besonders über dich gebracht. Das war das Letzte, was ich wollte."

„Und dennoch war es richtig", entgegnete Thera, um sich wieder einmal voll und ganz hinter ihn zu stellen.

„Ich glaube nicht, dass es das war." Nimael schüttelte nachdenklich den Kopf. „Ich habe das Gefühl, dass ich nicht gut für euch bin.

Ich handle viel zu impulsiv und gerate dadurch von einem Unglück ins nächste. Du bist immer für mich da und hältst unbeirrt zu mir, aber der Anker ist nun mal der schwerste Teil eines Schiffs. Wenn das Schiff untergeht, sinkt sein Anker zuerst auf den Grund. Smeons Überfall hat das bewiesen. Ich habe das Gefühl, dass ich kein gutes Schiff für dich bin – vor allem aber kein sicheres. Ich bin beschädigt, das ist nach dem Vorfall gerade nicht zu übersehen. Dennoch meide ich keine Schlacht und kein Unwetter. Ich kann es einfach nicht. Und selbst wenn ich es könnte, kann ich die vorangegangenen nicht mehr rückgängig machen." Je weiter er seine Gedanken fortspann, desto weniger gefiel ihm die Richtung, in die sie führten.

„Dein großes Herz und dein Gerechtigkeitssinn sind das, was dich auszeichnet", unterbrach Thera seine Überlegungen. „Genau deshalb liebe ich dich."

„Ich liebe dich auch, aber das ändert nichts an der Tatsache, dass ich nicht gut für dich bin."

„Wie kannst du so etwas sagen?" Thera schüttelte den Kopf. „Das stimmt einfach nicht. Du machst mich so glücklich wie noch niemand jemals zuvor."

„Und gleichzeitig setze ich dich so vielen Gefahren aus wie noch niemand jemals zuvor", gab Nimael zu bedenken. „Oder kannst du das leugnen?"

Thera schüttelte niedergeschlagen den Kopf.

„Darüber hinaus veränderst du dich durch deine Nähe zu mir", fügte Nimael hinzu. „Du siehst, was mich aufwühlt, und es wühlt dich ebenfalls auf. Auf Dauer wird es dich härter machen und davor habe ich Angst."

„Und was schlägst du nun vor?"

„Ich werde versuchen, meine Hitzköpfigkeit im Zaum zu halten und nur einzuschreiten, wenn ich keinen anderen Ausweg mehr sehe. Aber was geschehen ist, ist geschehen, und jeder weiß von unseren Gefühlen füreinander. Das müssen wir ändern. Deshalb solltest du dich besser von mir fernhalten", antwortete Nimael, obwohl sich jedes seiner Nackenhaare dagegen sträubte.

„Wir spielen den anderen vor, dass wir unsere Beziehung beendet haben?", fragte Thera. „Dass wir nichts mehr füreinander empfinden?"

„Ich befürchte, das wird nicht ausreichen", antwortete Nimael. „Wenn die Wahrheit ans Licht käme, wärst du erneut in Gefahr. Vielleicht sogar noch mehr als zuvor."

Thera stiegen Tränen in die Augen.

„Also müssen wir uns wirklich voneinander … trennen?"

Noch bevor sie das Wort ausgesprochen hatte, hasste sich Nimael dafür, dass er ihre Überlegungen in diese Richtung gesteuert und keine andere Schlussfolgerung zugelassen hatte. Er nahm ihre Hand.

„Nur auf diese Weise kann ich auch weiterhin mit der Freiheit des Windes agieren und sicherstellen, dass meine Taten nicht auf dich zurückfallen werden. Aber du musst mir glauben: Ich will das genauso wenig wie du."

„Ich weiß", erwiderte Thera. „Du stellst das Wohl der anderen über dein eigenes. Über unser eigenes", korrigierte sie sich. „Das ist genau die Eigenschaft, von der ich gerade noch sagte, dass ich dich dafür liebe. Also wie könnte ich mich jetzt dagegenstellen oder weniger aufopfernd verhalten?"

Nimael wischte ihr die Tränen von der Wange und kämpfte selbst gegen den Kloß an, der sich in seinem Hals bildete.

„Du sollst wissen, dass du für mich weit mehr bist als nur mein Anker", sagte er. „Du bist für mich das Steuer, das mich auf Kurs hält. Du bist mein Segel, das mir Kraft und Antrieb gibt. Vor allem aber bist du die Mannschaft, die mein Schiff mit Leben erfüllt." Weitere Tränen rannen ihr über die Wangen. Nimael nahm sie fest in den Arm und drückte sie an sich. „Ich hoffe, dass sich die See bald wieder beruhigt, Thera. Dass sich die Wogen glätten und die Zahl meiner Feinde zurückgeht. Vielleicht findet sich ein Weg, das alles wieder ins

Lot zu bringen. Aber bis dahin müssen wir stark sein. Kannst du das für mich tun? Glaubst du, du schaffst das?“

Thera nickte. Ihre Augen waren noch immer gerötet, aber sein Liebesbekenntnis beruhigte sie offenbar. Nimael gab ihr einen Kuss auf die Stirn und hielt sie noch einige Zeit in seinen Armen, dann hatte sie sich gesammelt und verabschiedete sich wortlos mit einem traurigen Nicken.

Nachdem sie sein Zimmer verlassen hatte, fühlte sich Nimael leer. So leer wie schon lange nicht mehr. Er hatte es innerhalb eines halben Tages geschafft, sich nicht nur mit Soval anzulegen, sondern obendrein noch Ando, die Hälfte seiner Gruppe und nicht zuletzt Thera zu verprellen. Eine reife Leistung – und das, obwohl er doch nur das Richtige tun wollte.

Er nahm das Kreidestück, das mittlerweile kaum noch mehr als ein Stummel war, und machte den 483. Strich an seiner Wand. Als er es zurücklegte, fiel ihm das Messer ein, das sich noch immer an der Wand hinter dem Schreibtisch befand. Vielleicht konnte es nicht schaden, es eine Weile bei sich zu führen. Schließlich verwarf er den Gedanken. Wenn sie ihn damit erwischten, würde es die Sache nur noch schlimmer machen. Er setzte sich auf sein Bett und trauerte Thera hinterher. Nach einiger Zeit begann er, die Stille zu hassen, und flüchtete zu den anderen in den Gemeinschaftsraum.

22

RACHE

Am nächsten Tag widerstand Nimael mit aller Kraft der Versuchung, regelmäßig nach Thera zu sehen. Wenn überhaupt, erhielt sie dieselbe Aufmerksamkeit wie jede andere in ihrer Gruppe – gerade genug, um sich zu vergewissern, dass alles in Ordnung war. Gleichzeitig fühlte Nimael, dass er selbst mehr Blicke denn je auf sich zog. Während ihm die meisten – insbesondere die der Slaes – wohlgesonnen waren, sah es bei den Caers ganz anders aus. Durch die öffentliche Bloßstellung Sovals und den Gewissensappell, bei dem sich zumindest die angesprochen gefühlt haben mussten, die nach seinem Vorbild handelten, fürchteten offenbar viele um ihre uneingeschränkte Machtposition. All die Jahre war ihr Verhalten den Slaes gegenüber nie hinterfragt worden. Ihre Blicke ließen Nimael seine Entscheidung bereuen, das Messer in seinem Zimmer gelassen zu haben. In nächster Zeit durfte er sich keine Unachtsamkeit erlauben. Andererseits würde auch nicht jeder Caer einen Angriff wagen. Immerhin hatte sich Nimael inzwischen einen Ruf erarbeitet, der mit dem von Soval durchaus vergleichbar war – ihn vielleicht sogar noch übertraf. Man sagte ihm nach, dass er bereit war, alles zu riskieren, um seine Ziele zu erreichen.

Seine Standhaftigkeit während der Auspeitschung hatte gezeigt, dass er extrem schmerzunempfindlich war. Als besonders abschreckend galt aber die Tatsache, dass er selbst vor Gards nicht haltmachte, sollte sich ihm jemand in den Weg stellen.

All diese Gerüchte hatten unter den Slaes jedoch keine Bedeutung. Ihnen war nur wichtig, dass sie jederzeit zu ihm kommen konnten, wenn sie in irgendeiner Form Hilfe oder Unterstützung benötigten. Nimael war stolz auf den Namen, den er sich inzwischen gemacht hatte, aber vielleicht hatte Ando ja recht. Vielleicht war es unter diesen Umständen wirklich kein Vorteil, eine Berühmtheit zu sein – geschweige denn, für ein Ideal zu stehen.

Als die Mittagspause eingeläutet wurde, überlegte Nimael, ob er sich zu seinem Mentor setzen sollte, entschied sich aber dagegen. Noch war das Streitgespräch mit ihm zu frisch, und da er nicht vorhatte, sich für seine Meinung zu entschuldigen, wollte er einer weiteren Auseinandersetzung lieber aus dem Weg gehen.

Stattdessen drehten sich seine Gedanken um Thera und ihre Trennung. Hatte er einen Fehler begangen? War seine Vorsichtsmaßnahme übertrieben gewesen? Hatte er in diesem Fall zu voreilig gehandelt? Erneut ertappte sich Nimael dabei, wie seine Blicke in ihre Richtung wanderten. Vermisste sie ihn genauso sehr wie er sie? Wie gern hätte er jetzt zu ihr gesehen, um ihren liebevollen Anblick in sich aufzunehmen und daraus Kraft zu schöpfen. Lebenskraft, die er in jeder Faser seines Herzens spüren und anschließend bei sich tragen konnte. Aber vielleicht wäre es ohnehin nicht mehr derselbe Anblick wie früher gewesen. Vielleicht hätte sie ihm bitterböse Blicke zugeworfen. Was wäre, wenn er sie mit dieser Trennung so sehr verletzt hatte, dass sie sich von ihm enttäuscht und betrogen fühlte? Was, wenn sie ihn nun dafür hasste? Etwas Schrecklicheres konnte er sich nicht vorstellen. Nimael versuchte den Gedanken abzuschütteln und starrte den vollen Teller vor sich an. Er hatte zwar Hunger, aber der Appetit war ihm gründlich vergangen. Inzwischen hatte er zwar einen gewissen Status und eine Berühmtheit erlangt, aber gleichzeitig hatte er sich in seinem ganzen Leben noch nicht so einsam und verloren gefühlt.

Plötzlich wurde er aus seiner Lethargie gerissen. Wiggy setzte sich ihm gegenüber zu Tisch.

„Was machst du hier?", fragte er überrascht.

„Ich sitze hier", sagte sie wie selbstverständlich.

„Ja, das sehe ich. Aber warum?"

„Weil ich immer hier sitze", antwortete sie bestimmt.

„Tust du nicht", widersprach Nimael und zeigte zu Ando.

„Oh." Wiggy tat erstaunt, zuckte dann aber mit den Achseln. „Ich habe dich hier gesehen und mich wie immer zu dir gesetzt", erklärte sie. „Aber wenn ich hier falsch bin, bist du es doch auch."

„Ich halte mich nur eine Weile von Ando fern. Wir hatten gestern eine kleine Meinungsverschiedenheit."

„Ich weiß. Er hat mir davon erzählt" Ihre Antwort überraschte Nimael nicht sonderlich.

„Dann ist es also kein Zufall, dass du jetzt hier bist", schloss er mit einem Zwinkern.

„Aber das habe ich dir doch gerade schon erklärt", beschwerte sich Wiggy. „Hörst du mir überhaupt zu?"

„Ja, entschuldige." Nimael gab sich geschlagen. „Jedenfalls gehe ich ihm aus dem Weg, bis der Vorfall vergessen ist. Bald setze ich mich wieder zu euch."

„Weißt du, ihr seid gar nicht mal so weit voneinander entfernt, Ando und du", sagte Wiggy. „Ich meine geistig, nicht räumlich", fügte sie hinzu, nachdem Nimael nicht verstanden hatte, worauf sie hinauswollte.

„Weit genug", antwortete er und winkte ab.

„Nicht so weit, wie du denkst." Sie grinste und lehnte sich ihm verschwörerisch entgegen. „Wusstest du, dass er während deiner Auseinandersetzung mit Soval gerade einen Gard bestechen wollte, damit dieser einschreitet?" Plötzlich hatte sie Nimaels volle Aufmerksamkeit zurück. „Was glaubst du, was Ando für gewöhnlich mit seinem Lohn anstellt? Und was glaubst du, wieso er immer als Erster in die Mittagspause darf?" Sie kicherte. „Die Gards verdienen ganz gut an ihm. Im Bruch gibt es keinen, der ihnen mehr Bestechungsgelder zahlt."

„Warum hat er mir nie davon erzählt?", fragte Nimael verwirrt. „Er kritisiert mich, weil ich helfe, während er selbst sein ganzes Geld dafür ausgibt, um dasselbe zu tun?"

„Er kritisiert dich nicht dafür, dass du anderen hilfst", stellte Wiggy richtig. „Er kritisiert dich, weil du es so offen tust. Wenn du dich gestern rausgehalten hättest, hätte er die Sache ohne jegliches Aufsehen geregelt."

„Aber woher sollte ich das denn wissen?", fragte Nimael verärgert. „Warum sagt er mir das nicht?"

„Weil er nicht besonders stolz darauf ist", erklärte Wiggy. „Er gibt ausgerechnet *den* Leuten Geld, die er am meisten verachtet. Das würde er nie zugeben und deswegen darf er auch nicht erfahren, dass ich es dir verraten habe. Kannst du mir das versprechen?"

„Selbstverständlich." Nimael nickte ohne zu zögern und bedankte sich bei Wiggy für ihre offenen Worte.

„Nicht der Rede wert", antwortete sie mit einem kindlich unschuldigen Lächeln. „Zu deinem Glück lässt mein Orientierungssinn zu wünschen übrig, aber jetzt können wir uns ja wieder an unseren Stammplatz setzen. Kommst du mit?"

Nimael begleitete sie, um sich noch in derselben Mittagspause mit Ando zu versöhnen. Sein frisch erworbenes Hintergrundwissen ließ ihn Ando in einem ganz anderen Licht sehen. Er entschuldigte sich für seine Anschuldigungen vom Vortag, ohne dabei sein Versprechen gegenüber Wiggy zu brechen.

Obwohl sich Nimael anschließend nicht mehr ganz so einsam fühlte, verstrichen die folgenden Wochen nur langsam. Mit der Trennung von Thera hatte er keine Ankerkette durchtrennt, sondern eine Nabelschnur, die ihn zuvor mit Kraft und Zuversicht versorgt hatte. Statt der gemeinsamen Zeit, auf die er sich jeden Tag gefreut hatte, war inzwischen jeder noch so kurze Augenblick in ihrer Nähe mit der schmerzhaften Gewissheit verbunden, dass es unter keinen Umständen sein durfte. Besonders hart traf ihn aber, dass sich Theras Verhalten bei ihren Kampfübungen stark verändert hatte. Während sie zuvor zaghaft mit ihren Gegnern umgegangen war, erinnerte ihr neuer Kampfstil an den von Kaeti und Eskabatt. Zwar nahm sie sich allen anderen gegenüber immer noch zurück, aber bei Nimael kannte sie plötzlich keine Gnade mehr. Sie schlug mit voller Härte zu und bemühte sich dabei, ihn um jeden Preis zu treffen. Nimael schloss daraus, dass seine schlimmsten Befürchtungen eingetroffen waren. Er hatte sie so sehr verletzt, dass sie ihn nun hasste und sich an ihm rächen wollte. Wenn sie nur gewusst hätte, dass sie ihn auch dann bereits traf, wenn sie keinen Treffer im eigentlichen Sinne landete. Konnte sie ihm wirklich nicht ansehen, wie sehr er unter dieser Entscheidung zu leiden hatte?

Als Nimael eines Abends einen weiteren Strich an seine Wand machen wollte, erkannte er, dass mit dem Kreidestück nicht mehr viel anzufangen war. Damit er bei den Einkäufen am nächsten Tag daran dachte, schob er es als Erinnerung in seine Tasche. Anschließend traf er sich mit Ando im Garten und erzählte ihm von Korth und welche Informationen ihm dieser mit seiner List mitgeteilt hatte. Es war inzwischen genug Zeit vergangen, dass man nicht mehr Nimael als erste Verdachtsperson in Betracht zog, wenn die Meister die Neuigkeit zu ihrer Quelle zurückverfolgen wollten. Ando hörte gebannt zu und staunte nicht schlecht, als ihm Nimael von der Auseinandersetzung mit Kolubleik und den fünf Brüchen erzählte. Anschließend versicherte er ihm, dass er Mittel und Wege kannte, die Nachricht so im Bruch zu verbreiten, dass ihr Ausgangspunkt unmöglich in Erfahrung gebracht werden konnte – selbst dann nicht, sollte sie in falsche Hände geraten.

Als Nimael am nächsten Tag am Brunnen stand, sprach ihn ein anderer Caer bereits unauffällig auf die neuesten Gerüchte an. Die geheime Nachrichtenkunde im Bruch schien tadellos zu funktionieren – wie ein Lauffeuer machten die Neuigkeiten die Runde.

Als er seine Schicht in einem der Stollen antrat, erschien unerwartet ein Gard. Er nickte zufrieden und ging wieder nach draußen. Eine so kurze Kontrolle hatte Nimael noch nie erlebt. Sie kam ihm verdächtig vor. Hatte der Mann das Gespräch mit dem Caer etwa mitbekommen und Verdacht geschöpft?

Nimael verwarf die Bedenken und schüttelte den Kopf. Selbst wenn der Gard alles mitgehört hatte, konnte man ihm nichts nachweisen. Immerhin war er ja nur der Empfänger der Botschaft gewesen. Einige Minuten später begriff Nimael, was wirklich hinter dem kurzen Besuch gesteckt hatte. Der Gard kehrte zurück – diesmal allerdings nicht allein, sondern mit Soval im Schlepptau. Die Abgeschiedenheit des Stollens schien sich für ungestörte Angriffe bestens zu eignen.

„Fleißig, fleißig, unser kleiner Frischling." Soval grinste bösartig. „Aber leider mit einer zu großen Klappe gesegnet."

„Wenigstens verbirgt sich hinter meiner ein Herz und nicht nur heiße Luft", entgegnete Nimael. „Ich brauche jedenfalls keinen Gard, der mir das Händchen hält, wenn ich jemanden zum Kampf fordere."

„Keine Sorge." Der Gard händigte Soval bereitwillig seine Peitsche aus. „Ich bin nur hier, um nachher die Verantwortung zu übernehmen", erklärte er und trat zur Seite.

„Hat mich einiges an Überzeugungsarbeit gekostet." Soval rieb Daumen und Zeigefinger aneinander. „Ein ganz schön teures Vergnügen, einen Gard zu finden, der sich mit dir anlegt. Dabei wissen wir doch beide, dass an den ganzen Gerüchten nichts dran ist, nicht wahr?" Er zwinkerte ihm zu. „Aber wie auch immer … So sehr ich deine öffentliche Auspeitschung auch genossen habe, sie war einfach zu kurz und irgendwie … unbefriedigend. Du scheinst deine Lektion jedenfalls noch nicht gelernt zu haben. Gut, dass wir jetzt die Möglichkeit haben, das nachzuholen." Er klopfte dem Gard auf die Schulter. „Und mein Freund hier wird die passende Geschichte dazu liefern."

„Unser Unruhestifter wollte sich wieder mal mit mir anlegen, also musste ich ihn maßregeln." Der Gard ließ seiner Fantasie freien Lauf. „Als er uneinsichtig blieb, habe ich noch ein paar Hiebe nachgelegt. So lange, bis er schließlich am Boden lag und anfing, wie ein kleines Mädchen zu heulen."

„Klingt doch äußerst plausibel, finde ich." Soval ließ vergnügt die Peitsche knallen.

Das Geräusch erinnerte Nimael an die kaum zu ertragenden Schläge und die brennenden Wunden, die sie hinterlassen hatten. Er fühlte eine innere Unruhe in sich aufkeimen und mit ihr auch das altbekannte Gefühl der Strömung, die ihn umgab.

„Ja, wirklich eine schöne Geschichte." Er versuchte, sich auf Soval zu konzentrieren. „Sie erinnert mich an eine Geschichte, die Smeon mir einmal erzählt hat, nur um später selbst die Hauptrolle darin zu übernehmen." Nimaels Einschüchterungsversuch gelang unter diesen Umständen nicht besonders überzeugend. Soval zeigte sich unbeeindruckt und schien noch immer seine Zweifel daran zu hegen, dass die Gerüchte der Wahrheit entsprachen.

„Dann lassen wir den Spaß mal beginnen." Ohne weiter darauf einzugehen, lotste er den Lederriemen in Nimaels Richtung. Um dem Peitschenhieb zu entgehen, wich Nimael nach hinten und lehnte sich dabei gegen die Strömung. Er hielt seinen Blick auf die Peitsche gerichtet, die ihre Geschwindigkeit immer weiter verringerte, bis sie sich kaum noch bewegte. Nimael bestaunte die Lederschnur, die direkt vor ihm wie erstarrt in der Luft hing. Plötzlich bemerkte er, dass die andere Hälfte seines Bewusstseins noch immer gegen die Strömung ankämpfte. Er griff vorsichtig nach dem Ende des Lederriemens, hielt es fest und wickelte es mehrmals um seine Hand. Schließlich zog er es mit einem Ruck zu sich heran und fühlte, wie sich sein Verstand wieder zu einem Ganzen zusammenfügte. Sofort wechselten die Bewegungen um ihn herum auf ihre gewohnte Geschwindigkeit zurück.

Soval riss es den Knauf der Peitsche mit einer solchen Wucht aus den Händen, dass er noch nicht einmal versuchte, danach zu greifen. Er stand wie gelähmt im Tunneleingang und sah erstaunt zu, wie sein Folterinstrument in hohem Bogen zu Nimael flog, wo es direkt vor dessen Füßen am Boden landete.

„Was zum …“ Auch der Gard schien seinen Augen nicht zu trauen.

„Wie hast du das gemacht?“, schrie Soval zornig wie ein kleines Kind, dem gerade das Lieblingsspielzeug geklaut worden war.

Nimael starrte ihn überlegen an, ohne eine Antwort zu geben – er wusste ja selbst keine darauf. Ohne sich davon etwas anmerken zu lassen, wickelte er die Schnur von seiner Hand und griff nach dem Knauf der Peitsche. Er bedachte seine Angreifer mit einem teuflischen Grinsen und legte sich eine Strategie zurecht. Bei Sovals Begleiter handelte es sich immerhin um einen Gard. Wenn Nimael ihn angriff, musste er mit einer Degradierung rechnen. So gesehen hatte er trotz Peitsche keinen Vorteil. Solange das seinen Angreifern jedoch nicht bewusst war, konnte er ihnen vielleicht genug Angst einjagen, um sie in die Flucht zu schlagen. Wie er wusste, konnte der Knall einer Peitsche dabei wahre Wunder bewirken.

„Jetzt darf ich mal!“ Nimael musste seine Begeisterung kaum vortäuschen. Obwohl er dieses Werkzeug oft genug im Einsatz erlebt hatte, ließ er lieber Vorsicht walten. Er schwang den Knauf und zog ihn zurück, als die Peitschenschnur die Felswand erreichte. Der Knall, der dabei ertönte, zog ein hallendes Echo nach sich. Gerade als Nimael sein teuflisches Grinsen zu einem irren, diabolischen Lachen anschwellen lassen wollte, um seine völlige Unzurechnungsfähigkeit zu demonstrieren, unterbrach eine laute Stimme das Geschehen.

„Was ist hier los?“, brüllte Gilbradock.

Nimael hatte sich so sehr auf die Handhabung der Peitsche und seine Schauspielkunst konzentriert, dass er gar nicht mitbekommen hatte, wie Gilbradock in Begleitung eines weiteren Gards in den Tunnel marschiert war. Zu Nimaels Erstaunen hatten sie außerdem Ando dabei.

„Er hat die Peitsche geklaut und wollte damit auf mich einschlagen!“, log Soval. Durch seinen vor Zorn geröteten Kopf wirkte die Empörung, die er dabei vorspielte, vollkommen glaubwürdig.

„Das ist nicht wahr“, erwiderte Nimael und legte die Peitsche vor sich auf den Boden. „Ich habe mich nur verteidigt.“

Gilbradock wandte sich an Sovals Komplizen. „Was ist hier wirklich geschehen?“

„Soval sagt die Wahrheit.“ Der Gard wusste offenbar, dass er in jedem Fall nicht besonders gut wegkam, aber auf die Schnelle schien ihm keine bessere Geschichte einzufallen.

„Du lässt dir von einem Caer die Peitsche abnehmen?“, fuhr Gilbradock ihn an. „Was machst du hier überhaupt?“ Er nickte zu Ando. „Der Bursche behauptet, du hättest Soval zur Seite genommen und ihn hierhergebracht, obwohl der Kleine bereits im Stollen war.“

Ando nickte selbstsicher.

„Das stimmt.“ Dem Gard war die Erklärungsnot deutlich anzusehen. „Ich war der Meinung, dass es in diesem Stollen mit zwei Arbeitern deutlich schneller vorangehen würde.“

„Mit solchen Entscheidungen überschreitest du deine Befugnis“, verwarnte ihn Gilbradock.

„Es wird nicht wieder vorkommen“, sagte er kleinlaut, zeigte dann aber auf Nimael. „Jedenfalls weigerte sich der Frischling, mit dem anderen in einem Tunnel zu arbeiten. Als ich darauf bestand, klaute er mir die Peitsche und bedrohte Soval. Er wollte auf ihn einschlagen, wenn er den Tunnel nicht unverzüglich wieder verlassen würde.“

„Kein Wunder, die beiden hassen sich ja auch wie die Pest“, stellte Gilbradock fest. „Erinnerst du dich nicht an ihre letzte Auseinandersetzung?“

„Ach ja, richtig." Der Gard stellte sich dumm, musste sich dafür jedoch nicht allzu sehr bemühen.

„Das ist doch vollkommen unglaubwürdig", platzte es aus Ando heraus. „Jeder im Bruch weiß das!"

„Habe ich dich etwas gefragt?", fuhr ihn Gilbradock an. „Ich will keinen Mucks mehr von dir hören!" Er wandte sich wieder an den Gard. „Du wirst dich dafür verantworten müssen, so viel ist klar."

„Natürlich", antwortete dieser betreten.

„Und du …" Gilbradocks Augen formten sich zu schmalen Schlitzen, aus denen er Nimael böse anfunkelte.

„So war es nicht", unterbrach ihn Nimael verzweifelt. „Soval wollte mich angreifen. Ich habe mich nur verteidigt und ihn dabei entwaffnet."

„Du hast echt Nerven!" Gilbradock hatte sich seine Meinung bereits gebildet. „Hier stehen nicht nur zwei Aussagen gegen eine, ich habe sogar selbst gehört, wie der letzte Peitschenschlag durch die Luft hallte. Und wer hielt die Tatwaffe noch in Händen?" Er schüttelte ungläubig den Kopf. „Und das alles bei deiner Vorgeschichte. Na los, führt ihn ab!", befahl er den zwei Gards. „Wir werden in Zelle A über seine Strafe entscheiden."

Die beiden ergriffen Nimael und eskortierten ihn ins Freie, wo die anderen Arbeiter fleißig ihren Dienst verrichteten. Einige von ihnen sahen neugierig auf, während Nimael an ihnen vorbeigeschleppt wurde. Als Kaeti auf ihn aufmerksam wurde, schüttelte sie nur resigniert den Kopf und seufzte.

Nachdem sie den Sprengstoffschuppen hinter sich gelassen hatten, betraten sie den Tunnel, der zu den Zellen der Gards führte. Dieser mündete in einen langen Zellentrakt, an dessen Enden jeweils zwei weitere Wachleute postiert waren. Noch bevor sich Nimael genauer umsehen konnte, schlossen seine Begleiter eine Zelle auf und stießen ihn hinein.

Nimael fand sich in der Mitte eines Saals wieder, der ungefähr so groß wie ihr eigenes Quartier war. In der Mitte waren an die dreißig Stühle aufgereiht und auf eine Bühne ausgerichtet. Darauf stand ein Tisch, hinter dem sich fünf weitere Stühle befanden. Hier wurde also die Gerichtsverhandlung geführt. Wenn es nicht um sein eigenes Schicksal gegangen wäre, hätte Nimael nur zu gern eine Verhandlung verfolgt. Unter diesen Umständen verursachte die Kulisse allerdings ein flaues Gefühl in seiner Magengegend – was wohl auch Sinn und Zweck dieses Schauplatzes darstellen sollte.

Die beiden Gards führten ihn zu einem einzelnen Stuhl direkt vor der Bühne. Bald darauf trafen Ando und Soval ein, die in den Publikumsreihen Platz nahmen. Doch leider waren sie damit noch nicht vollzählig. Auch Kolubleik hatte beschlossen, der Verhandlung beizuwohnen. Als der totenbleiche Meister mit dem Pferdeschwanz den Saal betrat, schien die Temperatur im Raum zu sinken. Ihm schlossen sich fünf Gards an, die mit ernsten Mienen die Bühne betraten. Gilbradock, Kerber, Varuil und zwei weitere mit zwei Sternen dekorierte Männer, die Nimael nur vom Sehen kannte, nahmen ihre Plätze ein. Es musste sich um die fünf höchstrangigen Gards im Bruch und damit um seine Richter handeln. Den schweigsamen Bogenschützen sah Nimael bei dieser Gelegenheit das erste Mal ohne seine übliche Bewaffnung.

Während sich die Richter noch sammelten, drehte sich Nimael zu Ando. „Beim letzten Mal gab es direkt Peitschenhiebe. Wieso hält man diesmal eine Gerichtsverhandlung ab?“, fragte er leise.

„Weil es sich diesmal um eine gewalttätige Auseinandersetzung handelte, an der noch andere Personen beteiligt waren. Das rechtfertigt leider eine Verhandlung“, erklärte Ando, bevor Gilbradock zur Ruhe aufrief. Seine Position in der Mitte der Tafel ließ darauf schließen, dass er den Vorsitz führte. Nachdem er den Tathergang aus seiner Sicht zusammengefasst hatte, forderte er die anderen Richter zu einer Entscheidung auf.

„Das soll die Verhandlung gewesen sein?“, fragte Nimael entsetzt.

„Keine Anklage, keine Verteidigung, nur der falsche Sachverhalt eines voreingenommenen Richters?“

„Gilbradock hält es für die Wahrheit. Ich fürchte, das ist alles, was zählt. Aber glaube mir, wenn du es zu leugnen versuchst, machst du die Angelegenheit nur noch schlimmer.“ Damit hatte Ando bereits die nächste Frage beantwortet, die Nimael auf der Zunge lag.

„Zwanzig Peitschenhiebe!“ Nach einer kurzen Beratung hatten die Richter ihre Entscheidung getroffen. Bei dem Gedanken brach Nimael der kalte Schweiß aus.

„Ich bin mit der Entscheidung nicht einverstanden“, meldete sich Kolubleik zu Wort. Er hatte sich nicht gesetzt, sondern beobachtete das Geschehen vom Eingang aus. „Ich möchte den Richtern das Folgende zu bedenken geben: Der Angeklagte war bei der Tat nicht geständig. Darüber hinaus wurde er bereits verwarnt und ausgepeitscht, ist also vorbestraft. Wie seine heutige Tat bewiesen hat, haben diese Peitschenhiebe keine Wirkung gezeigt. Meines Erachtens sollte unter diesen Umständen die Strafe umgewandelt werden. Ich schlage deshalb vor, über eine andere Methode nachzudenken, die ihm eine Weile im Gedächtnis bleibt.“

Gilbradock bedankte sich für den Hinweis und beriet sich erneut mit seinen Kollegen. Nimael schluckte verzweifelt. Was würde ihn erwarten? Noch mehr Peitschenhiebe? Oder gar eine Degradierung? Verzweifelt verfolgte er die Diskussion der Richter. Während sich Kerber und Gilbradock noch nicht einig waren, steuerten die anderen Gards ihre Meinung bei. Nur Varuil enthielt sich. Wie schon bei der ersten Beratungsrunde wartete er still ab und gab erst seine Zustimmung, als über das endgültige Strafmaß entschieden wurde.

„Fünfzig Tage Einzelhaft auf engstem Raum“, verkündete Gilbradock. Nimael musste sich beherrschen, vor Erleichterung keinen Laut von sich zu geben. Das klang sogar besser als das ursprüngliche Strafmaß.

„Hundert!“, forderte Kolubleik streng. Nimael wäre ihm am liebsten an die Gurgel gesprungen. Wenn er sowieso sämtliche Vorgaben machte, konnte er die Verhandlung doch genauso gut selbst führen.

„Herr", warf Kerber unterwürfig ein. Er schien noch immer ein Herz für Nimael zu haben. „Bei dem Vorfall wurde niemand verletzt und der Angeklagte leistet im Bruch hervorragende Arbeit, das sollten wir ihm zugutehalten. Außerdem wurden meines Wissens noch nie hundert Tage verhängt. Ich frage mich, wozu er danach überhaupt noch taugt."

„Er hat einem Gard die Peitsche gestohlen", widersprach Kolubleik. „Er kennt keinerlei Respekt vor unseren Strukturen. Wir müssen uns mehr mit ihm beschäftigen als mit zwanzig anderen Arbeitern zusammen. Es wird Zeit, dass er seine Lektion lernt! Hundert Tage!"

Damit hatte er die Richter überzeugt. Sie sahen sich an, willigten ein und gaben das neue Urteil bekannt. Trotzdem hatte Nimael noch immer das Gefühl, dass er dabei ganz gut wegkam. Er nickte Ando guter Dinge zu, doch dieser verzog das Gesicht und schüttelte mit sorgenvoller Miene den Kopf. Offenbar unterschätzte Nimael die Härte der Bestrafung.

„Was passiert solange mit seinen Slaes?", fragte Kerber.

„Ohne Caer werden sie selbstverständlich als Lefts arbeiten", antwortete einer der beiden unbekannten Gards. „Anschließend können sie wieder in ihren ursprünglichen Rang aufsteigen."

Dass eine einfache Haftstrafe solche Konsequenzen für seine Gruppe nach sich ziehen könnte, hatte Nimael noch gar nicht bedacht. Hier stand nicht nur sein eigenes Schicksal auf dem Spiel. Konnten seine Gefährtinnen hundert Tage ohne seinen Schutz überleben?

„Seine Slaes haben nichts verbrochen", mischte sich Ando ein. „Deshalb muss hier dieselbe Regel wie bei einer Schändung greifen und sie dürfen nicht bestraft werden. Ich übernehme seine Gruppe als Caer."

„Was wird dann aus deinen eigenen Slaes?", gab Gilbradock zu bedenken. „Du kannst keine zwei Zellen auf einmal betreuen."

„Ich habe eine zweite Caer in meiner Gruppe. Sie wird sich um sie kümmern."

Kerber schlug sich ohne zu zögern auf Andos Seite. „Wir sollten seinem Antrag stattgeben", beschwor er die übrigen Richter. „Die Slaes des Angeklagten leisten ebenfalls vorbildliche Arbeit. Es würde sich lohnen, sie in ihrer Funktion zu halten."

Nachdem auch Kolubleik keine Einwände hatte, fiel die Entscheidung schließlich zu ihren Gunsten und Nimael damit ein gewaltiger Stein vom Herzen.

„Ich kann dir gar nicht genug danken", wandte er sich erleichtert an Ando.

„Schon gut, übersteh erst mal die Einzelhaft", erwiderte sein Mentor. „Um den Rest mach dir keine Sorgen – das wird schon."

Das ungewöhnlich hohe Maß an Mitgefühl, das in seiner Stimme mitschwang, machte Nimael stutzig. In jeder anderen Situation hätte er sich darüber gefreut, aber in diesem Fall schien es ihm besorgniserregend zu sein. Was kam mit der Einzelhaft tatsächlich auf ihn zu?

23

DUNKELHEIT

Werft ihn ins Loch!“, befahl Gilbradock. Seine Gards stießen Nimael in einen winzigen Raum, der sich – sicher nicht ganz zufällig – direkt gegenüber dem Verhandlungsraum befand. Ein widerlicher Gestank begrüßte Nimael in seinem neuen Zuhause.

Gilbradock stellte eine Kerze auf den Boden. „Die wird dir noch ein paar Stunden Licht spenden, danach verbringst du den Rest deiner Haft in Dunkelheit“, bemerkte er ungerührt. „Ich würde dir dringend empfehlen, diese Erfahrung zu nutzen, um endlich mal in dich zu gehen. Du solltest dir gründlich überlegen, ob du so weitermachen willst und wo es über kurz oder lang hinführen wird. Ich wünsche noch einen angenehmen Aufenthalt.“ Mit diesen Worten knallte er die Tür so heftig zu, dass die Kerze beinahe erlosch.

Nimael sah sich um. Die Zelle war L-förmig in den blanken Felsen gehauen, nicht länger als er selbst groß war und so schmal, dass ihre gesamte Stirnseite ausschließlich von der Zellentür eingenommen wurde. Es gab keine Einrichtungsgegenstände – keinen Stuhl, keinen Tisch, noch nicht mal ein Bett oder irgendetwas, das man als Polsterung hätte verwenden können. Seine Hoffnungen konzentrierten sich auf den Knick, den die Zelle machte. Vielleicht fand sich dahinter noch etwas, das seinen Aufenthalt erträglicher gestaltete. Er sah gespannt ums Eck, doch der Anblick war nicht nur ernüchternd, sondern geradezu ekelerregend. Im Boden war ein Loch eingelassen, das eindeutig die Quelle dieses schrecklichen Gestanks darstellte und keinen Zweifel daran ließ, dass er hier in Zukunft seine Notdurft zu verrichten hatte. *Das Loch*, wie Gilbradock es genannt hatte, war also nicht von ungefähr zu seinem Namen gekommen. Letztendlich war es das Einzige, was sich in dieser Zelle befand.

Nachdem Nimael seine Besichtigung abgeschlossen hatte, begriff er langsam, was ihm bevorstand. Einhundert Tage in absoluter Dunkelheit ohne die geringste Möglichkeit, sich zu beschäftigen. Peitschenhiebe waren zwar schmerzhaft, aber zumindest waren sie schnell überstanden. Diese Bestrafung würde sich dagegen endlos hinziehen. Was sollte er über einen solchen Zeitraum mit sich anfangen? Immerhin hatte er die ersten Stunden noch ein wenig Licht zur Verfügung. Er musste es unbedingt sinnvoll nutzen – aber wie? Die Struktur der Zelle hatte er sich aufgrund der geringen Größe und der fehlenden Einrichtung schnell eingeprägt. Darüber hinaus stand ihm nichts zur Verfügung, womit er sich hätte beschäftigen können. Plötzlich fiel ihm ein, dass er noch immer den Kreidestummel aus seiner Zelle bei sich trug. Er nahm ihn heraus und sah ihn sich an. Viel war nicht mehr von ihm übrig, aber für ein paar Worte sollte er noch gut sein, bevor es dunkel wurde. Nimael dachte an Gilbradocks Ratschlag und beschloss, ihm zu folgen. Er ging in sich und versuchte, die Situation mit etwas Abstand im Ganzen zu betrachten. Warum war er hier? Was hatte ihn in diese Lage gebracht? Dann beschloss er, seine Gedanken in ein Gedicht zu fassen …

Als er fertig war, betrachtete er sein Werk. Es war mit Sicherheit nicht die Art von Reflexion, an die Gilbradock gedacht hatte, aber sie brachte genau das auf den Punkt, was in ihm vorging. Darunter setzte er seinen Namen und das einzige Datum, das er noch kannte. Als er den Tag sah, machte er sich bewusst, dass seine Einzelhaft beinahe ein Fünftel seiner bisherigen Gefangenschaft umfassen würde. Bei einer solchen Dauer war es unerlässlich, seinen Verstand auch weiterhin mit Gedichten und Gedankenspielen zu fordern. Dasselbe galt für seine Muskeln und Sinne. Wenn er sie nicht ausreichend beschäftigte, würden sie mit Sicherheit bald verkümmern. Er musste in Form bleiben – geistig wie körperlich. Gerade als er sich das bewusst gemacht hatte, erlosch die Kerze und ließ Nimael im Nichts zurück.

Nachdem er noch einige Zeit über verschiedene Beschäftigungsmöglichkeiten nachgedacht hatte, beschloss er zu schlafen. Es war ein langer Tag gewesen, der an seinen Kräften gezehrt hatte. Er streckte sich vorsichtig und legte sich in die Zelle. Während er mit seinen Füßen die Wand zur Nische berührte, konnte er an seinen Haarspitzen bereits die Zellentür spüren. Eine größere Person wie Ando hätte hier auf Dauer beträchtliche Schwierigkeiten bekommen. Die meisten Sorgen bereitete Nimael aber der eiskalte Steinboden, der so hart und unbequem war, dass sein Erschöpfungszustand noch lange nicht ausreichte, um ihn einschlafen zu lassen. War es überhaupt schon Schlafenszeit? Wie sollte er hier Tag und Nacht unterscheiden? Nimael widmete sich wieder seinen Gedanken. Wie würden wohl seine Kameradinnen auf das Urteil und ihren neuen Caer reagieren? Vielleicht waren sie ja ganz froh darüber, ihn endlich los zu sein. Immerhin brachte er sie laufend in Schwierigkeiten und unnötige Gefahr. Kaeti und Eskabatt klatschten bestimmt Beifall, wenn sie von dem Urteil erfuhren.

„Nein“, ermahnte sich Nimael laut. Sich Gedanken zu machen, um dadurch geistig in Form zu bleiben, war eine Sache, aber auf keinen Fall durfte er sich in dieser Situation wilde Theorien zusammenspinnen. Oftmals führten solche Überlegungen viel zu weit und man machte sich Sorgen über Dinge, die nur im eigenen Kopf existierten.

Außerdem bestand die Gefahr, dass es der erste Schritt in eine eigene Welt – eine eigene Realität – war, in der man seine Annahmen irgendwann so weit fortgesponnen hatte, dass man sie nicht mehr von der Wahrheit unterscheiden konnte. Besonders bei einsamen Menschen hatte Nimael solche Verhaltensweisen bisweilen schon erlebt. Man konnte sie dann nicht mehr umstimmen, weil sie Fakten nicht anerkannten, während ihre eigenen Hypothesen unumstößlich waren. So weit durfte es bei ihm nicht kommen. Er musste einen klaren Kopf bewahren und für alles offen bleiben. Spekulationen halfen ihm jetzt nicht weiter – in hundert Tagen würde er sehen, wie sich alles entwickelt hatte.

Er wachte auf – also war es ihm doch gelungen einzuschlafen. Aber wie spät war es? Spielte das überhaupt noch eine Rolle? Rückenschmerzen. Bereits nach – oder während? – der ersten Nacht. Das ließ für seine weitere Haft nichts Gutes erwarten. Nimael drehte sich zur Seite und schlief weiter, bis auch seine Rippen schmerzten. Dann beschloss er, seine guten Vorsätze in die Tat umzusetzen, und begann mit einigen Liegestützen und Kniebeugen, um seine Muskeln in Form zu halten. Als er in der Ecke in den Handstand überging, was im Dunkeln eine ungewohnt hohe Konzentration und Balance verlangte, öffnete sich überraschend die Zellentür. Er brach sein Vorhaben ab und sah gespannt zu dem schwachen Lichtkegel, der durch den dünnen Türspalt zu ihm hereinbrach. Ein Teller mit Essen und eine Wasserflasche wurden hineingeschoben. Noch bevor er darauf reagieren konnte, wurde die Tür wieder verschlossen.

„Vielen Dank auch!“, rief Nimael dem unbekannten Lieferanten hinterher und tastete sich vorsichtig an seine Mahlzeit heran. Wenn es einmal täglich zu essen gab, hatte er von nun an zumindest ein Zeitmaß, was den ungefähren Tagesablauf und den Rest seiner Haftstrafe anging. Außerdem durfte er die Hereingabe nicht verpassen. Auch wenn es sich nur um sehr wenig Licht handelte, bot es den Augen regelmäßige Reize, damit sich diese nach der Gefangenschaft nicht allzu lange an die Helligkeit gewöhnen mussten. Schließlich erreichte er den Teller, kostete einen Bissen und wünschte sofort, er hätte seinen Geschmackssinn verloren. Es war so abgestanden und schal, dass Nimael nicht einmal erraten konnte, worum es sich dabei handelte. Trotzdem war es in diesem Fall vielleicht besser, nicht zu sehen, was er gerade zu sich nahm. Obwohl er anschließend mit seinen Muskelübungen fortfahren wollte, entschied er sich lieber für eine geistige Beschäftigung – immerhin konnte ein Handstand nach einem solchen Mahl schreckliche Konsequenzen haben. Also überlegte er sich weitere Gedichte und sprach diese laut aus. Nicht nur blieben sie ihm dadurch besser im Gedächtnis, er wusste auch nicht, in welchem Maß eine hunderttägige Pause seinen Stimmbändern schaden konnte.

Fünf Tage später konnte Nimael bereits erahnen, wie schrecklich der Rest seiner Haftstrafe werden würde. Fünfzig Tage schienen ihm in völliger Isolierung schon eine unglaublich harte Strafe zu sein, aber einhundert waren geradezu unmöglich zu verkraften. Langeweile hatte ihm noch nie Probleme bereitet. Im Gegenteil – er hatte es genossen, wenn er einmal Ruhe von seinem Alltag hatte. Dafür traf sie ihn nun umso härter. Die Zeit schien stillzustehen, jeder seiner Knochen schmerzte und das Essen war trotz größten Hungers kaum noch zu ertragen. Obwohl er es einige Male versucht hatte, hatte sich der Lieferant nie auf ein Gespräch mit ihm eingelassen. Sicher hatte er seine Anweisungen. Er tauschte nur flink das leere Geschirr gegen volles und verschwand wieder. Mehr als ein paar Sekunden Licht pro Tag drangen dadurch kaum ins Innere der Zelle.

Irgendwann beschloss Nimael, der Situation mit Humor zu begegnen.

„Kleiner Tipp an die Küche: Ich mag mein Gemüse bissfest!" Jeden Tag dachte er sich einen neuen Spruch aus, den er dem Gard im Gegenzug für das Essen servieren konnte. „Danke. Willst du mir morgen nicht Gesellschaft leisten? Ist ziemlich gemütlich hier, ganz zu schweigen von der romantischen Beleuchtung."

Eines Tages glaubte er ein kurzes Grinsen auf dem sonst so ausdruckslosen Gesicht des Wachmanns zu erkennen. An seiner Situation änderte dies freilich nichts – sie war so aussichtslos wie zuvor.

Er musste sich motivieren durchzuhalten. Er durfte den Glauben nicht verlieren, dass es nach dieser endlosen Folter Hoffnung und eine Zukunft gab. Vor allem für ihn und Thera. Sie hasste ihn für das, was er getan hatte. So durfte es nicht enden. So durfte er nicht sterben. Solange er am Leben war, konnte er das alles wieder ins Lot bringen. Soval hatte überraschenderweise nicht nach seinem Leben getrachtet und schien ihn direkt zu konfrontieren, ohne seine Slaes in den Konflikt hineinzuziehen. Außerdem hatte er mit dieser Aktion seine Rachegelüste vermutlich erst einmal gestillt. Wenn also keine unmittelbare Gefahr mehr bestand, so musste Nimael Thera unbedingt um Verzeihung bitten und auf ihr großes Herz vertrauen. Bei der nächsten Gefahr, die sich anbahnte, wollte er sich jedoch keinesfalls wieder von ihr trennen. Sie hatte etwas Besseres verdient und würde sich mit Sicherheit nicht noch mal auf ihn einlassen, wenn er nicht zu einer beständigen Beziehung fähig war. Er musste unter allen Umständen an ihr festhalten. Das hieß aber auch, dass er in Zukunft weitere öffentliche Auftritte vermeiden und sämtlichen Gefahren aus dem Weg gehen musste, wenn er mit ihr eine sichere Beziehung führen wollte. Andererseits durfte er sich nichts vormachen – was war an dieser Umgebung schon wirklich sicher?

Weitere Tage verstrichen und Nimael machte sich zwischen Schlaf, Übungen, Gedichten und Mahlzeiten weitere Gedanken. Irgendwann begann er zu meditieren. Die Zelle war gerade breit genug, dass er im Schneidersitz hineinpasste und dabei mit beiden Knien die Seitenwände berührte. Nimael legte Daumen und Zeigefinger beider Hände aufeinander, schloss die Augen und ging in sich. Er versuchte, sich den Himmel vorzustellen. Nicht den gnadenlosen Wüstenhimmel über dem Blutfelsen, sondern den milden, hellblauen Wölkchenhimmel über Moenchtal. Für einige Zeit konnte er so die Situation, in der er sich befand, vollkommen hinter sich lassen. Er schwebte dahin und ließ seinen Gedanken freien Lauf. Da waren die Blips, Splits und Drifts, die er erlebt hatte. Was wusste er inzwischen über sie? Seit dem Vorfall mit Soval war er sich sicher, dass es sich bei der Strömung, die ihn regelmäßig durchdrang, um die Zeit handeln musste. Anscheinend war er auf die zweite Hälfte seines Bewusstseins angewiesen, um diesen Strom zu beeinflussen, während er mit der bewussten Hälfte weiter seine Handlungen zu steuern vermochte. Das konnte kein Zufall sein – die beiden Zustände mussten zusammenhängen. Aber warum fühlte nur er diese Veränderungen, seit sie hier waren? Und wie passten die Blips in dieses Bild? Im Gegensatz zu den anderen beiden Phänomenen waren sie bereits vor seiner Ankunft im Bruch aufgetreten und er war nicht der Einzige, der sie erlebt hatte. Dennoch waren sie äußerst selten. Die meisten Menschen hatten in ihrem ganzen Leben noch keinen Blip erfahren und hielten sie für Legenden oder Einbildung. Er dagegen nahm sie regelmäßig wahr. Was steckte dahinter? Konnte er diese neuen Wahrnehmungszustände steuern? Warum traten sie zum Beispiel nur dann auf, wenn er sich in Gefahr befand?

Vielleicht konnte er jetzt Gebrauch von dem Umstand machen, vor dem er sich zuvor noch gewarnt hatte. Spekulationen und Annahmen, die nur in seinem Kopf existierten, in die man sich aber so sehr hineinsteigerte, dass man sie für real hielt. Er musste es versuchen.

Er musste sich einreden, dass er sich in unmittelbarer Gefahr befand. Er hatte noch nicht mal ein Drittel der Strafe abgesessen und war schon am Verzweifeln. Vermutlich würde er hier wahnsinnig werden. Diese andauernde Dunkelheit und das miese Essen zehrten an seiner Lebenskraft. Sein Körper schmerzte, seine Muskeln wurden trotz der Übungen immer schwächer. Hier in dieser Zelle würde er sterben! Seine Gruppe würde zu Lefts degradiert werden und ebenfalls jämmerlich zugrunde gehen. Und all das war seine Schuld. Kalter Schweiß brach ihm aus und plötzlich war sie da. Die Strömung. Er konnte sie fühlen. Er ließ sich rückwärts hineinfallen und konzentrierte sich darauf, dagegen anzukämpfen. Doch als er auch nur in Betracht zog, zeitgleich noch etwas anderes zu tun, brach der Strom zusammen und verschwand. Einen Drift hatte er nun also tatsächlich erschaffen und seine Panik schien der Auslöser zu sein. Aber warum konnte er diesmal keinen Split zustande bringen, der ihm eine parallele Handlung ermöglichte?

Nimael experimentierte weiter. Bisher hatte sich sein Verstand immer dann geteilt, wenn er besonders gefordert war und sich auf zwei Dinge gleichzeitig konzentrieren musste. Bald musste eine neue Essenslieferung eintreffen, vielleicht war das eine passende Gelegenheit. Er versetzte sich wieder in einen meditativen Zustand und wartete. Als er weit entfernte Schritte hörte, wurde ihm klar, dass sein Gehör während der Gefangenschaft wieder zu seiner vollen Stärke zurückgefunden hatte. Jetzt musste er für einen panischen Gefühlszustand sorgen. Schnell redete er sich ein, dass es sich bei dem Gard nicht um den Essenslieferanten handelte, sondern um einen Angreifer, der ihn in seiner Zelle abstechen wollte. Keine Fluchtmöglichkeiten. Und wenn er ihn mit einem hellen Licht blendete, gab es keine Möglichkeit mehr, sich zu verteidigen. Da war der ersehnte Strom. Nimael stemmte sich dagegen, öffnete die Augen und verfolgte gespannt, wie sich die Tür in extremer Verlangsamung öffnete. So lange hatte er während seiner gesamten Einzelhaft kein Licht mehr gesehen. Er durfte es nur nicht zu sehr genießen. Die Bedrohung, die er sich eingeredet hatte, musste unbedingt erhalten bleiben, um den Drift aufrechtzuerhalten. Doch als sich der Gard mit dem Essen langsam hineinbeugte, fielen Nimaels Lügen wie ein Kartenhaus in sich zusammen und rissen die Strömung mit sich. Der Lieferant sah kurz zu ihm und schien sich zu wundern, dass Nimael die lockeren Sprüche ausgegangen waren. Schließlich schlug er die Tür wieder zu und ließ Nimael im Dunkeln zurück.

Einige Tage später beendete Nimael in Gedanken ein Gedicht. Es handelte sich um eines von mehreren Liebesgedichten, die ihm dabei helfen sollten, Theras Herz zurückzugewinnen. Zufrieden stellte er fest, dass sein Verstand offenbar nur unwesentlich unter den 44 Tagen Einzelhaft gelitten hatte. Auch sein Körper war noch immer in einer Verfassung, in der er an einer Wand problemlos in einen Handstand übergehen und in dieser Position einige Liegestütze ausführen konnte. Die Meditation half ihm nicht nur im Kampf gegen die Langeweile, sondern auch, um sich auf weitere Experimente mit seinen Fähigkeiten zu konzentrieren. Nimael hatte es inzwischen aufgegeben, einen Split zu erzwingen. Offenbar waren dazu mehrere parallel verlaufende Ereignisse notwendig, die sich in Dunkelheit und Einsamkeit kaum erzeugen ließen. Dafür konnte er mittlerweile problemlos einen Drift hervorbringen und diesen über einen erstaunlich langen Zeitraum aufrechterhalten. Er hatte ein gewisses Gefühl für den Zeitstrom entwickelt. Als er sich an diesem Tag erneut hineinstürzen wollte, kam ihm eine Idee. Was würde geschehen, wenn er diesmal nicht gegen den Drift ankämpfte, sondern stattdessen mit ihm schwamm? Wenn er darin eintauchte und sich von der Strömung mitreißen ließ? Schon bald stellte sich das Experiment als schwieriger heraus, als er zunächst angenommen hatte. Er stemmte sich kurz dagegen, dann ließ er locker – aber die Strömung floss einfach durch ihn hindurch. Er musste sie annehmen, sie in sich aufnehmen, sie umarmen, mit ihr fließen. Dennoch ließ die Furcht, die Kontrolle zu verlieren, das Experiment immer wieder aufs Neue scheitern. Erst als er sich bewusst machte, dass es sich nicht um eine reale Strömung handelte, in der er ertrinken oder gegen Wände geschleudert werden konnte, gelang es ihm. Er ließ sich einfach von ihr treiben. Ein erstaunliches Gefühl. Er saß wie angewurzelt auf dem Boden, hatte aber gleichzeitig den Eindruck, mitgerissen zu werden. Plötzlich hörte er rasend schnelle Schritte wie von einer Maus, die über den Boden sauste. Er öffnete die Augen und sah, wie sich die Tür in Windeseile öffnete. Der Essenslieferant tauschte die Teller mit einer solchen Geschwindigkeit, dass seine Bewegungen dabei verschwammen. Innerhalb eines Sekundenbruchteils war die Tür wieder verriegelt und Nimael vor Schreck aus der Strömung gefallen.

Natürlich – der Kampf gegen die Strömung verlangsamte die Zeit, also musste eine Bewegung in dieselbe Richtung die Zeit beschleunigen. Was hatte das zu bedeuten? Konnte er diesen Umstand nutzen, um seine Gefangenschaft schneller zu beenden? Nimael wollte sich nicht zu große Hoffnungen machen, aber er musste es unbedingt versuchen. Er versetzte sich in eine tiefe Meditation und ein neuer Drift baute sich um ihn herum auf. Er stürzte sich hinein, überwand seine Angst, die Kontrolle zu verlieren, ließ los und wurde mitgerissen. Obwohl es ihm zunächst schwerfiel, die Konzentration zu wahren, näherte sich bereits nach einer gefühlten halben Stunde erneut der Gard und tauschte in rasanter Geschwindigkeit die Teller. Trotzdem erkannte Nimael, dass der Mann verständnislos in seine Richtung blickte. Als er sich vollkommen erschöpft aus der Strömung fallen ließ, begriff er, was dessen Irritation verursacht hatte. Vor lauter Aufregung hatte Nimael vergessen, die vorige Mahlzeit zu sich zu nehmen. Der Gard hatte den vollen Teller abgeholt und fragte sich nun wahrscheinlich, ob sein Gefangener die Einzelhaft nicht mehr länger ertrug und sich das Leben nehmen wollte. Aber all das spielte nun keine Rolle mehr, denn Nimael hatte einen kompletten Tag in einer halben Stunde passieren lassen und damit endlich einen Weg aus seiner Gefangenschaft gefunden.

Er löste sich aus dem Schneidersitz und tastete nach seinem Essen. Die Konzentration so lange aufrechtzuerhalten, kostete unheimlich viel Kraft. Obwohl es sicher nicht die nährstoffreichste Mahlzeit war, lieferte sie seinem Körper zusammen mit einer Mütze voll Schlaf vielleicht die nötige Energie, die er für einen weiteren Anlauf benötigte. Nach ein paar Stunden Ruhe fühlte sich Nimael ausgeglichen genug, um einen weiteren Versuch zu wagen. Er ließ sich auf dem Zeitstrom vorantreiben und löste sich erst wieder daraus, als er die Mäuseschritte des Wachmanns hörte.

„Mann, war das lecker!", rief Nimael enthusiastisch, als sich die Tür öffnete. „Könnte ich morgen noch mal dasselbe bekommen?"

Sein Verhalten würde auffallen, wenn er plötzlich kein Wort mehr mit ihm sprach und keinen Bissen mehr zu sich nahm. Irgendwann würde der Gard sicher Meldung erstatten. Und spätestens, wenn Nimael über fünfzig Tage ohne Essen überlebte, würden die Meister wohl Verdacht schöpfen und von seiner Fähigkeit erfahren. Er verfügte nun über eine Geheimwaffe, die ihm im entscheidenden Moment einen klaren Vorteil verschaffen konnte. Er wollte dieses Geheimnis unbedingt so lange wie möglich wahren. Also achtete er peinlichst genau auf die Schritte des Wachmanns und ließ sich immer rechtzeitig aus der Strömung fallen, um von Essen zu Essen voranzukommen. Die meisten Mahlzeiten entsorgte er dabei im Loch. Über einen so kurzen Zeitraum war es vollkommen unmöglich, eine solche Menge von dem Fraß zu sich zu nehmen. Bald fand Nimael nicht nur einen Rhythmus, der ihn konzentriert weitermachen ließ, sondern auch eine Möglichkeit, tiefer in die Strömung einzutauchen. Gefühlte zwei Tage lang unterbrach er diesen Rhythmus nur mit einigen Essenspausen und kurzen Erholungsphasen. Als er nicht nur Schritte, sondern auch Stimmen hörte, wurde ihm bewusst, dass er es geschafft hatte. Innerhalb dieses kurzen Zeitraums waren außerhalb seiner vier Wände über fünfzig Tage verstrichen.

„Holt ihn da raus", drang Kolubleiks kalter Befehlston durch die Zellentür. Zwei Gards öffneten und zerrten Nimael grob in den Gang. Erst dort erkannte er, dass es sich bei einem der beiden Rüpel um Varuil handelte.

„Das stinkt ja abartig!" Kolubleik verzog das Gesicht. „Na los, Kleine, mach deine Arbeit!" Er stieß eine Left mit einem Holzeimer in die Zelle. Sie hatte wohl die undankbare Aufgabe, das Loch zu reinigen. „Und du duftest auch nicht gerade nach Veilchen, Pissratte!" Kolubleik musterte zufrieden das Werk, das er an Nimael verbracht hatte. Er musste einen äußerst garstigen Anblick bieten, denn Kolubleik genoss ihn viel zu sehr. „Na, wie hat dir der Aufenthalt gefallen?", fragte er höhnisch.

Obwohl Nimael der gehässigen Ader des Meisters nicht den geringsten Grund zur Freude gönnen wollte, verkniff er sich jeglichen Kommentar und spielte den Geläuterten. Er senkte schuldbewusst den Kopf und ließ seine Erschöpfung für sich sprechen.

Plötzlich lachte der unbekannte Gard auf.

„Was bildest du dir ein?" Kolubleiks eiskalte Augen funkelten ihn vernichtend an.

„Es tut mir leid." Der Mann riss sich zusammen und nahm Haltung an. „Aber ihr nehmt ihm diese Nummer doch nicht ernsthaft ab, oder?"

„Was meinst du?"

„Als ich ihm jeden Tag das Essen gebracht habe, hat er jedenfalls ganz andere Töne angeschlagen. Zuletzt meinte er, dass die Bedienung der Gäste ein klein wenig zu wünschen übrig ließe und jemand mal nach der Beleuchtung sehen sollte, er der Unterkunft aber dennoch gutes Mittelmaß bescheinigen würde. Solche Sprüche durfte ich mir jeden Tag anhören."

Kolubleiks Miene verfinsterte sich schlagartig. „Du dreckiger, kleiner Wurm …" Er packte Nimael wie gewohnt am Kragen und drückte ihn gegen die Wand. „Diese Haft sollte dir eigentlich eine Lehre sein, aber du hältst das alles nur für einen Witz, ja? Ich hatte dich gewarnt. Ich hatte dir gesagt, dass ich dich beobachten würde, und genau das habe ich auch getan." Er grinste ihn teuflisch an. „Ich weiß alles über dich. Du gehörst zu der Sorte, die ich am meisten hasse! Du stellst das Wohlergehen anderer über dein eigenes."

Woher wusste er das? Hatte Nimael bei der Gerichtsverhandlung seine Erleichterung über das Schicksal seiner Gruppe etwa zu deutlich zum Ausdruck gebracht?

„Holt die Kleine aus der Zelle!", brüllte Kolubleik wutentbrannt. Die Left wusste nicht, wie ihr geschah, als die beiden Gards sie ähnlich charmant aus der Zelle zerrten wie Nimael. Als sie ihn fragend ansah, fielen ihm zum ersten Mal ihre Augen auf. Sie waren tiefblau, von einer Intensität, wie man sie normalerweise nur bei Neugeborenen fand.

„Folgt mir!" Ohne ein weiteres Wort der Erklärung verließ Kolubleik im Stechschritt den Bereich der Gards. Nach der langen Haft schaffte es Nimael nur mit größter Mühe, mit ihm Schritt zu halten. Sie durchquerten den Zellentrakt der Caers und Slaes und erreichten schließlich die hohe, steinerne Empfangshalle des Blutfelsens.

„Öffnet das Tor!", befahl Kolubleik scharf. Die dort stationierten Gards folgten seiner Anweisung und grelles Sonnenlicht brach vom Wüstensand reflektiert ins Innere. Während sich Nimael schützend die Hand vor Augen hielt, nahm sich der Dunkelmeister die Left vor.

„Raus da!" Sein erbarmungsloser Tonfall ließ keinen Zweifel an seiner Entschlossenheit.

„W… Wie bitte?", stotterte die junge Frau ängstlich. Ihre Augen leuchteten noch tiefer – beinahe unnatürlich. Sie nahmen eine Farbe an, die einem unweigerlich im Gedächtnis blieb.

„Raus aus dem Bruch!", forderte Kolubleik mit Nachdruck.

„Nein, bitte …", flehte die Left, während ihr die Farbe aus dem

Gesicht wich. „Ich wollte das nicht tun! Sie haben mich dazu gezwungen!"

„Was faselst du da?", fragte Kolubleik verwirrt. „Mir ist egal, was du glaubst, getan zu haben. Dass du verbannt wirst, hast du allein diesem rotzfrechen Wurm hier zu verdanken!" Er packte sie und schleuderte sie mit unglaublicher Kraft in Richtung des Tores, wo sie zu Boden fiel. Dann gab er Varuil ein Signal. Dieser zückte seinen Bogen und richtete einen Pfeil auf die hilflose Frau.

„Raus mit dir!", brüllte Kolubleik voller Zorn. Die Left richtete sich auf und durchschritt das Tor.

„Schluss damit!", mischte sich Nimael ein. Eine Verbannung in die Wüste kam einem Todesurteil gleich. „Das ist ungerecht, sie hat nichts getan!"

„Du glaubst, ich brauche einen Grund?", fragte Kolubleik belustigt. „Ich bin ein Meister. Ich kann mit ihr machen, was ich will. Ich kann mit euch allen machen, was ich will!" Er senkte die Stimme und redete düster auf Nimael ein. „Aber wenn du unbedingt willst, kann ich dir einen Grund nennen. Sie stirbt, weil es *dir* wehtut! Da andere Züchtigungsmaßnahmen keine Wirkung zeigen, muss ich dich nun auf diese Weise bestrafen. Das hier ist allein deine Schuld." Die Tore schlossen sich und die Left flehte noch immer um Gnade. „Hörst du sie winseln? *Das* sollte dir eine Lehre sein, die für immer im Gedächtnis bleibt!"

„In Ordnung, ich habe verstanden", rief Nimael. „Es wird nicht wieder vorkommen, ich verspreche es! Bitte lasst sie am Leben."

Kolubleik schüttelte erbarmungslos den Kopf. „Du sollst wissen, wie es sich anfühlt, wenn deinetwegen ein Menschlein stirbt."

Nimael sank vor Kolubleik auf die Knie. Hier ging es nicht mehr um Ehre, sondern um ein Menschenleben, und der Meister hatte alle Trümpfe in der Hand. „Es tut mir leid. Ich habe meine Lektion gelernt. Ich werde mich fügen. Ich tue alles, um mein Vergehen ungeschehen zu machen. Absolut alles!“ Tränen stiegen ihm in die Augen, aber Kolubleik grinste nur zufrieden.

„Siehst du, das ist die Reaktion, die ich sehen wollte – die Reaktion, die eine Strafmaßnahme nach sich ziehen sollte.“ Er schenkte dem bitterlichen Flehen, das noch immer von draußen zu hören war, keinerlei Beachtung. „Aber nur, damit wir uns verstehen: Ich weiß alles über dich. Ich weiß, wie sehr dir deine Slaes am Herzen liegen. Ich weiß auch, dass du in eine von ihnen verliebt bist – daran ändert auch deine Trennung vor lauter Sorge um sie nichts. Thera, dein *Anker* … dass ich nicht lache!“ Er schnaubte angewidert. Wie konnte er nur davon wissen? „Glaubst du allen Ernstes, dass ich davor zurückschrecken würde, mir diese Gefühle zunutze zu machen? In Zukunft werden für deine Verfehlungen andere büßen und du bekommst einen Platz in der ersten Reihe, um ihnen beim Leiden und qualvollen Verrecken zuzusehen.“ Kolubleik kniete sich mit einem Bein auf den Boden und flüsterte Nimael mit klirrend kalter Stimme ins Ohr: „Ich verspreche dir, beim nächsten Mal ist es deine kleine Thera, die da draußen um Gnade winselt.“

24

LICHT

Nachdem Kolubleik mit seiner Eskorte die Halle verlassen hatte, blieb Nimael mit den Wachleuten und den flehenden Rufen der Left allein am Tor zurück. Jetzt verfluchte er sein hochsensibles Gehör, das es ihm erlaubte, jede noch so leise, verzweifelte Silbe, die sie äußerte, zu verstehen. Er konnte nur hilflos mit anhören, wie langsam ihre Hoffnungen schwanden. Die lange Haftstrafe hatte an seinen Kräften gezehrt, aber selbst wenn sein Zustand eine Auseinandersetzung erlaubt hätte, wäre er gegen die zahlreichen Gards und die Befehle Kolubleiks vollkommen machtlos gewesen. So sehr er auch darüber nachdachte, er fand beim besten Willen keine Möglichkeit einzuschreiten.

Irgendwann verstummten die Schreie. Die Left hatte begriffen, dass sie auf diese Weise nichts ausrichten konnte, und endgültig aufgegeben. Vermutlich baute sie auf ihre einzige Hoffnung und versuchte sich irgendwie durch die Wüste zu kämpfen – so aussichtslos das auch war. Bei dem Gedanken, dass ein armes, unschuldiges Mädchen seinetwegen nun qualvoll verdursten musste, schnürte es Nimael den Hals zu. Und all das nur wegen ein paar lockerer Sprüche.

Von einem Moment auf den anderen schlug sein Schuldgefühl in Hass um. Der Dunkelmeister hatte eine Unschuldige in ihren Konflikt hineingezogen und sie ohne mit der Wimper zu zucken getötet. Wütend schlug Nimael mit der Faust auf den Steinboden. Dass Kolubleik ohne Vorwarnung dermaßen überzogen reagieren würde, hatte er beim besten Willen nicht kommen sehen. Diese Tat hatte der Dunkelmeister zu verantworten und eines Tages sollte er dafür bezahlen. Auch wenn Nimael noch nicht wusste, wie er das anstellen sollte, schwor er sich, dass er die erste Gelegenheit nutzen würde, die sich ihm bot. Schließlich sammelte er sich und verließ die Halle, um nach hundert Tagen endlich in seine Zelle zurückzukehren.

Als er dort angekommen war, öffnete er vorsichtig die Tür und sah hinein, doch die Zelle war leer. Kein Wunder – dem Stand der Sonne nach zu urteilen war es erst Mittag. Seine Gruppe musste wahrscheinlich noch einige Stunden im Bruch über sich ergehen lassen. Nimael sah sich um. Im Mittelraum hatte sich nicht viel verändert, aber unter Theras Bett erkannte er ein einzelnes Blatt. Hatte sie ihm eine Nachricht hinterlassen, die ein Luftzug von ihrem Bett geweht hatte? Nimael hob die Seite auf und wendete sie. Überglücklich und zu Tränen gerührt stellte er fest, dass es sich um das Porträt handelte, das Thera bei ihrer ersten Verabredung von ihm gezeichnet hatte. Wenn sie ihn vermisst hatte, konnte die Lage nicht so aussichtslos sein, wie er zunächst angenommen hatte.

In seinem eigenen Zimmer fand er auf dem Schreibtisch eine üppige Mahlzeit vor, an der nicht gespart worden war. Hungrig machte er sich darüber her – so gut hatte er seit einer Ewigkeit nicht gegessen. Anschließend sah er sich genauer um. Ando hatte wohl ein Stück Kreide besorgt und seine Strichliste an der Wand fortgeführt. Außerdem hatte er in weiser Voraussicht eine frische Uniform auf Nimaels Bett gelegt. Als hätte sein Mentor bereits geahnt, dass er sich in diesem Moment kaum etwas sehnlicher wünschte. Nimael ging in den Gemeinschaftsraum und wusch sich gründlich ab – zweimal. Dann betrachtete er sich im Spiegel und erschrak. Mit der Zeichnung hatte sein Äußeres nicht mehr viel gemein. Seine Haare waren länger, sein Körper und sein Gesicht so abgemagert, dass man ihn nur noch als dürr bezeichnen konnte, und seine Haut so bleich, dass ihn sein Anblick stark an den seines Erzfeindes erinnerte.

Plötzlich hörte er, dass sich im Mittelraum die Zellentür öffnete. Wer konnte um diese Uhrzeit bei ihnen eindringen? Flink schlüpfte er in seine Uniform, machte sich kampfbereit und öffnete die Tür zum Mittelraum einen Spaltbreit.

„Ando? Thera?“ Sein erleichterter Ausruf ließ beide zusammenzucken.

„Nimael!“ Thera stürmte freudestrahlend zu ihm. „Du bist wirklich schon da!“ Ungehemmt und voller Schwung fiel sie ihm in die Arme. Nimael musste all seine Kraft zusammennehmen, um nicht nach hinten umgeworfen zu werden, und stöhnte dabei erschöpft auf. Gleichzeitig prasselten so viele Gedanken und Gefühle auf ihn ein, dass er nicht wusste, wie ihm geschah. Sie hätte ihn nicht herzlicher begrüßen können und schien ihre Trennung vollkommen vergessen zu haben.

„Thera …“ Obwohl sie so unendlich guttat, löste sich Nimael langsam aus ihrer Umarmung. „Ich verstehe nicht ganz … Hasst du mich denn gar nicht mehr?“

„Wie kommst du denn auf so was?“, fragte Thera ungläubig. „Ich habe dich noch nie gehasst.“

„Ich dachte, dass ich dir so wehgetan habe, dass du mich nun verabscheust.“

„Du hast mir tatsächlich wehgetan“, erwiderte Thera. „Aber das ist wohl das Risiko, das man eingeht, wenn man jemanden wirklich liebt.“ Sie lächelte traurig. „Damals habe ich in meiner Zeichnung deine Liebe für mich festgehalten. Als du unter unserer Trennung gelitten hast, habe ich diese Liebe jeden Tag in deinen Augen gesehen. Da wurde mir klar, dass ich mir keine Sorgen machen musste. Ich verstand, dass du mich schützen wolltest, weil dir mein Wohlergehen wichtiger war als dein eigenes. Auch jetzt sehe ich deine Liebe für mich, weil du deine Gefühle immer offen mit dir trägst. Für diese Eigenschaft liebe ich dich ebenfalls."

„Aber warum hast du dann bei den Kampfübungen plötzlich so zugehauen?", fragte Nimael. „Wolltest du dich denn nicht an mir rächen?"

„Ich habe gesehen, wie du es allein mit drei Gards aufgenommen hast." Thera schmunzelte. „Wenn ich mich an dir rächen wollte, würde ich dazu sicher nicht den Nahkampf suchen. Ich habe so zugeschlagen, weil ich dir zeigen wollte, dass ich nicht so hilflos bin, wie du vielleicht denkst. Sagtest du nicht sogar, ich müsse stark sein? Ich wollte beweisen, dass ich im Ernstfall sehr gut auf mich allein aufpassen kann. Wenn ich gewusst hätte …" Sie sah ihn mitleidsvoll an. Als sie erkannte, wie erschöpft er sich auf den Beinen hielt, schloss sie ihn zärtlich in ihre Arme. „Das nächste Mal sprichst du mit mir, bevor du solche Vermutungen anstellst, ja?"

Nimael schloss die Augen und nickte. Gerade als er sich dieser wohltuenden Geborgenheit hingeben wollte, räusperte sich Ando. Er fühlte sich wohl fehl am Platze und hatte die ganze Szene aus dem Mittelraum beobachtet, ohne auch nur ein einziges Wort zu äußern.

„Willkommen zurück, Fremder!" Er grinste verlegen und klopfte Nimael auf die Schulter, damit sich dieser nicht aus der Umarmung lösen musste.

Nimael dankte ihm. „Wie geht es euch? Wo stecken die anderen?"

„Keine Sorge, alle wohlauf", beruhigte ihn Ando. „Sie sind noch im Bruch. Thera und ich haben schon etwas vorgearbeitet, um dich rechtzeitig empfangen zu können, aber du konntest ja nicht abwarten." Er unterbrach sich und musterte Nimael genauer. „Bist ein wenig blass um die Nase, aber für einhundert Tage im Loch siehst du erstaunlich gut aus."

„Das liegt wohl daran, dass es keine hundert Tage waren", antwortete

Nimael geheimnisvoll. Er bat beide, sich zu setzen, damit er von seinem Erlebnis und seinen neuen Fähigkeiten berichten konnte.

„Das soll jetzt nicht gefühllos klingen, aber was du da gerade erzählt hast, klingt für mich ein wenig weit hergeholt", erwiderte Ando skeptisch. „Die Zeit beeinflussen …" Er schüttelte den Kopf. „Bist du sicher, dass dich die lange Dunkelheit nicht ein bisschen wirr gemacht hat?"

Nimael schloss die Augen und konzentrierte sich. Als er das vertraute Wesen der Strömung um sich spürte, kämpfte er gegen sie an. Nachdem er die Augen wieder geöffnet hatte, saßen ihm seine beiden Gesprächspartner wie erstarrt gegenüber. Inzwischen hatte er genug Übung, um für kurze Momente bewusst handeln zu können, ohne aus dem Strom zu fallen. Nachdem er um den Tisch herumgelaufen war, schaffte er es gerade noch, jedem von ihnen eine Hand auf die Schulter zu legen, bevor die Strömung zusammenbrach.

„Was zum Teufel …?" Ando fuhr erschrocken hoch und machte einen Satz von seinem Stuhl. Thera drehte sich hastig um und starrte ihn fassungslos an.

„Kostet ganz schön viel Kraft." Nimael lächelte müde. „Aber ein netter Zaubertrick, nicht wahr?"

„Das ist mehr als ein Zaubertrick." Ando musterte ihn durchdringend. „Wenn ich es nicht besser wüsste, würde ich sagen, du bist einer von ihnen."

„Von ihnen?"

„Den Meistern", präzisierte Ando. „Was Kolubleik damals mit den sechs Gards angestellt hat, klingt für mich nach dem haargenau gleichen *Zaubertrick*, den du uns gerade vorgeführt hast. Und was glaubst du wohl, wie Serqet damals so schnell verschwinden konnte?"

Natürlich war sich Nimael dieser Verbindung tief in seinem Inneren schon lange bewusst gewesen, aber so direkt hatte er sie sich trotz aller Experimente, Überlegungen – und nicht zuletzt seines eigenen Spiegelbilds – nie vor Augen geführt. Der Gedanke widerte ihn zutiefst an. Nimael erinnerte sich an den Hass und die Erbarmungslosigkeit, die er gegenüber Smeon empfunden hatte. Wie er nach dessen Tod seine Angst geäußert hatte, sich zu verändern und seine Menschlichkeit zu verlieren. Erst jetzt war er sich darüber im Klaren, wie real diese Befürchtungen tatsächlich waren.

„Du hast recht", gestand Nimael zerknirscht ein. „Ich bin wirklich wie sie. Ich sehe sogar aus wie sie."

Thera nahm seine Hand. „Das stimmt nicht", sagte sie voller Überzeugung und sah ihm dabei tief in die Augen. „Ähnlichkeit entsteht doch nicht durch bestimmte Fähigkeiten oder Aussehen. Sie entsteht durch Gefühle und die Entscheidungen und Handlungen, die auf ihnen basieren. Und was das betrifft, könntest du dich von den Meistern nicht stärker unterscheiden. Im Gegensatz zu ihnen verfügst du über ein Herz und ein Gewissen. Du gehörst zu uns, nicht zu ihnen."

Theras Worte gaben Nimael den nötigen Halt, um geistig nicht gleich ins nächste Loch zu fallen. Wie erstaunlich sie doch war. Vielleicht war Landria die Belesenste und Intelligenteste in ihrer Gruppe, aber Thera war zweifellos die Weiseste. Wie sich jemand mit so viel Menschenkenntnis gleichzeitig so viel Glauben an das Gute bewahren konnte, war Nimael unbegreiflich. Er lächelte sie dankbar an.

„Ich wollte dich nicht kränken", sagte Ando im selben Moment. „Ich wollte nur auf das Offensichtliche hinweisen."

„Schon gut, du hast ja recht", gab Nimael zu.

„Es wird langsam Zeit, dass ich die anderen aus dem Bruch hole." Offenbar fühlte sich Ando noch immer unbehaglich in dieser Situation. „Wir können ja später weiterreden." Er gab Nimael einen weiteren Klaps auf die Schulter und verließ den Raum. Als sich die Zellentür im Mittelzimmer geschlossen hatte, sahen sich Thera und Nimael liebevoll an.

„Ich habe dich vermisst", sagte Nimael leise. „Wenn ich gewusst hätte, wie sich alles entwickeln würde …"

„Ich habe dich auch vermisst, schon vor dem Urteil", erwiderte Thera.

„Die Meister wissen von uns", fuhr Nimael fort. „Ob wir zusammen sind oder nicht, spielt keine Rolle mehr, du befindest dich meinetwegen in Gefahr und das tut mir unendlich leid. Ich darf auf keinen Fall mehr auffallen, sonst werden sie dich töten."

„Ich bin bereit, dieses Risiko einzugehen", erklärte Thera mutig.

„Ich nicht." Nimael schüttelte entschlossen den Kopf. „Aber ich bereue die Entscheidung, mich von dir getrennt zu haben, das sollst du wissen. Und ich würde alles tun, um dich wieder zurückzugewinnen."

Thera lächelte zaghaft. „Dazu müsstest du mich erst einmal verloren haben."

Nimael konnte kaum fassen, dass sie ihm alles so einfach verziehen hatte. „Du bist echt unglaublich, weißt du das?" Er küsste sie so zärtlich, dass die Welt zum Stillstand kam – und aus eigener Erfahrung wusste er, wie sich das anfühlte. Nie wieder wollte er so lange Zeit von ihr getrennt sein. Wenn überhaupt, sollte ihre Liebe aus dieser Erfahrung nur noch erstarken und in Zukunft gegen alle Widrigkeiten bestehen. Obwohl er nichts davon aussprach, schien Thera seine Entschlossenheit zu fühlen. Ihre Küsse wurden intensiver, ihre Berührungen leidenschaftlicher und scheinbar ohne ihr Zutun torkelten sie plötzlich wie im Rausch durch den Mittelraum der Zelle. Irgendwie schafften sie es gerade noch, die Türe zu Nimaels Zimmer zu schließen, bevor sie sich ineinander verloren.

Einige Zeit später hörte Nimael die Zellentür. Offenbar waren Ando und der Rest der Gruppe zurückgekehrt. Schnell rückten Nimael und Thera ihre Uniformen zurecht.

„Wo steckt ihr?" Hallbora schien sie bereits schmerzlich zu vermissen. Nimael wollte gerade die Tür öffnen, als ihn Thera am Ärmel packte.

„Warte!“ Sie fuhr ihm ein paarmal durch die zerzausten Haare und musterte ihn grinsend. „Jetzt hast du auch wieder etwas Farbe bekommen.“

„Du aber auch.“ Nimael grinste zurück und bestaunte Theras gerötete Wangen. Sie küssten sich und verließen das Zimmer.

Seine Rückkehr wurde so positiv aufgenommen, dass sich Nimael fragte, wie er je annehmen konnte, dass ihn alle hassten. Nach zahlreichen Grüßen und Umarmungen versammelten sie sich wie gewohnt im Gemeinschaftsraum. Ando hatte bereits für ein reichhaltiges Abendessen gesorgt. Sie ließen es sich schmecken und Nimael erzählte, was sich ereignet hatte. Anschließend gedachten sie der Left, die Kolubleik seinetwegen geopfert hatte. Schließlich berichtete die Gruppe von den einhundert Tagen außerhalb des Lochs.

Nimaels Worte, die er an Soval und die gaffende Menge gerichtet hatte, schienen ihren Zweck nicht verfehlt zu haben. Die Angriffe waren insgesamt zurückgegangen und der Umgang miteinander hatte sich ebenfalls gebessert. Dennoch waren in der *Heißen Zwei* einige Verletzungen zu behandeln gewesen, die in erster Linie auf Soval und dessen Mitstreiter zurückzuführen waren. Sie schienen sich mit Nimaels Inhaftierung als Gewinner in diesem Konflikt zu betrachten und behandelten ihre Slaes rücksichtsloser denn je. Damit hatten Thera und Veila nun zwar weniger Patientinnen zu behandeln, dafür traf es einen kleineren Kreis jedoch umso härter.

„Vielleicht hattest du die ganze Zeit über recht“, überlegte Ando frustriert. „Mir ist hier so manches klar geworden. Ich wusste nicht, wie schlimm es um einige steht, bis ich es selbst hautnah miterlebt habe. Nach allem, was ich gesehen habe und was du von dem Todesurteil der Left berichtet hast – das übrigens selbst für Kolubleiks Verhältnisse eine unfassbar niederträchtige Tat darstellt –, komme ich mehr und mehr zu der Überzeugung, dass wir uns nicht länger alles gefallen lassen sollten. Wir müssen uns wehren.“ Damit gab er ganz neue Töne von sich. „Letztendlich befinden wir uns in einem Krieg, den sie uns aufgezwungen haben und der laufend neue Opfer fordert. Wenn wir uns nicht zur Wehr setzen, werden diese Opfer nur auf einer Seite zu beklagen sein, nämlich auf unserer."

So sehr sich Nimael auch über Andos Sinneswandel freute, gerade jetzt konnte er diesen Weg nicht mit ihm einschlagen.

„Er hat Thera bedroht", erinnerte ihn Nimael. „Ich werde nichts tun, was sie gefährden könnte. Ein offener Schlagabtausch kommt für mich derzeit also nicht infrage."

„Natürlich nicht." Ando nickte verständnisvoll. „Das war sowieso nicht das, was ich im Sinn hatte. Aber wir sollten Vorbereitungen treffen und die entsprechenden Fäden zieht man am besten im Hintergrund." Er verabschiedete sich, um ebenfalls zu seiner Gruppe zurückzukehren. Nimael begleitete ihn in den Mittelraum.

„Danke. Für alles." Er reichte ihm die Hand und fragte ihn vorsichtig: „Wie viel schulde ich dir?"

„Was meinst du?", fragte Ando zurück.

„Du hattest in diesen hundert Tagen sicherlich einiges an Ausgaben", erklärte Nimael. „Ich weiß doch, dass die Mittel für die *Heiße Zwei* unmöglich vom Gehalt der Slaes bezahlt werden können. Was bekommst du von mir?"

„Nichts, im Gegenteil." Ando sah ihn beinahe entschuldigend an. „Die Hilfe, die ihr hier anbietet, ist unbezahlbar. Und sie erfolgt direkt und nicht über Umwege. Was ihr einbringt, kommt ausnahmslos dort an, wo es benötigt wird. Ich bin froh, wenn ich etwas dazu beitragen konnte – oder in Zukunft noch kann." Bevor er sich abwandte, zögerte er plötzlich. „Ich lag mit so vielem falsch und es ist wohl am besten, wenn ich es dir gleich gestehe." Er kaute nervös auf seiner Unterlippe und überlegte, wie er es formulieren sollte. „Weißt du noch, wie ich dir erzählte, dass ich meine Slaes als Geschwister betrachte und sie wie meine Familie behandle?"

Nimael nickte.

„Dieses Gefühl hatte ich bei deiner Gruppe nicht unbedingt. Stattdessen habe ich mich in den letzten Monaten in eine von ihnen verliebt", offenbarte Ando verlegen. „Ich weiß, ich hatte dir geraten, dich von Thera fernzuhalten, weil du sie damit in Gefahr bringen würdest. Du musst mich für einen gewaltigen Heuchler halten, weil ich jetzt denselben Fehler begehe."

„Du hast dich in Thera verliebt?" Nimael schaffte es gerade noch, die Fassung zu wahren und die Stimme nicht zu erheben.

„Nein, Mann!", erwiderte Ando grimmig. „Ich spreche von Hall."

„Hallbora?", fragte Nimael erleichtert und grinste Ando bis über beide Ohren an. „Weißt du, sie hatte schon immer eine Schwäche für dich." Er zwinkerte ihm zu und klopfte ihm freundschaftlich auf die Schulter.

„Du bist mir nicht böse?", fragte Ando überrascht. „Ich hatte dich gewarnt, ein solches Risiko einzugehen, und jetzt bringe ich selbst eine deiner Slaes in Gefahr."

„Ihr habt euch verliebt." Nimael zuckte gelassen mit den Schultern. „Wie könnte ich euch deswegen böse sein?" Vielleicht hätte er vor ein paar Stunden noch anders darüber gedacht, aber inzwischen wusste er, wie unmöglich es war, sich seinen Gefühlen zu widersetzen. „Außerdem wissen wir doch beide, dass eine Beziehung mit dir weit weniger gefährlich sein dürfte als mit mir."

Ando gab sich erleichtert über die lockere Reaktion und bedankte sich bei Nimael für dessen Segen. Als Nimael die Tür hinter ihm schloss, konnte er kaum glauben, wie positiv sich alles entwickelt hatte. Er kehrte zufrieden in den Gemeinschaftsraum zurück, wo ihn Hallbora gewohnt spitzbübisch empfing.

„Du siehst glücklich aus. Hat das vielleicht etwas mit Theras Begrüßung zu tun?"

„Ich habe ihr nichts erzählt!" Thera errötete noch stärker als zuvor und bestätigte damit Hallboras Annahme.

„Nein", erwiderte Nimael und grinste. „Ich amüsiere mich nur über Ando, der meinte, dass er nicht verstehen könne, warum ich mich mit Thera versöhnt habe. Er gab mir den Rat, bei einer reichhaltigen Auswahl an Speisen nicht immer dasselbe zu essen."

„Er hat was?" Hallboras Miene verfinsterte sich schlagartig. Sie sprang wütend auf, fest entschlossen, Ando hinterherzulaufen, doch Nimael hielt sie zurück.

„Warte! Ich will dich doch nur verscheißern. Ando hat mir alles über euch erzählt."

„Verscheißern?", fragte Hallbora ungläubig.

Nimaels Grinsen wuchs in die Breite, worauf sich Hallboras Unmut von Ando auf Nimael verlagerte.

„Wer hilft mir, ihn durchzukitzeln?", fragte sie in die Runde. Nachdem Thera aufgesprungen war, um sie zu unterstützen, trauten sich auch die anderen und gingen gemeinsam auf ihn los. Nimael wich bis in den Mittelraum zurück, wo die gesamte Meute über ihn herfiel.

Als er lachend am Boden lag und nach Luft rang, wurden ihm zwei Dinge bewusst. Nach der langen gemeinsamen Gefangenschaft und allem, was sie inzwischen durchgemacht hatten, waren auch sie zu einer Art Familie zusammengewachsen. Er war ein wichtiger Teil davon und wurde nicht gehasst, sondern geliebt – zumindest überwiegend. Noch viel wichtiger war aber, dass sie zwischen all der erbarmungslosen Unterdrückung und Gewalt ihre Menschlichkeit bewahrt hatten. Sie hatten die Hoffnung nicht aufgegeben, sondern das Beste aus ihrer aussichtslosen Situation gemacht. Das war es, was es zu verteidigen galt, worum er gekämpft hatte und worum er auch weiterhin unbedingt kämpfen musste.

Die gelöste Stimmung hielt den ganzen Abend über an und vielleicht hatte sich Nimael tatsächlich noch nie so zu Hause gefühlt wie in diesem Moment. Als die Runde auseinanderging, war es spät geworden. Dennoch wollte Nimael unbedingt die Versorger aufsuchen. Der anstrengende Marsch mit Kolubleik hatte gezeigt, dass es gerade die Bewegung war, an der es ihm am meisten mangelte. Außerdem hatte Kaifu zu so später Stunde mit Sicherheit kaum Kundschaft und konnte ihm vielleicht helfen, ein paar Bücher über Meditation zu finden – wenn das Lager denn überhaupt noch geöffnet war.

Nimael betrat den Bruch, der vom Sternenlicht sanft ausgeleuchtet wurde. Trotzdem erkannte er, dass ihn die vier Wachposten vor dem Häuschen gewohnt misstrauisch musterten. Er schenkte ihnen keine weitere Beachtung, wandte sich ab und lief zwischen den Essenstischen hindurch, um zu den Versorgern zu gelangen. Als er erst wenige Schritte in den Tunnel vorgedrungen war, bemerkte er an der Gabelung vor sich ein mattes, rotes Licht, das an der Felswand schimmerte. Er blieb stehen und beobachtete es. Ohne die extreme Lichtempfindlichkeit, die er nach der langen Dunkelheit entwickelt hatte, wäre es ihm wohl kaum aufgefallen. Es war merkwürdig. Es schien keinen natürlichen Farbton wie von einer Flamme zu haben. Als es an Intensität gewann und leise Schritte aus dem Bereich der Dunkelmeister zu hören waren, wich er schnellstens zurück, bis er den Tunnel wieder verlassen hatte. Er sah noch einmal zu den vier Gards, die ihm aber mittlerweile keinerlei Beachtung mehr schenkten. Die Schritte wurden lauter – jemand näherte sich aus dem Tunnel. Nimael zögerte nicht lange und kroch unter einen der Tische zur Essensausgabe, die an der Felswand aufgebaut waren. Dort kauerte er sich zusammen und wartete gespannt.

Ein Mann, der in eine lange Kutte gehüllt war, trat aus dem Tunnel hervor. Er wandte sich sofort dem Bruch zu und kehrte Nimael den Rücken. Obwohl eine Kapuze seinen Kopf verbarg, handelte es sich eindeutig um einen der Meister, daran ließen Kleidung, Körperhaltung und nicht zuletzt der typisch erhabene Gang keinen Zweifel. Vor sich trug er einen Gegenstand, der dieses rötlich schimmernde Licht verursachte und den Nimael nur zu gern einmal gesehen hätte. Vielleicht konnte er einen Blick erhaschen, indem er seinen Kopf ein klein wenig streckte. Mit einem leichten Poltern wurde sein Vorhaben abrupt beendet. Nimael war mit dem Hinterkopf gegen das rechte Tischbein gestoßen, ärgerte sich über sich selbst und fragte sich im selben Moment, ob es sein Schädel war, der dieses hohle Geräusch von sich gegeben hatte. Der Dunkelmeister blieb augenblicklich stehen, fuhr herum und starrte mit glühend roten Augen in Richtung der Tische. Vor Schreck verschlug es Nimael den Atem. Er fühlte, wie sich die Strömung um ihn herum aufbaute. Sollte er dagegen ankämpfen und so schnell wie möglich fliehen? Anstatt seinem ersten Instinkt zu folgen, rief sich Nimael ins Gedächtnis, dass es sich nicht um einen gewöhnlichen Gegner, sondern um einen Meister handelte. Außerdem bezweifelte er, dass seine Kondition in seinem gegenwärtigen Zustand ausreichte, um die gesamte Strecke bis zum Ausgang des Bruchs in einem einzigen Drift zurückzulegen. Stattdessen entschied er, ruhig zu bleiben und weiter die Luft anzuhalten. Der Meister starrte noch immer in seine Richtung und lauerte wie ein Raubtier auf eine verdächtige Bewegung. Doch Nimael rührte sich nicht und die Dunkelheit, die im Schatten des Tischs noch schwärzer war, verhüllte seine Konturen vollständig. Leider galt dies aber auch für das Gesicht unter der Kapuze. Schließlich wandte sich der Unbekannte von ihm ab und setzte seinen Weg in den Bruch fort. Nimael atmete vorsichtig ein und entspannte sich erst in dem Moment, als der Mann in einem der Stollen verschwunden war. Sollte er die Gelegenheit nutzen, um unbemerkt zu entkommen? Aber was ging dort vor? Vielleicht sollte er ihm lieber folgen, um mehr zu erfahren. Wenn sie ihn andererseits beim Spionieren erwischten – und das noch am selben Tag, an dem er aus der Haft entlassen wurde –, würde Kolubleik seine Drohung ganz sicher wahrmachen. Noch während Nimael darüber nachdachte, trat der Meister wieder aus dem Stollen hervor. Der Gegenstand schimmerte noch immer rötlich vor ihm, aber die Entfernung war inzwischen zu groß, um zu erkennen, worum es sich handelte. Wenn der Meister nun den Rückweg antrat, würde Nimael endlich erfahren, was es damit auf sich hatte. Plötzlich dämmerte ihm, dass die merkwürdige Lichtquelle dann aber auch seine Position preisgeben würde. Nimael schluckte bei dem Gedanken. Dieser Gefahr durfte er Thera keinesfalls aussetzen.

Doch der Dunkelmeister kehrte nicht zurück, sondern wandelte die Terrasse hinauf und verschwand schließlich in einem anderen Stollen. Nimael beschloss, sein Glück nicht überzustrapazieren, und trat den Rückweg an. Die Gards am Häuschen musterten ihn erneut, hatten aber offenbar nicht einmal mitbekommen, dass einer der Meister im Bruch unterwegs war. Sie ließen ihn kommentarlos passieren. Nimael versank in Gedanken und versuchte, aus dem schlau zu werden, was er gerade beobachtet hatte.

25

AUFTRAG

Am Morgen,
der erste Gedanke dämmert mir,
ich bin ohne Sorgen,
denn er gilt allein dir.

Während ich esse und trinke,
während ich geh und steh,
während ich in Gesprächen versinke,
bist du es, die ich vor mir seh.

Bricht die Nacht herein,
ich schließe meine Augen zur nötigen Ruh,
soll es auch mein letzter Gedanke sein:
Für immer und ewig du.

Nimael, Tag 616

Am Vorabend hatte Nimael noch ein Liebesgedicht niedergeschrieben, das er sich während seiner Haftstrafe überlegt hatte. Nach einer gewissen Zeit würden seine Schöpfungen mit Sicherheit wieder in Vergessenheit geraten und das hatten weder sie noch die Muse, die sie inspiriert hatte, verdient. Er legte das Gedicht auf Theras Kopfkissen und verließ die Zelle, um den Dienst im Bruch anzutreten.

Dort ging es chaotischer zu denn je. Die Meister hatten befohlen, einen Teil der Stollen stillzulegen. Nun wurde der abgebaute Stein in Gondeln verladen und zu den angewiesenen Tunneleingängen zurücktransportiert, um diese wieder zuzuschütten. Obwohl Nimael so etwas bisher noch nie erlebt hatte, deuteten einige der bereits verschütteten Stollen in den Randbereichen des Bruchs darauf hin, dass es während seiner Einzelhaft schon entsprechende Anweisungen gegeben hatte. Ob diese Maßnahme mit seinem Erlebnis vom Vorabend zusammenhing?

Nimael kämpfte sich in die Mittagspause. Trotz der regelmäßigen Übungen ließen seine Muskelkraft und seine Kondition zu wünschen übrig. Er erinnerte sich, wie sehr der Schweiß nach den Peitschenhieben in seinen offenen Wunden gebrannt hatte, aber zumindest waren diese Schmerzen nach wenigen Tagen ausgestanden gewesen. Unter den Folgen der Einzelhaft hatte er mit Sicherheit noch deutlich länger zu leiden und wie er den Nachmittag überstehen sollte, war ihm in diesem Moment noch ein Rätsel. Erschöpft ließ er sich an den Tisch sinken. Nachdem er sich bei Wiggy für die Vertretung von Ando bedankt hatte, erzählte er von den nächtlichen Ereignissen im Bruch.

„Was sie auch immer suchen, sie scheinen eine Möglichkeit gefunden zu haben, es aufzuspüren", vermutete Ando. „Zumindest können sie die Anzahl der Stollen einschränken und konzentrieren nun all ihre Kräfte auf eine bestimmte Region. Inzwischen gibt es kaum noch Stollen, in denen weniger als fünf Leute gleichzeitig arbeiten. So wie es aussieht, bestätigen sich außerdem sämtliche Gerüchte, die über die

Meister …" Er unterbrach sich mitten im Satz und begrüßte einen unerwünschten Gast, der sich von hinten angenähert hatte. „Soval, was können wir für dich tun?"

Das blöd grinsende Gesicht des verfeindeten Caers ließ Nimael die Vor- und Nachteile seiner Einzelhaft noch einmal überdenken.

„Oh, ich wollte nur mal hallo sagen und nach meinem Freund hier sehen." Er legte Nimael die Hand auf die Schulter. „Siehst etwas abgemagert aus, Kumpel."

„Und du hast ein paar Pfunde zugelegt, wie mir scheint." Nimael musterte ihn kritisch. „Wenn ich es nicht besser wüsste, würde ich annehmen, dass die Auszeit, die ich genießen durfte, eigentlich für dich bestimmt war. Aber vielleicht bekommst du ja bald die Möglichkeit, sie nachzuholen. Mit Fettleibigkeit ist schließlich nicht zu spaßen, Schwabbel." Nimael tätschelte ihm demonstrativ den Bauch, doch Soval packte sofort seine Hand und riss sie ohne Schwierigkeiten herum. Vielleicht hatte er sich mit einer solchen Provokation doch etwas zu weit aus dem Fenster gelehnt. Ando fuhr hoch und durchbohrte Soval regelrecht mit einem bitterbösen Blick. Als Soval bemerkte, dass auch zahlreiche Gards auf die Situation aufmerksam geworden waren und diesmal eindeutig er als Angreifer ausgemacht werden konnte, ließ er Nimael los und entfernte sich langsam vom Tisch.

„Nichts für ungut, Leute." Er hob beschwichtigend die Hände und grinste genauso blöd wie zuvor. „Ich wollte nur sichergehen, dass mein Freund hier seine Lektion gelernt hat." Zufrieden wandte er sich ab und kehrte zu seinem eigenen Tisch zurück, wo man ihn mit Lob und Anerkennung empfing.

„Manche Dinge ändern sich wohl nie", stellte Nimael ernüchtert fest.

„Vergiss den Idioten. Wir müssen uns noch über etwas anderes unterhalten." Ando sah sich verschwörerisch um. „Große Ereignisse stehen bevor und du solltest darauf vorbereitet sein."

„Wovon sprichst du?“

„Ihr seid nun bald zwei Jahre hier.“

Nimael nickte unbeeindruckt.

„Jedes Jahr wird eine Gruppe losgeschickt, um neue Arbeitskräfte zu rekrutieren“, erklärte Ando. „Dabei wechseln sich die beiden Richtungen regelmäßig ab. Das heißt, dass wir dieses Jahr wieder am Zug sind. Natürlich werden aber nur diejenigen losgeschickt, die sowieso schon wissen, wie der Hase läuft und wer sie ausgewählt hat.“

„Was hat das mit mir zu tun?“, fragte Nimael. „Niemand weiß, dass ich es herausgefunden habe.“

„Ja, das dachte ich auch“, antwortete Ando. „Aber wie du weißt, habe ich einige Kontakte. Einer davon ist ein Gard, der das Vertrauen der Meister genießt. Als er sie eskortierte, sprachen sie darüber. Sie haben davon erfahren.“

„Von dem Gard, der uns damals im Stollen voneinander getrennt hat“, mutmaßte Nimael.

„Möglich.“ Ando nickte. „Oder durch irgendwelche Spitzel. Wie auch immer, sie haben ihre Entscheidung getroffen. Dieses Jahr werden sie dich losschicken.“

„Mich?“ Nimael zuckte zusammen. „Wieso mich?“

„Weil du von unserer Richtung zuletzt geholt wurdest“, fuhr Ando fort. „So sind nicht immer dieselben dran. Wenn der Frischling nichts davon mitbekommen hat oder nach zwei Jahren bereits nicht mehr am Leben ist, springt einer von denen ein, die schon das Vergnügen hatten. So wie ich zum Beispiel.“

„Also gut, aber noch sind ein paar Monate Zeit, bevor die zwei Jahre um sind“, warf Nimael ein.

„Vergiss nicht, dass du auch die Reisezeit mit einrechnen musst“, gab Ando zu bedenken. „Es wird nicht mehr lange dauern, dann wirst du vor den obersten Meister treten. Arnavut selbst wird dir den Auftrag erteilen.“

Nimael spitzte die Ohren.

„Er glaubt an das Schicksal", erklärte Ando weiter. „Deshalb bestimmt er nicht selbst, wohin die Reise geht, sondern lässt den Zufall entscheiden. Er besitzt eine Vorrichtung, bei der ungefähr einhundert Steine, die mit Zahlen beschriftet sind, eine steile Schräge hinabrollen. Jede Zahl steht für eine andere Stadt, deren Zuordnung die Meister in einer Liste festgehalten haben. Du musst dir einen der Steine greifen und Arnavut wird dir mitteilen, wohin die Reise geht."

„Ich vermute mal, dass du mir nicht ohne Grund davon erzählst." Nimael grinste.

Ando grinste vielversprechend zurück. „Ich habe mir die Zahl gemerkt, hinter der sich Moenchtal verbirgt. Sie lautet 36. Vielleicht schaffst du es ja, bei dieser Auslosung ein klein wenig zu schummeln." Er zwinkerte ihm zu. „In Moenchtal könntet ihr unauffällig Hilfe organisieren oder zumindest eure Angehörigen informieren, dass ihr noch am Leben seid. Das ist schon mehr, als den meisten hier jemals vergönnt sein wird."

Nimael schossen tausend Gedanken gleichzeitig durch den Kopf. Welche zahllosen Möglichkeiten sich daraus ergaben. Aber zuerst musste er an den Dunkelmeistern vorbei, die mit Sicherheit nicht so leicht zu überlisten waren. Er erinnerte sich an Korths Worte. Man musste ihnen mindestens einen Schritt voraus sein, sonst war jeder Plan aussichtslos. Reichten Andos Informationen und seine neue Fähigkeit aus, um den Meistern eine Nasenlänge voraus zu sein?

Andos Neuigkeiten halfen Nimael, sich abzulenken und den Nachmittag im Bruch zu überstehen. Am Abend klopfte es plötzlich an ihrer Tür. Als er öffnete, stand erneut sein Mentor vor ihm.

„Ando, was machst du hier?", fragte Nimael überrascht. „Komm doch rein."

„Fühlt sich komisch an, hier anzuklopfen." Seine Antwort machte Nimael bewusst, wie undankbar seine Frage geklungen haben musste und dass er von nun an wohl öfter mit Andos Besuch rechnen durfte. Im nächsten Moment bestätigte sich seine Vermutung. Hallbora stieß aus dem Gemeinschaftsraum zu ihnen und begrüßte Ando mit einer Umarmung und einem Kuss.

Erst jetzt stellte Nimael fest, was für ein merkwürdiges Pärchen die beiden abgaben. Ando war ungefähr einen Kopf größer als er selbst, wogegen Hallbora zu den Kleinsten ihrer Gruppe gehörte. Während sie sich auf die Zehenspitzen stellte und nach oben streckte, kam ihr Ando wie eine Giraffe entgegen, damit sie sich auf halber Höhe trafen.

„Du sollst auch nicht leer ausgehen." Thera trat an Nimaels Seite. Sie hielt sein Gedicht in Händen und küsste ihn zärtlich. „Danke für deine schönen Worte."

„Danke, dass du sie in mir geweckt hast", erwiderte Nimael.

Nachdem sie sich in den Gemeinschaftraum gesetzt hatten, erklärte Ando den Grund seines Besuchs. „Ich habe dir heute Mittag noch nicht alles erzählt."

„Was? Wieso nicht?"

„Weil ich das Gefühl hatte, dass sich nach Sovals Auftritt zu viele Augen auf uns gerichtet hatten", antwortete Ando. „Jedenfalls meinte mein Spitzel, dass die Meister jedes Jahr die Zuordnung der Zahlen ändern, um jeglichen Betrug auszuschließen."

„Dann ist deine Information wertlos", erkannte Nimael.

„Das wäre sie vielleicht, wenn es dem Gard nicht gelungen wäre, einen Blick auf die aktuelle Liste zu werfen." Ando grinste. „Er wusste, an welcher Stadt wir interessiert sind, und hat sich die richtige Zahl eingeprägt – 42."

„Und er hat sie dir einfach so aus reiner Menschenliebe genannt?" Ohne Ando bloßstellen zu wollen, war es doch endlich an der Zeit, dieser unnötigen Geheimniskrämerei ein Ende zu bereiten.

„Er … ließ sich überzeugen", gestand Ando ein.

„Teuer?"

„Eine Information direkt aus Händen der Meister?", fragte Ando ironisch. „Was denkst du denn?"

„Dann wollen wir hoffen, dass sie den Preis wert war und sich die Gelegenheit bietet, davon Gebrauch zu machen."

„Nichts für ungut, aber was bringt euch bloß auf die Idee, dass sie Nimael jemals nach Moenchtal lassen werden?", fragte Hallbora. „Das Risiko wäre doch viel zu groß."

„Arnavut ist arrogant", antwortete Ando. „Er sieht uns als Ameisen, die fleißig für ihn schuften, die aber niemals eine Gefahr für ihn darstellen könnten. Egal wie groß das Risiko ist, er wird ganz sicher dem Schicksal den Vorzug geben. Und diese Schwäche müssen wir ausnutzen."

Eine Woche später platzte Gilbradock mit einer Eskorte in die Zelle. „Hoch mit dir!", befahl er. „Arnavut will dich sehen."

Jetzt war es also so weit. Nachdem Gilbradock die beiden Gards angewiesen hatte, Nimael zu fesseln, führten sie ihn wie einen Schwerverbrecher aus der Zelle und in den Bereich der Meister. Einer der zahlreichen Wachposten, die hier aufgestellt waren, musste Andos Spitzel sein. Schließlich betraten sie einen großen Raum, der mit Öllampen beleuchtet war. Auf dem kargen Steinboden lag in der Mitte des Raumes ein edel gewebter Teppich. Darauf stand ein Schreibtisch, der mit dem *Prachtstück* in seiner Zelle nicht die geringste Ähnlichkeit aufwies. Er war kunstvoll geschnitzt und mit goldenen Griffen besetzt, die selbst im schwachen Schein der Öllampen prachtvoll glänzten. An den Wänden hingen Gemälde von gewaltigen Schlachten, Königskrönungen und anderen großen Ereignissen. Die Türen, die sich an beiden Seiten anschlossen, deuteten darauf hin, dass das Quartier eines einzelnen Meisters ungefähr dreimal so groß wie die Zelle einer gesamten Arbeitergruppe war. Hinter dem Schreibtisch erkannte Nimael die Vorrichtung, von der Ando gesprochen hatte. Aus Brettern war eine Wanne gefertigt worden, die an der Decke hing und mit so vielen Steinen befüllt war, dass einige davon über den Rand des Holzbehälters hinaus aufgehäuft waren. Darunter schloss sich eine Schräge an, die ebenfalls aus Holz gefertigt war und in eine weitere, größere Wanne am Boden mündete. Davor standen zwei Meister, die ihm den Rücken zugekehrt hatten und sich unterhielten. Einen der beiden erkannte Nimael aber auch von hinten sofort. Der lange, schwarze Pferdeschwanz konnte nur von Kolubleik stammen und seine reine Anwesenheit ließ Nimaels Zuversicht, was den Plan betraf, bereits schwinden.

„Herr, wir bringen euch den Caer, nach dem ihr verlangt habt." Gilbradock verneigte sich respektvoll und seine beiden Auftraggeber drehten sich um. Neben Kolubleik stand ein Mann, der zwar noch immer nicht dem Alter entsprach, das man von einem hochrangigen Meister erwartete, der aber zumindest ein paar Jahre älter als seine Genossen zu sein schien. Arnavut machte mit seinen kurzen Haaren und seinem glattrasierten Kinn einen gepflegten Eindruck. Trotz seiner entspannten Körperhaltung funkelten seine Augen tief unter verkniffenen Lidern hervor. Wie die anderen Dunkelmeister trug auch er ein langes Gewand, das aber von edlerer Qualität war und mit einem dunklen Grünton einen wesentlich erhabeneren Eindruck machte.

„Weshalb hat man ihn gefesselt?", fragte er missbilligend.

„Weil er bekannt ist für sein … auffälliges Verhalten", antwortete Gilbradock kleinlaut.

„Glaubst du wirklich, er würde für *mich* eine Bedrohung darstellen?" Der Gedanke schien Arnavut für einen Moment zu amüsieren, doch seine gute Laune verflüchtigte sich sofort wieder. „Wollt ihr mich beleidigen?"

„Nein, Herr, natürlich nicht." Gilbradock so verängstigt zu sehen, hätte sich Nimael nie träumen lassen.

„Dann löst seine Fesseln!"

„Ja, Herr!" Gilbradock gab den Befehl mit einem knappen Nicken an seine Begleiter weiter, die ihn sofort ausführten.

„Nimael.“ Die Stimmung des höchsten Meisters besserte sich unerwartet. „Ich freue mich, dich endlich persönlich kennenzulernen. Deine sogenannten Auffälligkeiten finde ich äußerst unterhaltsam. Also bitte: Tu dir keinen Zwang an und lass uns daran teilhaben.“ Er grinste ihn herausfordernd an. Als Nimael nicht reagierte, fuhr er fort: „Nein? Na ja, jedenfalls Soval als Schwabbel zu bezeichnen … Kompliment, das hat schon was.“

Hatte sich der kleine Konflikt inzwischen wirklich so weit herumgesprochen oder stammte die Information aus derselben unerfindlichen Quelle wie zuvor? Sollte Nimael etwas erwidern? Aber worauf wollte der Meister überhaupt hinaus?

„Du fragst dich jetzt, woher ich das weiß.“ Arnavut ließ sich Zeit und musterte Nimael genüsslich. „Tatsächlich weiß ich alles, was es über dich zu wissen gibt. Ich wusste schon in dem Moment, dass du für Ärger sorgen würdest, als du diesem Bettler in Moenchtal den Gewinn deines Fischverkaufs abgabst, obwohl du selbst kaum etwas hattest.“ Er schnaubte abfällig. „Einem Wildfremden.“

„Er war verzweifelt“, warf Nimael ein.

„Oder Teil eines gut organisierten Bettlerrings.“ Arnavut schmunzelte. „Aber letztendlich ist doch jeder seines eigenen Glückes Schmied.“

„Eigentlich mag ich dieses Sprichwort, aber aus dem Mund eines Sklavenhalters verfehlt es irgendwie seinen Sinn“, konterte Nimael.

Sein respektloser Kommentar erzürnte Kolubleik, der sich Nimael ohne zu zögern vornehmen wollte, doch sein Befehlshaber hielt ihn zurück.

„Schon gut, mein Freund, ich hatte mit nichts anderem gerechnet“, gab sich Arnavut gelassen. Er schmunzelte und wandte sich Nimael zu. „Genau so kennen wir dich, aber zwei Dinge solltest du dir unbedingt merken: Erstens gibt es eine Grenze, die du nicht überschreiten solltest, und zweitens tragen wir nicht die Schuld an deiner Misere.

Tatsächlich haben wir keinen einzigen Menschen versklavt. Die Gards sind aus freien Stücken hier, wir bezahlen sie nur."

„Um eure Drecksarbeit zu erledigen", widersprach Nimael. „Oder war es nicht eure Anweisung, die Arbeiter in den Bruch zu holen?"

„Selbstverständlich", gab Arnavut offen zu. „Aber jedem – egal ob Gard oder Caer – bleibt selbst überlassen, wie er sich seinen Untergebenen gegenüber verhält. Wir stellen euch Wasser, Nahrung und einen Lohn zur Verfügung, von dem man sehr gut leben kann. Wenn niemand seine Macht missbrauchen würde, könnten hier paradiesische Zustände herrschen. Wie du siehst, geht also sämtliches Leid ausschließlich von euch selbst aus, womit die Stichhaltigkeit des Sprichworts wohl bewiesen wäre."

„Ich kenne da noch ein Sprichwort: Der Fisch stinkt vom Kopf." Erst nachdem er es ausgesprochen hatte, machte sich Nimael bewusst, wie weit er sich damit aus dem Fenster gelehnt hatte. Kolubleik sah Arnavut beinahe flehentlich an, aber dieser blieb noch immer gefasst. Mittlerweile war ihm sein Grinsen allerdings vergangen.

„Du näherst dich bedrohlich schnell der Grenze, vor der ich dich gewarnt hatte", tadelte er Nimael düster.

„Ihr macht es euch zu einfach", versuchte sich Nimael zu erklären, um die Situation zu entschärfen. „Ihr bezahlt die Gards, um uns gewaltsam die Freiheit zu nehmen. Schon allein das ist ein Verbrechen, das in eurem Namen geschieht. Ihr seid also sehr wohl für unser Leid verantwortlich. Dass ihr vor Kurzem eine unschuldige Left getötet habt, beweist das nur zu deutlich."

„Wir fordern nur Respekt", korrigierte ihn Arnavut. „Wenn ihr euch nicht an die Regeln haltet, sind wir gezwungen, hart durchzugreifen. Alles andere ist eine Frage der Sichtweise. Wenn sich ein Schaf immer wieder von der Herde entfernt, muss der Hirte nun mal seinen Hund loslassen. Welche Mittel die Gards dabei einsetzen, ist uns letztendlich egal. Und eure Freiheit …" Der Meister schnaubte abfällig. „Freiheit setzt ein gewisses Maß an Verantwortung voraus. Solange ihr nicht in der Lage seid, dieses Maß zu erfüllen, steht sie euch auch nicht zu."

Während Nimael noch überlegte, worauf er sich damit bezog, schien Arnavut der Diskussion überdrüssig zu sein und wechselte das Thema.

„Wie auch immer, kommen wir wieder auf den Bettler zurück. Deinem Freund Ando hätte damals in Moenchtal bereits auffallen müssen, dass du dich in Angelegenheiten einmischen würdest, die dich nichts angehen."

Nimael stellte sich zunächst dumm und sah ihn fragend an.

„Oh bitte, versuch mir jetzt bloß nichts vorzuspielen!" Arnavut lachte. „Seit du ihn im Stollen angegriffen hast, weißt du bereits, dass er für eure Auswahl verantwortlich war. Und dass uns diese Tatsache bekannt ist, weißt du ebenfalls. Aber das spart mir jetzt wenigstens die Zeit, dir erklären zu müssen, warum du hier bist. Dein Freund hat das ja bereits sehr gründlich getan."

Das geballte Wissen des Dunkelmeisters jagte Nimael einen leichten Schauer über den Rücken. Obwohl Arnavut jedoch viel wusste, wusste er längst nicht alles. Andernfalls wäre Nimael für seine Taten wohl längst degradiert worden – oder Schlimmeres. Auch seine Fähigkeiten konnten dem Meister unmöglich bekannt sein, sonst hätte er ihn wohl nicht so leichtfertig von seinen Fesseln befreit. Trotz seines überheblichen Gebarens bestand also immer noch Hoffnung, den Plan in die Tat umzusetzen.

Arnavut winkte die Gards heran, die Nimael zu der Holzvorrichtung führten und anschließend Stellung hinter dem Dunkelmeister bezogen.

„Nach Moenchtal soll die Reise also gehen", spottete Arnavut. „Welche Zahl hat er dir dafür noch gleich genannt?" Er kannte tatsächlich ihre gesamte Unterhaltung. Ando hatte den richtigen Riecher gehabt. Nimael überlegte kurz, welche Zahl er nun nennen sollte. Wenn auch das zweite Gespräch in der Zelle durchgesickert war, musste er für eine Fehlinformation ernste Konsequenzen fürchten. Andererseits war es die einzige Chance, ihren Plan überhaupt noch in die Tat umzusetzen.

„Welche Zahl?“, hakte Arnavut ungeduldig nach.

„36“, erwiderte Nimael widerwillig.

Arnavut faltete ein Stück Papier auseinander und sah auf seine Liste. „36 … Moenchtal … tatsächlich.“ Er grinste zufrieden, zerknüllte das Papier und warf es in die Auffangwanne der Vorrichtung. „Schade, dass sie nicht mehr gilt. Wir haben eine neue Liste angefertigt.“ Arnavut faltete einen weiteren Bogen auseinander. „36 … Mangata … auch ein schönes Städtchen.“ Er wusste offenbar nichts von dem zweiten Gespräch. Trotzdem durfte sich Nimael seine Erleichterung darüber nicht anmerken lassen und versuchte, sie zu überspielen.

„Warum sollte ich mich überhaupt auf eine solche Mission einlassen und weitere Unschuldige in eure Gewalt bringen?“, fragte er.

„Wenn du dich weigerst, werden wir Soval beauftragen“, schlug Arnavut vor. „Er wird sich freuen, einen neuen Anhänger, der nach seinem Vorbild handelt, in den Bruch zu holen. Wenn du also nicht willst, dass die neuen Slaes noch mehr zu leiden haben, solltest du den Auftrag lieber als eine Chance betrachten und annehmen.“

Nimael nickte sein Einverständnis. Während Arnavut die Alternative erklärt hatte, war es ihm gelungen, eine Strömung zu erzeugen. Die reine Anwesenheit Kolubleiks und der bevorstehende Betrugsversuch hatten dieses Unterfangen zu einer Leichtigkeit werden lassen.

„Dann kann es ja losgehen.“ Arnavut gab Gilbradock mit einem Nicken zu verstehen, dass dieser seinen Platz an der Holzvorrichtung einzunehmen hatte.

„Ziehen!“, befahl Arnavut, worauf Gilbradock einen Riegel löste und eine gewaltige Ladung faustgroßer Steine freigab, die von der Schräge hinabdonnerten. Nimael stemmte sich mit voller Kraft gegen die Strömung, worauf die Steine abrupt an Geschwindigkeit verloren. Einerseits machte es die schummrige Beleuchtung nicht gerade leichter, die Ziffern auf den Steinen zu erkennen, andererseits kam ihm der Schutz der Dunkelheit gerade recht. Schließlich würde sein Betrugsversuch auf diese Weise kaum bemerkt werden.

Nachdem er ungefähr zwanzig Steine ausgeschlossen hatte, erkannte er den richtigen vor sich. Er streckte seine Hand vorsichtig nach ihm aus und schnappte zu. Anschließend ließ er von der Strömung ab und die übrigen Steine prasselten hinunter.

„Was hast du gezogen?“, fragte Arnavut neugierig.

Nimael hob den Stein empor und zeigte ihm die Nummer. „42.“

Der Dunkelmeister öffnete seine Liste und schien das Ergebnis nicht glauben zu wollen. „Moenchtal“, stellte er misstrauisch fest.

„Was?“ Kolubleik schien seinen Ohren nicht zu trauen. „Das ist unmöglich. Er hat betrogen!“

„Ich wüsste nicht, wie ihm das gelungen sein sollte“, widersprach Arnavut. „Es muss sich um einen Zufall handeln. So sehr es mir auch missfällt, aber das Schicksal hat entschieden – die Mission geht nach Moenchtal.“

„Herr …“ Gilbradock ergriff demütig das Wort. „Bitte überdenkt diese Entscheidung. Wenn ausgerechnet er in seine Heimatstadt zurückkehren darf, sind Probleme doch unvermeidlich!“

„Soll das heißen, dass es unserem obersten Gard mit einem Trupp seiner besten Männer nicht gelingen wird, einen einzelnen Caer unter Kontrolle zu halten?“, fragte Arnavut verärgert. „Ich beginne an euren Fähigkeiten zu zweifeln.“

„Aren …“, versuchte Kolubleik seinen Vorgesetzten zu beschwichtigen. „Wäre es nicht besser, die Auslosung zu wiederholen?“

„Nein, mein Freund“, erwiderte Arnavut bestimmt. „Was entschieden ist, ist entschieden.“ Er wandte sich an Nimael. „Ihr werdet in zwei Monaten aufbrechen. Vorher benennst du drei deiner Slaes, die dich auf der Reise begleiten werden. Die anderen bleiben als Pfand bei uns. Ihr werdet die Auswahl selbstständig treffen, den Rest überlasst ihr Gilbradock und seinen Leuten. Selbstverständlich ist jeglicher Kontakt mit Unbeteiligten – ganz besonders mit Freunden und Bekannten – strengstens untersagt. Und glaube mir: Wir wissen genau, wen ihr kennt. Wenn ihr irgendjemanden in diese Sache hineinzieht, trägt derjenige die Konsequenzen. Um es aber sowohl Gilbradock als auch dir leichter zu machen, gestatte ich ausnahmsweise den Kontakt zu denjenigen, die ihr letztendlich auswählen werdet. Auch wenn sich eure Auswahl anschließend von euch abwendet, sollte das den Auftrag zumindest ein wenig einfacher gestalten." Seine Miene verfinsterte sich. „Wie du inzwischen aber wissen solltest, haben wir unsere Augen und Ohren überall. Auch wenn du dir sicher bist, dass sich kein Gard in deiner Nähe befindet, werden wir von jeder Tat, die gegen diese Regeln verstößt, erfahren und sie strengstens ahnden. Hast du verstanden?"

Nimael nickte und versuchte, sich seine Freude über die gelungene Täuschung nicht anmerken zu lassen.

„Jetzt schafft ihn mir aus den Augen!" Auf Arnavuts Befehl setzte sich Gilbradock in Bewegung und führte Nimael aus dem Quartier.

In seiner Zelle wurde Nimael bereits gespannt erwartet. Die Mädchen saßen auf ihren Betten und starrten ihn neugierig an.

„Und?", fragte Ting ungeduldig.

Nimael konnte sein Glück nicht länger verbergen und strahlte sie über beide Backen an. „Wir fahren nach Hause!"

26

MOENCHTAL

Du hast es also wirklich hingekriegt?", fragte Ando am nächsten Tag ungläubig.

„Ja, aber sie wussten von unserem Gespräch am Mittagstisch", antwortete Nimael.

Ando sah sich sofort misstrauisch um. „Werde jetzt bloß nicht konkreter. Wer weiß, ob nicht schon wieder jemand mithört." Er wechselte schnell das Thema. „Ich bin jedenfalls froh, dass es geklappt hat. Nicht nur aus den bereits genannten Gründen, sondern weil ich auch wollte, dass du dir in Moenchtal etwas ansiehst."

Nimael musterte ihn neugierig.

„Erinnerst du dich an unsere erste Begegnung vor der Universität?"

„Sicher." Nimael nickte. „Du hast im Schatten eines Baums gesessen und vorgegeben, in ein Buch vertieft zu sein."

„Das *Lexikon der Märchen- und Fabelwesen*."

„Richtig." Nimael grinste. „Nicht gerade die unauffälligste Lektüre."

„Ich habe nicht nur so getan, sondern wirklich darin gelesen", erklärte Ando. „Nach allem, was du inzwischen gesehen und gehört hast, musst du doch zugeben, dass die Meister ganz sicher keine Menschen sind."

„Mag sein“, gestand Nimael ein. Seine Erinnerung führte ihn zu der Nacht im Bruch und den glühend roten Augen des Meisters zurück.

„Nun, ich habe mir überlegt, warum sie ausgerechnet ein *D* als Rangabzeichen tragen.“

„Das liegt doch auf der Hand – Dunkelmeister“, sagte Nimael.

„Nein, das ist es ja gerade“, widersprach Ando. „Anfangs nannten wir sie nur Meister. Der Spitzname Dunkelmeister ist erst viel später unter den Arbeitern entstanden – eben wegen dieses ominösen *D*s auf ihren Umhängen. Also habe ich nachgeforscht, wofür diese Initiale stehen könnte. Wenn du nach Moenchtal kommst, beschaffe dir das Lexikon aus der Universitätsbibliothek und schlag darin den Begriff *Darag* nach. Ich vermute, dass wir es damit zu tun haben könnten.“

Nimael warf ihm einen prüfenden Blick zu, aber Ando schien es ernst damit zu meinen. Obwohl er skeptisch war, ob das genannte Werk nicht nur Geschöpfe enthielt, die der bloßen Fantasie von Märchenerzählern entsprungen waren, konnte ein kurzer Blick sicher nicht schaden.

„In Ordnung, ich werde es mir ansehen“, versprach er schließlich.

Noch am selben Abend begann die Diskussion darüber, wer Nimael nach Moenchtal begleiten sollte. Durch die Entführung, die alle so plötzlich aus ihrem Leben gerissen hatte, schien noch niemand vollständig mit seiner Vergangenheit abgeschlossen zu haben. Die Aussicht auf eine Rückkehr in die Heimatstadt und ein paar Tage Freiheit war dadurch besonders verlockend und niemand wollte sich diese Gelegenheit entgehen lassen.

„Bitte macht euch bewusst, dass es uns nicht möglich sein wird, Kontakt zu unseren Freunden und Verwandten aufzunehmen“, gab Nimael zu bedenken. Seine Gefährtinnen durften sich nicht zu viel von der Reise versprechen. „Wir werden Moenchtal wiedersehen, aber gleichzeitig müssen wir uns unbedingt von unseren Angehörigen fernhalten. Wir würden dadurch nicht nur uns selbst, sondern auch sie in Gefahr bringen. Wahrscheinlich werden wir auch nichts darüber erfahren, wie es ihnen inzwischen geht. Nicht zu vergessen, dass das Ganze kein Vergnügen wird. Abgesehen davon, dass wir zwei weitere Male die Wüste durchqueren müssen, steht uns noch die Entführung Unschuldiger bevor, und wer weiß, welche weiteren Gefahren der Auftrag birgt?"

„Wen würdest du mitnehmen?", fragte Veila.

„Außer Thera, versteht sich", fügte Kaeti provokativ hinzu.

„Ich würde mir überlegen, wer die beste Menschenkenntnis besitzt, um eine gute Auswahl zu treffen", überlegte Nimael. „Gleichzeitig gehört eine gewisse Objektivität und Kaltblütigkeit dazu, denjenigen dann auch wirklich zu entführen."

Seine Einschätzung führte die Unterhaltung in eine andere, kritischere Richtung. Nach einiger Zeit erklärte sich Melina bereit, freiwillig auf eine Teilnahme zu verzichten und im Bruch zu bleiben. Auch den anderen schien langsam bewusst zu werden, dass es hier weder um einen erholsamen Ausflug noch um den Abschied von ihren Liebsten ging, sondern den Begleiterinnen eine mühevolle und riskante Mission bevorstand.

„Noch ist genug Zeit, wir müssen heute keine Entscheidung treffen", schloss Nimael irgendwann die Diskussion. „Lasst es euch durch den Kopf gehen und wir besprechen es mit etwas Abstand."

Als sich der Tag der Abreise näherte, hatten sich einige Meinungen und Einstellungen zu dem Thema grundlegend geändert. Die Gruppe war sich einig, dass Thera auf jeden Fall dabei sein sollte. Selbst Kaeti und Eskabatt zeigten sich damit einverstanden. Offenbar wollte man Nimael und Thera eine weitere Trennung über einen längeren Zeitraum ersparen. Aus demselben Grund entschied sich Hallbora gegen eine Teilnahme. Es stand bereits fest, dass Ando erneut Nimaels Vertretung übernehmen würde, und Hallbora wollte sich keine Sekunde der gemeinsamen Zeit entgehen lassen. Bald darauf signalisierte auch Veila, dass sie kein Interesse an der Reise habe. Sie hatte sich angeblich Gedanken über die *Heiße Zwei* gemacht und beschlossen, diese in Theras Abwesenheit allein fortzuführen. Nimael bedanke sich bei ihr für ihren selbstlosen Einsatz, hatte aber das unbestimmte Gefühl, dass etwas anderes hinter ihrer Absage stecken könnte. So waren nur noch Kaeti, Ting, Landria und Eskabatt übrig. Nachdem keine von ihnen verzichten wollte, ließ Nimael das Los entscheiden.

„Wie hast du dich entschieden?“, fragte Arnavut, der sich entspannt an seinen Schreibtisch gelehnt hatte.

„Thera, Landria und Eskabatt“, antwortete Nimael ebenso direkt.

„Gut.“ Arnavut gab Gilbradock ein Zeichen, ihn sofort wieder abführen zu lassen. „Entschieden ist entschieden.“

„Moment, ich habe noch eine Bedingung“, rief Nimael.

„Eine *Bedingung*?“ Arnavut lachte auf. „Dann lass mal hören!“

„Diesmal dürfen keine Unbeteiligten zu Schaden kommen“, forderte Nimael. „Die Gards müssen sich unbedingt zurückhalten.“

„Sonst was?“, zischte Gilbradock.

„Sonst werde ich in Moenchtal allen von euch berichten und jeden einzelnen Gard töten lassen“, drohte Nimael. „Ich habe dort genügend Kontakte, um das problemlos bewerkstelligen zu können.“

„Dann töten wir deine fünf Slaes“, erwiderte Arnavut unbeeindruckt.

„Das ist mir bewusst.“ Obwohl ihm die Drohung naheging, gab sich Nimael gelassen. „Aber euch sollte ebenso klar sein, dass ihr mich damit nur bis zu einem gewissen Grad unter Druck setzen könnt. Irgendwann geht die Rechnung nicht mehr auf, und wenn euer Trupp diesen Punkt überschreitet, werde ich nicht tatenlos danebenstehen, sondern mich zur Wehr setzen.“

„Eine hohle Drohung." Gilbradock schmunzelte. „Du wirst ja nicht mal mit mir fertig."

„Ich trete gern den Gegenbeweis an." Nimaels Kampfansage veranlasste den Gard zu einer Drohgebärde.

„Schluss mit dem Geprahle!", ging Arnavut verärgert dazwischen.

„Liegt es denn nicht in eurem eigenen Interesse, dass die Aktion möglichst unauffällig verläuft?", warf Nimael ein. „Vor allem, nachdem der Überfall vor zwei Jahren mit Sicherheit bereits Ermittlungen nach sich gezogen hat."

„Na schön." Das Argument schien bei Arnavut mehr Wirkung zu zeigen. „Keine Gewalt."

„Aber …" Noch bevor Gilbradock etwas dagegen einwenden konnte, fuhr Arnavut fort.

„Ich erteile euch die Erlaubnis, Gegenwehr zu leisten, wenn ihr angegriffen werdet oder eure Tarnung aufzufliegen droht. Ansonsten verhaltet ihr euch … human." Das Wort widerte ihn so sehr an, dass er das Gesicht verzog, als er Gebrauch davon machte.

„Ja, Herr." Gilbradock wagte es nicht, erneut zu widersprechen, obwohl man ihm deutlich ansah, wie sehr ihm der Befehl missfiel.

Am Tag der Abreise erhielten die vier Reisenden ihre ursprüngliche Kleidung zurück. Nimael hatte seit seiner Einzelhaft zwar ein paar Kilo zugelegt, aber noch lange nicht sein Normalgewicht erreicht. Er schnallte den Gürtel enger und versank in seinem Hemd. In der Tasche hatte er neben Alba und Balba auch Papier und Stift sowie seinen Umhang und einige Kräuter, die er von Iora erhalten hatte. Im Gegensatz zu Theras medizinischer Grundausstattung diente sein Vorrat einem ganz anderen Zweck – er sollte nur zum Einsatz kommen, um ihre Opfer zu betäuben. Obwohl ihm der Gedanke zutiefst widerstrebte, musste er sich langsam damit abfinden. Auf das Endergebnis hatte er schließlich keinen Einfluss, er konnte die Mission nur so friedlich wie möglich gestalten.

Einige Stunden später wurden Nimael und seine drei Begleiterinnen in der Eingangshalle verabschiedet. Als sich das Tor öffnete, dachte Nimael traurig an die Left zurück, die seinetwegen zu Tode gekommen war. Beinahe erwartete er, dass sie jeden Moment auf der Schwelle erschien, um nach abgegoltener Strafe ihren Dienst im Bruch wieder anzutreten – eine vergebliche Hoffnung.

Neben einigen Gards war inzwischen auch eine Karawane des Wüstenvolks eingetroffen, die den Reisenden ihr Geleit anbot. Für einen Moment fragte sich Nimael, wie diese Männer überhaupt wissen konnten, dass ihre Dienste genau an diesem Tag hier benötigt wurden. Sein Blick wanderte zu Gilbradock, der auf dieser Mission offenbar kein Risiko eingehen wollte. Er hatte neben Varuil noch einige weitere hochrangige Gards um sich geschart, die Nimael von seiner Gerichtsverhandlung kannte. Nun galt es zu hoffen, dass diese strenge Bewachung nur zur Einschüchterung diente und sie bei ihrem eigentlichen Vorhaben nicht beeinträchtigte.

Als sich die Reisenden von ihren Freunden verabschiedeten, wurden sie mit Umarmungen und guten Wünschen geradezu überschüttet. Ando reagierte weniger emotional und reichte Nimael lediglich die Hand. Erst als Nimael sie ergriff, verstand er den Grund dafür. In Andos Handfläche spürte er ein Stück Papier, das er unauffällig in seinem Ärmel verschwinden ließ.

„Passt gut auf euch auf!“ Ando klopfte ihm auf die Schulter und zwinkerte ihm zu.

„Danke, ihr genauso.“ Seine Gruppe in Andos erfahrener, umsichtiger Obhut zu wissen, war ein Segen, ohne den er diese Reise nicht ruhigen Gewissens hätte antreten können. Nimael nickte ihm dankend zu und ging zu Thera, die ihn bereits erwartete. Er deutete eine Verbeugung an und reichte ihr die Hand.

„Darf ich bitten?“

Das Lächeln, das Thera darauf erwiderte, ließ Nimael ihrer Mission zuversichtlich entgegenblicken. Sie ergriff seine Hand und die Karawane setzte sich in Bewegung.

Bereits nach einigen Stunden in der Wüste war offensichtlich, dass sich die Bedingungen im Vergleich zur Anreise stark verändert hatten. Die Gruppe hatte sich an die andauernde Hitze gewöhnt und ertrug diese nun viel besser. Zu Nimaels Erleichterung machte besonders Thera einen wesentlich kräftigeren Eindruck. Hinzu kam, dass die Reisenden diesmal noch keinen wochenlangen Strapazen ausgesetzt waren, sondern den Weg frisch angetreten hatten. Außerdem verfügten sie über einen umfangreicheren Wasservorrat und genossen bei Nacht den Schutz der Gards. Als sie den Außenposten des Wüstenvolks erreichten, hatte Nimael schließlich das Gefühl, dass sie die Wüste in viel kürzerer Zeit durchschritten hatten als damals. Machten die besseren Grundbedingungen wirklich einen so gravierenden Unterschied in seinem Empfinden oder hatte die Karawane bei der Anreise etwa bewusst einen Umweg gewählt?

Am nächsten Tag setzten sie die Reise in Kutschen fort. Obwohl Nimael noch zuvor vor den Gefahren gewarnt hatte, die unterwegs auf sie lauern konnten, ertappte er sich irgendwann dabei, dass er die Fahrt genoss. Thera war den ganzen Tag bei ihm. Noch nie hatten sie so viel Zeit füreinander gehabt. In den Unterkünften teilten sie sich ein Zimmer und somit auch ein Bett, das mit den unbequemen Pritschen im Blutfelsen nicht zu vergleichen war. Aber auch die Nächte unter freiem Himmel waren unvergleichlich schön. So war es doch Theras Wärme, die ihn jeden Abend einschlafen ließ und ihm auch in kältesten Nächten ein Gefühl der Geborgenheit schenkte.

In einer der Unterkünfte wagte es Nimael schließlich, den Zettel zu lesen, den Ando ihm zugesteckt hatte. Es handelte sich um eine

Namensliste, die mit ihm selbst und seinen Slaes begann. Jedem Namen war seine Heimatstadt zugeordnet. Darunter hatte Ando eine Erklärung formuliert.

Diese Personen wurden in den jeweiligen Städten entführt. Sie sind am Leben, werden aber in einem Steinbruch inmitten einer Wüste festgehalten und zur Sklavenarbeit gezwungen. Bitte helft uns! Die Entführer verwenden antike Steingräber als Briefkästen. Spürt diese auf und beschattet die Boten, so gelingt vielleicht eine Rettung!

Nimael ließ den Zettel sofort wieder verschwinden und überlegte, wie sie weiter vorgehen sollten. Als sie die Reise am nächsten Tag fortsetzten, erklärte er den anderen seinen Plan.

„Ando hat unsere Entführung damals klug angepackt. Ihr könntet eure Auswahl ebenfalls an der Universität treffen", schlug er vor. „Ein hoher Frauenanteil und ein freundlicher Umgang sollten euch dabei entgegenkommen. Ihr müsst nur aufpassen, dass ihr nicht erkannt werdet. Neben unseren damaligen Professoren wird auch unser Jahrgang noch immer dort studieren."

„Wieso sprichst du nur von uns?", fragte Landria. „Wirst du nicht mitkommen?"

„Ich habe mir eine andere Vorgehensweise überlegt", erklärte Nimael. „Die männlichen Studenten gehen in erster Linie aus wohlhabenden Adelsfamilien hervor, was nicht meiner Vorstellung von einem guten Caer entspricht. Stattdessen hat mich Arnavut auf eine viel bessere Idee gebracht." Er grinste und hoffte beinahe, dass der hohe Meister von seiner Inspiration erfuhr. „Ich werde mich als Bettler ausgeben und auf dem Markt um Almosen bitten. Wer genug Mitgefühl besitzt, kommt auch als Caer infrage."

Ein paar Wochen später hatten sie es geschafft. Der Wald von Pagura lag vor ihnen. Um Moenchtal endgültig zu erreichen, mussten sie nur noch einen letzten Umweg in Kauf nehmen. Der Abstieg über den Schattenhügel hatte sich laut Gilbradock bereits vor zwei Jahren als zu steil für Pferde und Kutschen herausgestellt. Sie umfuhren den Abhang und erreichten den Fuß des Berges, wo sie sich vom befestigten Weg entfernten, um auf einer Lichtung ihr Lager aufzuschlagen. Am Abend versammelten sich die Reisenden an einem Lagerfeuer und Gilbradock fasste noch einmal die Regeln zusammen.

„Wir liegen innerhalb unseres Zeitplans", stellte er zufrieden fest. „Dadurch habt ihr nun eine volle Woche Zeit, um eure Auswahl zu treffen. Selbstverständlich werden wir euch dabei stets kontrollieren. Wenn ihr also Kontakt zu euren Bekannten aufnehmt, werden wir dafür sorgen, dass keine Zeugen zurückbleiben. Ihr Blut klebt dann an euren Händen, also kommt bloß nicht auf irgendwelche Ideen! Ich erwarte euch jeden Abend, spätestens wenn die Nacht hereinbricht, zurück im Lager." Gilbradock griff in eine Tasche, die neben ihm am Feuer lag, und zog ein paar Münzen heraus. „Mit diesem Betrag werdet ihr diese Woche über die Runden kommen müssen, also teilt ihn euch gut auf."

Nimael nahm das Geld entgegen und steckte es in seine Tasche. Obwohl Gilbradock direkt am Feuer saß, schien es ihn auf einmal zu frösteln und er fuhr hoch. Noch bevor Nimael überhaupt wusste, wie ihm geschah, packte Gilbradock ihn und riss ihm den Beutel aus der Hand.

„Was hast du da?" Er schüttete die Tasche vor sich aus und inspizierte ihren Inhalt. Als er ein beschriftetes Stück Papier entdeckte, bedachte er Nimael mit einem bitterbösen Blick. Er faltete es auseinander und las vor.

Mein Leben war wie eine Kerze
mit nie entfachtem Docht,
die Liebe in meinem Herzen
blieb dabei unterjocht.

Die Kälte, die mich durchdrang,
sie währte nicht lange,
seit unserer ersten Begegnung
war ich schon Feuer und Flamme.

Fühlst du sie brennen,
meine Liebe für dich?
Sie kann nichts durchtrennen,
deine Nähe schürt sie unweigerlich.

Sieh in meine Augen
traue meinem Blick,
du darfst es ruhig glauben,
der Zauber ist echt
und nicht nur ein Trick.

Nimael, Tag 723

„Was soll der Dreck?", rief Gilbradock aufgebracht. Seine Gards schienen sich dagegen prächtig zu amüsieren.

„Ich habe ein Gedicht geschrieben", rechtfertigte sich Nimael. Ein gewaltiger Stein fiel ihm vom Herzen. Er hatte Andos Liste bereits an Thera weitergereicht. An der Universität bot sich sicher eine bessere Gelegenheit als auf dem Marktplatz, sie jemandem unauffällig zuzustecken, der mit ihnen und ihrer Entführung vertraut war. Um seine Erleichterung zu überspielen, fuhr er verärgert fort: „Ich wollte Thera später damit überraschen.“

„Du solltest mir lieber dankbar sein, dass ich sie vor diesem Schund bewahrt habe!“, spottete Gilbradock und ließ das Gedicht unter dem schallenden Gelächter seiner Männer im Lagerfeuer verbrennen.

Nimael spielte weiterhin den Beleidigten. Durch die lange Einzelhaft hatte er sich die Gedichte so gut eingeprägt, dass er sie mühelos erneut zu Papier bringen konnte. Trotzdem beendete er sein Schauspiel erst, als Thera sich zu Wort meldete.

„Ich habe mich trotzdem gefreut“, sagte sie und küsste ihn auf die Wange, worauf Nimael zufrieden in die Runde grinste.

Am nächsten Morgen machten sich Nimael und seine Begleiterinnen über die Felder auf den Weg nach Moenchtal. Zu ihrem Leidwesen hatte es während der gesamten Anreise nur zweimal geregnet und so herrschten auch an diesem Tag hochsommerliche Temperaturen und strahlender Sonnenschein. Zumindest bot das saftige Grün der Wiesen eine willkommene Abwechslung zu den sonst so kargen Steinwänden und Sandböden, die sie im Bruch jeden Tag vor Augen hatten. Als sie den Ortsrand erreichten, verteilte Nimael das Geld und trennte sich von den Mädchen. Während Thera, Landria und Eskabatt am Fluss entlang zur Universität spazierten, überquerte Nimael die Brücke am Turm, um zum Marktplatz zu gelangen.

Moenchtal hatte sich in den vergangenen zwei Jahren kaum verändert. Trotzdem kam es ihm wie eine andere Welt vor, mit der er nichts mehr zu tun hatte. Als er den Marktplatz erreichte, sah er sich noch einmal um, entdeckte aber weder bekannte Gesichter noch Gards, die ihm gefolgt waren. In einer Seitengasse fiel ihm ein altes Holzbrett auf, das Nimael aus den Abfällen fischte und beschriftete.

Familie bei Unglück verloren,
Arbeitsplatz durch Ruin ebenso.
Dankbar für jede Hilfe!

Hoffentlich hatte er damit nicht zu dick aufgetragen. Er setzte sich an dieselbe Stelle, an der er damals den Bettler mit dem abgebrannten Haus getroffen hatte, stellte sein Holzschild vor sich auf und fuhr sich durchs Haar. Ohne viel Zutun machte er bereits jetzt einen glaubwürdigen Eindruck. Er war noch immer abgemagert, hatte einen kurzen, stoppeligen Bart und seine zerzausten, fettigen Haare rundeten sein ungepflegtes Erscheinungsbild ab.

Dennoch trug seine Vorgehensweise zunächst keine Früchte. Einige Passanten warfen ihm etwas Kleingeld hin, aber kein Betrag war so großzügig, dass sich daraus auf besonders großes Mitgefühl schließen ließ. Offenbar hatte man es in seinem Alter nicht leicht, Mitleid zu erregen. Als er seinen Blick über den Marktplatz schweifen ließ, bemerkte er einen Gard, der seine Uniform gegen ein weißes Schnürhemd und eine braune Leinenhose getauscht hatte und ihn nun aus einer Seitenstraße heraus beobachtete. Nimael winkte ihm freudig zu, worauf sich der Mann ein wenig zurückzog. Vielleicht konnte Nimael als bekannter Unruhestifter genug Aufmerksamkeit auf sich ziehen, um Thera dadurch freie Hand für die Übergabe der Nachricht zu verschaffen.

Plötzlich riss ihn eine großzügige Gabe aus seinen Gedanken und er musterte gespannt den möglichen Kandidaten.

„Du armer Junge …“ Eine alte Frau mit Gehstock tätschelte ihm den Kopf. „Hoffentlich findest du bald etwas Neues.“

Nimael bedankte sich herzlich und unterdrückte ein Grinsen. Was Arnavut wohl zu einer solchen Auswahl gesagt hätte?

Einige Stunden später spielte Nimael mit dem Gedanken aufzugeben. Vielleicht war seine Vorgehensweise doch nicht besonders durchdacht gewesen und er musste eine aktivere Rolle einnehmen.

In dem Moment drangen einige Wortfetzen zu ihm durch und er vertraute auf sein scharfes Gehör, um ein wenig weiter ein Gespräch zu belauschen. Angeblich fand am nächsten Tag der Wochenmarkt statt, an dem viel Betrieb auf dem Platz herrschen würde. Dabei wollte Nimael noch ein letztes Mal sein Glück versuchen.

27

ENTFÜHRUNG

Schon am frühen Morgen lief Nimael zurück nach Moenchtal. Seine Gefährtinnen waren am Vortag erfolgreicher gewesen als er und hatten bereits einige Kandidatinnen ins Auge gefasst. Sie hatten sich den Schlaf verdient und sollten sich vor den bevorstehenden Strapazen noch etwas erholen. Was aus Andos Botschaft geworden war, hatte Nimael nicht erfragt, dafür war das Risiko viel zu groß. Stattdessen konzentrierte er sich nun auf seine Aufgabe, einen geeigneten Caer zu finden. Als er den Marktplatz erreichte, herrschte dort bereits reges Treiben. Auch sein Platz vom Vortag war bereits von einem anderen Bettler eingenommen worden. Nimael benötigte sein gesamtes Verhandlungsgeschick und die großzügige Spende der alten Dame, um den Mann zu überzeugen, ihm seinen Platz zu überlassen. Anschließend platzierte er sein Holzschild vor sich und beobachtete das Geschehen auf dem Markt. Ungefähr zwei Stunden verstrichen ohne nennenswerte Ereignisse. Dafür erhielt Nimael deutlich mehr kleinere Summen als am Vortag. Immer wieder sammelte er die Münzen ein und ließ einige davon liegen, um einen Anreiz für weitere Spenden zu schaffen. Als er gerade wieder seine Einnahmen abräumte, hörte er eine vertraute Stimme.

„Nimael, bist du's?“ Sein alter Freund Torren stand vor ihm und starrte ihn ungläubig an. Nimael fuhr der Schrecken durch sämtliche Glieder. Gilbradocks Drohung, alle Kontaktpersonen zu töten, klang in seinem Hinterkopf nach und versetzte ihn in Panik. Vielleicht konnte er mit einem Drift der Situation entfliehen. Er lehnte sich nach hinten und knallte mit dem Rücken gegen die Hauswand. Wo war die Strömung? An einem Schrecken mangelte es ihm in dieser Situation ganz sicher nicht.

„Torren …“ Nimael verschlug es die Sprache. Nicht nur, dass seine Vorgehensweise bislang kein Ergebnis zutage gefördert hatte, jetzt brachte sie auch noch einen guten Freund in Gefahr.

„Du bist es wirklich!“ Torren strahlte über das ganze Gesicht. „Ich habe von deiner Entführung gehört, aber du bist noch am Leben und wieder zurück.“ Neugier und Sorge mischten sich in seine Stimme. „Was ist denn passiert? Und warum hast du dich nicht bei mir gemeldet? Wir sind doch Freunde! Egal wie schlecht es dir geht, ich bin doch für dich da.“

Tausend Gedanken schossen Nimael durch den Kopf. Kannten die Gards Torren? Waren sie damals bei ihrem gemeinsamen Stechabend schon zusammen beobachtet worden? Selbst wenn nicht, hatte Arnavut durchblicken lassen, dass sie all seine Freunde kannten. Eine hohle Drohung? Je länger er sich jetzt mit ihm unterhielt, desto misstrauischer mussten seine Beobachter jedoch werden.

„Hör zu.“ Nimael sah sich schnell um, ob er von einem Gard beschattet wurde. Am anderen Ende des Marktplatzes erkannte er einen Umriss, der gerade in einer Gasse verschwand. War das etwa einer von ihnen? „Ich kann dir alles erklären, aber nicht hier.“ Er sprang auf und gab Torren mit einem kurzen Nicken zu verstehen, dass er ihm folgen solle. Als Nimael in die erste Gasse rannte, die vom Marktplatz wegführte, traf ihn ein weiterer Blip. Er biss die Zähne zusammen und stürmte hindurch. Was war hier los? Im Moment hatte er ohnehin keine Möglichkeit, dem Phänomen auf den Grund zu gehen, aber diese Erscheinung konnte bestimmt nichts Gutes bedeuten. Außer sich vor Panik drehte er sich zu Torren zurück, der ihm mit etwas Abstand folgte.

„Was hetzt du denn so, Nim?“ Torren war noch nie in besonders guter Form gewesen und schien inzwischen sogar ein paar Pfunde zugelegt zu haben.

„Wir müssen hier weg“, erklärte Nimael knapp. „Bloß weg!“ In seinem Kopf ratterte es. Wenn man sie zusammen erwischte, war das ein sicheres Todesurteil, das hatte Arnavut mehr als deutlich gemacht. Er ignorierte Torren, der ihn anstarrte, als hätte er den Verstand verloren, und schlug den Weg zur Universität ein. Kurz vor dem Campus bog er ab und ging hinunter zum Fluss, wo er früher regelmäßig geangelt hatte.

„Hier können wir reden.“

„Du vielleicht …“, keuchte Torren. „Aber ich kann zuhören.“

„Siehst du den Mann dort am anderen Ufer?“ Nimael zeigte über den Fluss hinweg und Torren drehte sich um. Obwohl sich jedes seiner Nackenhaare sträubte, holte Nimael aus und schlug zu. Er traf Torren mit voller Wucht am Hinterkopf und schickte ihn bewusstlos zu Boden.

Nimael konnte nicht glauben, was er gerade getan hatte. Der Anblick seines ohnmächtigen Freundes entsetzte ihn noch mehr. Er hatte sein Vertrauen missbraucht. Nimael fühlte Übelkeit in sich aufsteigen und wandte sich von Torren ab, um wieder einen klaren Gedanken fassen zu können.

Er hatte Mist gebaut. Er hatte sich zu öffentlich gezeigt und damit gegen die Regeln verstoßen. Nun musste Torren dafür büßen. Aber wieso konnte auch nie irgendetwas nach Plan verlaufen? Was musste er noch alles tun, um Menschen, die ihm ans Herz gewachsen waren, zu schützen? Obwohl Torren nichts wusste, würden ihn die Gards sicher trotzdem töten. Egal wie man es drehen und wenden wollte, es gab nur einen Ausweg aus dieser Situation – Nimaels Wahl musste auf Torren fallen.

In dem Moment fiel ihm der Busch ins Auge, in dem er damals seine Angelausrüstung versteckt hatte. Er war mittlerweile ziemlich zugewuchert, was in diesem Fall aber keinen Nachteil darstellte. Nimael schlug sich durch das struppige Geäst und erblickte staunend seine alte Ausrüstung. Sie war tatsächlich noch da. Die Angelrute und die Tasche mit dem gesamten Zubehör. Er wickelte die Angelschnur ab und zerschnitt sie mit dem kleinen Messer, das er früher zum Ausnehmen seiner Beute verwendet hatte. Dann fesselte er Torrens Hände auf den Rücken und band ihn an einen Baum. Nachdem er sich vergewissert hatte, dass seine Atmung fest und regelmäßig war, knebelte er ihn mit dem Tragegurt seiner Tasche. Nach kurzer Überlegung entschied sich Nimael schließlich, das Messer weiter bei sich zu führen. Wenn es hart auf hart kam, musste er vielleicht wieder einen Gard als Geisel nehmen, um Gilbradock von seiner Auswahl zu überzeugen.

Anschließend machte er sich eiligen Schrittes auf den Weg zur Universität. Torren musste so schnell wie möglich ins Lager geschafft werden, aber dafür benötigte er dringend Unterstützung. Als er den Eingang erreichte, verlangsamte er seinen Schritt. In der Universität war es weitaus wahrscheinlicher, einem bekannten Gesicht über den Weg zu laufen als in der Stadt – und dennoch war ausgerechnet er aufgeflogen. Jetzt durfte er zumindest nicht noch mehr Schaden anrichten.

Genau wie Moenchtal schien sich die alte Universität – leider Gottes – kein bisschen verändert zu haben. Vermutlich würde man sie erst renovieren, wenn sie kurz vor dem Einsturz stand. Während der Vorlesungen war in den Gängen keinerlei Betrieb, wodurch sich Nimael ungestört vorantasten konnte. Nachdem er das oberste Stockwerk erreicht hatte, aber keine Spur von seinen Gefährtinnen zu finden war, sah er sich verloren um. Wo hatten sie sich versteckt? Hatten sie sich etwa einem Kurs angeschlossen und eine der Vorlesungen besucht? Er wollte gerade umkehren, als er eine Stimme hörte.

„Nimael, bist du's?", flüsterte Landria.

Er sah sich verwirrt um.

„Hier oben, über dir!"

Nimael sah hinauf zur Decke, an der ein langer Spalt verlief, durch den Landria zu ihm hinabblickte.

„Wie seid ihr da rauf gekommen?", fragte er leise.

„Am Ende des Ganges befindet sich ein Putzraum. Dort gibt es eine Treppe, die hinaufführt."

Nimael folgte der Beschreibung und war überrascht, dass weder Tür noch Dachluke verschlossen waren. Oben angekommen sah er sich neugierig um. Der Dachboden diente der Universität als Speicher für alte Möbel und ausgemusterte Utensilien. Seine drei Begleiterinnen hatten einige Kisten und Truhen als Unterlage für ihre Notizen herangezogen und beobachteten durch die Ritzen im Fußboden das oberste Stockwerk.

„Willkommen in unserem Hauptquartier", begrüßte ihn Thera.

„Hier sammeln wir unsere Informationen", erklärte Landria.

„Wie jeder weiß, gibt es auf dem Gang den besten Tratsch", ergänzte Eskabatt mit einem Grinsen und zwinkerte ihm verschwörerisch zu.

„Selbstverständlich." Nimael nickte, obwohl ihm diese Information vollkommen neu war.

„Warum bist du hier?", fragte Thera besorgt. Sie kannte ihn inzwischen gut genug, um zu wissen, dass etwas nicht stimmte.

Nimael fasste kurz zusammen, was passiert war, und erklärte seinen Plan. „Habt ihr eine Idee, wie wir ihn unauffällig ins Lager schaffen können?"

Plötzlich grinsten sie ihn an, als hätte er einen Witz erzählt. Auf Nimaels fragenden Blick ging Thera einige Schritte den Dachboden entlang und blieb vor einer dünnen Decke stehen. Mit einem Ruck zog sie den Staubfänger weg und legte damit einen alten, klapprigen Leiterwagen frei. Nimael konnte sein Glück kaum fassen, aber er wollte den Tag nicht vor dem Abend loben – vermutlich würde der Wagen zusammenbrechen, ehe sie ihr Ziel erreichten.

Am Fluss war Torren inzwischen wieder zu Bewusstsein gekommen. Als er Nimael, seine drei Begleiterinnen und den Leiterwagen sah, begann er unter seinem Knebel aufgeregt zu brummen. Nimael bat die anderen, etwas Abstand zu halten, damit er sich ungestört mit seinem Freund unterhalten konnte. Nachdem sie sich etwas entfernt hatten, kniete er sich neben ihn.

„Hör zu, Torren." Nimael war überrascht, wie gefasst seine Stimme klang. „Es tut mir wahnsinnig leid, dass ich dich niedergeschlagen und gefesselt habe, aber lass es mich bitte erklären." Sein reumütiger Tonfall schien Torren zu beruhigen und er nickte neugierig. „Wie du vielleicht weißt, wurde ich damals mit acht Kommilitoninnen entführt. Drei davon sind jetzt mit mir hier, die anderen fünf werden noch immer als Geiseln gefangen gehalten. Wenn wir nicht weitere acht Frauen und einen Mann entführen, werden sie getötet. Und wenn wir Kontakt mit uns bekannten Personen aufnehmen, werden diese ebenfalls getötet." Torren begann erneut panisch zu brummen. „Beruhige dich, mein Freund. Ich werde nicht zulassen, dass sie dich umbringen. Aber bitte verstehe, dass ich dich auch nicht mehr gehen lassen kann, weil sonst genau das passieren wird."

Er ließ Torren etwas Zeit, darüber nachzudenken. Als er sich wieder beruhigt hatte, fuhr Nimael fort: „Du hast bestimmt Fragen. Kann ich den Knebel abnehmen? Versprichst du mir, nicht um Hilfe zu rufen?"

Torren nickte und hielt sein Versprechen, nachdem ihn Nimael davon befreit hatte.

„Wohin willst du mich bringen?", lautete die erste seiner zahlreichen Fragen, die Nimael alle geduldig beantwortete.

„Es tut mir leid, Torren", sagte Nimael erneut, als dieser verstanden hatte, worum es ging. „Ich wollte dir nicht wehtun, aber verstehst du?

Es war zu deinem eigenen Schutz. Wenn du versucht hättest, etwas zu unternehmen, hätte man dich ganz sicher getötet."

„Wenn du das nächste Mal so selbstlos handelst, warne mich bitte vor, damit ich rechtzeitig eine Rüstung anlegen kann." Das war der Torren, den Nimael von früher kannte. Immer einen sarkastischen Spruch auf den Lippen, auch wenn die Lage noch so aussichtslos war. So unglaublich es für Nimael auch war, aber vermutlich wäre Torren sogar freiwillig mitgekommen. Dennoch konnte ihn Nimael nicht ungefesselt ins Lager bringen, ohne dabei zusätzlichen Verdacht zu erregen. Also erklärte ihm Nimael die weitere Vorgehensweise und lud ihn mithilfe der anderen vorsichtig auf den Leiterwagen, der unter seinem Gewicht gewaltig ächzte. Dann knebelte er Torren wieder, legte die Decke über ihn und trat den Rückweg an.

„Was hast du da?", empfing ihn Gilbradock skeptisch. Zu Nimaels Überraschung schien er bisher tatsächlich noch nichts von dem Vorfall mitbekommen zu haben. Nimael hob ohne Vorwarnung die Decke und sorgte bei Gilbradock für blankes Entsetzen.

„Bist du wahnsinnig?", rief er und schlug sich die Hand vor die Stirn. Auf seine Reaktion stürmten weitere Gards heran.

„Ich habe meine Auswahl getroffen", stellte Nimael sachlich fest.

„Und da dachtest du, du entführst ihn auch gleich?", fragte Gilbradock rot vor Zorn.

„Die Gelegenheit war günstig", versuchte sich Nimael zu rechtfertigen.

„Es gibt einen Grund, warum ihr nur die Auswahl trefft!", brüllte ihn Gilbradock an. „Nach zwei Tagen gilt eine Person als vermisst und Suchmannschaften ziehen los. Wir hätten diese Entführung abstimmen müssen."

„Mein Fehler", entschuldigte sich Nimael knapp und konnte

kaum glauben, dass Gilbradock anscheinend wirklich nicht wusste, was dieser Situation vorausgegangen war. Wurden sie so schlecht beschattet? Hätte er Torren vielleicht gar nicht auswählen müssen? Aber für diese Überlegungen war es nun zu spät. Gilbradock ließ Torren in eines der Zelte schaffen und wandte sich wieder an Nimael.

„Zwei Tage!“, sagte er mit grimmiger Miene. „So lange gebe ich euch Zeit, um die restlichen Kandidaten auszuwählen. Übermorgen bei Sonnenuntergang verschwinden wir hier.“

Am nächsten Morgen marschierte die Gruppe zurück zur Universität. Als sie den Campus betraten, sah Nimael zu dem Baum, an dem ihm Ando das erste Mal aufgefallen war. Er musste unbedingt noch seinem Hinweis nachgehen. Obwohl sich ihre Zeit in Moenchtal von sieben auf knappe vier Tage verkürzt hatte, schickte er die anderen voraus und machte selbst noch einen Abstecher in die Bibliothek. Mit der Ordnung war er bestens vertraut, wodurch er das *Lexikon der Märchen- und Fabelwesen* schnell in den Regalen aufgespürt hatte. Als er es an der Ausleihtheke vermerken ließ, fragte ihn die Bibliothekarin nach seinem Namen.

„Balba“, antwortete er spontan, schließlich durfte er keine Spuren hinterlassen. Die Bibliothekarin schenkte ihm einen mitfühlenden Blick und vermerkte es entsprechend.

Nimael setzte sich unter denselben Baum wie Ando und begann zu blättern. Das Werk war seinem Titel entsprechend in zwei Kategorien aufgeteilt. Nimael interessierte sich für die Fabelwesen und schlug den Buchstaben *D* auf. Er fuhr mit dem Finger die Seiten entlang und überflog die Namen der Kreaturen. *Dämon, Daeva, Dahu, Darag …*

Darag (auch Darach): Wörtl.: Blut bzw. blutrot; Bezeichnung für Dunkeldruiden, die ihre Kräfte für das Böse einsetzen. Durch regelmäßige, rituelle Menschenopfer gelingt es ihnen, ewige Jugend zu erhalten. Der Name bezieht sich auf ihre Augen, die angeblich blutrot glühen. → Druide

Die Beschreibung traf es ziemlich genau, nur der Teil mit den Menschenopfern passte nicht ins Bild. Er beschloss, dem Verweis zu folgen und die Erklärung über Druiden zu lesen. Wieder fuhr er mit dem Finger über die verschiedenen Begriffe. *Dilldapp, Divs, Diwata, Dominat, Drache* … Moment, *Dominat*? Diesen Namen hatte er vor langer Zeit auch schon einmal gehört. Nimael versuchte sich zu erinnern. Handelte es sich dabei nicht um mystische, unsterbliche Wesen? Er las den Artikel.

Dominat: Wörtl. Herrscher; Bezeichnung für eine Rasse mit menschlichem Erscheinungsbild, die über übernatürliche Fähigkeiten verfügt. Überliefert sind u. a. Vorhersehung, Unsterblichkeit und lichtschnelle Geschwindigkeit. Durch diese Eigenschaften gelang es den D. angeblich vor Tausenden von Jahren, die gesamte Welt zu beherrschen. → aus: Prof. Dr. Rotacker: Sagenhafte Persönlichkeiten und Gestalten des Altertums, S. 26 ff.

Im Vergleich schien Nimael diese Beschreibung wesentlich treffender als Andos Vorschlag. Er prägte sich die Quellenangabe ein und suchte den nächsten Artikel. *Drache, Draugr, Druide* … Nimael überflog den Text, aber alles darin schien die Theorie zu entkräften, dass sie es mit Darags zu tun hatten. Da war von Runen, Ritualen und Opferungen die Rede – nichts von alledem war ihm im Bruch je aufgefallen. Nein, bei den Meistern musste es sich um Dominaten handeln.

In der Bibliothek stöberte er noch einmal im Regal, um dem Quellenverweis zu folgen, doch er wurde leider nicht fündig. Dass die Universität über ein so spezielles und studienfernes Werk nicht verfügte, war aber auch nicht weiter verwunderlich. Er musste unverrichteter Dinge abziehen und hoffen, dass ihm Kaifu das Buch irgendwie beschaffen konnte. Nachdem er sich an der Theke angestellt hatte, um das *Lexikon der Märchen- und Fabelwesen* wieder abzugeben, entschied er sich in letzter Sekunde dagegen. Zunächst sollten seine Begleiterinnen noch einen Blick darauf werfen. Er kehrte ins Universitätsgebäude zurück und gesellte sich zu ihnen auf den Dachboden. Als sie es gelesen hatten, stimmten sie ihm zu, was die Dominaten betraf.

Nimaels Blick fiel auf eine Liste, die Landria in Händen hielt.

„Sind das eure Vorschläge?"

„Ja, genau acht."

Nimael sah sich die Liste an, kannte aber keinen der Namen, die darauf vermerkt waren. Vermutlich handelte es sich ausschließlich um Studentinnen der unteren Jahrgangsstufen, die die Universität zu ihrer Zeit noch nicht besucht hatten.

„Habt ihr euch überlegt, wie wir an sie rankommen und die Entführung geschickt abwickeln können?"

Thera nickte. „Allerdings." Sie reichte ihm ein Stück Papier.

Gemeinsam mehr erreichen – Verbindung sucht neue Mitglieder!
Kommt zu unserer Feier, Essen und Getränke frei!
Eintritt nur mit Einladung!

Darunter standen Datum, Uhrzeit und Ort. Die Feier sollte am nächsten Abend in einem der großen Lernräume in der Nähe des Haupteingangs stattfinden.

„Wir werden Ioras Kräuter in die Getränke mischen, gemeinsam anstoßen und die Studentinnen von den Gards abtransportieren lassen, sobald sie das Bewusstsein verlieren", erklärte Eskabatt stolz.

„Die Verbindungsfeier war ihre Idee", ergänzte Thera.

„Ich bin beeindruckt", lobte Nimael. Der Plan war nahezu perfekt und Gilbradocks strenge Vorgaben konnten doch noch eingehalten werden.

Nachdem sie die acht Einladungen geschrieben hatten, ging es an die Verteilung. Thera war sich sicher, dass sie alle Kandidatinnen erkennen würde, und bestand darauf, die Einladungen selbst auszuhändigen. Nimael verstand sofort, was der Grund dafür war. Sie trug Andos Liste noch immer bei sich und wollte die Gelegenheit nutzen, um diese unauffällig weiterzureichen. Er drückte ihr das Lexikon in die Hand, damit sie als Studentin einen glaubwürdigeren Eindruck machte, küsste sie und wünschte ihr viel Glück. Thera verließ den Dachboden und stellte sich auf den Gang des obersten Stockwerks, wo sie auf das Pausensignal wartete.

Plötzlich erschien einer der Gards vor ihr und stellte sie zur Rede. „Was hast du da?"

„Einladungen", antwortete Thera. „Für unsere Auswahl."

Der Gard las einen der Zettel und überflog die anderen. Anschließend kontrollierte er das Buch und nickte, nachdem er nichts Verdächtiges darin finden konnte.

„In Ordnung, aber versuch bloß keine Dummheiten!", warnte er sie. „Ich werde dich im Auge behalten." Er ging zurück zur Treppe und bezog Stellung, um Thera weiterhin zu beobachten.

„Der steht da wie im Bruch." Eskabatt sah durch den Spalt im Boden und schnaubte. „Fehlt nur noch die Peitsche."

In dem Moment ertönte der Glockenschlag zur Pause. Thera verkroch sich in einem der Seitengänge, aus dem eine Handvoll Erstsemestler kam, und beobachtete die Szene. Als sich der Gang gefüllt hatte, erkannte sie eine Gelegenheit, mischte sich unter die Studenten und sprach eine von ihnen an. Nach wenigen Worten drückte sie ihr die Einladung in die Hand und suchte erneut Schutz im Seitengang. So erreichte sie zwei weitere Studentinnen, bevor sie das Stockwerk wechselte. Anscheinend war im Obergeschoss keine Kandidatin mehr in Sichtweite gewesen.

Ein paar Minuten später kehrte sie zurück. Einige der Studenten waren schon in ihre Vorlesungssäle zurückgekehrt, wodurch sich der Flur übersichtlicher präsentierte. Zielstrebig ging Thera auf eine weitere Studentin zu und sprach sie an. Unterdessen ertönte der Glockenschlag, der die Pause beendete. Während sie noch mit ihr sprach, erschien ein Mann an der Treppe. Schon aus den Augenwinkeln erkannte Nimael, wer es war. Hosenträger und dicke Brillengläser – dabei konnte es sich nur um Holmweiler handeln. Für einen winzigen Moment freute er sich, ihn an der Universität zu sehen, schließlich bedeutete es, dass es ihm gut ging und er den Überfall unbeschadet überstanden hatte. Doch sofort wurde ihm klar, in welcher Gefahr sich der Professor befand. Thera hatte ihm zwar den Rücken zugekehrt, stand aber noch immer mitten im Gang, den der Gard bestens im Blick hatte. Nimael räusperte sich laut, worauf Thera kurz über ihre Schulter sah. Sie erkannte Holmweiler, erschrak und wandte sich sofort wieder der Studentin zu. Als Holmweiler an ihr vorbeilief, hob sie unauffällig den Arm und kratzte sich an der Schläfe, um ihr Gesicht zu verbergen. Doch Holmweiler streifte sie am Ellbogen und blieb stehen.

„Bitte vielmals um Entschuldigung“, sagte er freundlich, lächelte ins Leere und setzte seinen Weg fort. Zu ihrem Glück war er trotz der Brille so blind wie ein Maulwurf.

„Keine Ursache“, antwortete Thera und gab der Kandidatin die Einladung. Diese verschwand ebenfalls in einem der Vorlesungssäle und ließ Thera allein im Gang zurück.

„Verflucht, war das knapp“, stellte Nimael von oben fest.

„Wenn es gleich zu dir runtertropft, war ich das“, gestand Landria ungewohnt humorvoll und sorgte damit für einiges Gelächter. Als es abklang, hob Nimael plötzlich die Hand. Er hörte Schritte. Weitere Personen näherten sich aus der gegenüberliegenden Richtung. Als Thera sie ebenfalls hörte, sah sie auf und erkannte sofort, um wen es sich handelte. Samena und Saekatla, zwei ihrer ehemaligen Kommilitoninnen, bogen aus einem der Seitengänge.

„Mach, dass du verschwindest!“, rief Eskabatt leise, aber Thera wandte sich nur von ihnen ab und blieb stehen. Sie zog einen Zettel aus ihrer Tasche, öffnete das Lexikon und legte ihn wie ein Buchzeichen hinein. Samena und Saekatla waren in ein Gespräch vertieft und daher noch nicht auf sie aufmerksam geworden, näherten sich aber schnell. In Windeseile schrieb Thera etwas in das Lexikon hinein, ließ es mit einem lauten Knall in der Mitte des Korridors zu Boden fallen und rannte davon. Sie lief an dem Gard vorbei, der die Szene noch immer vollständig zu erfassen versuchte, und stürmte die Treppe hinab zum Ausgang. Samena und Saekatla blieben stehen und sahen ihr verständnislos hinterher.

„Was war das denn jetzt?“, fragte Saekatla verwirrt.

„Keine Ahnung.“ Samena hob das Lexikon auf, welches Thera zurückgelassen hatte. „Stammt aus unserer Bibliothek. Mal sehen, wer es entliehen hat.“ Sie blätterte die letzte Seite auf, um den Vermerk der Bibliothekarin nachzuschlagen. „Balba“, murmelte sie gedankenverloren und blätterte zu dem Zettel, der in dem Buch steckte. Thera hatte neben dem Artikel über die Dominaten ein dickes Kreuz hinterlassen. Samena faltete das Stück Papier auseinander und Nimael erkannte, dass es sich um Andos Liste handelte.

„Ich werde mir das später genauer ansehen.“ Sie faltete das Papier wieder zusammen und verließ mit Saekatla das Stockwerk.

Nimael, Eskabatt und Landria brachen ihre Beschattung ab und verließen den Dachboden. Als sie aus dem Putzraum traten, war der Gard bereits von der Treppe verschwunden. Sie rannten den Gang entlang, vergewisserten sich, dass Samena und Saekatla nicht auf der nächsten Ebene warteten, und stürmten die Treppen zum Ausgang hinunter.

Draußen hatte sich der Gard gerade Thera vorgenommen und verhörte sie wütend. „Was hast du da gerade geschrieben?“

„Ihren Namen", log Thera. „Ich habe ihren Namen auf die Einladung geschrieben, damit klar ist, für wen sie bestimmt ist."

„Wieso hast du ihr die Einladung nicht genauso übergeben wie all den anderen?", hakte der Gard nach.

„Weil ich die andere kannte und nicht wusste, ob sie mich wiedererkennen würde", verteidigte sich Thera. „Sie durfte mich nicht sehen."

„Das reicht jetzt!" Nimael ging dazwischen und zog damit den Zorn des Gards auf sich.

„Woher soll ich wissen, dass sie ihr gerade keine Botschaft hinterlassen hat?", fragte er scharf.

„Eine Botschaft?" Nimael lachte. „Welche Botschaft soll sie denn in den zwei Sekunden hinterlassen haben? Außer für einen kurzen Namen war doch gar keine Zeit!" Nimaels logische Argumentation überzeugte ihn schließlich. Er erkundigte sich, ob damit alle Einladungen verteilt waren, und zog sich zurück. Nimael grinste ihm hinterher.

„Worüber amüsierst du dich?", fragte ihn Landria neugierig.

„Das Beste habe ich euch noch gar nicht erzählt", antwortete Nimael. „Während meiner Studienzeit hatte ich mit Samena nie den engsten Kontakt, aber um einen Gefallen hat sie mich immer wieder gebeten. Sie wollte unbedingt, dass ich mich von meinen alten, verratzten Feldflaschen trenne – und selbstverständlich kannte sie auch ihre Namen."

Der letzte Tag in Moenchtal brach an. Ein wenig traurig machten sich die vier Reisenden auf den Weg in die Stadt, um mit ihrem Leiterwagen für Getränke und Essen bei der Feier zu sorgen. Bisher hatten sie von dem Geld, das Gilbradock ihnen gegeben hatte, so gut wie nichts ausgegeben. Als sie mit den Einkäufen begannen, schien es ihnen jedoch sinnvoller, auf eine große Bewirtung zu verzichten und stattdessen eine gute Reiseausstattung für ihre zukünftigen Opfer zu erwerben. So beschränkten sie die Anschaffungen auf ein großes Früchtebrot und ein paar wenige Getränke. Anschließend sahen sie sich nach Trinkflaschen und Umhängen um, die ihrer Auswahl spätestens in der Wüste zugutekommen würden.

Nach den Einkäufen gönnten sie sich noch eine kleine Mittagspause und machten sich schließlich auf den Weg zur Universität. Während die letzten Vorlesungen am Nachmittag stattfanden, richteten Nimael und die anderen im angekündigten Raum ihr Früchtebrot her und versetzten die Getränke mit Kräutern. Von nun an hatten sie mit der Abwicklung der Mission nicht mehr viel zu tun.

Die Gards trafen überpünktlich ein. Sie hatten das Lager am Waldrand bereits abgebaut, um eine schnelle Abreise zu gewährleisten. Obwohl sie ihre Uniformen nicht trugen, war offensichtlich, dass gut die Hälfte von ihnen altersbedingt nicht als Studenten durchging. Sie verließen das Gebäude und warteten mit den Kutschen am Fluss. Bald erschienen die ersten Studentinnen und sahen sich enttäuscht um. So hatten sie sich eine rauschende Verbindungsfeier mit Sicherheit nicht vorgestellt. Nachdem bereits der Großteil von ihnen eingetroffen war, gesellte sich eine Unbekannte zu ihnen. Thera begrüßte sie und fragte nach ihrer Einladung, welche sie tatsächlich vorweisen konnte.

„Jarla hatte kein Interesse, also hat sie mir ihre Einladung gegeben“, erklärte sie ehrlich. „Aber eigentlich bin ich nur wegen der kostenlosen Verpflegung hier.“

Obwohl es so nicht geplant gewesen war, benötigten sie noch eine achte Slae. Nimael bat sie höflich herein und fühlte sich wie der Teufel in Person. Damit hatte auch Torren einen *Glückstreffer* in seiner Gruppe, wie Ando es so schön genannt hatte.

Als sie gemeinsam anstießen, verzogen einige Studentinnen das Gesicht. Die Kräuter waren bitter, aber zumindest passte das Begrüßungsgetränk zur Umgebung. Kurze Zeit später klagten einige über leichte

Übelkeit und Schwindel. Die meisten setzten sich, während sich Nimael und die Gards unauffällig denjenigen näherten, die stehen geblieben waren. Als sie zusammenzubrechen drohten, schritten sie ein und ließen sie langsam zu Boden sinken. Am nächsten Morgen würden sie viele Meilen entfernt über ihr neues Leben informiert werden – ein Leben in ständiger Gefahr, für das Nimael letztendlich die Verantwortung trug. Fortan würde er im Blutfelsen für das Überleben zweier Gruppen sorgen müssen.

28
CODA

Nimael sah sich zufrieden um. Nur noch die Speisen mussten abgebaut werden, danach stand einem spurlosen Abgang nichts mehr im Wege. Sie lagen im Zeitplan, die Entführung war ohne Tote und Verletzte erfolgreich über die Bühne gegangen und Samena hatte die Botschaft unbemerkt erhalten – ihre Mission war in jeder Hinsicht erfolgreich ausgeführt.

„Wo steckt deine dritte Begleiterin?“, fragte Gilbradock plötzlich. Nimael sah sich im Raum um, doch von Eskabatt fehlte jede Spur.

„Vielleicht hilft sie den Gards draußen an den Kutschen“, vermutete er und verließ das Gebäude, doch auch vor der Universität war weit und breit nichts von ihr zu sehen. Als er in den Innenraum zurückkehrte, hatten Thera und Landria bereits mit dem Abbau begonnen.

„Habt ihr Eskabatt gesehen?“, fragte er.

Thera wechselte einen Blick mit Landria, der nichts Gutes verheißen konnte. „Wir müssen es ihnen sagen.“

„Was soll das heißen?“, rief Gilbradock und runzelte die Stirn.

„Sie ist diese Woche schon einmal verschwunden“, erklärte Thera und sah Nimael dabei entschuldigend an.

„Ich hör wohl nicht recht!", fuhr Gilbradock sie an.

„Wieso habt ihr mir nichts davon erzählt?" Nimael schüttelte ungläubig den Kopf.

„Sie meinte, sie habe mit niemandem gesprochen", erwiderte Landria. „Angeblich wollte sie nur nach ihren Verwandten sehen, ob es ihnen gut geht. Sie bat uns, dichtzuhalten, weil sie keinen Ärger kriegen wollte."

„Es tut mir leid." Thera sah Nimael mit schimmernden Augen an. „Ich hätte es dir sagen sollen."

„Wisst ihr, wo sie steckt?", fragte Gilbradock und trommelte mit den Fingern an seinem Hosenbein herum.

„Das letzte Mal fanden wir sie beim Haus ihres Onkels", antwortete Thera. „Ich weiß, wo es sich befindet."

Gilbradock nickte Thera und Nimael mit strenger Miene zu. „Ihr beide geht sie holen!" Er packte Landria am Arm. „Die Kleine behalte ich als Pfand. Wir fahren zurück zum Waldrand und warten dort auf euch. Es sind noch zwei Stunden bis Sonnenuntergang. Wenn ihr bis dahin nicht zurück seid, fahren wir ohne euch los. Ihr könnt euch vorstellen, was dann mit der Kleinen und euren Freunden im Bruch passieren wird."

Nur zwei Stunden. Nimael wollte sofort losstürmen, doch Gilbradock packte ihn am Kragen und riss ihn zurück.

„Keine Zeugen", warnte er ihn. „Wenn irgendjemand von dieser Sache erfährt, ist er des Todes. Du wirst kompromisslos durchgreifen, damit keine losen Enden zurückbleiben, sonst trägst du die Konsequenzen!" Er ließ ihn los und Nimael stürmte ohne ein weiteres Wort davon.

Nicht nur wegen der knappen Frist war höchste Eile geboten. Möglicherweise hatte Eskabatt noch keinen allzu großen Vorsprung und sie konnten noch rechtzeitig zu ihr aufschließen, um Schlimmeres zu verhindern. Außerdem hetzte ihnen Gilbradock sicher ein paar Gards auf den Hals, die gewährleisten sollten, dass auch wirklich keine losen Enden zurückblieben. Wenn sie jetzt schnell genug handelten, konnten sie diese vielleicht abschütteln, bevor sie die Verfolgung aufnehmen konnten.

„Ihr Onkel wohnt im Golmbaerg-Viertel", erklärte Thera, als sie die Stufen der Universität hinunterrannten. Der Stadtteil galt mit seinen zahlreichen Villen als eines der privilegiertesten Viertel Moenchtals. Von der Universität war es nicht allzu weit entfernt.

„Kannst du sie nicht in Sekundenschnelle mit einem Drift einholen?", fragte Thera, als sie den Fluss erreichten.

„Seit wir hier sind, gelingt es mir nicht mehr, eine Strömung herzustellen", erklärte Nimael. „Weder bei Torren noch bei Holmweiler oder Samena konnte ich eingreifen."

Sie rannten über die Brücke und durch die Gassen der Stadt, bis Thera plötzlich stehen blieb.

„Seitenstechen", keuchte sie. „Lauf weiter, ich komme hinterher. Vielleicht holst du sie schon ein."

Obwohl sich auch Nimaels Kondition in einem schlechten Zustand befand, biss er die Zähne zusammen und erreichte nach wenigen Minuten den Rand des Viertels. Leider fehlte von Eskabatt noch immer jede Spur und ohne Theras Hilfe konnte er das Haus ihres Onkels unmöglich finden.

Er drehte sich zurück und sah die Gasse entlang, aus der er gekommen war. Thera war noch nicht in Sicht, aber aus einem der Wirtshäuser, die er hinter sich gelassen hatte, trat ein älterer Mann hervor. Er sah zu Nimael, wandte sich ab und entfernte sich von ihm. Obwohl es sich nur um einen kurzen Blickkontakt gehandelt hatte, kam Nimael das Gesicht des Fremden merkwürdig vertraut vor. Wo hatte er ihn schon einmal gesehen? Plötzlich durchfuhr es ihn wie ein Blitz. In dem Moment, als er ihm nachlaufen und seinen Namen rufen wollte, bog Thera um die Ecke und blieb wie angewurzelt vor dem Mann stehen.

„Vater?" Theras ungläubige Reaktion bestätigte Nimaels schlimmste Befürchtungen.

„Thera?“, fragte ihr Vater wie benommen. „Bist du es wirklich?“

„Das darf doch nicht wahr sein!“ Nimael fluchte leise und stürmte los. Noch vor ein paar Minuten hatte alles so gut ausgesehen, doch nun schien sich das Blatt vollständig zu wenden. Was sollte er jetzt tun? Wenn sie wirklich beschattet wurden, bedeutete dies für Theras Vater ein sicheres Todesurteil. Nimael erinnerte sich an das kleine Messer, das er bei sich führte, zückte es und sprang mit einem Satz zwischen die beiden. Theras Vater, der seine Tochter gerade in die Arme schließen wollte, wich erschrocken zurück.

„Halt dich von ihr fern oder ich stech dich ab!“, drohte ihm Nimael. Der Auftritt brachte eine schmerzhafte Erinnerung an Smeon hervor, aber genau dessen unzurechnungsfähigen Eindruck musste er nun glaubhaft darstellen.

„Nimael!“ Theras entsetzter Ausruf bescheinigte ihm eine gelungene Darbietung.

„Nimael?“ Theras Vater zog die Augenbrauen zusammen. „Natürlich, du warst dieser Junge, der mit ihr zusammen entführt wurde!“

„Ich wurde nicht entführt, ich *habe* sie entführt!“, log Nimael, um seinen folgenden Worten Nachdruck zu verleihen. „Sie drehen sich jetzt um, verschwinden und vergessen diesen Vorfall! Sie werden ihn niemandem gegenüber erwähnen, sonst steche ich Sie ab, ohne mit der Wimper zu zucken! Gleich hier auf offener Straße!“ In diesem Moment war er dankbar, dass er Thera nicht gegenüberstand, sonst hätte er diese Drohung niemals über die Lippen gebracht. Was musste sie jetzt nur von ihm denken?

Ihr Vater zögerte und starrte auf das Messer. Offenbar rechnete er sich seine Chancen aus, ob er gegen Nimael bestehen konnte. Er sah noch einmal zu Thera und wandte sich ab, ohne ein weiteres Wort zu verlieren. Als er um die nächste Ecke verschwunden war und einige Sekunden verstrichen waren, ließ Nimael langsam das Messer sinken und steckte es weg.

„Bist du wahnsinnig geworden?“, fuhr ihn Thera an.

Noch bevor er reagieren konnte, erschien Varuil hinter ihrem Rücken.

„Was ist hier los?", unterbrach er die Szene und Nimael war zum ersten und einzigen Mal in seinem Leben froh, ihn zu sehen.

„Nichts weiter", antwortete er unbeschwert. „Ich habe hier nur auf sie gewartet. Als sie um die Ecke kam, wären wir beinahe zusammengestoßen." Nimael sah die Straße hinab, um Varuils prüfendem Blick auszuweichen. „Irgendwo hier muss sich Eskabatt aufhalten."

„Worauf wartet ihr dann?", fragte Varuil ungeduldig. „Holt sie zurück!" Er hatte tatsächlich nichts von der Begegnung mitbekommen. Nimael wandte sich schnell ab, um sich seine Erleichterung nicht anmerken zu lassen, und musterte Thera. Sie hatte den Vorfall bei Weitem noch nicht verarbeitet und kämpfte offensichtlich damit, die Fassung zu wahren. Nimaels hartes Einschreiten hatte ihr mit Sicherheit zugesetzt, aber es hatte ihrem Vater das Leben gerettet und mit der Zeit würde ihr das auch klar werden.

„Geht es dir gut?", fragte er vorsichtig.

Thera nickte, aber ihre Augen sagten etwas anderes.

„Wie schätzt du ihn ein?", fragte Nimael leise.

„Er wird die Sache ganz sicher nicht auf sich beruhen lassen", antwortete Thera. „Und er wird auch keine zwei Tage warten, ehe er etwas unternimmt."

Varuil hatte sich zurückfallen lassen und folgte ihnen mit einigem Abstand. Offenbar sollte er beobachten, sich aber nur im Notfall einmischen. Kurze Zeit später erreichten sie ihr Ziel. Eskabatts Onkel lebte in einer luxuriösen Villa, die den Großteil der übrigen Anwesen ohne Weiteres in den Schatten stellte. Die Gartenanlage, die das Gebäude umgab, war liebevoll gepflegt und schloss einen Springbrunnen mit ein, der mehr wert sein durfte als das Haus, in dem Nimael aufgewachsen war.

An den großen, ehrfurchtgebietenden Eingangstüren der Villa drehte sich Nimael noch einmal zurück. Varuil kam zögerlich durch den Garten gelaufen. Dass er sich so weit vorwagen musste, bereitete ihm offensichtlich Unbehagen. Nimael griff zum Türklopfer, welcher kunstvoll aus Kupfer gegossen war. Er schlug zweimal fest gegen die Eingangstür und hatte keinen Zweifel, dass er in der ganzen Villa gut zu hören war. Nun galt es zu hoffen, dass Eskabatt noch nicht hier war, andernfalls steckte Nimael gewaltig in der Zwickmühle. Egal was Gilbradock gefordert hatte, er konnte unmöglich ihren Onkel, ihre Tante und womöglich noch weitere Unschuldige töten, nur um diese zum Schweigen zu bringen. Aber wenn er sich weigerte und sich stattdessen mit Varuil anlegte, gab es für seine Slaes keine Rettung mehr.

Wenn Eskabatt dagegen keinen Kontakt aufgenommen hatte, ergab sich daraus ein ganz anderes Problem. Wie sollten sie sie innerhalb so kurzer Zeit irgendwo in Moenchtal ausfindig machen? Für einen Moment hoffte Nimael, dass Eskabatt nur einen kurzen Abschiedsspaziergang am Fluss gemacht hatte und inzwischen an die Universität zurückgekehrt war. Als sich die Tür öffnete, zerschlug sich diese Hoffnung restlos. Eskabatt selbst stand in der Tür und schien sie bereits zu erwarten.

„Na, das ging ja schnell“, begrüßte sie sie. Nicht einmal Varuils Anblick schien sie zu überraschen oder zu beunruhigen.

„Eskabatt.“ Nimael sah sie erschrocken an. „Was hast du getan?“

„Das einzig Richtige“, antwortete sie selbstbewusst. „Vor zwei Tagen habe ich meinen Onkel über unsere Situation informiert und er hat seine Kontakte spielen lassen.“

„Du sagtest doch, du hättest dich von ihnen ferngehalten!“, rief Thera.

„Um damit unsere beste Aussicht auf Rettung verstreichen zu lassen?“, fragte Eskabatt sarkastisch.

„Hast du auch mal an Kaeti und die anderen gedacht?“, ermahnte Nimael sie.

„Keine Sorge, mein Onkel ist reich“, antwortete Eskabatt gelassen. „Er wird uns alle freikaufen.“

„Nach allem, was du gesehen hast, glaubst du wirklich, dass die Meister noch mehr Geld brauchen?", fragte Nimael scharf. „Sie haben zahllose Anwesen, Sklaven und Reichtümer. Sie würden für Geld niemals das Risiko eingehen, dass jemand frei herumläuft, der so viel über sie weiß wie wir."

„Du kennst meinen Onkel nicht. Du weißt nicht, welchen Einfluss er hat. Kommt rein, dann seht ihr, was ich meine." Sie trat ein Stück zur Seite und machte eine einladende Geste.

Nimael überquerte die Schwelle und betrat eine große Eingangshalle, von der eine geschwungene Treppe nach oben führte. Sie gingen daran vorbei und folgten Eskabatt zu einer Tür am anderen Ende des Saals. Dahinter kam ein großer Wohnbereich mit zahlreichen Bücherregalen und Gemälden zum Vorschein, die Nimael an Arnavuts Gemächer erinnerten. Die Mitte des Raumes war mit einladenden Sesseln und einem steinernen Tisch möbliert, auf dem sich eine Schale mit frischem Obst befand. Zwei Männer hatten es sich daran bequem gemacht und unterhielten sich. Als sie auf die Gruppe aufmerksam wurden, unterbrachen sie ihr Gespräch und erhoben sich.

„Ah, willkommen in meinem bescheidenen Heim", begrüßte sie der Ältere der beiden. Er war ungefähr im selben Alter wie Theras Vater und trug eine dünne, edel gefasste Brille. „Mein Name ist Tuchon. Ich bin Eskabatts Onkel und ihr seid bestimmt ihre Freunde. Willst du uns nicht vorstellen?", fragte er Eskabatt, die der Aufforderung sofort nachkam und die Vorstellungsrunde mit Varuil beendete, den sie als einen der Entführer bezeichnete. Er schien sich an dem Begriff nicht weiter zu stören, sondern nickte wie unbeteiligt in die Runde. Vermutlich hatte er sich bewusst gemacht, dass er der Partei angehörte, die im Moment das bessere Blatt auf der Hand hatte.

„Sehr gut", sagte Tuchon zufrieden. „Dann haben wir ja einen Verhandlungspartner. Wenn ich euch nun meinen Freund vorstellen dürfte …" Er wandte sich zu dem anderen Mann. „Seinen Namen habt ihr bestimmt schon einmal gehört. Das ist Kuruc und er ist hier in seiner Funktion als Territorialherrscher von Kabundaea."

Nimael und Thera musterten ihn verblüfft. Natürlich kannten sie seinen Namen, aber dem Herrscher ihres Heimatterritoriums jemals persönlich zu begegnen, hatten sie sich nicht träumen lassen. Tuchons Kontakte reichten also tatsächlich bis ganz nach oben. Vielleicht hatte Eskabatt ja recht. Vielleicht war dies ihre beste Aussicht auf Rettung. Es konnte unmöglich im Interesse ihrer Entführer sein, wenn sie bei einer möglichst verdeckten Operation einen Territorialherrscher töteten. Nimael beschloss, erst einmal abzuwarten, wie sich das Gespräch entwickelte.

„Ich freue mich, euch kennenzulernen", sagte Kuruc höflich. „Eskabatt hat mir bereits erklärt, in welcher Lage ihr euch befindet, und ich bin froh, dass sich Tuchon sofort an mich gewandt hat. Immerhin seid ihr Bürger Kabundaeas und hierbei handelt es sich um eine Situation, die von höchster Stelle geklärt werden sollte."

„Das gilt wohl für beide Seiten", antwortete Varuil. „Aber das hier ist nicht meine Mission, darum werde ich auch nicht mit euch verhandeln." Er warf Nimael einen auffordernden Blick zu. Wartete er wirklich auf sein Einschreiten? Er konnte doch nicht ernsthaft den Mord an zwei dermaßen einflussreichen und mächtigen Männern im Sinn haben. Als Nimael nicht reagierte, ließ er eine noch eindeutigere Bemerkung fallen. „Entschuldigt, aber sollte der Herrscher von Kabundaea nicht besseren Schutz genießen?"

„Meine Soldaten befinden sich nebenan in der Küche und leisten der Hausherrin Gesellschaft", erklärte Kuruc bereitwillig. „Schließlich sind wir doch alle an einer friedlichen Lösung interessiert und wollen das hier möglichst diskret abwickeln."

„Das ist auch in unserem Sinne", log Varuil. Er nickte Nimael so auffällig zu, dass nur eine verbale Aufforderung noch eindeutiger gewesen wäre.

Nimael fühlte, wie sich Schweißperlen auf seiner Stirn bildeten.

Ungeachtet ihres Ranges konnte er diese beiden Männer unmöglich töten, schließlich wollten sie ihnen nur helfen. Jede Faser seines Körpers sträubte sich dagegen. Aber die Konsequenzen, die er zu befürchten hatte, waren noch schlimmer. Selbst wenn es ihm gelang, sämtliche Gards in Moenchtal zu besiegen, mussten die restlichen Slaes im Blutfelsen auf jeden Fall sterben. Sie hatten es genauso wenig verdient wie die beiden Männer vor ihm. Die Entscheidung schnürte ihm den Hals zu.

„Wo wir gerade von ihr sprechen, wo steckt eigentlich meine Frau?", fragte Tuchon. „Sie wollte doch nur ein paar Häppchen zubereiten."

„Tante!", rief Eskabatt in Richtung Küche. Eine Antwort blieb aus und für einige Sekunden war es totenstill.

„Wenn ihr mich kurz entschuldigen würdet", sagte Tuchon freundlich. „Ich werde mal sehen, ob ich ihr zur Hand gehen kann." Als er an Kuruc vorbeilief, zog dieser unvermittelt einen Dolch und stach blitzschnell zu. Die Klinge durchfuhr Tuchons Rücken und drang blutverschmiert aus seinem Brustkorb hervor. Er schrie schmerzerfüllt auf, sah noch einmal ungläubig zu Kuruc, der ihm dabei kalt wie ein Unbeteiligter in die Augen starrte, und ging schließlich leblos zu Boden.

„Onkel!", rief Eskabatt vollkommen außer sich und versuchte ihm zu Hilfe zu eilen. Thera und Nimael hatten die Szene gleichsam entsetzt beobachtet und starrten den Territorialherrscher ebenso ungläubig an, wie es Tuchon in seinen letzten Zügen getan hatte. Kuruc wandte sich von seinem Opfer ab und richtete seinen Blick auf Eskabatt und ihre Begleiter.

„Ihr verdammten Narren!", rief er. „Dachtet ihr wirklich, dass sich unsere Macht auf euch paar Sklaven beschränkt?" Seine Augen begannen vor Zorn rot zu leuchten. Eskabatt ließ von ihrem Onkel ab und wich zurück.

„Wir haben die Kontrolle über die wichtigsten Territorien", fuhr er fort. „Uns unterstehen Hunderte von Armeen, Abertausende von

Soldaten und Millionen von Arbeitern. Wir haben unbegrenzte Mittel zur Verfügung und wissen von jedem Wimpernschlag, den ihr tut, und jedem Vorhaben, das euch durch den Kopf geht. Versteht ihr denn nicht, wie groß diese Sache hier ist? Versteht ihr nicht, wie klein ihr dagegen seid? Ihr seid nichts weiter als Ungeziefer!" Er zog seinen blutroten Dolch aus Tuchons reglosem Körper und bewegte sich erhabenen Schrittes auf die Gruppe zu. „Eine winzige Fliege an der Wand, die wir einfach zerquetschen, wenn wir uns von ihrem bedeutungslosen Summen belästigt fühlen."

Nimael besann sich auf sein Messer, zückte es und nahm eine Abwehrhaltung ein. Kuruc richtete seinen feuerroten Blick auf Nimaels kleines Fischmesser, sah sich seinen eigenen Dolch an, der viermal so lang war, und begann schallend zu lachen. Der Anblick schien ihn so sehr zu amüsieren, dass seine Augen wieder ihre natürliche Farbe annahmen.

„Ihr versteht es immer noch nicht, oder?", spottete er. „Wenn ich euch tot sehen wollte, hättest du nicht die Gelegenheit gehabt, dein kleines Spielzeugmesserchen zu ziehen – du lägst bereits neben Tuchon am Boden. Noch seid ihr lebend mehr wert." Er wandte sich an Eskabatt und seine Miene verfinsterte sich wieder. „Aber wenn ihr für weitere Probleme sorgt, ändert sich das ganz schnell. Dann wird die Fliege nicht wissen, was sie getroffen hat."

„Wo ist meine Tante?", fragte Eskabatt mit zittriger Stimme.

„Meine Leibwache hat sich ihrer angenommen, aber keine Sorge." Kuruc grinste sie großmütig an. „Ich habe meine Männer gebeten, es genauso kurz und schmerzlos zu machen, wie ich es bei deinem Onkel getan habe." Seine Worte ließen auch das letzte bisschen Farbe aus Eskabatts Gesicht schwinden. „Wenn ihr noch einmal versucht, jemanden zu kontaktieren, werden wir weit weniger nachsichtig mit euch sein. Dann könnt ihr euch auf einen langsamen, qualvollen Tod einstellen. Zuerst für eure Vertrauten und anschließend für euch selbst." Als er erkannte, dass Eskabatt kurz vor dem Zusammenbruch stand, richtete er seine Aufmerksamkeit auf Nimael. „Gib mir dein Spielzeug!“

Nimael händigte ihm das Messer kampflos aus. Wie sollte er ohne seine Fähigkeiten gegen einen solchen Gegner bestehen? Aber selbst wenn er es tat, so würde es doch nur zu weiteren Schwierigkeiten führen. Und was war nun mit Samena? Hatten sie sie durch die Nachricht womöglich in höchste Lebensgefahr gebracht?

„Das hier werden wir nach einem verunglückten Anschlag eines Verräters aussehen lassen. Zum Glück war meine treue Leibgarde rechtzeitig zur Stelle und konnte mich beschützen.“ Kuruc wandte sich an Varuil.

Nimael hatte die Anwesenheit des Gards vollkommen vergessen. Ob er von Kurucs wahrer Identität gewusst hatte? Er war ein gutes Stück zurückgewichen und sein Gesichtsausdruck machte einen weit weniger selbstbewussten Eindruck als noch zuvor.

„Damit sind wir hier fertig“, fuhr Kuruc fort. „Geht jetzt und seht zu, dass es nicht zu weiteren Unannehmlichkeiten kommt.“

„Ja, Herr!“ Varuil verneigte sich demütig. „Danke, Herr!“ Mit einem knappen Nicken befahl er den Aufbruch. Thera und Nimael halfen Eskabatt auf die Beine, nachdem diese zitternd in die Knie gegangen war und fassungslos auf die Leiche ihres Onkels hinabstarrte. Sie stützten sie von beiden Seiten ab und schleppten sie durch die Empfangshalle in den Garten. Dort warteten sie einige Minuten ab, bis sich Eskabatt einigermaßen gefangen hatte. Die frische Luft und der Ortswechsel schienen ihr gutzutun. Als sie den Rückweg antraten, sah Eskabatt noch einmal zurück und begann zu weinen.

„Was habe ich nur getan?“, fragte sie bestürzt. Anscheinend hatte sie erst jetzt den Tod ihrer Verwandten und ihre eigene Rolle dabei begriffen. „Sie sind meinetwegen gestorben“, gestand sie sich ein. Ihr bitterliches Weinen drang durch die leeren Gassen. Varuil gab Nimael mit einem drohenden Blick zu verstehen, dass er Kurucs Warnung, was weitere Unannehmlichkeiten betraf, sehr ernst nahm. Nimael ging zu Eskabatt und umarmte sie sanft.

„Ich halte das nicht mehr aus“, schluchzte sie verzweifelt. „Ich wollte doch nur nach Hause. Ich wollte meine Familie wiedersehen. Wir sind jetzt seit zwei Jahren fort und Ando ist der lebende Beweis, dass es für immer so weitergehen wird.“ Ihr brach die Stimme weg.

„Ich weiß, dass es sich so anfühlt“, versuchte Nimael sie zu trösten. „Aber sieh nur, was wir in den letzten zwei Jahren alles erreicht haben. Wir sind zu einer Familie zusammengewachsen und haben im Blutfelsen etwas bewegt. Wir haben einige Dinge über die Meister in Erfahrung gebracht. Selbst wenn es im Moment nicht danach aussieht, versichere ich dir, dass sich alles zum Guten wenden wird. Ich werde alles tun, um euch zu befreien.“ Er berührte mit beiden Händen ihre Wangen und hob vorsichtig ihren Kopf an, um ihr tief in die Augen zu sehen. „Ich verspreche dir, du wirst deine Familie wiedersehen.“

„Es tut mir so leid“, erwiderte Eskabatt und vergrub sich aufgelöst in seinen Armen. Obwohl er ihr ein klein wenig Beistand leisten konnte, was ihre Zukunftsängste betraf, musste sie nun mit der Schuld am Tod ihrer Verwandten allein fertig werden.

Während sich Eskabatt leise an seiner Brust ausweinte, war Thera an ihn herangetreten und rang selbst mit den Tränen. Ihre Lippen formten ein stummes „Danke“, das entweder seinen hoffnungsvollen Worten oder seinem Einschreiten bei der Begegnung mit ihrem Vater galt. Spätestens jetzt musste ihr bewusst geworden sein, dass er ihm damit das Leben gerettet hatte. Bei ihrem Anblick erinnerte er sich daran, wie Thera ihn damals getröstet hatte.

„Mach dir keine Sorgen. Alles wird gut …“ Er ließ Eskabatt mit demselben Tonfall zur Ruhe kommen, der auch bei ihm so gut geholfen hatte. Nachdem sie sich beruhigt und ihre Tränen abgewischt hatte, setzten sie ihren Rückweg fort. Kurz vor Sonnenuntergang erreichten sie ohne einen weiteren Zwischenfall den Waldrand und traten die Rückreise an.

Als er sich in der Kutsche zurücklehnte, bemerkte Nimael erst, wie erschöpft er war. Er ließ sich die Geschehnisse noch einmal durch den Kopf gehen und dachte an Kurucs Worte. Wenn die Dominaten bereits die wichtigsten Territorien beherrschten, war er diesem Spiel vielleicht zu spät beigetreten und konnte an seinem Ausgang nichts mehr ändern. Mit einem Aufstand konnte er allerhöchstens die Herrschaft im Bruch beenden, aber selbst davon war er noch meilenweit entfernt – und eine sichere Rückkehr zu ihren Familien war damit noch lange nicht gewährleistet. Dieses Versprechen, das ihm so leichtfertig über die Lippen gekommen war, weil er so fest daran geglaubt hatte – oder vielleicht auch nur daran glauben wollte –, entwickelte plötzlich ein ungeahntes Gewicht. Jede Entscheidung, die er von nun an traf, um es zu erfüllen, hatte Konsequenzen, von denen das Leben so vieler Menschen abhing, dass es sich nicht zu einem Antrieb, sondern zu einer zusätzlichen Bürde zu entwickeln drohte.

– ENDE BAND 1 –

Die Namen der Dominaten und ihre Bedeutung:

Arnavut „Aren“: Das glänzendste/strahlendste Sandkorn in der Wüste (aus dem Persischen)

Kolubleik: Fahl wie der Schein einer Tranlampe (aus dem Isländischen)

Amon: Treuer Arbeiter (biblischer Vorname hebräischen Ursprungs)

Chapi: Der Ernährer (aus dem Ägyptischen)

Serqet: Schutzgöttin der Heilkundigen (aus dem Ägyptischen)

Kuruc: Aufständisch, verschwörerisch (aus dem Ungarischen)

Imano: Glaube, Vertrauen (aus dem Arabischen)

Hierarchie

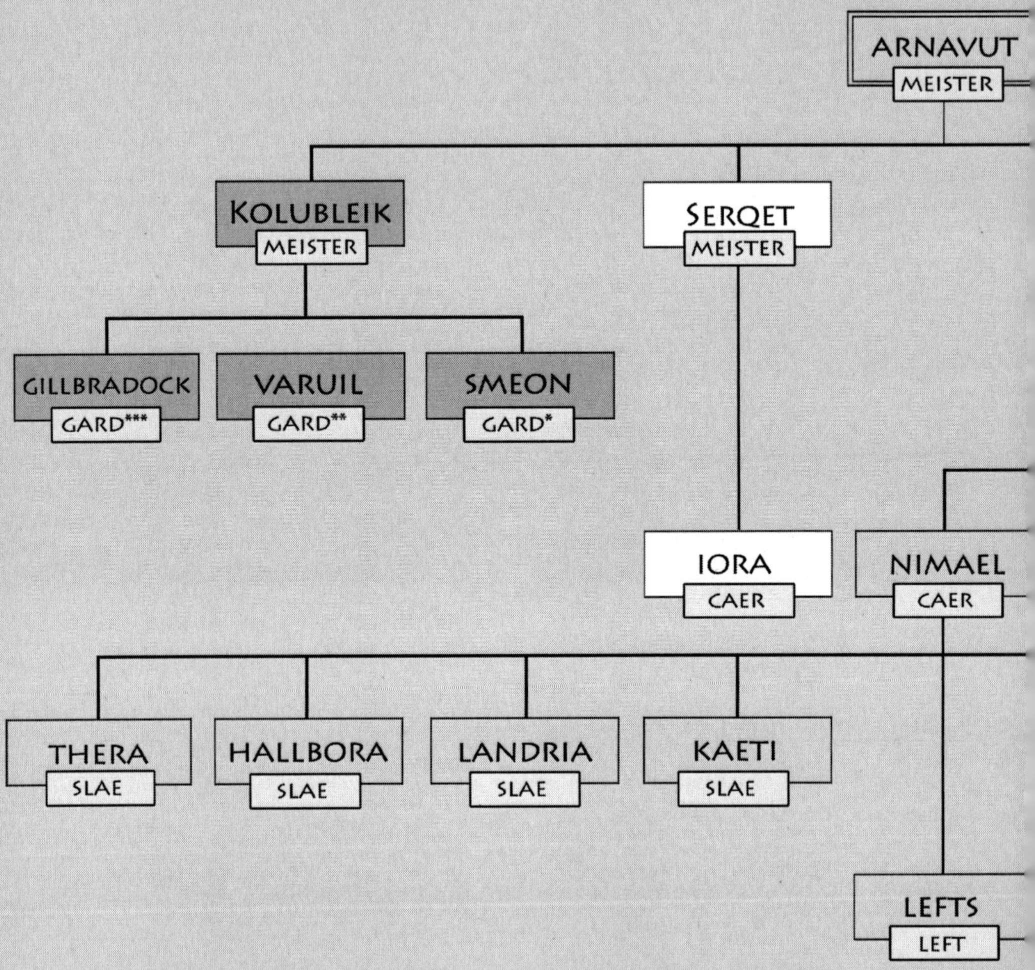
ARNAVUT
MEISTER
KOLUBLEIK
MEISTER
SERQET
MEISTER
GILLBRADOCK
GARD***
VARUIL
GARD**
SMEON
GARD*
IORA
CAER
NIMAEL
CAER
THERA
SLAE
HALLBORA
SLAE
LANDRIA
SLAE
KAETI
SLAE
LEFTS
LEFT

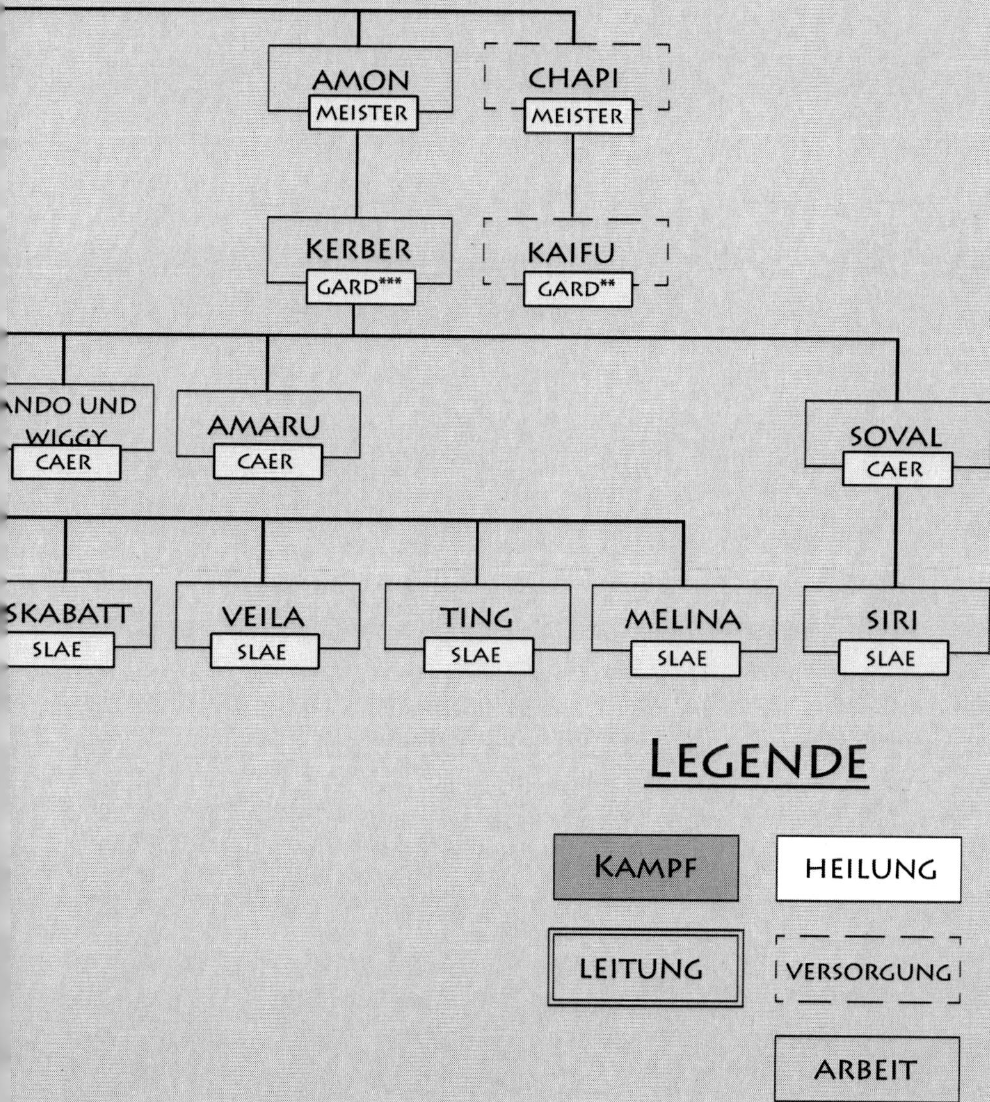
AMON
MEISTER
CHAPI
MEISTER
KERBER
GARD***
KAIFU
GARD**
NDO UND WIGGY
CAER
AMARU
CAER
SOVAL
CAER
SKABATT
SLAE
VEILA
SLAE
TING
SLAE
MELINA
SLAE
SIRI
SLAE
LEGENDE
KAMPF
HEILUNG
LEITUNG
VERSORGUNG
ARBEIT

Über den Autor

Tobias Frey wurde 1978 in Stuttgart geboren und wuchs in Böblingen auf. Science-Fiction und Fantasy zählten schon immer zu seinen Lieblingsgenres, nicht nur in der Literatur, sondern auch in Film und Fernsehen. Als Jugendlicher verschlang er daher sämtliche Star-Trek-Romane und verfügte über eine beeindruckende VHS-Sammlung, die u.a. auch sämtliche Star-Trek-Serien umfasste. Seit seinem Studium an der „Hochschule der Medien" lebt und arbeitet er in Stuttgart. Dort koordinierte er u.a. die Jugend- und Schularbeit der Stadtbibliothek Stuttgart und leitet seit 2014 eine der großen Stadtteilbibliotheken. Seit kurzem ist Tobias Frey glücklich verheiratet. Mit „Steine ewiger Macht" veröffentlicht er seinen Debütroman, der den Auftakt der Nimael-Trilogie bildet.

Danksagung

Besonders danke ich meiner wunderbaren Frau Alexandra für die Geduld, die Unterstützung und den Zuspruch von der ersten bis zur letzten Seite. Ganz zu schweigen von den zahlreichen Diskussionsrunden über einzelne Formulierungen und Charaktere bis hin zu ganzen Handlungssträngen, die wir manchmal bis tief in die Nacht hinein geführt haben.

Außerdem möchte ich meinen Testlesern für ihre fantastischen Anmerkungen und ihre Begeisterung danken: Thomas Frank, Soheila Hosseini, Andrea Alvermann, Anita Spintre, Klaus Köhler, Jacqueline Mikulic und Meike Jung mit ihrer ganzen Familie. Ein ganz besonderer Dank geht an Nina Schweikert und Marlene Kunz, die mich nicht nur als Testleser, sondern darüber hinaus auch mit ihren buchhändlerischen Kontakten und Tipps unterstützt haben.

Auch meiner Familie und meinen Freunden möchte ich für ihre wundervolle Unterstützung danken, ganz besonders bei meiner ersten Lesung.

Und dann natürlich ein dickes Dankeschön an alle, die in irgendeiner Form an der Entstehung der fertigen Trilogie beteiligt waren: Alexander Kopainski für die fantastischen Cover der Reihe und die tolle Zusammenarbeit, Terese Opitz für die Gestaltung der detailverliebten Karte, meiner hervorragenden Lektorin Jessie Weber, Grit Bomhauer für den unermüdlichen Einsatz und die wunderschöne Gestaltung beim Buchsatz und natürlich dem „König der Löwen“ Sascha Eichelberg, für das herzliche Willkommen im Verlag und die gesamte organisatorische Abwicklung bis zum Erscheinen.

Ebenfalls danke ich Melina Coniglio, dem gesamten Bloggerteam des Talawah Verlags und auch allen anderen Bloggern, Autoren- und Bibliothekskollegen, Social-Media-Freunden, sämtlichen Buchhandlungen und Veranstaltern von Lesungen, Messen und Conventions und allen Zeitungen und Zeitschriften, die mich in der einen oder anderen Form beim Bewerben des Buches unterstützt haben.

Zu guter Letzt bedanke ich mich noch ganz herzlich bei Euch, meinen Lesern. Ich hoffe, die Geschichte konnte Euch begeistern und ihr wollt wissen, wie es mit Nimael nun weitergeht. Das verrate ich euch gern im nächsten Band der Reihe *Nimael: Spiegel zweier Welten*.

Das Abenteuer geht weiter …

Nimael: Spiegel zweier Welten

ab Ende 2019 im Talawah Verlag